Diogenes Taschenbuch 22778

detebe

Joan Aiken

Jane Fairfax

Roman

Aus dem Englischen von Renate Orth-Guttmann

Diogenes

Die deutsche Erstausgabe erschien
1993 im Diogenes Verlag
Titel der 1990 bei Victor Gollancz Ltd., London,
erschienenen Originalausgabe:
›Jane Fairfax. A Novel to Complement *Emma*
by Jane Austen‹

Umschlagillustration:
Sir Thomas Lawrence, ›Portrait of Emily Lamb‹,
Abdruck mit freundlicher Genehmigung
von Lord Romsey

Für Liz Francke
in Neuseeland

Veröffentlicht als Diogenes Taschenbuch, 1995

300/95/8/1
ISBN 3 257 22778 7

Erstes Buch

I

Die Vermählung von Miss Jane Bates mit Leutnant Fairfax war von den üblichen glückverheißenden Vorzeichen begleitet: Kirchenglocken läuteten, die Sonne schien, und viele Taschentücher wurden geschwenkt. Doch leider hielten diese Vorzeichen nicht, was sie versprachen, denn der Leutnant, ein vortrefflicher Offizier und überaus verdienstvoller junger Mann, wurde nur drei Wochen nach der Eheschließung mit seinem Regiment ins Ausland verlegt und fiel, ehe er seine Heimat und die inzwischen geborene kleine Tochter noch einmal hatte wiedersehen können. Seine junge Witwe, die unter der doppelten Belastung des Kummers und einer zehrenden Krankheit ihr Ende nahen fühlte, befahl das vaterlose Kind der Obhut ihrer betagten Eltern, denn Leutnant Fairfax selbst hatte keine Angehörigen.

Hochwürden George Bates, Pfarrer von Highbury, damals schon ein alter Herr und von angegriffener Gesundheit, war den ungewohnten Aufregungen und Strapazen nicht gewachsen, die eine lebhafte Vierjährige in seinen ruhigen Haushalt brachte; ein akuter Anfall des Bronchialleidens, das ihm schon seit langem zu schaffen machte, setzte sehr bald seinem Leben ein Ende. Die Witwe und seine unverheiratete Tochter (die sehr viel älter war als ihre Schwester Jane) mußten daraufhin das Pfarrhaus verlassen und sich, da der Pfarrer, ein Mann von scharfem Verstand, aber unsicherem Urteilsvermögen, zu impulsiver, gedankenloser Großherzigkeit geneigt und die beiden sehr schlecht versorgt zurückgelassen hatte, ein notgedrungen äußerst bescheidenes Quartier suchen. Sie bezogen das Obergeschoß eines Hauses an der Hauptstraße des Dorfes Highbury; im Erdgeschoß wohnte ein Barbier, der dort auch seinen Laden hatte, ein Garten war nicht vorhanden. Das Dorf selbst allerdings befand sich in ansprechender, offener Lage in der reizvollen Grafschaft Surry, und die Befürchtungen, das kleine Mädchen habe möglicherweise die Lungenschwäche geerbt, die ihre unglückliche Mutter und ihren Großvater dahingerafft hatte, erwiesen sich bald als unbegründet. Eine in die Enkelin vernarrte Großmutter und liebevolle Tante taten für das Kind, was in ihren Kräften stand, und alles sprach dafür, daß Klein-Jane ihr ganzes künftiges Leben in Highbury verbringen und nur so viel lernen würde, wie die nur sehr beschränkt zur Verfügung stehenden Mittel erlaubten, fehlte es doch ganz an Verbindungen oder Weiterbildungsmöglichkeiten, um das zu fördern und zu vertiefen, was die Natur ihr an Verstand und angenehmem Wesen geschenkt hatte.

Daß die Kleine weit überdurchschnittliche Anlagen und Fähigkeiten besaß, blieb weder ihren zärtlichen Verwandten noch den weniger parteiischen und deshalb klarsichtigeren Nachbarn verborgen, und bald kam man ihr auf verschiedene Weise zu Hilfe, soweit sich dies ohne Kränkung bewerkstelligen ließ. Mrs. Pryor, die Frau des neuen Pfarrers, deren vier Kinder in jungen Jahren an der Cholera gestorben waren, erklärte sich gern bereit, die kleine Jane im Schreiben und Rechnen zu unterrichten, und fand in ihr eine eifrige und gelehrige Schülerin. Ebenso willkommen war die eher praktische Unterstützung, die Janes Angehörige durch die führende Familie des Ortes erfuhren: Mr. und Mrs. Woodhouse steuerten Kleidungsstücke bester Qualität bei. Die beiden Töchter des Hauses waren größer als die verwaiste Jane; Isabella, die Erstgeborene, war sieben Jahre älter, und Emma Woodhouse, im gleichen Alter wie Jane, war so groß und kräftig, daß sie mindestens zwei Jahre älter wirkte.

Mit dem Weiterreichen der ausgewachsenen Kleidungsstücke war so früh begonnen worden – zu einer Zeit, da die Kinder den

Unterschied zwischen Getragenem und Neuem noch gar nicht erfassen konnten –, daß es für die Mehrzahl der Beteiligten bald zur selbstverständlichen Gewohnheit wurde. Das Vorgehen war so vernünftig, die Absicht so gut, daß keiner der Erwachsenen auch nur auf die Idee kam, darüber nachzudenken, wie einem stolzen, sensiblen Kind wohl zu Mute sein mochte, wenn es sich auf der Dorfstraße ständig in – zugegebenermaßen bestens erhaltenen – Hauben, Stiefeln und Mäntelchen zeigen mußte, die den Nachbarn von den Woodhouse-Töchtern her wohlbekannt und die ursprünglich nach dem Geschmack und den Maßen eines anderen Kindes ausgewählt worden waren.

»Der kirschrote Musselin steht dir viel besser zu Gesicht als Emma Woodhouse, besonders jetzt, wo er ein bißchen ausgeblichen ist«, sagte dann wohl eine alte Dame, wenn sie die kleine Jane auf ihrem täglichen Weg zum Unterricht im Pfarrhaus traf, oder: »Meiner Seel, Kind, du mußt wirklich schauen, daß du ein bißchen schneller wächst! Ich erinnere mich noch gut, wie Isabella als Vierjährige in dem Mäntelchen da herumgelaufen ist, und dir paßt es immer noch, obgleich du schon sechs geworden bist.«

In der Tat war die kleine Jane jahrelang sehr zierlich für ihr Alter, was möglicherweise auf ihre recht beengten und stickigen Wohnverhältnisse zurückzuführen war. Zu jener Zeit war sie ein mageres, brünettes Kind mit leiser Stimme, das immer erschrekkend blaß war. Allein die großen, ausdrucksvollen dunklen Augen, ein Erbteil ihres Vaters, deuteten auf mögliche spätere Schönheit hin. Kein Tag verging, an dem ihre Tante Hetty nicht Klage über Janes langes glattes Haar geführt hätte, wohingegen ihre ähnlich lang ausgefallenen Hände, Füße und Gliedmaßen die Hoffnung aufkommen ließen, an Janes kleinem Wuchs werde sich in späteren Jahren noch etwas ändern.

Jane selbst klagte nie, wenn die Ballen mit gebrauchter Kleidung unten beim Barbier abgeliefert wurden, sondern sah stumm zu, wie Tante und Großmutter eifrig die Köpfe zusammensteckten und berieten, welche Stücke geflickt und neu gefüttert werden mußten und wo es zweckmäßig schien, die Ärmel des einen Kleides an das Oberteil eines anderen zu nähen. Fügsam und geduldig stand sie da, während Röcke anprobiert und abgenäht, gekürzt und mit breiten Säumen versehen wurden. Nur manchmal entschlüpfte ihr unversehens ein kaum vernehmlicher Seufzer. Und als einmal ihre Großmutter nachdenklich bemerkte: »Es nimmt mich doch wunder, daß die arme, liebe Mrs. Woodhouse Klein-Emma so oft in dieses besonders grelle Flohgelb steckt, ich kann die Farbe nicht sehr kleidsam finden«, hörte man Klein-Jane ein nachdenkliches »Ich auch nicht!« murmeln. Tante Hetty, eine grundgütige Seele, aber weder mit besonderen Geistesgaben noch mit großem Scharfblick gesegnet, machte sich niemals Gedanken darüber, warum Jane manchmal vor der Tuch- und Modewarenhandlung von Ford sehnsüchtig den Schritt verhielt und die dort ausgestellten Waren bewunderte. Sie war von Herzen dankbar dafür, daß ihr Liebling ohne großen Kostenaufwand so gut und warm gekleidet werden konnte, und Jane, deren Verstand und Beobachtungsgabe weit über ihre Jahre hinaus entwickelt waren, begriff sehr rasch, wie knapp es bei ihnen zu Hause zuging und daß jeder Halfpenny mehrmals umgedreht werden mußte. Noch nie im Leben hatte sie etwas getragen, was ganz allein und ausschließlich ihr gehörte.

Die Gutherzigkeit von Mr. und Mrs. Woodhouse erstreckte sich nicht nur auf abgelegte Kleidung, sondern sie ließen Jane noch eine andere Wohltat zukommen, die diese weit höher zu schätzen wußte.

Mrs. Pryor hatte ihrer gelehrigen Schülerin unter anderem auch Kinderlieder und Balladen beigebracht und schnell festgestellt, daß die Kleine eine liebliche Stimme und ausgeprägte Musikalität besaß. Sie faßte sich deshalb ein Herz und fragte die wohlmeinende Mrs. Woodhouse, ob Signor Negretti, der zweimal in der Woche aus London kam, um Isabella und Emma Klavierstunden zu geben, nicht auch Jane in seine musikalische Obhut nehmen könne. Auf diesen ebenso vernünftigen wie zweckmäßigen Vorschlag ging Mrs. Woodhouse sofort ein, und so wurde denn Jane jeden Dienstag und Donnerstag von der Magd Patty bis zum Nebeneingang von Hartfield gebracht, dem großen, stattlichen Haus am Rande von Highbury, das Mr. Woodhouse mit seiner Familie bewohnte.

Bald waren diese beiden Tage für Jane die schönsten der ganzen Woche.

Die besondere Veranlagung von Mr. Woodhouse, der ein nervöser Mann war und dessen nie sehr gehobene Stimmung leicht durch unwillkommene Geräusche (wie das Klimpern kleiner Händchen und die ständige Wiederholung von Fingerübungen auf dem Pianoforte) getrübt werden konnte, hatte die Anschaffung eines zweiten Instrumentes notwendig gemacht, das ausschließlich für die Unterrichts- und unvermeidlichen Übungsstunden der Kinder bestimmt und so weit von jenen Räumen entfernt war, die der Hausherr normalerweise benutzte, daß ihm die Klänge keine Pein bereiteten. Die Wahl war auf eine unbenutzte Vorratskammer neben dem Zimmer der Haushälterin gefallen, und bald konnte sich Jane an diesen Zufluchtsort zurückziehen, wann immer es ihr beliebte, denn die beiden Woodhouse-Töchter machten ihr den Raum selten, ja eigentlich so gut wie nie streitig, und da sie das Haus durch den Nebeneingang betrat, brauchte sie im allgemeinen auch keine Begegnung mit Dienstboten oder Familienmitgliedern zu fürchten. Viele Stunden verbrachte Jane hier in glückseliger Einsamkeit, und diese Erfahrung war von entscheidendem Einfluß auf ihren Charakter und späteren Lebensweg.

Nach einem Jahr trug Signor Negretti zur großen Verwunderung des ganzen Ortes Mrs. Woodhouse die Bitte vor, Jane Einzelunterricht erteilen zu dürfen, da sie ihre beiden Mitschülerinnen – sogar die dreizehnjährige Isabella – inzwischen weit überflügelt hatte.

»Und ich würde mich schätzen glücklich, zu unterrichten die junge Dame gratis, umsonst«, erklärte der begeisterte Lehrmeister, dem natürlich die Umstände seiner Schülerin nur zu gut bekannt waren, »denn ihr Talent ist erstaunlich, ist überaus wunderbar.«

Von einem solchen Angebot wollte verständlicherweise die großzügige Familie Woodhouse nichts hören. Man sei nur zu gern bereit, dem lieben Kind die Stunden zu ermöglichen, es sei ja eine große Freude, von diesem Talent zu erfahren, besonders da es Jane später in den Stand setzen würde, sich auf ehrbare Weise ihren Lebensunterhalt zu verdienen.

Miss Isabella Woodhouse war eine beklagenswert unmusikalische junge Dame. Der Tag, an dem ihr nach langem Bitten und Betteln die Eltern gestatteten, den Unterricht bei Signor Negretti aufzugeben, war der glücklichste ihrer Kindheit. Ihre jüngere Schwester Emma allerdings hatte eine recht nette musikalische Begabung und guten Geschmack. Wenn sie sich ein wenig Mühe gab, konnte sie ganz reizend spielen. Es war ein großer Jammer und trieb ihren Lehrer zur Verzweiflung, daß sich ihr Fleiß so selten und so unregelmäßig zeigte. »Ach, Miss Emma«, klagte er Woche für Woche, »wenn Sie doch nur so eifrig üben würden wie die kleine Miss Jane.«

Diese Äußerungen kamen Jane natürlich nicht zu Ohren, doch fiel ihr auf, daß der Lehrer, der stets erschöpft und entmutigt wirkte, wenn sie das Musikzimmer betrat und Emma erleichtert davonhüpfte, sich im Lauf ihrer Unterrichtsstunde merklich erholte und besser gelaunt schien.

Emma Woodhouse war zu jener Zeit ein hübsches, fröhliches Kind von unkomplizierter Wesensart. Die sanfte, empfindsame Mutter achtete sehr darauf, daß sie sich bei aller liebenswürdigen Sorglosigkeit bester Umgangsformen befleißigte. Nach und nach begriff Emma sehr wohl, was von ihr gegenüber anderen Menschen, die in weniger günstigen Umständen aufgewachsen waren, erwartet wurde, aber Einfühlsamkeit war ganz entschieden nicht ihre Stärke. Und daß man ihr Woche für Woche ein Kind als leuchtendes Beispiel vor Augen hielt, das ihr in jeder anderen Hinsicht – in Herkunft, Aussehen, Wohnverhältnissen und Umgangsformen – so offensichtlich unterlegen war und noch dazu stets in Emmas abgelegten Sachen herumlief, fand sie verwunderlich und ebenso schwer zu ertragen wie zu begreifen, ja, es war so mit das Schwierigste, was ihr in ihrem sonst so verwöhnten und behaglichen Dasein je begegnet war.

So bestand denn nach wie vor die Verbindung zwischen den beiden Kindern lediglich darin, daß sie zweimal in der Woche denselben Klavierlehrer hatten. Zu einer spontanen Freundschaft war es nie gekommen.

»Sollen wir dir nicht die kleine Jane Fairfax mal zum Spielen einladen, Emma?« fragte hin und wieder Mrs. Woodhouse vorsichtig, deren unter Berücksichtigung der so unterschiedlichen Lebensformen ebenso wohlmeinende wie herzliche Beziehung zu Mrs. und Miss Bates bis in die Zeit zurückreichte, da der frühere Pfarrer noch gelebt hatte. Darauf pflegte Emma zu antworten: »Muß denn das sein, Mama? Jane ist so steif und langweilig, sie weiß über nichts zu reden außer über Bücher.«

»Ja, aber das kommt daher, Liebchen, daß die arme Jane ein so enges, eingeschränktes Leben führt. Ständig sitzt sie mit ihrer Tante und ihrer Großmutter in drei kleinen Stuben zusammen. Die beiden mögen lieb und gut sein, aber es sind eben keine jungen Leute mehr. Du dagegen hast die liebe Bella, die dir immer neue Spiele beibringt, Papa und ich nehmen dich mit, wenn James uns ausfährt, und in unserem großen Garten kannst du tollen und herumspringen. Denke nur, wieviel glücklicher du dran bist als die arme Jane.«

Doch solche Argumente haben bei der Jugend wenig Gewicht,

und Sympathien lassen sich nicht erzwingen. Wenn man von ihrem Alter absah, waren die beiden Kinder in der Tat vom Wesen her so unterschiedlich, daß es schon eines außergewöhnlichen Ereignisses bedurfte, um eine engere Beziehung herbeizuführen.

Mrs. Woodhouse besaß ein zu gütiges Wesen und auch zu viel gesunden Menschenverstand, um in dieser Sache ihrer sehr eigenwilligen jüngeren Tochter gegenüber die mütterliche Autorität herauszukehren, zumal der Nutzen einer solchen Unternehmung für beide Mädchen doch eher fragwürdig war. Täte man denn der kleinen Jane Fairfax wirklich einen Gefallen, wenn man in ihr Geschmack an einem großzügigeren, angenehmeren Leben weckte, das ihr, die ihr künftiges Dasein im Dienst fremder Menschen verbringen würde, gewiß später nie mehr beschieden wäre? Und wäre es von Vorteil für die schon jetzt ein wenig zu selbstbewußte kleine Emma, wenn man ihr Gelegenheit gab, einem stillen, sanften, zurückhaltenden Kind ihren Willen aufzuzwingen, von dem sie ohne weiteres annehmen mußte, daß es ihr aufgrund seiner bescheidenen Herkunft unterlegen war?

In ihrer Sorge, Jane zu schützen, bedachte Emmas Mutter nicht, daß möglicherweise umgekehrt ein Schuh daraus geworden wäre, daß nämlich Jane aufgrund ihrer überragenden geistigen Gaben in der Lage gewesen wäre, Emma einen durchaus heilsamen Dämpfer zu versetzen.

Die Frage nach dem Wert einer Freundschaft zwischen diesen beiden doch recht einsamen Kindern trat für Mrs. Woodhouse in dem Maße zurück, als größere Sorgen sie beschäftigten, insbesondere die wohlbegründete Angst um ihre Gesundheit und gewisse Zweifel, ob ihr Mann, ein lieber, gutherziger, aber schwacher Mensch, die Lasten des Hauswesens würde auf sich nehmen können, falls sie genötigt wäre, längere Zeit das Bett zu hüten.

Sie erwartete ihre Niederkunft, die, ging man nach den beiden vorausgegangenen Geburten, schwierig, ja, gefährlich werden konnte. Ihre Konstitution war nicht die stärkste. Vor diesem Ereignis gab es noch vieles zu regeln, und so trat das Bemühen in den Vordergrund, jede Unruhe im Haus zu vermeiden, die sicherlich eingetreten wäre, wenn man Klein-Emma gezwungen hätte, etwas zu tun, was ihr mißfiel. Mrs. Woodhouse machte keinen Versuch mehr, das durchzusetzen, was sie insgeheim und instinktiv für richtig und nutzbringend erachteten – nämlich eine Freundschaft zwischen den beiden kleinen Mädchen. Der unausgesprochene Wunsch aber wurde durchaus empfunden und mag, wie es bei solchen Dingen geht, ihre Tochter in der entgegengesetzten Richtung beeinflußt haben.

Mr. Woodhouse, selbst ständig kränkelnd und in Sorge um seine eigene Gesundheit, litt Qualen, wenn er die Indisposition anderer mitansehen oder sich auch nur vorzustellen genötigt war. Seine Frau, die sich immer öfter außerstande sah, die von ihrem Mann so geschätzten heiter-lebhaften Gespräche zu führen, zog sich nun häufig, Haushaltspflichten vorschützend, in das Zimmer der Haushälterin zurück, wo Mrs. Hill, eine gütige und trotz ihrer einfachen Herkunft sehr verständnisvolle Frau, ihre Herrin den Tröstungen der Musik überließ. Denn wenn die Tür einen Spalt breit offen blieb, hörte man von hier aus Jane am Klavier, was Mrs. Woodhouse immer große Freude bereitete. Eine gute halbe Stunde hörte sie sich an, was Jane gerade spielte – Haydn, Scarlatti oder Cramer –, um sich dann, gestärkt und mit neuer Hoffnung, wieder den Ansprüchen ihres Mannes zu widmen.

Im Oktober, nach einer heillos verpfuschten Entbindung, wurde Mrs. Woodhouse zusammen mit ihrem dritten, totgeborenen Kind auf dem Friedhof von Highbury feierlich zu Grabe getragen. Das Unglück traf ihren Mann so schwer, daß er drei Wochen das Bett hüten mußte. Als er wieder aufstehen konnte, war er gramgebeugt und sah zehn Jahre älter aus, sein Haar war weiß geworden, sein Schritt schwankend und unsicher.

Die dreizehnjährige Isabella hatten gütige Verwandte mit nach Kent genommen, die sechsjährige Emma aber weigerte sich, das Haus zu verlassen und sich in die Verbannung schicken zu lassen. Sie trat um sich, sie schrie, sie weinte, sie wütete – kurzum, sie benahm sich so abscheulich, daß die Verwandten ihre Einladung eiligst zurücknahmen, da sie es sich nicht zutrauten, mit dem Kind fertig zu werden.

»So habe ich sie noch nie erlebt«, sagte Mrs. Hill, die Haushälterin, deren Obhut Emma notgedrungen übergeben werden mußte.

So verbrachte die unglückliche Waise denn einige Tage in völliger Abgeschiedenheit, und es blieb dem Mitgefühl und der Tatkraft des jungen Mr. Knightley vorbehalten, der ein Freund und Nachbar der Familie und ein verständiger, wohlmeinender Mann Ende zwanzig war, sich auf die Suche nach einer kurzfristig verfügbaren Gouvernante zu machen, welche die kleine Emma unter ihre Fittiche nehmen konnte.

Glücklicherweise kannten die Pryors eine junge Dame, die für diese Aufgabe wie geschaffen schien. Sie hatte kürzlich – nicht durch eigenes Verschulden, sondern weil die Familie ins Ausland ging – ihre erste Stellung in Weybridge verloren und konnte innerhalb einer Woche den Dienst in Hartfield antreten. Bald war sie aus der Familie nicht mehr wegzudenken. Es schien fast, als habe Emma die eigene Mutter vergessen, so eng schloß sie sich an die liebe Miss Taylor an, die ihr in großzügigster Weise all das an Zuwendung und zärtlicher Liebe schenkte, was ein Kind normalerweise von der Mutter erwarten darf, wobei sich ungünstig auf ihre künftige Entwicklung allenfalls auswirkte, daß man ihr – wie schon zuvor – etwas zu sehr den Willen ließ.

Bald hatte sie die bösen Tage vor Miss Taylors Ankunft vergessen oder zumindest aus ihrer Erinnerung verdrängt.

Am ersten dieser Tage war unangemeldet die kleine Jane Fairfax in Hartfield aufgetaucht. Natürlich hatte man im Dorf in gedämpftem Ton und mit der gebotenen Feierlichkeit über das Ableben der gütigen Mrs. Woodhouse gesprochen. Doch liegt es nun einmal in der Natur von Kindern, daß sie fast ausschließlich mit sich selbst beschäftigt sind, und so hatte Jane in diesem Ereignis keine Auswirkungen auf ihr eigenes Tun und Treiben gesehen. Sie war gar nicht auf den Gedanken gekommen, daß durch den Todesfall der Unterricht bei Signor Negretti ausfallen könnte. Seit fast einem Jahr ging sie jetzt schon ohne Begleitung nach Hartfield, wann immer ihr der Sinn danach stand. Patty, die einzige Hilfe ihrer Großmutter, hatte täglich tausenderlei zu tun, und der Weg durchs Dorf war so kurz, daß niemand sich Sorgen um das Kind machte. Auch ihre Tante kam nicht auf die Idee, ihr zu sagen, daß zur Zeit an die gewohnten Klavierstunden nicht zu denken war. So lief sie voller Vorfreude über den von Lorbeerbüschen gesäumten Gartenweg von Hartfield, wo sich ihr plötzlich ein so ungewohnter Anblick bot, daß sie wie angewurzelt stehenblieb. Auf der breiten Bank, die sich um die große Zeder zog, saß wie ein Häuflein Elend Emma Woodhouse.

Nicht genug damit, daß man Emma sonst um diese Tageszeit nie im Garten antraf – nein, Jane sah an diesem Tag auch eine Emma vor sich, die sie so noch nie erlebt hatte, ja die sie sich so in ihren kühnsten Träumen nie vorgestellt hätte: ein jammervolles, zerknittertes, tränenüberströmtes kleines Wesen mit blassen, verschmierten Wangen, gelösten Schuhbändern, strähnigem, nur flüchtig gekämmtem Haar und – was wohl das Erstaunlichste war – nicht fein und geschmackvoll gekleidet wie sonst, sondern in einem schlichten, unkleidsamen schwarzen Wollgewand, das ihr mindestens zwei Nummern zu groß war. (Es hatte ursprünglich Isabella gehört, für die es vor vier Jahren angefertigt worden war, als man ihren Großvater zu Grabe getragen hatte, und bislang war noch keine Zeit gewesen, es zu ändern.)

»Ach … Emma«, stotterte Jane und blieb unentschlossen stehen. »Verzeih … ich wußte nicht … das heißt, ich hatte gehört, du wärst in Kent …«

Sie war schon auf dem Sprung, hätte am liebsten kehrtgemacht und wäre nach Hause gelaufen, denn bei früheren Begegnungen hatte Emma stets eine deutlich ablehnende Haltung eingenommen. Aber … vielleicht war es diesmal anders?

Emma sah auf. Die braunen Augen waren gerötet und unter den geschwollenen Lidern kaum noch zu sehen. »Jane, Jane, meine Mutter ist tot«, stieß sie verzweifelt hervor. »Mama ist *tot*! Was soll ich nur ohne sie machen?«

Dieser Ausbruch berührte Jane sehr. Daß Emma, stets von lieben Menschen, von Wohlleben, von Zuneigung umgeben, so stark unter Einsamkeit zu leiden schien, war schon sehr sonderbar.

»Aber … du hast doch noch deinen Papa … Mr. Woodhouse …«

»Ja, aber der liegt im Bett und weint, und wenn ich zu ihm gehe, schickt er mich gleich wieder weg, zu Mrs. Hill.«

»Ja, aber Mrs. Hill … und Serle … und James und deine Zofe Rebecca …«

»Das sind doch bloß Dienstboten.«

»Und deine Schwester … Miss Isabella …«

»Die ersetzt mir nicht die Mama. Außerdem ist sie in Kent.«

Dagegen ließ sich nichts sagen.

»Was soll ich nur tun, Jane«, rief Emma. »Was soll ich nur tun?«

Einem so schlichten, so tief empfundenen Hilferuf hätte sich niemand verschließen können, am allerwenigsten Jane, die zwar keine deutliche Erinnerung an ihre Mutter mehr hatte, der aber das Schmerzliche des nur wenige Jahre zurückliegenden Verlustes noch sehr gegenwärtig war. Sie dachte daran, wie gütig, sanft und fürsorglich Mrs. Woodhouse immer gewesen war. Nicht selten war sie kurz zu ihr ins Musikzimmer gekommen und hatte ihr ein liebes, anerkennendes Wort gesagt.

Ohne sich auch nur eine Sekunde zu besinnen, lief sie zu der Bank unter der Zeder, schlang die Arme um Emma und drückte sie an sich. »Arme, arme Emma«, rief sie. »Es tut mir ja so leid. Es ist ganz, ganz schrecklich für dich.«

Dieses so spontan, warmherzig und völlig aufrichtig geäußerte Mitgefühl war in diesem Augenblick die beste Medizin für Emma. Sie legte ihren Kopf an Janes Schulter und weinte minutenlang bitterlich.

»Was soll ich nur tun?« wiederholte sie immer wieder. »Wer wird sich um mich kümmern? Mr. Knightley hat Papa sagen lassen, daß er eine Gouvernante für mich sucht! Eine Gouvernante! Bestimmt ist sie schrecklich. Wie kann sie je Mamas Stelle einnehmen?«

»Wenn sie schrecklich ist«, sagte Jane tapfer, »stehe ich dir bei.«

Die Vorstellung, Emma tatsächlich von Nutzen sein zu können, tat ihr wohl.

»O ja«, rief diese. »Tu das. Wir wollen Freundinnen sein, für immer und ewig, ja? Und uns all unsere Geheimnisse erzählen.«

»Ja, alle«, versprach Jane, in deren Leben es keinerlei Geheimnisse gab. »Und uns immer ganz, ganz liebhaben. Und nie böse oder unfreundlich zueinander sein.«

Nachdem dieses Versprechen viele Male bestätigt worden war, schmiegten sie sich aneinander wie zwei halbflügge Vögel, die der Wind aus dem Nest geweht hat, bis Serles Ruf: »Miss Emma! Miss Emma! Wo stecken Sie denn? Seien Sie brav und kommen Sie ins Haus zum Essen!« Emma hochscheuchte und die beiden kleinen Mädchen vorübergehend trennte.

Jane, die gar nicht gemerkt hatte, wie spät es geworden war, kehrte tief in Gedanken nach Hause zurück, um ebenfalls ihr Abendessen einzunehmen. Doch schritt sie ungewöhnlich flott aus und hielt den Kopf hoch erhoben. Herzliches Mitgefühl für Emmas Leid mischte sich in ihrer Brust mit leise staunender Freude über diese Freundschaft, von der sie nie zu träumen gewagt hätte und die ihr nun wie ein Geschenk des Himmels ohne ihr Zutun in den Schoß gefallen war. Eine Freundin! Emma Woodhouse hat mir ihre Freundschaft angeboten, dachte Jane. Jetzt werden wir viele wunderschöne Sachen zusammen machen können.

Spazierengehen... vielleicht kommt Mr. Knightley mit, er mag Emma so gern... sie wird mich manchmal daheim besuchen, sich die Zeichnungen ansehen, die ich für Mrs. Pryor gemacht habe, und meine Papierpuppen, und Tante Hetty wird sicher gern einen ihrer süßen Kuchen für uns backen. Wir können Teegesellschaften geben mit Tassen aus Eichelnäpfchen, und unter dem Tisch mit dem roten Tischtuch Hausfrau spielen.

Um für all diese Freuden gerüstet zu sein, sammelte sie viele Eichelnäpfchen und bettelte so lange, bis Tante Hetty ihr einen neuen Satz Püppchen ausschnitt.

Doch ehe all diese Pläne verwirklicht werden konnten, mußte Emmas Trauergarderobe angefertigt werden. Sie könne doch nicht im Dorf herumlaufen wie eine Vogelscheuche, sagte sie, in Sachen, die ihr noch nicht mal richtig paßten. Dies war eine Empfindung, die Jane sehr gut nachfühlen konnte.

Sechs Tage hintereinander ging Jane, in dieser verdienstvollen Absicht von Tante und Großmutter aufs Lebhafteste ermutigt, nach Hartfield, wo die Kinder sich – meist im Garten, denn das Wetter war schön und mild – mit ›Ich-sehe-was-was-du-nicht-siehst‹, Scherzfragen und anderen ruhigen Zerstreuungen beschäftigten, die in der Trauerzeit als zulässig galten. Auf Karten, Gesellschaftsspiele, Puppen und ähnliches mußten sie natürlich vorläufig verzichten.

Jane hatte zunächst vorgeschlagen, Verstecken zu spielen. Seit ihrem ersten Besuch auf Hartfield war es ihr sehnlichster Wunsch gewesen, die Gartenanlagen zu erkunden. Nachdem sie jetzt zum ersten Mal ganz nach Lust und Laune in den Staudenpflanzungen, den Alleen und den naturbelassenen Teilen des ausgedehnten Parks herumstreifen durfte, hatte sie festgestellt, daß sie ein beachtliches Talent dafür hatte, verblüffende Plätze als Versteck zu finden – das Efeugeschlinge an einer Mauer, die bemooste Nische über einem Löwenkopfbrunnen oder die Astgabel einer alten Weide. Doch das Versteckspiel erwies sich als unbefriedigend, da es mit langen Phasen einsamen Wartens oder einsamer Suche nach der Mitspielerin verbunden war und Emma dann rasch gelangweilt und gereizt war. Wenn Emma selbst mit Suchen an der Reihe war, verlor sie schnell die Lust daran. Mußte sie sich verstecken, ließ sie sich ungeduldig aus ihrem Versteck heraus vernehmen: »Hier bin ich, Jane! Hier bin ich! Komm und such mich! Hierher, Jane!«

Und wenn dann Jane bei ihr angelangt war: »Ich hab dieses Spiel satt. Spielen wir etwas anderes. Laß uns Hochzeit spielen.« Als Gastgeberin konnte natürlich Emma bestimmen; auch Jane wußte, was sich gehörte. Doch sie fand das Hochzeitsspiel, bei dem es darum ging, sämtliche Bewohner von Highbury angemessen zu verheiraten, unerträglich fad und öde.

Stundenlang saßen sie zusammen in der Sommerlaube und besprachen die Hochzeitsfeierlichkeiten in allen Einzelheiten. Jane, die noch nie eine Hochzeit miterlebt hatte, staunte manchmal nicht wenig über Emmas Kenntnis der Materie.

»Und was ist mit Mr. Knightley? Wen soll er heiraten?« fragte sie, ein Gähnen unterdrückend, als die Damen Cox, die Gilberts und die Otways abgehandelt worden waren – mit Chorälen, Handschuhen, Brautsträußen, Spitzenbesätzen, weißem Satin, Liebesszenen, Anträgen und Geschenken.

»Mr. Knightley? Der ist doch viel zu alt zum Heiraten. Bei seinem Bruder, Mr. John, habe ich mir manchmal überlegt...

aber Mr. Knightley ist viel zu alt. Und Mr. Weston ebenfalls. Außerdem ist Mr. Weston Witwer, er war schon mal verheiratet...«

Emmas Stimme kam ein bißchen ins Schwanken. Mr. Weston hatte seine junge Frau durch den Tod verloren, und das war ein Thema, das ihrem eigenen Kummer gefährlich nahe kam. Jane begriff und sagte rasch: »Wie ist es mit Miss Bickerton, der jungen Dame, die Haustochter in Mrs. Goddards Schule ist? Welchen Mann würdest du ihr geben?«

»Miss Bickerton? Die ist kaum älter als meine Schwester... viel zu jung zum Heiraten. Außerdem wird sie wohl Lehrerin werden müssen. Oder eine alte Jungfer. Mrs. Goddard hat Papa erzählt, daß sie keine Angehörigen hat, sondern eine wohltätige Einrichtung das Schulgeld für sie zahlt.«

Diese gedankenlose Bemerkung brachte Jane zum Schweigen. So jung sie war, hatte sie doch schon begonnen, Überlegungen über ihre eigene Zukunft anzustellen, die sie recht bedenklich stimmten.

»Wen könnten wir noch heiraten lassen?« fragte Emma, ihrerseits gähnend. »Komm, Jane, laß dir was einfallen. Du bist so still, du hast nie eigene Ideen.«

»Ich bin still?« fragte Jane überrascht.

»Ja. Zu still.«

Jane überlegte einen Moment. »Das kommt wohl daher«, sagte sie dann, »daß Tante Hetty so viel redet.«

Am nächsten Morgen beim Frühstück war Tante Hettys gewohnter Redefluß erstaunlicherweise versiegt. Als Grund dafür machte Janes scharfer Blick einen langen weißen Umschlag mit rotem Amtssiegel aus, den Patty von der Post mitgebracht hatte. Ausnahmsweise bemühte Tante Hetty sich nicht, Jane zu einem zweiten Butterbrot zu überreden. Ihre Bitte, aufstehen zu dürfen, um sich für den täglichen Besuch in Hartfield bereit zu machen, wurde zerstreut gewährt, und während sie ihren Mantel anzog (denn morgens war es jetzt schon kühl), hörte sie ihre Tante leise sagen: »Ob nicht das Kind in Kenntnis gesetzt werden müßte? Was meinst du, Mutter? Wirklich sehr gütig. Und so unerwartet. Ich weiß gar nicht, was ich davon halten soll ...«

Darauf Janes Großmutter: »Vielleicht warten wir besser, bis wir jemanden zu Rate gezogen haben, der sich in diesen Dingen besser auskennt. Es mag unsere gesetzliche Pflicht sein, es ihr zu sagen ... aber wenn wir vielleicht Mr. Knightley ... oder Mr. Pryor ...«

»Geh nur, Kind«, sagte Tante Hetty. »Lauf zu, Jane. Emma wartet gewiß schon ungeduldig auf dich ...«

Doch an jenem Vormittag spürte Jane mit dem feinen Takt von Menschen, die viel allein sind, eine Veränderung bei Emma, eine gewisse Kühle in ihrer Begrüßung.

»Da bist du ja, Jane«, sagte sie lustlos. »Wie kalt es heute ist. Was wollen wir machen, um uns warm zu halten?«

»Sollen wir im Haus bleiben? Wir könnten ins Musikzimmer gehen und vierhändig spielen.«

Dieser Plan spukte ihr schon seit ein paar Tagen im Kopf herum; es gab da einige Klavierstücke zu vier Händen, die sie schon lange gern ausprobiert hätte. Mrs. Woodhouse hatte sie vor Isabellas Auflehnung gegen ihre musikalische Unterweisung für die Töchter besorgt, und seither lagen die Noten unberührt an ihrem Platz.

»Vierhändig?« stieß Emma angewidert hervor. »Nein, besten Dank. Was für ein abscheulicher Vorschlag! Duette sind etwas Fürchterliches. Das sagst du nur, weil –« Sie verstummte, machte ein beschämtes Gesicht, doch dann brach es aus ihr heraus: »Du brauchst dir nicht einzubilden, daß du die beste Klavierspielerin in ganz Surry bist, nur weil Mama dir hundert Pfund vermacht hat. So viel Geld ist es nun auch wieder nicht.«

Diese Bemerkung war Jane so unverständlich, daß sie stocksteif stehenblieb und sich fragte, ob sie sich vielleicht verhört hatte.

»Was soll das heißen, Emma? Deine Mama hätte mir hundert Pfund hinterlassen? Wovon redest du? Sie hat mir überhaupt nichts hinterlassen.«

»Hat sie wohl«, grollte Emma. »Gestern ist ihr Testament eröffnet worden. Mr. Cox, der Advokat, ist gekommen und hat es Papa vorgelesen. Mama hatte etwas eigenes Geld und hat dir hundert Pfund vermacht. ›Meiner kleinen Nachbarin Jane Fairfax, zu verwenden für ihre Ausbildung, weil sie mir mit ihrer Musik so viel Freude gemacht hat.‹«

»Hundert Pfund! Aber... ich verstehe nicht...« Jane war ganz ratlos. »Mrs. Woodhouse ist nie ins Musikzimmer gekommen, wenn ich geübt habe... nur manchmal ganz kurz, zum Schluß...« Ihre Stimme zitterte, als sie an die dünne, blasse, elegante Dame dachte, die nun nie mehr kommen würde. In diesem Moment erfaßte sie die ganze Endgültigkeit des Todes. »Ich glaube, Mrs. Woodhouse hat mich nicht öfter als ein- oder zweimal spielen hören«, sagte sie unsicher.

»Doch hat sie das.« In Emmas Stimme klang die Empörung eines Kindes, dem zu Unrecht eine den Geschwistern gewährte Vergünstigung vorenthalten wurde. »Sie hat in Mrs. Hills Zimmer gesessen und zugehört, ich weiß es von Serle. Und jetzt hat sie dir hundert Pfund vermacht. *Mir* hat sie nichts vermacht und Isabella auch nicht, jedenfalls nicht, bis wir einundzwanzig sind, dann bekommt jede von uns dreißigtausend Pfund, aber was haben wir davon? Ich finde das sehr ungerecht.«

»Aber Emma«, begann Jane, »du hast doch alles...« Sie sah sich im Garten um. Dicker weißer Rauhreif bedeckte den Rasen.

»Aber nicht Mama«, stieß Emma leidenschaftlich hervor.

»Um hier draußen zu sitzen, ist es viel zu kalt«, sagte Jane rasch, ehe Emma in Tränen ausbrechen konnte. »Laufen wir um die Wette. Los, Emma! Wer zuerst an der Kastanie ist!«

Jane war, wenn auch klein für ihr Alter, flinker als die schwerer gebaute und etwas ungeschickte Emma und gewann zwei von drei Wettläufen.

Emma war dieses Zeitvertreibs bald müde. »Komm, wir reden mit James und den Pferden«, schlug sie vor. »Wenn wir Serle schön bitten, gibt er uns sicher ein bißchen Brot zum Füttern.«

Jane hatte insgeheim ein wenig Angst vor den großen, glänzenden Kutschpferden, erhob aber natürlich keinen Einspruch. Doch als sie auf den gepflasterten Hof vor den Stallungen kamen, waren die Boxen leer, und weder James noch die Pferde waren zu sehen. Tom, der Stalljunge, berichtete, James sei mit der Kutsche nach Kingston gefahren, um die neue Gouvernante abzuholen, müsse aber in Kürze mit seinem Fahrgast wieder hier sein. Nachdem sie sich eine Weile im Hof herumgedrückt und ein paarmal vom Aufsteigblock gesprungen waren, schlenderten sie zu der Einfahrt mit dem großen schmiedeeisernen Tor und waren deshalb zur Stelle, als Miss Taylor aus der Kutsche stieg. Sie erwies sich nicht, wie Emma befürchtet hatte, als gestrenge ältere Dame, sondern war jung, hübsch und liebenswürdig.

»Welche ist meine Schülerin?« erkundigte sie sich sogleich, und nachdem sie es erfahren hatte: »Was spielt ihr da? Laßt ihr mich mitspielen? Oder soll ich mich zuerst bei deinem Papa vorstellen?«

»Nein, Papa kommt jetzt immer erst gegen zwei oder drei aus seinem Zimmer«, erklärte Emma, und Jane rief aufgeregt: »Ach, bitte, spielen Sie Verstecken mit uns!«, denn sie brannte darauf, einige der schlau ausgedachten Schlupfwinkel auszuprobieren, die sie ausfindig gemacht hatte.

»Nun gut«, erwiderte die neue Gouvernante lachend. »Dann geh du und versteck dich ... wie heißt du? Jane ...? und Emma und ich werden uns inzwischen miteinander bekannt machen. Wir geben dir drei Minuten, ich sehe auf meine Uhr. Dann fangen wir an zu suchen. Fort mit dir.«

Überglücklich, ohne auf Emmas unzufriedene Miene zu achten, rannte Jane los. Emma hat jemanden gefunden, der es gut mit ihr meint, dachte sie zufrieden, diese Dame wird gewiß lieb zu ihr sein. Doch so sehr diese erfreulichen Überlegungen sie auch beschäftigen mochten – die hundert Pfund gingen ihr immer noch im Kopf herum. Nie hätte sie sich dergleichen träumen lassen! Das war es wohl, worüber Großmama und Tante Hetty beim Frühstück gesprochen hatten.

Jane ging auf das Versteck zu, für das sie sich entschieden hatte, eine doppelte Lorbeerhecke, welche die Staudenpflanzung vom Rasen abgrenzte. Einer der Büsche hatte schon eine stattliche Höhe erreicht und etliche Fuß über dem Boden eine Gabel gebildet; dort konnte man sitzen wie in einem grünen Nest. Sie eilte hin, und sobald sie sich zurechtgesetzt hatte, rief sie: »Ich bin soweit!« und faßte sich in Geduld.

Die brauchte sie auch, denn Emma und ihre neue Freundin ließen sich reichlich Zeit. Mehrmals sah Jane die beiden, angeregt miteinander plaudernd, in einiger Entfernung, doch sie gingen in die falsche Richtung. Am liebsten hätte sie erneut gerufen, beherrschte sich aber. Und dann waren unerwartet die Stimmen ganz nah, Emma und Mrs. Taylor spazierten offenbar über den breiten Gartenweg am Rand der Staudenpflanzung.

»Und ist Jane Fairfax deine liebste Freundin?« fragte Miss Taylor freundlich. »Wird sie mit dir und deiner Schwester zusammen unterrichtet?«

»Bewahre!« erwiderte Emma im Ton herablassender Verwunderung. »Janes Verwandte sind ganz arm. Sie hat keine Eltern und wohnt mit ihrer Großmutter über einem Barbiergeschäft. Mama hat mit ihnen verkehrt, aber nur aus Gutherzigkeit. Und Jane wird nie heiraten können, denn sie haben gar kein Geld, kein bißchen. Bis auf...« Emma zögerte, dann fuhr sie fort: »Wenn sie erwachsen ist, wird sie sich selbst ihren Lebensunterhalt verdienen müssen, sie wird –«

Sie unterbrach sich, vielleicht, weil sie hatte sagen wollen: »– Gouvernante werden müssen.« Zu spät besann sie sich darauf, wer da neben ihr ging.

»Das ist natürlich sehr traurig für Jane«, sagte die neue Gouvernante mit einer Stimme, die nichts verriet, »aber doch wohl kein Hinderungsgrund für eine Freundschaft...«

»Nein, aber... Jane ist so langweilig«, erklärte Emma unumwunden. »Sie redet nie über Sachen, die mich interessieren. Und sie kennt nur Kleinkinderspiele. Wie dies hier. Versteckspielen... Oder Wettlaufen... Spiele, die nur für Jungen taugen.«

»Aber würdest du nicht gern mit ihr zusammen Unterricht haben?« fragte Miss Taylor. »Ich denke immer, daß es sich in Gesellschaft besser lernt. Dann hättet ihr vielleicht auch mehr gemeinsamen Gesprächsstoff. Du würdest sie besser kennenlernen und eher Gefallen an ihr finden...«

»Nein, bestimmt nicht. Das wäre mir gar nicht recht. Früher hatten wir zusammen Klavierstunden, aber Signor Negretti hat gesagt –« Die Stimmen verklangen in der Lorbeerallee.

Jane saß mehrere Minuten wie versteinert in ihrer Astgabel, dann kletterte sie schwerfällig hinunter und lief davon. Ein Gefühl der Übelkeit überkam sie, das Atemholen kostete sie Mühe, und sie empfand einen unbestimmten Schmerz, als habe man eins ihrer inneren Organe, das Herz vielleicht, mit Gewalt von seinem angestammten Platz entfernt. Sie wollte sich sofort auf den Heimweg machen, begegnete aber zufällig den anderen beiden in der Einfahrt.

»Da ist sie ja! Was hast du nur für ein schlaues Versteck ausgesucht, Jane? Wir dachten, wir hätten überall nachgesehen.«

»Sie muß im Heuschober gewesen sein«, meinte Emma. »Dabei hatten wir ausgemacht, daß das nicht gilt...«

Jane sagte weder ja noch nein, sondern bemerkte leise, sie müsse nach Hause, sie habe auf der Stalluhr gesehen, daß es schon spät sei, Tante Hetty würde sich Gedanken machen.

»Bist du krank, Kind? Du siehst so blaß aus«, fragte Miss Taylor, der Janes verändertes Wesen nicht entgangen war, mit leiser Unruhe.

»Jane ist immer blaß«, rief Emma. »Das ist nichts Besonderes.«

Jane erklärte verdrießlich, sie sei nicht krank, nicht ein bißchen, mehr aber wagte sie nicht zu sagen. Ohne einen weiteren Blick, ein weiteres Wort drehte sie sich um, lief über die Einfahrt und zum Tor hinaus.

»Was für ein wunderliches, schroffes kleines Ding«, sagte Miss Taylor und sah ihr ein wenig ratlos nach. »Aber... nun ja... niemand hat sich wohl die Zeit genommen, ihr ein bißchen Benehmen beizubringen...«

»Sie ist schrecklich langweilig«, wiederholte Emma. »Und selbstsüchtig. Immer will sie nur das spielen, worin sie gut ist, und nicht das, woran andere Leute Spaß haben. Aber lassen wir Jane, Miss Taylor. Darf ich zusehen, wie Sie auspacken?«

»Aber natürlich, Kind, komm nur.«

Ihrer Tante und ihrer Großmutter erzählte Jane nichts von dem belauschten Gespräch, sondern berichtete nur, Miss Taylor, die neue Gouvernante, sei angekommen, sie scheine eine freundliche, angenehme Dame zu sein, und Emma sei augenscheinlich bereit, ihr Vertrauen und Zuneigung entgegenzubringen.

»Das freut mich«, bemerkte die alte Mrs. Bates. »Arme kleine Emma! Es heißt, daß es nicht so ganz einfach mit ihr ist. Was für ein Glück, daß sie in diesen einsamen Tagen dich zur Gesellschaft hatte.«

Jane antwortete nicht, sondern widmete sich ihrem Abendessen. Doch es zeigte sich bald, daß das gute Kind offenbar keinen Appetit hatte, und als wenig später ein heftiger Schüttelfrost einsetzte, zu dem noch ein Weinkrampf und Nervenfieber kam, steckten ihre besorgten Angehörigen sie ins Bett und schickten nach Mr. Perry, dem Apotheker.

Es war der erste heftige Anfall jener Migräne, die Jane von diesem Tag an über viele Jahre plagen sollte. Keins der von Mr. Perry oder ihrer Tante verabreichten gängigen Mittel brachte der Kranken auch nur die mindeste Linderung. Drei Tage mußte sie das Bett hüten; unruhig warf sie sich auf dem schmalen Lager hin und her. Da sie die stickige kleine Stube mit ihre Tante teilte, war sie nie für sich. Nicht einmal ihren Tränen konnte sie freien Lauf lassen.

Der Lauscher an der Wand hört seine eigene Schand, dachte sie, Tante Hetty hat es mir oft genug gesagt, und jetzt erkenne ich, wieviel Wahrheit in diesem Sprichwort steckt. Ich kann nur hoffen, daß ich nie wieder das Unglück haben werde, etwas zu hören, was nicht für mich bestimmt ist. *Sehr langweilig. Sehr langweilig.* Emma Woodhouse findet mich sehr langweilig. Warum aber hat sie mir dann überhaupt ihre Freundschaft angetragen? Niemand hat sie dazu gezwungen. Ich hätte es nie von ihr verlangt.

Die arme, tief verletzte Jane begriff noch nicht, daß Emma in ihrer ratlosen Verzweiflung nach der ersten echten Katastrophe ihres bislang so sicheren, behüteten Lebens vorübergehend keiner Güte, keiner Gerechtigkeit fähig war. Eine solche Erkenntnis wäre weit über kindliches Verstehen hinausgegangen. Jane sah nur, daß man sie grausam verraten, daß man ihr den Boden unter den Füßen weggezogen hatte.

Nie mehr, sagte sie sich, während sie trostlos den Blick von dem Pudding abwandte, den die Tante ihr hoffnungsvoll hinstreckte, nie mehr werde ich einem Menschen ein solches Versprechen geben, nie mehr, solange ich lebe, werde ich einem Menschen rückhaltlos vertrauen.

»Einen Löffel wenigstens, Liebchen, du hast so lange nichts mehr zu dir genommen.«

»Nein, danke, Tante Hetty.«

Betrübt trug die Tante den Pudding weg, und Jane starrte

blicklos auf die kahle Wand, während ihr unaufhörlich das immer schwächer werdende Echo jener anderen Stimme und des trügerischen Versprechens in den Ohren hallte: ›Wir wollen Freunde auf immer sein, ja? Und uns all unsere Geheimnisse verraten. Und uns immer liebhaben.‹

Die Brüder George und John Knightley, Erben des etwa eine Meile hinter Highbury gelegenen Gutes Donwell Abbey, waren gute alte Freunde der Familie Woodhouse. John, der jüngere, studierte zur Zeit Jura und war nur in den Ferien daheim. George hingegen, der kurz nach dem Ableben des Vaters volljährig geworden war, lebte auf dem Gut und kümmerte sich um den nicht unbeträchtlichen Besitz. Da er die Woodhouse-Töchter von klein auf kannte, war er für sie eine Art älterer Bruder, und auch er sah sich so, jederzeit bereit, Ratschläge zu erteilen, die Mädchen zu tadeln oder sich mit ihnen zu freuen. Er hatte größtes Verständnis für ihren Kummer, zumal er kürzlich einen ähnlichen Verlust erlitten hatte, und beeilte sich, einen freundschaftlichen Bund mit der neuen Gouvernante zu schließen, um das Wohlergehen der Mädchen auf jede ihm nur mögliche Weise zu fördern.

»Emma braucht dringend mehr Gesellschaft«, sagte er zu Miss Taylor, »und mehr Konkurrenz. Sie neigt allzu sehr dazu, sich für den Gipfel der Vollkommenheit zu halten, denn Isabella, ein sanftmütiges Mädchen, bedeutend älter als Emma und ihr geistig weit unterlegen, hat ihr immer nachgegeben. Meinen Sie nicht auch, Miss Taylor, daß Emma andere Kinder zum Spielen und zum Lernen braucht?«

»Besser wäre es zweifellos«, erwiderte die neue Gouvernante ein wenig zögernd. »Aber die Auswahl in dieser Gegend ist nicht allzu groß.«

»Die Töchter von Cox?«

Miss Taylors Gesicht nahm einen besorgten und bedenklichen

Ausdruck an. »Emma mag die beiden gar nicht. Und ich muß gestehen, daß ich es nicht gern sähe, wenn das liebe Kind sich von ihrem gezierten, vorlauten Gehabe anstecken ließe.«

»Und die Schwestern Martin?«

»Töchter eines Pächters? Ich glaube kaum, daß Mr. Woodhouse –«

»Es sind anständige, gesunde Kinder«, unterbrach er sie ungeduldig. »Durch sie könnte Emma unmöglich Schaden nehmen.«

»Nein, nein, gewiß nicht. Aber sie selbst zögert auch ...«

»Und wie steht es mit der kleinen Jane Fairfax? Die Familie ist untadelig, und Jane ist ein stilles, rücksichtsvolles, manierliches kleines Mädchen, sehr weit in ihren Kenntnissen, wie ich von Mrs. Pryor höre, bei ihr hätte Emma gesunden Wettbewerb ...«

»Das ist wohl wahr.« Miss Taylors Miene wurde womöglich noch besorgter. »Aber aus irgendeinem Grund scheinen Jane und die liebe Emma sich nicht gut zu verstehen. An wem es liegt, mag ich nicht entscheiden. Sie wissen ja, wie unberechenbar Kinder manchmal sind, Mr. Knightley. Jedenfalls scheint Emma – ein reizendes, sehr liebenswürdiges Kind, wenn auch hin und wieder ein wenig eigenwillig – fest entschlossen, Jane weder zum Spielen noch zum Lernen im Haus zu dulden, außer für die Klavierstunden natürlich, aber die bekommt Jane ja ohnehin getrennt. Und wenn sie zu ihren Stunden oder zum Üben kommt, schlüpft sie lautlos wie ein Mäuschen ins Haus. Sie wissen, wie schwer es ist, Emma zu Dingen zu bewegen, gegen die sie sich sperrt ...«

»Unmöglich, wollen Sie wohl sagen. Ich sehe schon, auch Sie hat Emma schon um den Finger gewickelt. Nun, da muß ich mir wohl selbst etwas einfallen lassen.«

Vor vier Jahren hatte John Knightley mit Zustimmung von Mrs. Woodhouse Isabella auf einem alten grauen Pony, dem Spielgefährten und Begleiter der Jungen von Donwell Abbey, das Reiten beigebracht. Der treue Freund von damals war längst nicht mehr, aber Mr. Knightley machte sich die Mühe, bei einem seiner Pächter zwei brave, sanftmütige Ponys ausfindig zu machen und zu kaufen, woraufhin er nun auch Emma vorschlug, ihr Reitstunden zu geben.

»Denn ich höre dich oft jammern, wie sehr dich die Spaziergänge in Highbury langweilen, weil sie dir bis zum Überdruß vertraut sind: den Pfarrweg hinauf und hinunter; die Donwell Lane hinauf und hinunter; über den Dorfanger... Zu Pferd könntest du dich sehr viel weiter hinauswagen und sehr viel mehr sehen.«

Emma war hellauf begeistert von dem Plan.

»O ja, o ja! Liebster Mr. Knightley, wann fangen wir an?« Doch dann fiel ihr noch etwas ein. »Ist Papa einverstanden?«

Es war gar nicht so einfach gewesen, Mr. Woodhouse in seinem derzeitigen melancholischen und geschwächten Zustand von den Vorteilen eines solchen Planes zu überzeugen. Die arme kleine Emma, sagte er, ermüde so rasch, und wenn nun das Pferd scheute und sie abwarf? Er dürfe gar nicht daran denken, Pferde seien so unberechenbare, unruhige, nervöse, zappelige Geschöpfe, er müsse ja in tausend Ängsten schweben, solange die Reitstunde andauere.

Mr. Knightley gelang es, seinen alten Freund davon zu überzeugen, das Pony sei das abgeklärteste, friedlichste Wesen, das man sich nur vorstellen könne, und bewege sich meist nur in langsamem Schritt vorwärts, und bei der geringen Größe des Tieres sei auch von einem Sturz nichts zu befürchten. »Es wäre nicht schlimmer, als fiele man von einem Stuhl.« Und er wolle Miss Bates und Mrs. Goddard bitten, Mr. Woodhouse mit ihrem Geplauder zu zerstreuen, wenn eine Reitstunde angesagt sei.

So weit, so gut. Emma war so begierig, mit dem Unterricht zu beginnen, daß sie sich sogar bereit fand, das alte Reitkleid von Isabella zu tragen, bis ihr eigenes fertiggestellt war. So wurden denn die Wollröcke gebügelt, und Miss Taylor begleitete ihre Schülerin auf die Koppel, wo der Unterricht stattfinden sollte; unterwegs schwatzte Emma ununterbrochen.

»Wenn ich erst reiten kann, Miss Taylor... können *Sie* übrigens reiten?«

»Ja, Schätzchen, ich bin in Wales aufgewachsen, dort muß man einfach reiten können, weil die Dörfer so weit auseinanderliegen.«

»... kann Mr. Knightley uns seine Stute leihen, und wir können Burgh Heath und Box Hill erkunden und viele andere schöne Orte. Highbury ist so langweilig. James kann uns auf einem der Kutschpferde begleiten...«

»So weit denn doch nicht, Liebchen. Aber wir werden sehen.«

Diesen großartigen Plänen aber war leider ein rasches Ende bestimmt, denn auf der Koppel angekommen, stellte Emma zu ihrem großen Verdruß fest, daß Jane Fairfax ebenfalls in den Genuß von Mr. Knightleys Reitunterricht kommen sollte.

»Denn zwei lernen ebenso leicht wie eine«, erklärte Mr. Knightley munter, »oder sogar noch viel leichter, denn die eine lernt von den Fehlern der anderen. William Larkins wird dich auf Dapples heben, Emma, inzwischen führe ich Jane auf Ginger auf und ab. Etwas gerader halten, Jane, du beugst dich zu weit vor. So ist es gut. Nein, nicht an der Mähne festhalten, sie ist von der Natur nicht als Griff gedacht. Vortrefflich, Emma; das linke Knie ein wenig weiter zurück, die Schultern herunter, Kinn hoch.«

Schon während der ersten Unterrichtsstunde stellte sich heraus, daß Jane, die mager, doch agil und drahtig war und sich die größte Mühe gab, bei ihrem Lehrmeister Ehre einzulegen, eine bessere Schülerin sein würde als Emma, die in diesem Alter ein wenig zur Rundlichkeit und Trägheit neigte. Außerdem war sie sehr verstimmt, daß sie nicht Mr. Knightleys einzige und damit seine Vorzugsschülerin war. Gegen Ende der Unterrichtsstunde nutzte sie den Augenblick, als Mr. Knightley und William Larkins die Plätze tauschten, um ihrem Pferd einen Tritt zu versetzen, das daraufhin in einen gemächlichen Trab verfiel. Dann glitt sie aus dem Sattel und ließ sich ins Gras fallen, wo sie mit kläglichem Gesicht liegenblieb, bis Miss Taylor ihr zu Hilfe eilte. Mr. Knightley war der Erzieherin langsamer gefolgt.

»Keine Sorge, Ma'am, es ist nichts geschehen, ich habe genau gesehen, wie es sich zugetragen hat. Du wirst noch manch schlimmeren Sturz tun, Emma, bis du es kannst. Komm, steh auf, und laß dir wieder in den Sattel helfen, es ist ganz wichtig, nach jedem Sturz gleich wieder aufzusteigen.«

Doch Emma erklärte, sie sei arg mitgenommen und zerschlagen und habe genug. Weinerlich verlangte sie, nach Hause gebracht zu werden. Auf dem Heimweg blieb sie ungewohnt schweigsam. Doch der Bericht, den sie zu Hause gab, veranlaßte ihren Vater, allen weiteren Versuchen mit der edlen Reitkunst einen Riegel vorzuschieben. Der Gedanke an die Gefahr, in der sein Liebling möglicherweise schwebte, sei ihm unerträglich. Und wozu sollte sich schließlich seine geliebte Tochter auf einem Pferd durch die Gegend bewegen? Es gäbe schließlich genug trockene Spazierwege in und um Highbury, um sich ausreichend Bewegung zu verschaffen, er selbst sähe nicht einmal die Notwendigkeit, sich über die Staudenbepflanzung seines eigenen Gartens hinauszubegeben, allenfalls hin und wieder auf ein Teestündchen zu Mrs. Goddard. Emma sei auf dem Gelände von Hartfield weit besser aufgehoben, dort gäbe es weder Schmutz im Winter noch Staub im Sommer. Jeder sei gut beraten, sich auf seinem eigenen Grundstück aufzuhalten, dieses Herumzigeunern um des reinen Vergnügens willen habe man in seiner Kindheit nicht gekannt, es sei dies eine sehr unerfreuliche Erscheinung des neuen Jahrhunderts, ein Zeichen beklagenswerter Rastlosigkeit. Falls Emma den Wunsch verspüre, größere Entfernungen zurückzulegen, könne sie jederzeit über die Kutsche verfügen. Er wisse Mr. Knightleys liebenswürdiges Angebot zu schätzen, aber er habe ja gleich gewußt, daß nichts Gutes dabei herauskommen würde, und seine Bedenken hätten sich ja nun leider aufs betrüblichste bestätigt.

Der geknickte Mr. Knightley verkaufte das eine Pony und unterrichtete Jane fortan allein. Sie erwies sich als eifrig und gelehrig und wurde bald eine tüchtige Reiterin.

»Bei Janes Erkältungen hat das Reiten Wunder gewirkt«, sagte Janes Tante dankbar zu Mr. Knightley. »Denn wissen Sie, mein lieber Herr, Jane war immer so zart, wir waren ständig in Sorge um sie, sobald sie aus dem Haus kam, fing sie an zu niesen, und ihre Halsentzündungen haben uns zur Verzweiflung gebracht, aber seit sie sich mit Ihnen so viel an der frischen Luft bewegt, Mr. Knightley, ist das nie mehr vorgekommen, sie ist ein ganz anderer Mensch geworden, wenn sie vom Reiten zurückkommt, hat sie richtig rosige Wangen und plaudert, daß man es kaum für möglich halten mag. Wir hatten ja immer gehofft, Jane und die kleine Emma Woodhouse würden Freundschaft schließen, aber...« – ein tiefer Seufzer – »...die so ganz anderen Umstände... Ja, wie gesagt, im allgemeinen ist Jane, Sie mögen es noch nicht so gemerkt haben, kein redseliges Kind, anders als meine Wenigkeit, ich rede recht gern, meine Zunge braucht einfach hin und wieder ein bißchen Bewegung, aber nach einem Ausritt mit Ihnen schwatzt Jane drauflos, daß... es ist wirklich kaum zu glauben... Und daß sie reiten kann, wird ihr gewiß später gut zustatten kommen, denn sie wird ja ihr Brot als Erzieherin verdienen müssen, das arme Ding, so wie sie gestellt ist, daran führt kein Weg vorbei, und wenn sie das Glück hat, in ein vornehmes Haus zu kommen, könnte sie, falls das von ihr verlangt wird, mit ihren Schützlingen ausreiten.«

Nach der verunglückten Reitstunde mit Emma gab Mr. Knightley sich geschlagen und verzichtete darauf, eine Freundschaft zwischen Jane Fairfax und Emma Woodhouse stiften zu wollen.

Von da ab wechselten die beiden Mädchen im Lauf eines Jahres wenig mehr als ein halbes Dutzend Worte miteinander. Emma achtete darauf, Jane nicht über den Weg zu laufen, wenn diese zu ihren Klavierstunden kam, und Jane selbst kam und ging lautlos wie ein Gespenst. Und wenn sie sich zufällig im Dorf trafen, blieb jede auf ihrer Straßenseite und übersah die andere geflissentlich.

2

Als Jane Fairfax acht war, wurde ihr die ehrenvolle Aufgabe übertragen, jeden Morgen – vorbei am Gasthof *Zur Krone*, dem Fleischer, Fords Tuch- und Modewarenhandlung, dem Bäcker und dem Schmied – zur Post zu laufen, um die Briefe für die Familie abzuholen. Meist gab es allerdings nicht viel zu holen, denn die Damen Bates waren nicht mehr die Jüngsten und hatten keine Familie, bis auf einige Cousins in Shropshire, die sich nur selten dazu entschließen konnten, zur Feder zu greifen. Doch Bewegung in der Morgenluft, so hieß es, sei gesund für Jane, die in letzter Zeit ein gutes Stück gewachsen war, so daß Großmutter und Tante ständig damit beschäftigt waren, Abnäher aus den abgelegten Sachen auszulassen, die aber, wenn es nach ihr gegangen wäre, lieber den ganzen Tag auf Hartfield in der Stube gesessen und Klavier geübt hätte.

Eines Morgens kam sie triumphierend mit einem großen weißen Umschlag zurück.

»Wer in aller Welt schreibt uns denn da?« wunderte sich die alte Mrs. Bates und beäugte ihn über den Rand ihrer Brille hinweg. »Irgendwann habe ich diese Handschrift schon mal gesehen, aber wo und wann? Sei recht vorsichtig, wenn du das Siegel erbrichst, Hetty, damit die Schrift nicht beschädigt wird.«

Es war ein wahres Glück, daß es sich nicht um einen sehr langen Brief handelte, denn in den nächsten Tagen wurde er von den Damen Bates, ihren Freunden und Nachbarn so oft gelesen und beredet, daß sie kaum noch zu anderen Dingen kamen.

»Mrs. und Miss Bates haben ein sehr gütiges, großherziges Angebot erhalten«, sagte Mr. Knightley, als er Mr. Woodhouse davon erzählte. »Sie haben es mit Mr. Pryor besprochen, und der hat, nachdem er sich mit mir beraten hatte, den Damen zugeredet, es ohne Bedenken anzunehmen, und ich habe Miss Bates dasselbe gesagt. Materiell würde es dem Kind in jedem Fall zum Vorteil gereichen. Ich weiß, daß Sie sich von Herzen darüber freuen werden, da ja auch Sie Jane durch die Klavierstunden so tatkräftig gefördert haben.«

»Ja, das ist wohl wahr. Die arme Mary wünschte es, und ich führe ihre Wünsche nach wie vor getreulich aus. Die Klavierstunden werden für das arme Mädchen in künftigen Jahren äußerst wertvoll sein. Aber was ist das für ein Angebot, Mr. Knightley?«

»Ja, was denn?« fragte Isabella begierig, und Emma rief mit funkelnden Augen: »Hat jemand Jane Fairfax ein Vermögen vermacht, Mr. Knightley?«

»Nein, kein Vermögen«, sagte er lächelnd. »Ich weiß, wenn es nach dir ginge, Emma, müßte immer alles wie im Märchen enden. Ganz so ist es leider nicht, aber wer weiß, vielleicht ist das, was sich hier ergibt, sogar noch besser. Ein Freund und früherer Kommandeur von Jane Fairfax' Vater, ein Oberst Campbell, ist nach jahrelangem aktivem Auslandsdienst in die Heimat zurückgekehrt. Wegen seiner Kriegsverletzungen will er jetzt seinen Abschied nehmen und sich mit seiner Frau und seiner Tochter, die etwa in Janes Alter ist, in London niederlassen. Er schreibt in dem Brief, den sie mir zeigten – einem sehr offenen, geradlinigen und vornehm abgefaßten Brief –, er habe Leutnant Fairfax, einen tatkräftigen, vielversprechenden jungen Mann, sehr hoch geschätzt. Außerdem sei er in dessen Schuld. Leutnant Fairfax habe ihn bei einem schweren Gelbfieber aufopfernd gepflegt und ihm dadurch mit Sicherheit das Leben gerettet. Er sei sich darüber im klaren, daß die Zukunftsaussichten für das elternlose und von ihren Verwandten in sehr beschränkten Verhältnissen aufgezogene Kind recht trübe seien. Seiner Dankesschuld wie auch Janes mißlicher Lage sei er sich stets bewußt gewesen, nur habe es bislang nicht in seiner Macht gestanden, etwas zu unternehmen, da er in den fünf Jahren seit dem Tod des armen Fairfax in aktivem Dienst im Ausland gewesen sei. Jetzt aber wolle er die Waise, sofern ihre Freunde damit einverstanden seien, eine Weile in seiner Familie in London aufnehmen und, falls sich alles so entwickele, wie er hoffe, den Besuch auf unbestimmte Zeit verlängern. Kurzum, Oberst Campbell erbietet sich, die Kosten für Janes Ausbildung zu übernehmen.«

»Und *dann* hinterläßt er ihr ein Vermögen«, ergänzte Emma.

Mr. Knightley schüttelte nachsichtig den Kopf.

»Nein. Oberst Campbell macht ganz deutlich, daß eine finanzielle Regelung dieser Art nicht in seiner Macht liegt. Er ist kein reicher Mann. Vorgesehen ist schlicht und einfach, Jane so unterrichten zu lassen, daß sie später andere unterrichten kann. Der Oberst verfügt selbst nur über bescheidene Mittel, die seiner Tochter vorbehalten bleiben müssen.«

»Daß sie andere unterrichten kann«, wiederholte Emma geringschätzig. »Was hat sie schon von London, wenn sie nur deshalb hinfährt?«

»Nun, Kind«, sagte Mr. Woodhouse in seiner langsamen, bedächtigen Art, »man kann doch nie wissen, was sich in der Zeit ergibt, die Jane bei den guten Campbells verbringt, sofern sie sich zu einer liebenswürdigen, wohlerzogenen jungen Dame entwikkelt, woran gewiß kein Zweifel bestehen kann. Alles mögliche Glück kann ihr begegnen. Ich selbst kann London als Wohnsitz nichts abgewinnen, es ist natürlich jammerschade, daß Jane Highbury verlassen muß, wo sie geboren ist und wo es sich so überaus gesund lebt. Jeder Mensch sollte nach Möglichkeit dort bleiben, wohin ihn das Schicksal gestellt hat, aber ... nun ja, wer weiß, wozu es in diesem Falle gut ist.«

»Glückliche Jane«, seufzte Isabella. »Sie wird alle Sehenswürdigkeiten Londons besichtigen können.«

»Was nützt ihr das, wenn sie schließlich doch Gouvernante werden muß?« wandte Emma ein.

»Still, still, Kind! Solche Ansichten sind nicht eben schmeichelhaft für unsere liebe, gute Miss Taylor, die doch so eng mit unserer Familie verbunden ist. Wo steckt sie überhaupt?«

Miss Taylor, die in diesem Moment das Zimmer betrat, erklärte, sie habe einen Besuch bei den Damen Bates gemacht und sich erboten, beim Säumen zu helfen, da Janes Garderobe für den bevorstehenden Besuch bei den Campbells hergerichtet werden mußte. Oberst Campbell hatte mitgeteilt, daß er in der folgenden Woche, sobald seine Familie sich am Manchester Square eingerichtet hatte, nach Highbury kommen und Jane (sofern ihre Lieben einverstanden seien) mit nach London nehmen wolle.

»Manchester Square?« überlegte Mr. Woodhouse laut. »Wer hat mir doch unlängst etwas über Manchester Square erzählt? Ach nein, das war Manchester Street, ja, richtig, aber ich weiß im Augenblick nicht mehr recht, wer die Manchester Street erwähnte oder was genau darüber gesagt wurde...«

»Ach, Miss Taylor«, rief Emma, »kann nicht Jane mein tailliertes kirschrotes Jackenkleid haben, das ich noch nie leiden mochte? Das wäre doch ein schöner Sonntagsstaat für London...«

»Das muß dein lieber Papa entscheiden, Kind...«

»Und von mir das Kleid aus lavendelfarbener Seide. Es hat einen Riß im Rücken, aber wenn es für Jane kleiner gemacht wird, sieht man ihn nicht mehr«, meinte die praktisch veranlagte Isabella.

»Wie lieb von euch, Kinder, daß ihr an die Bedürfnisse eurer kleinen Freundin denkt«, sagte Mr. Woodhouse gerührt. »Aber ihr seid eben beide immer so gut und großzügig.«

Ein leicht ironisches Lächeln, das um Mr. Knightleys Lippen spielte, während Emma die erwähnten Kleidungsstücke holen ging, ließ erkennen, daß er gewisse Zweifel an der Bezeichnung ›Freundin‹ hegte. Zu Miss Taylor sagte er: »Für Emma ist Jane

Fairfax jetzt zu einer Märchenprinzessin, einer Romanheldin geworden. In dieser Rolle wird sie bedeutend mehr Nachsicht erwarten können denn als armes kleines Nachbarmädchen.«

»Da haben Sie leider recht«, erwiderte Miss Taylor, die nicht recht wußte, ob sie belustigt oder bekümmert dreinschauen sollte. »Emmas hartnäckige Neigung, sich Geschichten über alle möglichen Menschen aus ihrem Freundes- und Bekanntenkreis zusammenzuphantasieren, muß alle, die ihr wohlwollen, bedenklich stimmen. Sie vergeudet damit nicht nur viel Zeit, die anderweitig besser angewandt wäre, sondern läßt sich dadurch auch zu irrigen Ansichten und unbedachten Handlungen verleiten. Ich selbst versuche sie davon abzubringen, soweit es in meinen Kräften steht...«

»Was ein aussichtsloses Unterfangen sein dürfte, wenn ich Emmas Durchsetzungsvermögen richtig einschätze... Aber ich gestehe gern, daß sie einen immer wieder zu überraschen vermag«, setzte er hinzu, als Emma, mit Kleidungsstücken beladen und ein kleines Rosenholzpult in der Hand, wieder das Zimmer betrat.

»Darf ich das Jane schenken, Papa? Du weißt ja, meine Cousine Eliza hat es mir zum siebten Geburtstag aus Kent geschickt, aber ich habe doch das Pult von Mama, das gefällt mir viel besser, außerdem schreibe ich kaum Briefe. Und dieses hier ist sehr hübsch ausgestattet mit Tintenfaß und Oblaten, einer Streusandbüchse und einem kleinen Fach für Siegel und Federn, und abschließen kann man es auch. Wenn Jane nicht mehr in Highbury ist, wird sie häufig Briefe schreiben wollen, an ihre Tante und an die Großmama...«

»Sachte, Kind, sachte... Du sprichst so schnell, daß ich dich kaum verstehe. Bisher kann noch keine Rede davon sein, daß die arme kleine Jane Highbury endgültig verläßt, es handelt sich zunächst nur um einen Besuch...«

Emma machte ein langes Gesicht. »Aber ich dachte... Mr.

Knightley hat doch gesagt... der Besuch könne vielleicht auf unbestimmte Zeit verlängert werden...«

»Ja, wenn die Beteiligten Gefallen aneinander finden«, bestätigte Mr. Knightley. »Und daran ist ja eigentlich nicht zu zweifeln. Ich bin seit jeher der Meinung, daß Jane ein intelligentes, einfühlsames, gutherziges Mädchen ist«, fügte er hinzu und sah Emma dabei an, und weil er merkte, daß ein Schatten über ihr Gesicht ging, setzte er hinzu: »Aber daß du ihr das Pult schenken willst, ist wirklich lieb von dir, Emma, und ich denke, es ist eine Gabe, die sie von dir besonders zu würdigen wüßte, da ihr beide ja nie... nie richtig Freundschaft geschlossen habt. Wenn Jane nach Highbury zurückkommt, läßt sie in London neue Freunde zurück, mit denen sie gewiß in brieflicher Verbindung bleiben möchte. So wird ihr das Pult – ob hier oder dort – von großem Nutzen sein. Wenn Sie einverstanden sind«, sagte er, sich an Mr. Woodhouse wendend, »sollte Emma es ihr schenken dürfen.«

»Sie haben völlig recht«, meinte Mr. Woodhouse. »Arme kleine Jane. Das Pult wird ihr gewiß gut zustatten kommen, es war ein gescheiter Einfall. Und Emma hat ja das Pult ihrer Mutter. Meine arme liebe Mary«, fügte er mit einem tiefen Seufzer hinzu. »Aber daß das Kind die Heimat verlassen muß, ist doch sehr betrüblich.«

Daß Jane den Ort verlassen mußte, in dem sie zur Welt gekommen war, fanden noch andere Leute betrüblich, nämlich Jane selbst, ihre Tante und ihre Großmutter. Während sie Janes Garderobe für das kühne Abenteuer London in Ordnung brachten und die erforderlichen Änderungen an den Sachen vornahmen, die freundliche Nachbarn Jane geschenkt hatten, flossen die Tränen reichlich und fast ununterbrochen.

»Tante Hetty, Großmama, muß ich denn wirklich und wahrhaftig gehen?« fragte Jane immer wieder. Die Antwort der beiden fleißig stichelnden Damen blieb sich immer gleich. »Für uns ist es ein sehr schmerzlicher Verlust«, sagte Tante Hetty und wischte sich die Tränen ab, um sie nicht auf die Musselintaschentücher fallen zu lassen, die sie gerade säumte. »Die Trennung von dir, mein liebes, gutes Kind, wird uns sehr hart ankommen. Aber du mußt auch bedenken, daß Großmama und ich nicht mehr die Jüngsten sind. Wenn sie eines Tages bettlägerig wird und ich sie pflegen muß...«

»Aber dabei könnte ich dir helfen, Tante Hetty...«

»Gewiß, Liebchen, und ich weiß, daß du es von Herzen gern tätest, aber du sollst nicht alte Leute pflegen, sondern fleißig lernen. Und auch ich, siehst du, komme nun in die Jahre... deine arme, liebe Mutter war ja um so vieles jünger als ich... und sollte ich einmal krank werden, wäre nur noch Patty da, die sich um dich kümmern könnte...«

»Aber wenn du krank wärst, Tante Hetty, wer würde sich um dich kümmern?« stieß Jane ganz entsetzt hervor.

»Ich glaube ja nicht, Liebchen, daß es soweit kommen wird, denn ich erfreue mich – wie auch die liebe Großmama – gottlob einer recht robusten Gesundheit. Aber es ist doch sehr schön für uns, daß du bei dem gütigen Oberst Campbell und seiner lieben Frau gut aufgehoben bist und daß wir uns keine Sorgen mehr um deine Zukunft zu machen brauchen, denn um die wird sich nun der Oberst kümmern. So ein gütiger, vortrefflicher Brief. ›Sie gänzlich zu versorgen steht nicht in meiner Macht‹, schreibt er, ›aber sie soll darauf vorbereitet werden, später einmal andere unterrichten zu können, und diese Aufgabe übernehme ich gern als Zeichen der großen Wertschätzung, die ich Leutnant Fairfax (deinem lieben Vater, mein Kind) entgegenbrachte, der mir bei meinem schweren Gelbfieber das Leben gerettet hat.‹ Da sieht man es wieder einmal, Kind: Keine gute Tat bleibt ohne Lohn. Nach so vielen Jahren noch hat die Nächstenliebe deines Vaters reiche Früchte getragen...«

Wenn jemand aus der Nachbarschaft – Mrs. Goddard etwa, Mrs. Pryor oder Miss Taylor – hereinschaute, wurden die Tränen rasch getrocknet, man zeigte den Besuchern ein lächelndes Gesicht. Die freundlichen Gaben – Taschentücher, Uhrfutterale, Fingerhüte, Nadelbücher – wurden herumgereicht und dankbar bewundert. Jane, ihre Tante und ihre Großmutter konnten sich nicht genug tun, das reizende Nähkörbchen zu preisen, das Mrs. Pryor mitgebracht hatte, die glaubhaft versicherte, wie sehr sie den Verlust ihrer besten Schülerin bedauerte. »Dort, wo du jetzt hingehst, bekommst du die besten Lehrer und wirst sehr bald viel mehr wissen als das, was ich dich lehren könnte.«

Jane nahm all diese Beweise gutnachbarlicher Zuwendung recht artig entgegen, denn sie hatte ausgezeichnete Manieren, aber wenn die Damen sich verabschiedet hatten, mußte sie sich manchmal längere Zeit aufs Bett legen, wo sie in schwermütiges Schweigen verfiel.

Als einer der Gärtner von Hartfield Emmas hübsches Rosenholzpult brachte und man es aus seiner Filz- und Sackleinwandhülle geschält hatte, fragte Jane: »Muß ich das annehmen, Tante Hetty?«

»Was für eine Frage, liebes Kind! Wie kannst du auch nur daran denken, ein so gütiges, aufmerksames Geschenk abzulehnen... Es ist genau das Richtige für London, denn Großmama und ich warten natürlich immer begierig auf Nachricht von dir... von uns aus könntest du täglich schreiben, nicht wahr, Mutter, wenn das Porto nicht so teuer wäre... ja, ich glaube gar, das ist Emmas eigenes Pult, Mrs. Goddard hat uns erzählt, daß die Verwandtschaft von Mr. Woodhouse es aus Kent geschickt hat, aber (und wer könnte ihr das verdenken) Emma zieht das Pult ihrer lieben Mama vor, sagt Mrs. Goddard. Wirklich ein besonders praktisches Stück, mit allem ausgerüstet, was man braucht, und wir können Emma diese großzügige Gabe gar nicht hoch genug anrechnen, zumal ihr beiden nie so recht... Deshalb setzest du dich am besten sogleich hin, Kind, und bedankst dich mit einigen Zeilen bei der lieben Emma.«

Jane setzte sich gehorsam hin und begann: »Liebe Emma, vielen herzlichen Dank für das schöne Pult, das ich besonders gut gebrauchen kann.« Dann kaute sie eine Weile auf ihrer Feder herum und fügte nach ein paar Minuten hinzu: »Es wird mich an Hartfield erinnern.«

»So ist es recht, Kind«, sagte Tante Hetty zufrieden. »So gehört es sich. Jetzt falte den Brief, und gib ihn Patty, sie kann ihn mitnehmen, wenn sie das Brot zum Backen bringt...«

»Kann ich ihn nicht selbst hintragen, Tante Hetty?« fragte Jane. »Ich tue es gern, den ganzen Tag habe ich heute in der Stube gesessen und genäht... und ich möchte mich auch von unseren lieben Nachbarn verabschieden...«

»Gewiß, das ist ein guter Gedanke und zeigt, daß du Sinn hast für das, was sich schickt. Ja, ins Pfarrhaus solltest du schon gehen und zu Mrs. Goddard, zu den Perrys... nur zieh dich warm an, denn die Herbstnachmittage werden schon kühl.«

Vergnügt lief Jane auf die kopfsteingepflasterte Straße hinaus. Hier hatte sie ihr ganzes bisheriges Leben verbracht, in dieser Straße mit den schlichten Häusern aus Feld- oder Backsteinen, die mit Ziegeln oder Stroh gedeckt waren und die sie samt ihren Bewohnern fast so gut kannte wie ihr eigenes Heim. Hier wohnte Mrs. Ford, dort der alte John Crow, dies war das Heim der Otways, dort residierten die Perrys. Hier ließ John Saunders, der Schmied, unter seinem Blasebalg einen Funkenregen aufsprühen, und Jane blieb, wie stets, einen Augenblick neben einem geduldigen Karrengaul stehen und sah zu. Manchmal traf man hier Mr. Knightley, der ein Pferd beschlagen ließ und dabei mit einem Landwirt Neuigkeiten austauschte, doch heute ließ er sich nicht blicken. Gegenüber war die Bäckerei von Mrs. Wallis, in deren Schaufenster ein paar Pfefferkuchenmänner und glänzende Rosinenbrötchen lagen.

Nachdem Jane ihre Pflichtbesuche abgestattet hatte, ging sie weiter bis zum Ende des Dorfes, wo die Häuser aufhörten und die Felder begannen, und sah sehnsuchtsvoll in Richtung Donwell. Jede Hecke, jedes Tor, jede Pfütze, jede beschnittene Weide hatte einen ganz bestimmten Platz in Janes Lebensgeschichte. Schwer, rot und erntereif hingen die Äpfel an den Bäumen des Pfarrgartens. Ich werde nicht sehen, wie man sie pflückt, dachte Jane. Ich muß weg von hier, und warum? Es ist nicht meine Schuld. Ich liebe diesen Ort, der Abschied wird mir das Herz brechen. In London werden nur fremde Gesichter um mich sein.

Noch immer zögerte sie, endlich aber machte sie kehrt und ging den stillen, betauten Weg zurück. Aus den Schornsteinen stiegen blaue Rauchsäulen. Die Dorfbewohner waren daheim und bereiteten die Abendmahlzeit.

Jane öffnete die verblaßte blaue Tür in der hohen Backsteinmauer von Hartfield, die das ausgedehnte Grundstück vor neugierigen Blicken schützte. Wie so oft ging sie über den von Lorbeerbüschen gesäumten Gartenweg, der in Windungen zum Haus führte. Da sie das Haus wie stets durch die nicht abgeschlossene Seitentür betrat, brauchte sie auf dem Weg zum Musikzimmer keine Begegnungen zu fürchten.

Sie setzte sich an das alte Klavier, legte den Kopf einen Moment auf den Tastaturdeckel mit dem verschossenen braunen Samtüberzug, dann klappte sie ihn auf und begann leise auf den vergilbten Tasten zu spielen. An diesem Abend waren es keine klassischen Weisen, keine Konzertstücke, sondern eine alte, zu Herzen gehende Melodie, die ihr Mr. Knightley bei einem Ausritt beigebracht hatte:

Dulce, dulce, dulce domum
Dulce domum resonemus
Home, sweet home …

Sie hatte erst ein paar Minuten gespielt, als behutsam die Tür geöffnet wurde. Auf Zehenspitzen kam Mrs. Hill, die Haushälterin, herein.

»Ach, Miss Jane, Kindchen ... Ist es denn wirklich wahr, daß Sie morgen nach London müssen?«

»Ja, Mrs. Hill. Ich bin nur gekommen, um ... um mich von dem braven alten Klavier zu verabschieden. Und um Emma diese Zeilen zu bringen. Und um Ihnen«, sagte Jane mit enger Kehle, »für die vielen Stücke Kuchen zu danken, die Sie mir gebracht haben.«

»Es war uns doch allen eine so große Freude, Sie spielen zu hören, Miss Jane. Und wenn ich denke, wie gern die arme Herrin Ihnen zugehört hat ...« Die Haushälterin tupfte sich mit dem Schürzenzipfel die Augen. »Serle und James lassen grüßen, Miss, und wünschen Ihnen, daß es Ihnen in London recht gut ergeht. Und das wird es bestimmt, Miss, schon allein, weil Sie so schön Klavier spielen können. Unserem König selbst müßte es ein Vergnügen sein, Ihnen zuzuhören ...«

»Nein, nein, Mrs. Hill, soweit ist es damit wirklich nicht her. Aber es ist lieb, daß Sie es sagen. Es fällt mir so schwer, so unsäglich schwer, Highbury zu verlassen ... und meine Tante ... und Großmama ...«

»Keine Angst, Miss, um die beiden kümmern wir uns schon. Unser Herr hat ein gutes Herz, Sie können sich darauf verlassen, daß er sie nicht vergißt. Und ich tu's auch nicht. James soll alle zwei, drei Tage bei ihnen nach dem Rechten sehen.«

»Danke, Mrs. Hill, vielen Dank. Hier ist der Brief für Emma ...«

»Serle wird ihn abliefern.« Die Haushälterin nahm das Schreiben entgegen und machte schmale Lippen. »Trägt die Nase mächtig hoch, die kleine Miss, und hat eine sehr gute Meinung von sich. Man sollte denken ... aber was rede ich da ... Ein Jammer, daß ihre liebe Mutter uns so früh verlassen hat. So eine liebe, gute Herrin, unsere Mrs. Woodhouse. Keine Spur von Aufgeblasenheit oder Hochmut. Und doch eine echte Lady, die nie vergaß, was sie anderen Menschen schuldig war. Was man nicht... aber nein, ich kann schweigen.«

Da trotz dieser Versicherung auf Mrs. Hills Schweigen wohl nicht unbedingt Verlaß war, verabschiedete Jane sich schnell und trat hinaus in die Dämmerung.

Zu ihrer Überraschung – und nicht geringen Bestürzung – traf sie in der Staudenpflanzung auf Emma, die sie um diese Zeit, so kurz vor dem Abendessen, das bei den Damen Bates sehr viel früher eingenommen wurde als bei den reichen Nachbarn auf Hartfield, längst im Haus vermutet hatte. Emma, die auf der Bank unter der Zeder gesessen hatte, stand auf, als Jane notgedrungen an ihr vorbeiging.

»Ach, du bist's, Emma«, stammelte Jane sehr verwirrt. »Ich bin gekommen, weil... das heißt, ich habe einen Brief für dich gebracht... einen Brief, in dem ich mich für das Pult bedankt habe... es war sehr freundlich...«

Emma schien fast ebenso verlegen zu sein wie Jane. Sie schwieg einen Augenblick, dann sagte sie steif: »Keine Ursache. Ich benutze immer das Pult von Mama, es gefällt mir viel besser. Und Isabella hat von Mr. John Knightley ein eigenes Pult geschenkt bekommen, aus Nußbaumholz, so daß dieses hier übrig war. Du gehst also nach London«, fuhr sie lebhafter fort. Das klingt geradezu erleichtert, dachte Jane. »Freust du dich?«

»Freuen?« wiederholte Jane überrascht. »Nein, warum? Ich bin sehr traurig, daß ich Highbury verlassen muß... und mein Haus... und Tante Hetty und Großmama...«

»Aber diese winzige Wohnung... so vollgestellt mit Möbeln, daß man sich kaum rühren kann... und deine Großmutter ist so alt... und deine Tante redet die ganze Zeit, das hast du selbst gesagt... wie hältst du das nur aus?«

Jane schluckte. »Verzeih, ich muß jetzt heim, sie warten auf mich. Mrs. Cole wollte noch einen Tee bei uns trinken und mir Lebewohl sagen.«

»Mrs. Cole, soso. Aber ... aber warte noch einen Moment, ich bitte dich. Ich wollte noch etwas sagen ...«

Jane wartete gehorsam, aber als nichts geschah, wiederholte sie: »Tante Hetty wird sich fragen, wo ich abgeblieben bin. Ich muß wirklich gehen, Emma.«

Emma zögerte noch einen Moment, dann sagte sie rasch: »Dieser Stoff sieht an dir viel besser aus als an mir, es war eine gute Idee, die Perlenbesätze abzutrennen, aber ich denke, in London solltest du keinen Wollstoff tragen, Kaschmir wäre angebrachter ...«

»Ich weiß nicht ... die Campbells werden mir wohl sagen, was das Richtige ist«, stotterte Jane ziemlich hilflos, dann lief sie rasch auf dem Weg zwischen den Lorbeerbüschen zum Ausgang und ließ Emma allein unter der Zeder zurück.

Während Jane durch die Mauerpforte Hartfield verließ, ging ihr das kurze Gespräch mit Emma nach. Sie dachte an das, was Mrs. Hill vorhin gesagt hatte. Nein, richtig eingebildet ist Emma nicht, entschied sie, und es ist auch nicht wahr, daß sie eine allzu gute Meinung von sich hat. Sie stellt nur hohe Ansprüche an die Menschen, mit denen sie Umgang hat, weil sie sich immer so schnell langweilt.

Wie hatte Emma gesagt. *Du gehst also nach London. Freust du dich?*

Fast ein bißchen nach Neid hatte das geklungen. Als hätte sie selbst nichts dagegen gehabt, nach London zu gehen. Dabei hat sie einen Vater, der sie anbetet, dachte Jane, eine zärtliche Schwester, eine gütige Gouvernante, Freunde wie Mr. Knightley, schöne Kleider, Spielsachen, Bücher, ein vornehmes Heim, einen prächtigen Garten ... Warum ist sie nicht zufrieden?

Und während sie rasch über die Dorfstraße heimwärts schritt, dachte Jane plötzlich: Ob die Campbells ein Klavier haben?

Zu ihrem Kummer mußte sie bei ihrer Rückkehr erfahren, daß Mr. Knightley dagewesen war. Zwanzig Minuten hatte er bei ihrer Tante und ihrer Großmutter gesessen, weil er sich von Jane hatte verabschieden wollen. Länger hatte er leider nicht warten können, denn er mußte zu einer Sitzung des Kirchenrats.

3

Oberst Campbell war ein hochgewachsener Mann um die Fünfzig von tatkräftigem Aussehen, dessen Züge von langem Dienst unter sengender südlicher Sonne tief gebräunt und wettergegerbt waren. Sein graumeliertes Haar war stark gelichtet, das wache, intelligente Gesicht durch eine Narbe entstellt, Hinterlassenschaft einer Schußwunde an der linken Schläfe. Er hinkte beim Gehen und war – auch das eine Folge der Kopfverletzung – auf dem einen Ohr taub.

»Ich bitte mir eine laute und deutliche Sprache aus, Kind.« Das waren fast die ersten Worte, die er – in dem schroffen, hallenden Ton der Schwerhörigen – an Jane richtete. »Denn sonst muß ich dich ständig ermahnen: *Mach den Mund auf, sprich lauter*, und das wäre eine äußerst ärgerliche Zeitverschwendung.«

»Können Sie mich verstehen, wenn ich so spreche?«

»Ja, das ist sehr gut. Du hast eine schöne, klare, angenehme Stimme, liebes Kind. Ich denke, wir werden gut miteinander auskommen.«

Miss Bates und ihre Mutter hätten natürlich nur zu gern Oberst Campbell großzügig mit Holunderwein und süßem Gebäck von der Anrichte bewirtet, ihre Nachbarn zu sich gebeten und den Besucher mit dem halben Dorf bekannt gemacht, aber er winkte mit einer knappen militärischen Geste ab, als er von diesen Vorschlägen hörte. Da sich unter seiner rauhen Schale ein weiches Herz und beträchtlicher Scharfblick verbargen, hatte er sogleich erkannt, daß den beiden Damen wie auch Jane selbst die bevorstehende Trennung großen Kummer machte. Die Damen waren bis nach Mitternacht unter Tränen mit letzten Reisevorbereitungen beschäftigt gewesen, und alle drei hatten in den restlichen Nachtstunden schlecht – wenn überhaupt – geschlafen. Der größte Gefallen, den er ihnen tun konnte, war, möglichst rasch mit Jane die Rückreise anzutreten.

»So, liebes Kind, wenn du fertig bist, wollen wir aufbrechen. Die Pferde sind gefüttert und getränkt, es sind ja nur sechzehn Meilen bis London, die Entfernung ist kaum der Rede wert. Wenn du erst einmal endgültig bei uns lebst, werden wir die Strecke im Vierteljahr gewiß drei- oder viermal zurücklegen.«

»Aber ... aber diesmal komme ich doch nur auf Besuch, nicht wahr?« fragte Jane drängend und voller Angst, während er sie, nach vielen tränenreichen Umarmungen ihrer Großmutter und Tante, in die Kutsche hob.

»Ja, natürlich.« Er zwickte sie in die Wange, wandte sich dann aber noch einmal an die trotz ihrer Umschlagtücher vor Kälte zitternden Damen und sagte halblaut: »Es wird am vernünftigsten sein, den Besuch nicht zu kurz zu bemessen, wie? Damit das Kind sich einleben und die ersten Wurzeln schlagen kann. Denn sie ist ein anhängliches kleines Ding, das merke ich schon, ich sehe ja, wie innig sie ihr Zuhause liebt (was sehr für sie spricht). Und bis neue Bindungen gewachsen sind, kann geraume Zeit vergehen. So, alles an Bord, was wir brauchen? Körbe, Bündel, Blumensträußchen, Reisetaschen? Vortrefflich, das ging ja fix. Aber jetzt, verehrte Damen«, sagte er ein wenig ungeduldig, »darf ich Sie bitten, ins Haus zu gehen, bei diesem Wind kann man sich leicht verkühlen. Ich verspreche Ihnen, daß wir nicht losfahren, ehe wir Sie oben am Fenster erblicken ... Jetzt schau durch die Scheibe, Jane, und winke deinen Lieben mit dem Taschentuch zu, so ist's recht ... da stehen sie schön warm im Erkerfenster. Los, Kutscher, laß sehen, wie schnell du uns nach Manchester Square bringen kannst.«

Zum Hinausschauen und Winken hätte man Jane gar nicht erst aufzufordern brauchen, sie drückte sich die kleine Nase am Fenster der Kutsche platt, doch darf bezweifelt werden, daß sie viel von der Außenwelt sah, denn die Tränen flossen ununterbrochen. Dennoch verdrehte sie den Hals, solange die Landschaft noch vertraut war, um all die geliebten Bilder noch einmal in sich aufzunehmen und ihrem Gedächtnis einzuprägen. Und als sie – schneller als gedacht – die bekannten Landmarken hinter sich gelassen hatten, war der gute Oberst vernünftig genug, sich hinter seine Zeitung zurückzuziehen, so daß sie sich in Ruhe ausweinen konnte. Danach schlief sie, erschöpft von der unruhigen Nacht, fest ein.

Als sie aufwachte, war über eine Stunde vergangen, und schon rollten sie durch neu angelegte Vorortstraßen. Es regnete leicht, und Jane war betroffen über das, was sich ihrem Blick bot – endlose Reihen kleiner, ärmlicher Häuser, dazwischen Kohlfelder und dürftige Obstgärtchen.

»Ist das London?« wollte sie wissen.

Das klang so bestürzt, daß der Oberst lachen mußte.

»Nein, das sind nur die Außenbezirke. Keine Angst, Kind, ich habe mich mit meiner Familie in einer sehr angenehmen Gegend niedergelassen, zu Fuß sind es nur zehn Minuten bis zu einem herrlichen Park, Straßen voll eleganter Geschäfte sind ganz in der Nähe. Und meine Tochter Rachel freut sich schon sehr auf dich, du ahnst gar nicht, was sie alles über dich hat wissen wollen und wie viele Fragen sie dir noch stellen wird. Sie ist überglücklich, daß sie nun endlich eine Gefährtin bekommen soll. Sie und ihre Mutter sind mit mir durch die halbe Welt gezogen, immer mit dem Troß gewissermaßen... Frankreich, wo Rachel zur Welt kam... Korsika... Westindien... die Niederlande... Irland... ein festes Heim haben sie nur ganz selten gehabt. So ist die arme Rachel nie zur Schule gegangen, kennt weder Musik- oder Tanzunterricht noch Geburtstagsgesellschaften oder all die anderen Dinge, die für guterzogene kleine Mädchen wie dich eine Selbstverständlichkeit sind. Sie hofft sehr – und ihre Mutter und ich hoffen das natürlich mit ihr –, daß du ihr in vielen Dingen wirst raten und helfen können.«

Das alles äußerte der Oberst mit großer Freundlichkeit, so daß Jane wieder Mut faßte, und eben darauf kam es ihm an. »Aber ich weiß auch nicht viel von Geburtstagsgesellschaften und Tanzunterricht. Ich ... ich habe ein sehr ruhiges Leben in Highbury geführt bei Großmama und der lieben Tante Hetty, es gab so wenig andere Kinder.«

»Aber du hast Unterricht bei der guten Mrs. Pryor gehabt, ich weiß, daß du bereits eine sehr gebildete kleine Dame bist. Und du verstehst viel von Musik, auf diesem Gebiet bist du Rachel gewiß eine große Hilfe. Sie singt so gern und hat beim Herumziehen viele Volkslieder aufgeschnappt. Sie kann dir wundersame Geschichten von Mauleseln und Bergpässen erzählen, aber gelernt hat sie nur das, was ihre Mutter ihr hat beibringen können, und ein Klavier hat sie kaum einmal aus der Nähe gesehen.«

»Ich singe auch gern«, bemerkte Jane schüchtern.

»Vielleicht können wir zusammen musizieren.«

Ihr Interesse an dieser unbekannten Rachel war erwacht. Wie schön es wäre, dachte sie, wenn ich ihr wirklich irgendwie von Nutzen sein, ihr helfen, sie belehren könnte. Welch Glück, wenn Rachel sich wirklich über mein Kommen freute, wenn die vorgesehene Regelung nicht nur mir Nutzen brächte. Welch unverhoffte Aussicht! Sie hatte sich damit abgefunden, die Ablehnung, die sie durch Emma erfahren hatte, als richtungweisend für ihr ganzes künftiges Leben zu betrachten. Da sie so langweilig war und keinen Spaß daran hatte, Geschichten über mögliche Eheschließungen zu erfinden, könne niemandem, so hatte sie sich schicksalsergeben gesagt, an ihrer Gesellschaft gelegen sein. Jetzt aber gab es da plötzlich ein Mädchen, dessen frühe Kindheit noch ärmer an Annehmlichkeiten gewesen war als ihre eigene.

»Wie alt ist Rachel?« fragte sie.

»In deinem Alter, Kind, sie wird im Februar neun. Lange hatten wir gehofft, ihr würden noch ein oder mehrere Brüder folgen. Oder Schwestern. Doch leider sollte das nicht sein, und deshalb ist deine Gesellschaft um so willkommener. Und ich hoffe, daß auch du sie gern haben wirst. Du hattest deine liebe Tante und deine Großmutter, ich weiß, aber du wirst dir sicher oft gleichaltrige Freunde gewünscht haben.«

Das war nun eigentlich nicht der Fall. Jane war ans Alleinsein gewöhnt, ja, hatte es häufig bewußt genossen und sich nie einsam gefühlt. Sie merkte kaum, wie die Zeit verging, wenn sie Klavier spielte, am Bachufer die Elritzen beobachtete, über einer Handarbeit saß oder sich Gedanken über ein Buch machte, das sie mit Mrs. Pryor gelesen hatte.

»Ich hatte nie eine Freundin«, sagte sie nachdenklich.

»Nun, jetzt wird dir eine Freundin, Schwester, Gefährtin, alles in einem, fix und fertig angeliefert. Von Rechts wegen«, setzte Oberst Campbell trocken hinzu, »müßtet ihr euch schon deswegen auf den ersten Blick herzlich unsympathisch sein. Aber wir wollen den Teufel nicht an die Wand malen. Hier sind wir, und da drüben stehen, zu deiner Begrüßung angetreten, schon Rachel und ihre Mutter unter der Tür.«

Während dieses Gespräches war die Kutsche auf einen weiträumigen, neu erbauten Platz mit einer runden, eingezäunten Grünfläche eingebogen, und vor einem hübschen, modernen Backsteinhaus standen eine Dame und ein kleines Mädchen, die der Kutsche mit dem Ausdruck lebhaftester Neugierde entgegensahen.

»So, ihr Lieben«, rief der Oberst aufgeräumt, als die Pferde stehengeblieben waren. »Da habe ich sie euch mitgebracht, und jetzt könnt ihr sie nach Herzenslust verwöhnen und mit ihr spielen.«

Das sagte er, während er den Wagenschlag öffnete, in so munterem Ton, daß Jane ganz erstaunt über den ängstlich-verstörten Blick war, den das Kind auf der Vortreppe ihm zuwarf, ganz so, als traue es seiner guten Stimmung nicht recht.

Gleich darauf war Mrs. Campbell zur Stelle, eine schmale,

zierliche Dame mit bräunlichem Teint und intelligentem Gesicht, die sehr schlicht, fast nach Art der Quäker, gekleidet war. Sie half Jane beim Aussteigen und umarmte sie liebevoll. »Willkommen, mein liebes Kind«, sagte sie. »Herzlich willkommen. Wir freuen uns sehr, daß du da bist. Ich kannte deinen Vater gut, wie traurig, daß er so früh sterben mußte ... so ein lieber, angenehmer junger Mann. Du siehst ihm ähnlich, sie hat seine Augen, nicht wahr, James? Um seinetwillen und natürlich auch um deinetwillen sind wir sehr glücklich, daß du bei uns bist, habe ich nicht recht, Rachel?«

Das Kind neben ihr holte keuchend Luft. Jane begriff ein wenig verwundert, daß Rachel wirklich Angst hatte, ja vor lauter Angst kaum sprechen konnte. Ungewohnt resolut trat sie vor, griff nach Rachels Hand, einer jämmerlich dünnen, kalten Hand, die an eine kleine Vogelkralle erinnerte, und sagte rasch: »Ich hoffe so sehr, daß wir Freundinnen werden können. Dein Papa hat mir schon viel von dir erzählt.«

Zwei magere Ärmchen legten sich um ihren Hals. »D-das w-werden wir ga-ganz bestimmt«, flüsterte eine stockende Stimme ihr ins Ohr. »Ich w-will dich l-liebhaben wie eine Schwester.« Jane sah, daß Rachel über ihre Schulter hinweg Oberst Campbell einen furchtsamen Blick zuwarf.

»Schon recht, schon recht«, sagte er ungeduldig. »Jetzt komm, Rachel, Schluß mit der Trödelei, laß die arme Jane nicht frierend vor der Tür stehen, sondern bring sie ins Haus, damit sie sich alles ansieht, wieder warm wird und sich an uns gewöhnen kann.«

Rachel zuckte zusammen und wich rasch zurück, aber Jane hielt ihre Hand fest und ließ sich von ihr in die Halle führen. »Wo bleibt mein Essen?« rief der Oberst laut. »Wo bleibt meine Hammelkeule? Ich bin völlig ausgehungert und die arme Jane ebenfalls, möchte ich schwören. Stimmt's, Jane?«

Bei der schroffen Frage ihres Vaters zuckte Rachel erneut zusammen, aber Mrs. Campbell erwiderte in aller Ruhe: »Das

Essen ist in zehn Minuten bereit, Lieber. Vorher aber möchte Jane gewiß gern sehen, wo sie schläft... komm nur mit, mein Kind... Sie wird sich auch das Gesicht waschen und die Haare ein wenig richten wollen.«

Während dies geschah, wobei sich zeigte, daß Jane zum ersten Mal in ihrem Leben ein geräumiges Zimmer ganz für sich haben würde, richtete Mrs. Campbell, die sie begleitet hatte und ihr mit großer Freundlichkeit zur Hand ging, den folgenden ernsthaften Ratschlag an sie: »Wir freuen uns um deines lieben Vaters willen aufrichtig, dich bei uns zu haben, meine liebe Jane, und wir werden alles tun, damit du dich bei uns wohl fühlst. Wir sind nicht reich. Mein Mann war wegen seiner Verletzungen und... und aus anderen Gründen genötigt, früher als beabsichtigt seinen Abschied zu nehmen. Für mich und Rachel allerdings bin ich sehr froh, wieder in einem Land zu sein, wo es Häuser und gepflasterte Straßen und Bibliotheken gibt. Wir werden ein sehr einfaches Leben führen, ohne großartige Vergnügungen oder dergleichen, doch alles, was wir haben, werden wir mit dir teilen.«

»Vielen herzlichen Dank«, sagte Jane leise. Doch während ihr Blick durch das geräumige Zimmer ging, auf dem Bett mit der Steppdecke, der spiegelblanken Kommode, dem Schrank mit den vielen Fächern, dem Polstersesselchen und Toilettentisch verweilte, mußte sie unwillkürlich denken, daß die Campbells zwar ein einfaches Leben führen mochten, aber doch bei weitem besser gestellt waren als die Damen Bates mit ihren drei Stübchen in Highbury.

»Eins möchte ich dir gleich noch sagen«, fuhr Mrs. Campbell fort, indem sie sich durch einen Blick zur Tür vergewisserte, daß niemand in Hörweite war. »Es handelt sich um Oberst Campbell. Wie du sicher bereits bemerkt hast, ist er etwas schwerhörig, und er kann leicht ungeduldig werden, wenn er nicht versteht, was andere Leute – besonders Kinder und Dienstboten – sagen.

Er ist kein böser Mensch, bewahre, aber er hat manchmal eine etwas unbedachte Art. Alles ist gut, solange du laut und deutlich sprichst und ihm furchtlos entgegentrittst. Ich freue mich sehr, daß ihr offenbar bereits zu einem guten Einvernehmen gekommen seid. Sprich einfach so, daß er dich gut versteht, und ich bin sicher, daß er dich lieben wird wie ein Vater.«

»Das wird mir nicht schwerfallen. Meine Großmutter hört auch ein bißchen schwer. Und ich bin so froh, daß ich hier sein darf«, erwiderte Jane.

Diese Bemerkung entsprach im Augenblick nicht ganz der Wahrheit. Sie hatte arges Heimweh und mußte ständig daran denken, wie wohl Tante Hetty und Großmama ohne sie zurechtkamen. Inzwischen waren sie längst mit dem Abendessen fertig, wahrscheinlich vergossen sie jetzt ein paar Tränen, weil keine Jane da war, um ihnen die Wolle zu wickeln und ihnen etwas vorzulesen. Wahrscheinlich aber würden später die gütige Mrs. Goddard oder Mrs. Pryor vorbeikommen, die konnten sich gewiß denken, wie Tante und Großmama an dem ersten Abend ohne ihren Liebling zumute war. Ein wenig getröstet durch diese Überlegung sah Jane zu Mrs. Campbell auf, deren schmales, braunes, gescheites Gesicht aufrichtiges Wohlwollen verriet. »Oberst Campbell war deinem wackeren Vater, der ihm mindestens zweimal das Leben gerettet hat, sehr zugetan, liebes Kind. Und er ist bereit, diese Zuneigung auch dir zu schenken. Er . . .« Mrs. Campbell sah wieder zur Tür, offenbar hätte sie gern noch mehr gesagt, aber da kam schüchtern Rachel herein.

»Da bist du ja, Kind. Das ist recht. Jetzt kannst du mit Jane hinuntergehen und ihr das Speisezimmer zeigen.«

Als Jane Mutter und Tochter nebeneinander sah, fiel ihr die Ähnlichkeit besonders ins Auge. Beide hatten das gleiche sehr schmale, langgezogene Gesicht, eine lange Nase und einen kleinen, zarten Mund. Während aber Mrs. Campbell hellbraune, blitzende Augen hatte, waren die von Rachel hellgrau wie die ihres Vaters und standen ziemlich nah beieinander. Ihre Nase rötete sich offenbar leicht, das braune Haar hing ihr strähnig ums Gesicht. Die arme Kleine war entschieden unscheinbar. Was für sie einnahm, waren der nachdenkliche, interessiert fragende Gesichtsausdruck und der Glanz in den grauen Augen. Beides verriet, daß sie neuen Eindrücken, neuen Bekanntschaften stets aufgeschlossen war. Wieder griff sie nach Janes Hand und sagte leise, aber sehr herzlich: »Nach dem E-essen muß ich dir s-sehr vieles z-zeigen –«

»Beeilung bitte«, trompetete der Oberst von unten, und sie hasteten die Treppe hinunter.

An diesem Abend vergoß Jane vor dem Einschlafen so manche Träne. Die Geräusche draußen auf der Straße beunruhigten sie, weil sie so eigenartig waren, so laut und fremd: das Geklapper von Hufen auf Stein, der Ruf der Fackelträger, das Rattern der Räder auf dem gepflasterten Fahrweg. Und sie dachte an die arme Tante Hetty, die sich gewiß einsam fühlte in ihrem Stübchen, wo das zweite Bett zum ersten Mal leer blieb. Jane sehnte sich nach der Stille ihres Dorfes, in der das lauteste Nachtgeräusch der Schrei einer Eule oder das Bellen eines Hundes in seiner Hütte gewesen war.

Doch neben Kummer und Heimweh gab es ja auch so viel Neues, was sie beschäftigte. Da war vor allem die so offenkundig schwierige Beziehung zwischen Oberst Campbell und seiner Tochter. Sobald er sie anredete, zuckte sie zusammen und begann zu zittern. Kein Wunder, dachte Jane, wenn er so schroff zu ihr ist, so reizbar, ohne jede Spur von Güte oder Geduld. Wie kann ein Mann seine Tochter derart unvernünftig behandeln, der anderen Menschen so viel Freundlichkeit und Verständnis entgegenbringt? Allerdings war wohl daran die arme Rachel selbst nicht ganz unschuldig, denn wenn sie mit ihrem Vater sprach, um eine Frage von ihm zu beantworten (sie sprach ihn nie aus freien Stücken an), war ihre Stimme oft so leise und schüchtern, daß er fast bei jedem ihrer Sätze aufgebracht eine Wiederholung verlangte. Und ihr Sprachfehler, der im Gespräch mit anderen weniger auffiel, behinderte sie ihrem Vater gegenüber so sehr, daß sie häufig mehrere Minuten brauchte, um den kürzesten Satz, manchmal auch nur ein einziges Wort hervorzubringen, indes der Oberst ungeduldig wartend mit den Fingern auf den Tisch oder die Sessellehne trommelte. Es war quälend und schmerzlich, den beiden zuzusehen. Allein war Rachel ein ganz anderer Mensch. Mit Feuereifer hatte sie ihre Sammlung getrockneter Blumen aus Westindien vor Jane ausgebreitet, ihre kleine korsische Puppe hergezeigt – »Wir hatten so wenig P-platz in unseren Manteltaschen, deshalb durfte ich nur diese eine haben« –, ihre Zeichnungen ausländischer Burgen und die wenigen Bücher, die sie erstanden hatte, seit sie in England waren. »Jetzt, wo du da bist, hoffe ich, daß wir noch viel, viel mehr kaufen. Findest du meinen englischen Akzent sehr absonderlich, Jane? Gro-Großmutter Fitzroy sagt, daß ich das R ganz abscheulich rolle. Ich hatte nämlich ein korsisches Kindermädchen und habe italienisch gesprochen, ehe ich Englisch lernte, das heißt nicht einmal richtiges Italienisch, sondern die Sprache, die sie in Korsika sprechen, ein schlimmes Kauderwelsch, sagt Tante Sophia. Die arme Giannina, sie weinte, als wir weg mußten, und ich auch. In Santa Lucia gab es S-seraphina, und G-grizel in K-Krabbendam, und M-Maire in Irland... ich hatte so viele Kindermädchen, alle mit anderen Sprachen! Und jetzt sollen wir eine G-Gouvernante bekommen. P-Papa sagt, er hofft, daß sie mir richtiges Sprechen beibringt. Wir sind nämlich erst seit drei Wochen in England. Es gefällt mir ganz gut, wenn auch nicht so gut wie Westindien. Aber jetzt, wo du d-da bist, gefällt es mir bestimmt viel besser!« Und sie schlang ihre Arme um Jane und überschüttete sie mit Fragen nach England, die Jane nach bestem Wissen und Gewissen zu beantworten versuchte.

»Und hattest du F-Freunde, von denen dir die Trennung schwergefallen ist?«

»Es war nicht einfach, von Tante Hetty und Grannie wegzugehen, ich hoffe sehr, daß du die beiden irgendwann einmal kennenlernen wirst.«

»Nein, ich m-meinte... Freunde in meinem Alter.«

»Nein, das nicht«, erwiderte Jane nach kurzem Zögern. »Da gab es eigentlich nur Emma, und mit der war ich nicht befreundet.«

»Wer ist Emma?«

Jane schilderte ihre Beziehung zu Emma, sie erzählte von den abgelegten Kleidern – »die trage ich noch immer« – von den Klavierstunden, dem Hochzeitsspiel, dem gescheiterten Reitunterricht.

»Weißt du, Rachel, Emma muß immer bestimmen, sie will überall die Erste sein. Wenn sie nicht bestimmen darf, mag sie nicht mitmachen.«

»W-wie eigenartig«, wunderte sich Rachel und überlegte einen Augenblick. Dann: »W-was macht sie denn den ganzen Tag? W-wo sie doch so reich sind?«

»Das weiß ich auch nicht so genau«, erwiderte Jane, die sich diese Frage auch schon oft gestellt hatte. »Sie hat Unterricht bei Miss Taylor, und sie unterhält sich mit ihrer Schwester, Miss Isabella. Aber die ist sehr viel älter, es heißt, daß Mr. John Knightley ihr den Hof macht und sie heiraten möchte. Sollte Isabella wirklich seine Frau werden und nach London ziehen, wäre Emma gewiß sehr einsam.«

»Wie herrlich, daß du so gut reiten kannst«, sagte Rachel, auf die Ausritte mit Ginger und Mr. Knightley zurückkommend, »dann reiten wir zusammen im Park, P-papa hat es versprochen. Und natürlich bekommen wir Musikunterricht.«

Dieser Programmpunkt, der Jane nicht wenig Sorge gemacht hatte, wurde gleich am nächsten Tag genehmigt. Sie würde weiter Klavierstunden bekommen, ja mehr noch, sie durfte ihren lieben Signor Negretti behalten. Als er gehört hatte, daß Jane Highbury verlassen würde, hatte er ganz bestürzt an Mr. Woodhouse geschrieben, Mr. Woodhouse hatte den Brief Mr. Knigthley gezeigt, der darüber mit den Damen Bates gesprochen hatte, die hatten es Oberst Campbell erzählt – und das Ende vom Lied war, daß Signor Negretti, der in Wimbledon wohnte, nun einmal in der Woche nach London kommen würde, um die Verbindung zu seiner Lieblingsschülerin nicht abreißen zu lassen.

»Wie froh ich bin«, sagte Jane ganz beglückt, als ihr diese Nachricht übermittelt wurde. »Ich bin Ihnen wirklich sehr dankbar, Oberst Campbell.«

»Nun, dafür bitten wir uns auch reichlich Versorgung mit Musikgenüssen aus, sobald die Firma Broadwoods sich bequemt, das neue Instrument zu liefern, nicht wahr, Miss?« sagte er nachsichtig lächelnd und betrachtete Jane wohlwollend. Warum schaut er Rachel nie so an, überlegte sie. Rachels Gesicht ist wie verwandelt, wenn sie lächelt, aber ihr Papa sieht sie nie lächeln. Wenn er sie anschaut, macht sie eher ein Gesicht, als könne sie jeden Augenblick in Tränen ausbrechen.

Während Rachel in Begleitung einer Zofe einen notwendigen Zahnarztbesuch machte, nutzte Mrs. Campbell die Gelegenheit, um mit Jane etwas eingehender über die Beziehung ihres Mannes zu seiner Tochter zu sprechen.

»Ich behandele dich fast wie eine junge Frau, liebe Jane, denn ich merke, daß du – zweifellos durch das ständige Zusammensein mit Erwachsenen – weit über deine Jahre hinaus einsichtig und verständig bist. Und ich vertraue darauf, daß du uns nach Kräften helfen wirst. Da du jetzt den ganzen Tag mit Rachel zusammen bist, müßte es eigentlich möglich sein, etwas an dem derzeitigen traurigen Zustand zu ändern. Mein Mann war sehr verstimmt, als Rachel zur Welt kam, einmal, weil er meinte, ich hätte vor der Geburt nach England zurückreisen sollen (aber die Seereise war damals schwierig und unsicher, und ich wollte ihn auch um keinen Preis alleinlassen), und zum zweiten war er wohl sehr enttäuscht, als ihm eine Tochter geboren wurde. Er hätte so viel lieber einen Sohn gehabt, zumal bedauerlicherweise keine weiteren Kinder folgten. Und dann traf es sich unglücklich, daß sie das Sprechen bei so vielen ausländischen Kindermädchen lernte, erst einen italienischen Dialekt und dann ein bäurisches Spanisch, und als der Oberst ihr Vorhaltungen machte und kategorisch verlangte, sie solle in Zukunft nur noch Englisch sprechen, stellte sich heraus, daß sie diesen Sprachfehler hat...«

»Hat sie in den anderen Sprachen denn nicht gestottert?«

»Lange nicht so arg. Ein Freund unseres Hauses – übrigens dein lieber Vater, mein Kind – meinte, es könne der Zwang gewesen sein, so jung – als erst Dreijährige – die Sprache zu wechseln, der zu der Behinderung geführt hat. Dein lieber Papa hatte unendliche Geduld mit Rachel und war immer so lieb zu ihr... ein seelenguter junger Mann... natürlich erinnert sie sich nicht mehr an ihn, sie war ja damals noch so klein...«

Jane überkam jählings fast so etwas wie eine Anwandlung von Neid, weil dieses andere Kind, wenn auch nur flüchtig, ihren Vater gekannt hatte, den sie selbst nie zu Gesicht bekommen hatte.

»Und deshalb, meine liebe Jane, hoffe ich, daß du Rachel durch dein eigenes gutes Beispiel Mut machen kannst, dem Oberst weniger furchtsam gegenüberzutreten, denn so vernünftig er sonst auch ist (ein wahrhaft wohltätiger, gutherziger Mensch) – er kann einfach nicht begreifen, daß es nicht an Rachels gutem Willen liegt, wenn sie ihren Sprachfehler nicht überwinden kann. Und je größer seine Ungeduld ist, desto furchtsamer wird sie natürlich.«

»Ja, das ist mir klar...«

Jane fand, daß man ihr eine überaus schwierige, ja fast unmögliche Aufgabe gestellt hatte. Denn der Oberst bot, wenn er verärgert war, einen wirklich furchterregenden Anblick: Seine Augen blitzten, seine Stimme steigerte sich zu Kasernenhoflautstärke, Widerstand und Obstruktion reizten ihn zur Weißglut. Würde er die Batterien seines Zorns gegen sie richten, würde sie wohl kaum mehr Mut beweisen als Rachel.

Trotzdem versprach sie natürlich, ihr Bestes zu tun.

»Das ist brav. Du brauchst vor dem Oberst wirklich keine Angst zu haben«, redete Mrs. Campbell ihr zu. »Wenn du glaubst, eine gute Sache zu vertreten, tu es nur ohne Scheu, um so höher wird er dich zu schätzen wissen.«

Früher, als ihr lieb war, bot sich Gelegenheit, diesen Rat zu beherzigen, denn zwei Tage später wurde das sehnlichst erwartete Klavier geliefert.

Oberst Campbell ließ Jane aus dem Schulzimmer, wo sie mit Rachel und der neuen Gouvernante saß, nach unten holen, um das Instrument auszuprobieren.

»Denn wenn du es nicht billigst, geht es sofort zurück. Du bist in diesem Haus die Expertin in Sachen Musik.«

Bereitwillig, wenn auch etwas beklommen ob dieser Verantwortung, spielte Jane einige Etüden und kleine Stücke und befand, das Klavier habe einen wunderschönen Klang, und auch Signor Negretti würde gewiß damit einverstanden sein.

»Nun gut«, entschied der Hausherr. »So mag es bleiben. Stellt es dort neben den Kamin«, befahl er den Trägern.

Die Familie saß im Salon, einem großen Raum mit Blick auf die Straße.

»Es soll doch nicht hier stehenbleiben?« rief Jane bestürzt.

»Aber gewiß doch, Miss. Wie sonst kannst du uns und unsere Gäste abends mit deiner Musik erfreuen?«

»Aber bedenken Sie, Oberst Campbell: Rachel und ich bekommen auf diesem Klavier Unterricht und müssen beide täglich mehrere Stunden spielen. Rachel hat noch nie Klavier gespielt, sie wird sehr viel üben müssen, und ich muß es auch, je weiter man in dieser Kunst kommt, desto eifriger muß man an sich arbeiten, das wird Signor Negretti Ihnen bestätigen. Sie und Mrs. Campbell wollen sich doch gewiß nicht stundenlang Tonleitern und Etüden vorklimpern lassen, während Mrs. Campbell über ihrer Arbeit sitzt und Sie die Zeitung lesen.«

»Wie? Was?« ereiferte sich der Oberst halb belustigt, halb erzürnt. »Wo zum Henker soll es dann stehen? Dort vielleicht?« Er deutete auf die andere Zimmerhälfte, die sich durch Flügeltüren abteilen ließ.

»Nein, denn das Geräusch dringt stärker durch die Tür, als man glaubt. Wenn Sie sich einen Augenblick dort hineinbemühen würden, spiele ich etwas, dann merken Sie es selbst.«

Sie ruhte nicht, bis er ihrer Aufforderung gefolgt war.

»Ja, was aber schlägst du dann vor?« sagte er, als er wieder herausgekommen war. »Da haben wir nun ein musikalisches Wunderkind und ein Instrument von vortrefflicher Qualität im Haus... Wie aber sollen wir unsere Freunde abends damit erfreuen, wenn das Klavier in einer Dachkammer versteckt wird? Oder verlangst du gar, ich solle zwei Instrumente erwerben, eins fürs Schulzimmer, das andere für den Salon? In solche Unkosten aber stürze ich mich nicht, verlaß dich drauf!«

Jane hatte einen Augenblick angestrengt nachgedacht.

»Warum stellen Sie es nicht in den Wintergarten? Ich habe Mrs. Campbell sagen hören, daß dies der einzige Raum im ganzen Haus ist, mit dem sie nichts anfangen kann, weil sie sich nichts aus Treibhausblüten macht... der Wintergarten ist nicht so weit entfernt, als daß man die Musik nicht hören könnte, wenn alle Türen offen sind, es sind nur ein paar Stufen nach unten... und wenn man einen großen Paravent, einen wie diesen dort, zwischen das Klavier und die Wintergartentür stellt, wäre das Geräusch beim Unterricht und beim Üben stark gedämpft, vielleicht kaum zu vernehmen. Wenn Sie dann aber die Musik genießen möchten, könnte man den Wandschirm entfernen, das Klavier vielleicht ein wenig näher an die Tür rücken...«

Oberst Campbell, der zu Beginn dieser Ausführungen unheilverkündend die Stirn gerunzelt hatte, warf seiner Frau einen fragenden Blick zu. Als diese zustimmend nickte, mußte er lachen.

»Bildschön hat sie sich das alles zurechtgelegt, was? Unsere stille kleine Maus ist gar nicht so still, wie wir dachten. Hat einen klugen Kopf, alles was recht ist! Generalmajor Moor hätte dich für seinen Stab brauchen können, du Range. So wird Mrs. Campbell denn auf ihre Lilien und Orchideen verzichten müssen...«

»Jane hat ganz recht, Oberst Campbell«, schaltete seine Frau sich ein. »Erst heute vormittag sagte ich, daß ich bei all meiner Wohltätigkeitsarbeit Besseres zu tun habe, als eine Ansammlung kümmerlicher Blumen zu gießen, die ja doch niemand anschaut.«

»Also meinetwegen. Bringt das Instrument die Stufen hinunter«, sagte er zu den Trägern. »Wie ihr es aber um die Ecke bekommt, das mag der Gottseibeiuns wissen. Ja, meine liebe Jane, dann mußt du mich aber heute abend mit einem besonders herzbewegenden Stück darüber hinwegtrösten, daß du unseren Salon seiner neuen Zierde gleich wieder beraubt hast.« Trotz seiner Schwerhörigkeit war die Freude an der Musik, die er so sehr liebte, Oberst Campbell zum Glück erhalten geblieben. Durchgehende Melodien erfaßte sein Gehör leichter als die wechselvollen Laute der menschlichen Stimme. »Ich hatte diese Ecke für das Klavier vorgesehen«, setzte er hinzu. »Jetzt wirkt sie ausgesprochen kahl.«

»Sie könnten einen Kübel mit Lilien und Orchideen hineinsetzen«, schlug Jane vor. Der Oberst drohte ihr scherzend mit dem Finger und zwickte sie in die Wange. Dann eilte er die Treppe hinunter, wobei er seiner Frau zurief, er ginge in den Club und sei erst zum Abendessen wieder zurück.

Rachel, die aus der hintersten Ecke des Raums mit großen Augen diesem Gespräch gefolgt war, sagte hinterher zu Jane: »Wie du dich nur getraut hast, so mit P-Papa zu reden...«

»Es ging nicht anders«, erklärte Jane ernst. »Für ihn wäre es sehr viel lästiger und ... und verdrießlicher gewesen, hätte er den ganzen Tag unsere Fingerübungen anhören müssen. Das hätte ihn konfus und bärbeißig gemacht.«

Miss Winstable, die Gouvernante, schüttelte den Kopf und machte schmale Lippen.

»Ich bitte dich, liebe Jane, laß mich nicht noch einmal solche Ausdrücke hören. Sie sind höchst unpassend für deinen gütigen Vormund und Wohltäter ... und schicken sich auch sonst nicht.«

Miss Winstable war die Gouvernante und Hauslehrerin von Mrs. Campbell gewesen und hatte sich dann viele Jahre lang um die Ausbildung und sittliche Festigung der Kinder von Mrs. Campbells Schwester, Lady Selsea, gekümmert. Die Familie war kürzlich nach Lissabon gezogen; es war ein großes Glück, daß dadurch Miss Winstable frei geworden war und den Campbells ihre Dienste hatte anbieten können.

Oder ein großes Unglück, sagte Rachel.

Miss Winstable war wie ein Spinnwebfetzen, sie störte und hemmte Rachel und Jane auf Schritt und Tritt, ohne daß man sie recht sehen oder greifen konnte.

»Sie ist aber doch eine gute alte Seele«, sagte Mrs. Campbell etwas zerstreut. »Wie haben Sophy und ich uns oft über sie lustig gemacht, als wir jung waren. Als einziges greifbares Ergebnis ihrer Lehrtätigkeit habe ich ein in Seide gesticktes Landschaftsbild vorzuweisen, an dem ich sieben Jahre gearbeitet habe ... es muß noch irgendwo in Großmamas Haus in Bath herumliegen.« Mit diesen Worten verließ Mrs. Campbell das Haus, um sich einem der zahlreichen Komitees zu widmen, die gegründet worden waren, um den Blick der Öffentlichkeit auf die Notwendigkeit einer Strafreform, die Eindämmung des Sklavenhandels, die Abschaffung der Prügelstrafe in den Streitkräften und die Ausweitung des Wahlrechts zu richten. Nach der Rückkehr in die Heimat hatte sie sich mit Feuereifer auf diese und ähnliche gemeinnützige Tätigkeiten geworfen. Ihren Mutterpflichten glaubte sie mit der Beschaffung einer Gouvernante und einer verständigen Gefährtin für ihre Tochter zunächst Genüge getan zu haben.

Nach einigen Tagen war Jane so verzweifelt, daß sie all ihren Mut zusammennahm und Oberst Campbell in seiner Bibliothek aufsuchte, die sehr sparsam mit zwei Sesseln, einem Tisch und einem Stoß gebundener Jahrbände des *Rambler* ausgestattet war.

»Wenn ich Sie einen Augenblick stören dürfte...«

»Ja, was ist?« fragte er ziemlich schroff, senkte die Zeitung um einen knappen Zoll und sah Jane über den Rand hinweg an.

»Wir lernen nichts bei Miss Winstable. Nur Handarbeiten. Sie meint es gewiß gut, aber... aber wenn ich später Erzieherin werden soll... und Rachel ist sehr wissensdurstig...«

»Hat Mrs. Campbell denn keine Lehrer für euch engagiert?« Jane schüttelte den Kopf. »Cecilia ist eben ganz durch ihre eigenen Liebhabereien in Anspruch genommen, mit denen sie sich jetzt, nach unserer Rückkehr, wieder beschäftigen kann«, sagte er nachsichtig. »Das muß natürlich geregelt werden. Du hast recht daran getan, zu mir zu kommen. Was also soll es sein? Astronomie? Geschichte? Sprachen? Geographie? Literatur?«

»Ja, bitte, all das«, sagte Jane sehr erleichtert über seine wohlwollende Reaktion. »Und Zeichnen. Und wohl auch Mathematik, Rachel interessiert sich sehr für Mathematik.«

»Ach, wirklich?« fragte er leicht verwundert. »Nun gut, euer Unterricht soll sogleich in die Wege geleitet werden. Wann nimmt der Klavierlehrer seine Tätigkeit wieder auf?«

»Heute.«

»Vortrefflich.« Er raschelte vielsagend mit der Zeitung; Jane war in Gnaden entlassen.

Signor Negretti war hocherfreut, seine Lieblingsschülerin in einer so guten Gegend von London (wo er viele Stunden gab) anzutreffen, bei wohlmeinenden Gönnern und noch dazu mit einem funkelnagelneuen Klavier versehen. Auch gegen eine weitere Schülerin hatte er nichts einzuwenden, obschon diese im Alter von sage und schreibe bereits neun Jahren noch nie an einem Tasteninstrument gesessen hatte. Es zeigte sich bald, daß Rachel gute Anlagen, eine rasche Auffassungsgabe und genug Intelligenz besaß, um die verlorene Zeit schnellstmöglich wettzumachen.

»Miss Rachel wird nie sein so gut wie Sie, Miss Jane«, sagte er unter vier Augen zu Jane, »denn Sie sind in der Tat die beste Schülerin, die ich je besaß, doch sie hat nettes kleines Talent, wir werden machen das Beste daraus. Und wir werden fördern ihre hübsche Altstimme. Sie sollen singen bezaubernde Duette zusammen.«

»Und das Stottern?« erkundigte sich Jane besorgt.

Er machte eine ungeduldige Handbewegung.

»Narretei. Dies alles man könnte vermeiden, wenn Eltern nicht wären so dumm.«

Jane seufzte und dachte bei sich, daß es wohl schlimmere Eltern gab als Oberst und Mrs. Campbell, deren Dummheit sich durchaus in Grenzen hielt.

»Aber Gesangsstunden werden ihr helfen, nicht wahr, Signor Negretti? Ich erinnere mich, Sie erzählten mir einmal, jemand, der kaum sprechen konnte, habe wunderbar singen gelernt...«

»Ja, ja, wird ihr sehr helfen der Gesang. Und Sie, Miss Jane, werden machen mit ihr jeden Tag Übungen für Kehle und Lippen, ich werde Sie zeigen.«

In diesem Moment kam Miss Winstable eilends wieder herein, um ihre zweite Schutzbefohlene nicht allzu lange mit Signor Negretti allein zu lassen. Für Jane hatte sich die Gelegenheit zu diesem Gepräch ergeben, als die arme Rachel wieder einmal heftiges Nasenbluten bekommen hatte, was nicht selten geschah und manchmal durch Aufregung oder – häufiger – eine barsche Bemerkung ihres Vaters ausgelöst wurde. Man hatte sie auf ihr Zimmer bringen müssen, wo sie mit kalten Umschlägen und Hirschhornsalz zu Bett lag.

»Das arme Kind! So ein lästiges Leiden... und so wenig damenhaft! Ich kann nur hoffen, daß es sich bald verwächst.«

Als die erste Unterrichtsstunde vorbei war, fragte Jane: »Fahren Sie immer noch zweimal in der Woche nach Highbury, Signor Negretti?«

»Ja, gewiß, Miss Jane, aber es ist eine traurige Änderung. Zu besuchen das Haus, wo ich verbracht habe so viele schöne Stunden, und nur noch zu haben als Schülerin die unnütze Miss Emma, die nie übt, wie sie soll. Wünschen Sie, daß ich ihr überbringe eine Nachricht? Ich werde es tun mit Freuden.«

»Nein, danke.« Jane dachte bei sich, daß Emma gewiß heilfroh war, Jane endgültig los zu sein, und daß es ihr durchaus nicht willkommen sein konnte, wenn diese sich mit einem Brief in Erinnerung brachte. »Nein, aber da Sie auf dem Weg nach Hartfield direkt am Haus meiner Großmutter vorbeikommen, dachte ich mir... dürfte ich Ihnen hin und wieder einen Brief an sie und meine Tante anvertrauen?«

»Aber natürlich.« Der Signor strahlte. »Sooft Sie wollen. Und ich werde haben das Glück, den Damen zu berichten, daß Sie wachsen und gedeihen, fleißig lernen und werden schöner Woche für Woche. Und ich kann Ihnen auch bringen Briefe zurück.«

»Barmherzigkeit, liebes Kind, was für ein Einfall... Briefe durch einen *Musiklehrer* übermitteln zu lassen... ist das denn schicklich?« sorgte sich Miss Winstable, die wohl am liebsten das Vorhaben sofort unterbunden hätte, weil es ungehörig, unvorsichtig oder undamenhaft war oder möglicherweise werden könnte. Oder auch nur, weil sie fand, man müsse junge Menschen möglichst in ihre Schranken verweisen.

Doch Jane appellierte sogleich an Oberst Campbell, der sie, in eine Abhandlung über den Vertrag von Amiens vertieft, höchst ungnädig anfuhr: »Aber sicher kann der Signor deine Briefe mitnehmen, nichts dagegen einzuwenden. Komm mir nie wieder mit solchen Lappalien, verstanden?«

Diese Regelung beruhigte Jane doch sehr, denn sie sparte den Damen Bates wie auch Oberst Campbell viel Porto. Natürlich hatte Jane gleich nach ihrer Ankunft einen Brief nach Hartfield geschickt, um zu melden, daß sie wohlbehalten am Manchester Square eingetroffen war, und um von der Güte ihrer Gastgeber und dem freundlichen Empfang durch Rachel zu berichten. Unter diesen Zeilen stand noch ein trauriger kleiner Nachsatz: »Bitte übermittelt Mr. Knightley meine besten Grüße, ich bedaure es sehr, daß ich ihm nicht habe Lebewohl sagen können.« Oberst Campbell hatte den Brief für sie frankiert, aber sie wollte seine Großherzigkeit nicht über Gebühr in Anspruch nehmen.

Wenige Wochen nachdem ein regelmäßiger Lehrplan in Gang gekommen war, kehrten die beiden Mädchen eines Nachmittags von einem botanischen Ausflug nach Kensington Gardens zurück, den sie zusammen mit Miss Winstable unternommen hatten, als Jane in der Wigmore Street zwei vertraute Gestalten zu erkennen meinte. Sie zögerte ein wenig; da sie in Highbury jedes Gesicht gekannt hatte, fiel es ihr immer noch schwer, sich damit abzufinden, daß London so groß und all die Menschen, die dort herumliefen, ihr zwangsläufig unbekannt waren. Als sie aber die vor ihnen gehende Gruppe überholten – denn die beiden Herren (in deren Begleitung sich, wie Jane jetzt sah, ein Knabe befand) waren stehengeblieben, offenbar, um sich weitschweifig und wortreich voneinander zu verabschieden – stand für sie zweifelsfrei fest, daß es liebe, ihr wohlbekannte Nachbarn waren.

»Mr. Knightley! Mr. Weston!« stieß Jane freudig hervor.

Miss Winstable sah sie entgeistert an.

»Jane! *Mein liebes Kind!* Damen rufen auf der Straße niemanden beim Namen, und fremde Gentlemen schon gar nicht. Ich muß doch sehr bitten!«

»Aber das sind keine fremden Gentlemen, Miss Winstable, es sind gute Freunde.«

Trotz dieser Beteuerung machte Miss Winstable Anstalten, ihre Schützlinge schnellstens vor dieser möglicherweise gefährlichen und unerwünschten Begegnung in Sicherheit zu bringen, doch da waren die beiden Gentlemen schon näher getreten und hatten ihr, höflich den Hut ziehend, den Fluchtweg versperrt.

»Meine liebe Jane! Welch glücklicher Zufall. Ich wollte gerade einen Brief deiner Tante und ein Päckchen für dich abgeben – ein paar Handschuhe, glaube ich, ein Paar Socken oder dergleichen. Ich hatte ihr erzählt, daß ich nach London käme, um Bruder John am Brunswick Square zu besuchen, und gefragt, ob ich etwas für dich mitnehmen solle.« Er verbeugte sich vor Miss Winstable, und Jane beeilte sich, ihn als ›alten Freund meiner Großmutter‹ vorzustellen. »Und das«, fügte sie rasch hinzu, »ist Mr. Weston, auch ein Nachbar von uns, der teils in Highbury, teils in London lebt.«

Die Gouvernante befand sich in der allergrößten Aufregung, da sie nicht recht wußte, wie sie sich verhalten sollte, aber die beiden Herren waren so höflich und wirkten so untadelig, so wahrhaft vornehm, daß sie ihnen schließlich widerstrebend gestattete, ihre Schützlinge eine kurze Strecke Weges zu begleiten. Sie hätte es wohl auch kaum verhindern können.

»Darf ich mir erlauben, meinen Sohn vorzustellen«, sagte Mr. Weston strahlend. »Mein Sohn Frank. Frank und ich kamen gerade aus dem Park, da trafen wir Knightley und schlossen uns ihm an, da er sagte, er wolle bei Oberst Campbell vorsprechen. Frank erzählte mir, daß sein Vormund und dessen Frau, Mr. und Mrs. Churchill, mit dem Oberst und Mrs. Campbell bekannt sind.«

Frank musterte die beiden Mädchen mit freimütigem Interesse, und auch sie betrachteten ihn mit ungezwungen-freundschaftlicher Anteilnahme. Er war etwa drei oder vier Jahre älter als sie, ein schlanker, blonder Junge mit frischem, offenem Gesicht und liebenswürdig-heiterem Wesen.

»Gehst du in London zur Schule?« fragte Jane.

»Nein, in Yorkshire. Aber mein Onkel und meine Tante mußten nach London, um einen Arzt zu konsultieren, und ich durfte mit, nur muß ich auch zum Zahnarzt, es ist also keine reine Vergnügungsfahrt.« Er blähte lachend, eine dicke Backe andeutend, eine Wange, und die Mädchen lachten.

»Ich w-war auch gerade beim Zahnarzt«, sagte Rachel. »Es ist ganz f-fürchterlich.«

»Vergiß nicht, mein Junge, daß wir deinem schlimmen Zahn diese angenehme Begegnung verdanken«, schaltete sein Vater sich ein, »die – für mich jedenfalls – eine ganz große Freude ist.«

Der Zufall wollte es, daß Oberst Campbell gerade aus seinem Club kam, als sie sich an der Ecke Manchester Square von den Westons verabschiedeten, so daß eine erneute Vorstellung erforderlich war, und Miss Winstable, die sich vor Verlegenheit wand, weil sie von ihrem Dienstherrn in Gesellschaft dreier unbekannter männlicher Wesen überrascht worden war, stellte zu ihrer Erleichterung fest, daß der Oberst weder Entrüstung noch Mißvergnügen erkennen ließ, womit denn alles glücklich wieder seine Ordnung hatte. Im Gegenteil, Oberst Campbell freute sich offenbar, die Herren kennenzulernen, Mrs. und Miss Bates hätten ihm viel von Mr. Knightley und von den Churchills erzählt, sagte er und drängte sie, noch auf ein Glas Wein ins Haus zu kommen, was sie aber mit dem Hinweis auf anderweitige Verpflichtungen dankend ablehnten. Mr. Weston müsse mit seinem Sohn zum Zahnarzt, sagte Mr. Knightley. »Ein anderes Mal gern«, fügte er hinzu und lächelte Jane freundlich zu. »Deine Tante und deine Großmutter werden sich sehr freuen, wenn ich ihnen erzähle, wie wohl du aussiehst...« Damit ging er davon, und Jane sah ihm sehnsüchtig nach.

Im Schulzimmer mußten sich die beiden Mädchen erneut strenge Vorhaltungen von Miss Winstable anhören. Es sei im höchsten Grade unschicklich, männliche Personen auf der Straße anzusprechen. »So etwas würden die Töchter der lieben Lady Selsea nie tun!« Bei Rachel, die nur die Wildnis von Flandern und Korsika kannte, sei das vielleicht in gewissem Maße noch entschuldbar, aber für die in einer so hochachtbaren Gegend wie Surry aufgewachsene Jane könne sie, Miss Winstable, sich nur in Grund und Boden schämen. »Ich erröte für dich, mein Kind, ja, wirklich.«

Tatsächlich lag eine hektische Röte auf ihren hageren Wangen, und in dem Blick, den sie Jane zuwarf, lag tiefste Mißbilligung und nicht die mindeste Spur von Zuneigung.

»Es tut mir sehr leid, Miss Winstable«, sagte Jane höflich zum dritten Mal und setzte hinzu: »Es ist nur so, daß Mr. Knightley ein so besonders lieber Nachbar ist. Jeden Winter schickt er meiner Tante und meiner Großmutter zwei große Fuhren Brennholz und wer weiß wie viele Scheffel Äpfel. Mich hat er das Reiten gelehrt... es liegt mir sehr viel daran, ihm stets die gebührende Aufmerksamkeit zu erweisen.« Ihre Stimme schwankte, als sie an die glückliche Freiheit jener Ausritte dachte, und Rachel sah sie mitfühlend an.

Abends verlangte Oberst Campbell nähere Auskunft über Janes Bekannte, und sie gab bereitwilligst Bescheid. Ausführlich ließ sie sich über Mr. Knightley, seinen Bruder John, die Schönheiten von Donwell Abbey und seiner Ländereien aus.

»Und Mr. Weston? Wie ist sein Leben bisher verlaufen?«

Recht traurig, erwiderte Jane. Mr. Westons Frau, die dem stolzen Geschlecht der Churchills aus Yorkshire entstammte, war früh gestorben und hatte ihn mit einem kleinen Sohn allein zurückgelassen. Da ein so junger Mann, der seinen Weg im

Leben erst noch machen mußte, nicht sehr geeignet schien, ein Kleinkind in seine Obhut zu nehmen, hatten die reichen Churchills sich erboten, den kleinen Frank zu adoptieren, was dann auch geschah, als er noch in den Windeln lag. In den folgenden neun oder zehn Jahren entwickelten sich die Geschäfte, die Mr. Weston mit seinen beiden Brüdern in London betrieb, sehr zufriedenstellend, so daß er unlängst das kleine Haus in Highbury, in dem er seine Mußestunden zu verbringen pflegte, gegen ein nicht allzu großes, aber sehr ansehnliches Gut am Rande des Dorfes eintauschen konnte. Er verbrachte seine Zeit noch immer teils in London, teils in Surry, stand aber in Highbury bei allen Nachbarn in hohem Ansehen. Die Verbindung zu seinem Sohn war nie abgerissen, denn die Churchills, die im Frühjahr immer nach London umzogen, hatten nichts dagegen, daß Mr. Weston bei ihnen in der Manchester Street vorsprach und mit Frank bildende Expeditionen zu den Elgin Marbles oder nicht ganz so bildende zu Astleys Amphitheater unternahm.

»Der Junge macht einen angenehmen, ausgeglichenen Eindruck«, bemerkte der Oberst. »Was fast erstaunlich ist, denn seine Tante, Mrs. Churchill, soll eine überaus spitzzüngige, übellaunige Person und ihr Mann der kläglichste Pantoffelheld unter der Sonne sein, hab ich recht, Cecelia?«

»Ja, das ist wahr«, bestätigte seine Frau. »Ich bin zusammen mit Mrs. Churchill in verschiedenen Ausschüssen, und eine schwierigere, herrschsüchtigere Frau ist mir noch nie untergekommen. Es ist fast ausgeschlossen, einen Antrag durchzubringen, wenn sie dagegen ist, denn sie wiederholt einfach immer wieder ihre eigene Meinung, ohne auf das zu hören, was andere sagen. Es freut mich, daß der Junge ein so lieber Bursche ist, gewiß schlägt er seinem Vater nach. Hoffentlich ist er ein netter Spielgefährte für unsere Mädchen.«

Miss Winstable schien gewillt, sich gegen jedweden Plan zu

sperren, der das Eindringen männlicher Wesen jugendlichen Alters in den Schulzimmerbereich nach sich gezogen hätte, doch Jane erklärte, daß Frank Churchill gewöhnlich in Yorkshire im Internat war.

»Vielleicht sehen wir ihn dann Ostern. Und wie wäre es jetzt mit ein bißchen Musik?«

Jane hatte Signor Negretti eindringlich vor Augen gehalten, wie wertvoll und wichtig es für Rachel wäre, so bald als möglich ihre raschen Fortschritte unter Beweis zu stellen.

»Denn wenn ihr Vater merkt, daß sie eine Sache gut macht, läßt er sich vielleicht doch davon überzeugen, daß sie auch anderes schafft, und das wird sie sehr ermutigen.«

Mit diesem Ziel vor Augen hatte der Signor ein Klavierstück zu vier Händen von Dussek ausgewählt, das zwar von der Spielerin der ersten Stimme eine bravouröse Leistung forderte, der zweiten Spielerin aber nur ein paar Akkorde und Einzeltöne abverlangte. Es war eine lebhafte, muntere Ecossaise, die die Mädchen mit großem Fleiß und nicht wenig Vergnügen eingeübt hatten, wobei sie so viel Lärm vollführten, daß die im Salon mit ihrer Stickerei beschäftigte Miss Winstable sie ernsthaft ermahnte, sich zu mäßigen, weil sich sonst womöglich die liebe Mrs. Campbell bei der Lektüre ihrer Parlamentsprotokolle gestört fühlen könnte.

Als der Oberst jetzt den Wunsch nach musikalischer Unterhaltung äußerte, schlug Jane vor: »Sollen wir ihm unser Duett vorspielen, Rachel?«

Rachel nickte stumm. Der Paravent wurde weggerückt, und die beiden jungen Damen setzten sich ans Klavier. Sie brachten das gut eingeübte Stück mit außerordentlichem Schwung zu Gehör und barsten fast vor Gelächter, als es mit klirrenden Akkorden zu Ende ging.

»Du hast mir meine Note gestohlen, Rachel, du Elende!«

»N-nein, hab ich n-nicht, du hast mir *meine* gestohlen...«

Selbst Mrs. Campbell sah kurz von ihren Protokollen hoch und rief: »Bravo!«

Zu Janes Bestürzung erhob sich daraufhin der Oberst aus seinem Sessel und betrat den Wintergarten.

»Eine sehr temperamentvolle Darbietung, das muß ich schon sagen«, bemerkte er und musterte mit einiger Überraschung die geröteten Wangen und das fröhliche Gesicht seiner Tochter. Bei seinem Anblick aber verging ihr das Lachen, sie wurde blaß, schluckte und sah auf ihre Hände.

»Jetzt laß mich etwas von dir allein hören, Rachel«, verlangte der Oberst.

»N-nein, bitte, da-das kann ich nicht«, stammelte sie.

»Larifari! Was soll diese Narretei? Wenn im Zusammenspiel mit Jane deine Finger so flink über die Tasten fliegen, mußt du es auch allein können, und es ist wohl verständlich, daß deine Mutter und ich das hören wollen. Wir wollen wissen, wie es um deine Fortschritte steht. Keine Dummheiten jetzt, wenn ich bitten darf. Spiel etwas, irgendwas ... und wenn es noch so simpel ist.«

»Ach bitte, P-Papa, zwing mich nicht ...«

»Bist du ein Mensch oder ein Wurm?« donnerte der Oberst. Er schlug mit der Faust auf den Klavierdeckel, daß es nur so dröhnte und die Noten durch die Luft flogen. »Genug von dieser lächerlichen Ziererei. Ich verlange, daß du spielst.«

»Komm, James, wenn das Kind gerade jetzt nicht allein ...« rief Mrs. Campbell aus dem Nebenzimmer, aber es war schon zu spät: Rachel war tränenüberströmt und mit blutender Nase aus dem Wintergarten geflüchtet, während Jane mit finsterem Gesicht vor dem Oberst stehen blieb.

Zweimal machte sie den Mund auf, um etwas zu sagen, zweimal machte sie ihn wieder zu. »Albernes Getue! Sie kann nicht spielen? Daß ich nicht lache. Sie will nicht, das ist des Pudels Kern. Und wir sollen gutes Geld für den Musikunterricht einer heulenden Zimperliese ausgeben, die sich zu gut ist, um zu zeigen, was sie kann? Eine schöne Tochter haben wir da, auf mein Wort.«

Erbittert machte er kehrt, verließ den Salon und hinkte die Treppe hinunter. Gleich darauf schlug die Haustür hinter ihm zu.

Janes einziger Trost war, daß sich Miss Winstable, Verdauungsstörungen vorschützend (ein Leiden, das sie häufig quälte), frühzeitig auf ihr Zimmer zurückgezogen hatte. Sie konnte nur hoffen, daß die Gouvernante von dieser Szene nichts erfuhr, denn bei Meinungsverschiedenheiten zwischen dem Oberst und seiner Tochter schlug sich Miss Winstable unweigerlich auf die Seite väterlicher Autorität und ließ sich in ermüdenden Tiraden darüber aus, wie wichtig, wie überaus wichtig es sei, keine Anstrengung zu scheuen und alle Kräfte anzuspannen, um den Eltern, die schließlich den Kindern das Leben geschenkt und ihr weiteres Schicksal in der Hand hatten, eine Freude zu machen. »Nicht zu spielen, wenn dein Papa es wünscht. Pfui über dich! Lady Selseas Töchter hätten tagelang, *wochen*lang hintereinander gespielt. Nein, das ist wirklich zu arg, es ist eine Schande, es ist geradezu ungeheuerlich!«

4

Jane hatte den Eindruck, daß ihre Bemühungen, Rachel die Scheu vor ihrem Vater zu nehmen und Oberst Campbell die Neigung abzugewöhnen, seine Tochter in Angst und Schrecken zu versetzen, nur im Schneckentempo vorankamen. Immerhin hatte Rachel, die eine sehr hübsche Altstimme besaß, mit Janes tatkräftiger Unterstützung ein Duett eingeübt, das Signor Negretti nach einer französischen Ballade, einer *chanson béarnaise*, arrangiert hatte, und danach nahmen sie sich ein italienisches Lied, die *Arietta Veneziana* vor. Wenn sie französische oder italienische Texte sang, vergaß Rachel ihre sprachliche Behinderung und schmetterte munter drauflos. Jane hatte größte Hoffnungen auf dieses Ständchen gesetzt, mit dem sie Oberst Campbell zu seinem Geburtstag Ende März erfreuen wollten.

Doch aus dem schönen Plan wurde nichts. Kurz vor dem großen Tag entdeckte Miss Winstable bei Rachel ein Schreibheft, das sie pflichtschuldigst sogleich dem Oberst vorlegte und dessen Seiten statt mit unregelmäßigen französischen Verben mit den Zeichnungen menschlicher Gestalten bedeckt waren. »Nicht einmal Porträts, sondern ausgesprochene Karikaturen«, empörte sich die Gouvernante. Die meisten waren leider nur zu ähnlich ausgefallen: Da war Miss Winstable selbst, in Schleier und durchsichtige Tücher gehüllt, wie sie zaudernd vor einer geschlossenen Tür stand, als wüßte sie nicht recht, ob sie eintreten oder das Ohr ans Schlüsselloch legen sollte; Mrs. Campbell, so tief unter Pamphleten und Protokollen vergraben, daß man nur eine braune Haarsträhne und die Spitze einer wohlbekannten langen Nase sah; Tonkin, der Kammerdiener des Obersts, der mit einem Arm voll gestärkter weißer Halstücher und komisch-ängstlicher Miene die Treppe hinaufschlich; die mit einem Regenschirm um sich schlagende Mrs. Churchill; und – am allerschlimmsten – ein Bild von Oberst Campbell mit so finsterem Gesicht, wie Rachels Stift es nur darstellen konnte, die Unterlippe vorgeschoben, vor ihm auf den Knien seine Tochter, vor Angst zerfließend gleich dem Zitronengelee, das in einem Schälchen neben ihm stand.

Der Oberst zitierte seine Tochter herbei, tobte, wütete und brachte sie schließlich so weit, daß sie drei Tage das Bett hüten mußte.

Dann war Jane an der Reihe, der es kaum besser erging. Die Anklage lautete auf Rebellion, Unehrerbietigkeit und Unterstützung Rachels in diesen Untugenden sowie Anstiftung zum Ungehorsam gegenüber der Gouvernante und Verhöhnung der Obrigkeit.

»Das Heft war für französische Verben und nicht für unverschämte Zeichnungen bestimmt«, donnerte er.

Anders als Rachel wehrte sich Jane ihrer Haut, obschon der Oberst auch sie in Angst und Schrecken versetzt hatte.

»Das ist ungerecht, Rachel kann die unregelmäßigen französischen Verben, sie beherrscht die Sprache wie eine Einheimische und auf jeden Fall bedeutend besser als Miss Winstable.«

Auch Jane sprach leidlich fließend Französisch, denn es war Signor Negrettis zweite Sprache, in der sie sich seit zwei Jahren unterhielten, so daß sie die Mängel der Erzieherin auf diesem Gebiet sehr wohl beurteilen konnte.

»Trotzdem ... Das Heft war für einen ganz bestimmten erzieherischen Zweck vorgesehen und nicht für ordinäre Kritzeleien. Junge Menschen müssen lernen, Ordnung zu halten und Gehorsam zu üben, ob sie die Gründe dafür nun einsehen oder nicht.«

Jane holte tief Luft. »Trotzdem finde ich es ungerecht. Als ... als Sie mich bei sich aufnahmen, haben Sie und Mrs. Campbell mir gesagt, Sie hätten mich auch deshalb hergeholt, weil Sie sich von mir Hilfe dabei erhofften, Rachel mehr Selbstvertrauen zu schenken und ihre Schüchternheit zu überwinden. Wie soll sie das lernen, wenn man sie für etwas schilt und herabsetzt, was sie wirklich gut kann – wie das Zeichnen? Und wie soll sie je Selbstvertrauen gewinnen, wenn man sie ständig nur auf ihre Fehler, ihre Behinderungen hinweist?«

Das Herz schlug Jane während dieser langen Rede bis zum Halse, aber sie ließ sich nicht einschüchtern und hielt den Blick tapfer auf Oberst Campbell gerichtet. Was würden wohl ihre Verwandten sagen, wenn man sie mit Schimpf und Schande nach Highbury zurückschickte? Besser nicht daran denken...

Einen Augenblick herrschte Schweigen. »Ich bin dir nicht böse, Jane«, sagte dann der Oberst in gemäßigterem Ton (was ihm Jane angesichts seiner funkelnden Augen und zuckenden Lippen vorläufig nicht so recht abnahm). »Du bist noch ein Kind, dennoch solltest du dir einmal den Unterschied zwischen Rachels Stellung und der deinigen vor Augen halten. Denn dieser Unterschied läßt sich nicht wegleugnen, obschon wir versuchen, ihn so gering wie möglich zu halten. Rachel wird, wenn sie erwachsen ist, über zwölftausend Pfund verfügen, ein Glück für das arme Ding, denn allein mit ihrem Aussehen wird sie sich kaum einen Verehrer angeln können. Und selbst mit zwölftausend Pfund hat sie beim Männerfang keine allzu gute Ausgangsposition, wenn sie nicht auch die weibliche Kunst erlernt, durch ihr Verhalten, ihre Umgangsformen, ihre Liebenswürdigkeit und ihre Fertigkeiten anziehend zu wirken. Bei dir, mein Kind, liegt der Fall anders. Da du bedauerlicherweise über keinerlei eigene Mittel verfügst, mußt du notgedrungen einen Beruf ergreifen, und deine Freunde haben den nützlichen und nicht allzu unangenehmen oder beschwerlichen Lehrberuf für dich gewählt, für den du, von Natur aus ein gescheites Mädchen, gut geeignet bist. Du kannst und wirst es darin weit bringen, wenn es gelingt, eine entsprechende Position in gutem Hause für dich zu finden. (Rachels Großmutter ist mit der Herzogin von Richmond zur Schule gegangen, und Mrs. Churchill ist mit Lady Castlereagh befreundet, es steht also gar nicht ungünstig, solche Dinge wollen weit im voraus erwogen und geplant werden). Deine Zukunft ist gesichert, du wirst, sofern du brav und fleißig bist, unabhängig sein und dir den eigenen Lebensunterhalt verdienen können. Anders steht es um Rachel, wenn sie einen bestimmten Platz in der Welt einnehmen will. Sie muß heiraten, muß lernen, einem Mann zu gefallen, und das gelingt ihr sicher nicht durch Rotwerden, Stottern und täppisches Betragen, wenn man sie anspricht, oder durch dumme, vulgäre Zeichnungen in einem Schulheft.«

»Rachel zeichnet sehr gut«, sagte Jane tapfer. »Das hat Professor Kramer selbst gesagt. Er hat ihr in der letzten Stunde einen goldenen Stern gegeben, sie ist die erste Schülerin, die ihn bekommen hat, sagt er.«

»Freut mich zu hören«, sagte der Oberst trocken. »Dann soll Rachel sich gefälligst auf Landschaften und Aquarelle beschränken und ... und andere für Frauen geeignete Themen. So, und jetzt Schluß damit, Jane. Und daß mir von Miss Winstable keine Klagen mehr über dich kommen.«

»Und keine impertinenten Karikaturen«, hörte sie ihn noch knurren, als sie das Zimmer verließ.

Kurz nach diesem Gespräch teilte man Jane mit, daß sie zu einem Besuch nach Highbury zurückkehren dürfe.

Schon seit geraumer Zeit hatte sie sanft, aber beharrlich gedrängt: »Ach bitte, Oberst Campbell, Mrs. Campbell, lassen Sie mich nach Hause. Großmama und Tante Hetty brauchen mich gewiß. Geschrieben haben sie nichts davon, aber ich kann mir nicht vorstellen, daß sie so lange auf die hunderterlei kleinen Dinge verzichten können, die ich für sie erledigt habe ...« Jedesmal aber hatten der Oberst oder seine Frau Gründe vorgebracht, die gegen ihren Besuch in Highbury sprachen: Der Winter ist eine ungünstige Zeit zum Reisen, da bist du, bei deiner bedauerlichen Neigung zu Erkältungen und Hals- und Lungenkatarrhen, in London, in einem geräumigen, warmen, gut gelüfteten Haus besser aufgehoben als in Feuchtigkeit und Nebel auf dem Lande... In der *Hochzeit des Figaro* gibt Maria Dickson die Gräfin, es wäre doch jammerschade, wenn du dir eine so bedeutende Aufführung entgehen ließest, und Rachel wäre untröstlich, wenn sie ohne ihre Freundin hingehen müßte... Im Pantheon findet ein Purcell-Liederabend statt, den Signor Negretti wärmstens empfohlen hat... Die Dixons, Freunde von Oberst Campbell aus Irland, sind nach Ostern in London, und Rachel ist immer viel selbstsicherer, wenn du zu ihrer Unterstützung dabei bist...

Unter diesen Vorwänden war es gelungen, Jane im Januar, Februar und März in London festzuhalten. Jetzt aber schrieb man April, und Jane zog es immer heftiger zurück in die Heimat. Sie dachte an die Narzissen, den grünen Schleier der Jelängerjelieberknospen an den Hecken, an die vom vielen Regen angeschwollenen Bäche. Obschon sie Rachel herzlich gern hatte, ja sie liebte wie eine Schwester, hatte sie Heimweh. Noch sah sie Manchester Square Nummer 12 nicht als ihre Heimat an, obwohl sie, wie der Oberst vorausgesagt hatte, allmählich anfing, dort Wurzeln zu schlagen.

Als die sehnlichst erwartete Erlaubnis kam, Highbury einen Besuch abzustatten, hatte Jane den starken Verdacht, daß der Besuch nicht so sehr als Belohnung, sondern als eine Art Lektion gedacht war, als eine Strafexpedition, die ihr anhand der dortigen Mißstände und Unbequemlichkeiten vor Augen führen sollte, daß sie sehr viel zu verlieren hatte, wenn sie sich den Unwillen ihrer Wohltäter zuzog, daß man am Manchester Square Fügsamkeit und Anpassung von ihr erwartete und ihr Bleiberecht jederzeit widerrufen werden konnte.

Aber sie können sich bestimmt nicht vorstellen, dachte sie, wie sehr ich mich nach Surry sehne, sonst würden sie mich nicht gewissermaßen zur Strafe hinschicken. Sie war so beglückt über die lang ersehnte Erlaubnis und dankte dem Oberst und Mrs. Campbell immer wieder mit so ungeheucheltem Entzücken, daß eine Bemerkung von Oberst Campbell (der häufig nicht merkte, wie laut er sprach) seiner Frau gegenüber ihren Verdacht bestätigte. »Ob es wohl richtig war, ihr diesen Besuch zu gestatten?« sagte er. »Offenbar betrachtet Jane ihn geradezu als Belohnung.«

»Warum auch nicht?« erwiderte Mrs. Campbell gelassen. »Sie ist wirklich ein verständiges, verdienstvolles Mädchen, und daß sie an ihren Verwandten hängt, ist nur recht und billig. Und sie hat so fleißig gelernt. Rachel liebt sie innig und wird sie sehr vermissen. Und ich glaube, auch Jane wird Rachel vermissen.«

»Hm, das ist vielleicht gar nicht so schlecht«, brummte der Oberst. »Schätze, sie wird ohnehin bald genug davon haben, in Highbury eingesperrt zu sein.«

Um sich im Wintergarten (wo sie Noten geordnet hatte) bemerkbar zu machen und weil sie sich über den letzten Satz nicht wenig ärgerte, schlug Jane geräuschvoll den Klavierdeckel zu, woraufhin im Nebenzimmer erschrockenes Schweigen eintrat, dem gleich darauf das Geräusch sich eilig entfernender Schritte folgte.

Diesmal fuhr Jane – vielleicht weil sie ein wenig in Ungnade gefallen war – nicht in Begleitung von Oberst Campbell nach Surry, sondern man gab ihr nur eine der Zofen mit, deren Eltern zufällig in Bookham wohnten und die gern die Gelegenheit nutzte, ihre Familie zu besuchen.

Jane und Rachel hatten sich zum Abschied vielerlei versprochen.

»Ich schreibe dir jeden T-Tag«, schwor Rachel und wischte sich die Tränen ab. »Und daß d-du das auch tust! Ich gebe Signor Negretti dann immer sieben Briefe an dich mit. Und k-komm bald zurück, ich bitte dich, bleib nicht zu lange.«

Jane hatte gefragt, ob Rachel sie nicht in Highbury besuchen könne. »Ich würde ihr so gern all meine Lieblingsplätze zeigen und sie mit Großmama und Tante Hetty bekannt machen.«

Mrs. Campbell war wohl nicht abgeneigt gewesen, ihre Zustimmung zu geben. Die frische Landluft konnte für Rachel nur gut sein, im Ausland hatte sie es immer sehr genossen, in den Bergen herumzuklettern. Doch unter vier Augen erklärte ihr Oberst Campbell, daß ein solches Entgegenkommen seine disziplinarischen Absichten gefährdet hätte. »Die beiden sollen nur eine Weile ohne einander auskommen, dann merken sie schnell, wohin Unehrerbietigkeit und Eigensinn führen können.«

Es wurde deshalb verabredet, daß Jane einen Monat bei ihren Freunden in Highbury verbringen sollte. Vielleicht würde man dann – abhängig von einer Reihe nicht genannter Bedingungen, die gleichwohl alle Beteiligten klar erkannt hatten – Rachel gestatten, ihren Vater zu begleiten, wenn er Jane abholte.

»Hoffentlich läßt es sich einrichten! Dann kannst du all meine Lieben kennenlernen, und vielleicht haben wir sogar Zeit für einen Besuch in Donwell Abbey, bei Mr. Knightley ...«

Der verabredete Briefwechsel begann sogleich. Jane schilderte ihr einfaches Leben in Highbury in großer Ausführlichkeit, und Signor Negretti konnte, wenn er nach Hartfield kam, Jane einen dicken Briefstapel von Rachel überreichen. Sie hatte eine schon erstaunlich erwachsene Handschrift, die eng beschriebenen Seiten wiesen nur wenige Verbesserungen und orthographische Fehler auf und waren mit gekonnten kleinen Skizzen geschmückt. Sie berichtete ihrer allerliebsten, allerbesten Jane, daß die Dixons aus Irland eingetroffen waren (wo Oberst Campbell sie im Lauf seines aktiven Dienstes kennengelernt hatte); daß die Eltern, Major und Mrs. Dixon, lebhaft, liebenswürdig und gebildet, die beiden Jungen hingegen, Matt und Sam, entsetzliche Rüpel waren, weil man sie unbeaufsichtigt hatte herumlaufen und Freundschaft mit zerlumpten irischen Bauernjungen hatte schließen lassen. Ihre Sprache war manchmal fast unverständlich, aber sonst waren sie sehr nett und gutherzig und vor allem überaus unterhaltend. Oberst Campbell war entsetzt über ihr ungehobeltes Benehmen, und das hatte den Vorteil, daß Rachels Unzulänglichkeiten dagegen verblaßten und häufig übersehen wurden. »Trotzdem fehlst Du mir jede Stunde, jede Minute. Komm bald zurück, meine liebe, liebste Jennie. Und erzähle mir inzwischen alles, was es in Highbury Neues gibt. Wie ich von Signor Negretti hörte, unterrichtet er Dich dort weiter, und Du übst wieder auf Hartfield. Was macht die abscheuliche Emma? Ist sie noch so abscheulich wie früher? Ich hoffe es fast, denn würdet Ihr Freundinnen werden, wäre ich eifersüchtig. Und was macht der gütige, stattliche Mr. Knightley? Ist er immer noch so gütig und heldenmäßig? Reitet er mit Dir aus? – Die Churchills sind wieder in London, und Mrs. Churchill und Frank haben uns einen Besuch abgestattet. Sie und mein Papa haben sich wegen des Sklavenhandels gestritten, und er hat dabei den kürzeren gezogen. Frank C. ist ein hübscher Junge geworden, die Dixons wirken wie kleine Wilde im Vergleich zu ihm. Hier habe ich sie Dir alle drei gezeichnet: Matt ist der mit dem zerzausten, struppigen schwarzen Haar. Papa sagt immer zu Matt und Sam, sie sollten sich ein Beispiel an Frank C. nehmen, darüber müssen sie lachen, sie halten ihn für einen Zieraffen. Deine Dich liebende treue Freundin Rachel Campbell.«

Durch freundliche Vermittlung des Signor schickte Jane folgenden Antwortbrief an die Freundin: »Liebste Rachel, Deine Briefe sind mir eine große Freude. Wenn ich sie lese, muß ich lachen und weinen und sehe dabei Manchester Square, Euer Haus und all die Menschen darin deutlich vor mir. Du fehlst mir so sehr. Aber ich freue mich, daß Du so nette Gesellschaft hast und daß die schrecklichen Dixon-Jungen Deinen gestrengen Papa von Deiner Person ablenken ... Was übrigens Deinen Papa betrifft: Meine Großmutter, die klügste Frau, die ich kenne, hat da etwas Sonderbares gesagt. Ich hatte ihr von Deinen Schwierigkeiten erzählt (Du nimmst es mir gewiß nicht übel, ich habe Euch beide so herzlich lieb), und da meinte sie: ›Rachel sollte den Heiligen Geist bitten, ihr beizustehen.‹ ›Warum den Heiligen Geist, Großmama?‹ fragte ich. Und sie: ›Frederick (mein Großpapa, der Pfarrer in Highbury war) hat immer gesagt, wenn sich ein Mensch in Not oder Verlegenheit oder in plötzlicher Gefahr befindet, ist er gut beraten, sich an den Heiligen Geist zu wenden.‹ ›Und weshalb, Grannie?‹ ›Ja, siehst du, mein Kind, Gottvater und Jesus sind vollauf mit all dem Schlimmen und Schrecklichen beschäftigt, das es auf der Welt gibt, die kommen möglicherweise nicht gleich. Der Heilige Geist aber ist wie ein Hilfsgeistlicher, der immer bereit ist, sich der kleinen Leute und ihrer Sorgen anzunehmen.‹ Sie versicherte mir, daß der Heilige Geist ihr sehr oft geholfen hat. ›Sag das deiner Freundin Rachel, sie wird bald merken, daß ich recht habe.‹ Also sage ich es Dir hiermit und hoffe von Herzen, daß ihr Rat Dir nützlich ist.

Ja, ich habe die abscheuliche Emma gesehen, sie ist lange nicht mehr so rundlich wie früher und richtig hübsch geworden. Dennoch fühlte ich mich ihr gewachsen, denn zum erstenmal konnte ich ihr in eigenen neuen Sachen entgegentreten (wofür ich der lieben Mrs. Campbell gar nicht dankbar genug sein kann) und nicht in abgelegtem Zeug von Emma Woodhouse. ›Nun, und wie geht es dir, Jane?‹ fragte sie und betrachtete mich von oben bis unten. ›Genießt du das Leben in London?‹ ›O ja, sehr‹, sagte ich und erzählte ihr von Konzerten und von Astley und daß ich den König und die Königin bei ihrer Spazierfahrt im Park gesehen habe und von den Skulpturen, die Lord Elgin mitgebracht hat, so daß sie einen Moment gar nicht wußte, was sie sagen sollte. Dann meinte sie, sie hätte ja lieber den Rosettastein und die Prinzessinnen gesehen und ob es stimmte, daß man, um auf der Höhe der Mode zu sein, neuerdings einen grünen Augenschirm tragen müsse. Ob Du es glaubst oder nicht – sie tat mir fast leid.

Da sitzt sie nun in Hartfield fest (denn selbst in Miss Taylors Begleitung unternimmt sie nur selten mal einen Ausflug), während ich inzwischen so viel mehr Menschen kenne als sie und so viele angenehme und unterschiedliche Eindrücke sammeln kann. Stell Dir vor, noch nicht einmal in Kingston ist sie gewesen, denn Mr. Woodhouse kränkelt immer mehr.

Ja, ich habe den lieben, lieben Mr. Knightley gesehen und bin mit ihm ausgeritten (nicht auf Ginger, der zu meinem Kummer verkauft wurde, sondern auf Mr. Knightleys kleiner Stute Doucette, die ein Schatz ist). Wir ritten über den Dorfanger und legten einen prächtigen Galopp ein, es war bisher der Höhepunkt meines Besuches – abgesehen natürlich von der ständigen Freude des Zusammenseins mit Großmama und Tante Hetty.

Mr. Knightley erzählte mir, daß sein Bruder John endlich um Isabella Woodhouse angehalten hat, was alle schon lange haben kommen sehen. Der arme alte Mr. Woodhouse ist ganz unglücklich darüber, die Vorstellung, Isabella könne Hartfield verlassen und nach London ziehen, wo Mr. John jetzt als Anwalt arbeitet, ist ihm unerträglich. Es kann Jahre dauern, sagt Mr. Knightley, bis Mr. Woodhouse seine Zustimmung gibt. Mit mir hat Emma nicht darüber gesprochen, aber auch Tante Hetty erzählte es. Auch Emma wird wohl sehr traurig sein, denn Isa war ihr immer eine sehr liebe ältere Schwester.

Sind die Dixons noch bei Euch? Ich muß gestehen, daß ich sie gern kennenlernen würde. Und ist Frank Churchill in London bei seiner Tante und seinem Onkel? Das neue Haus seines Vaters wächst allmählich, Mr. Weston kam ein paarmal hier vorbei und erbot sich freundlicherweise, mich nach London mitzunehmen, doch das müssen wir natürlich von der Einwilligung Deiner Eltern abhängig machen. An schönen Tagen haben wir uns ein paarmal das Haus angesehen, es soll Randalls heißen, weil es auf dem Land steht, das einem Farmer Randall gehörte. Mr. Weston ist eifrig mit der Anlage des Parks beschäftigt und mit dem

Pflanzen von Fichten, Eschen, Akazien und Pappeln, welche die Wirtschaftsgebäude abschirmen sollen. An Donwell Abbey aber, wo Mr. Knightley wohnt, wird es nie heranreichen. Mit dem Ausdruck meiner allerherzlichsten Zuneigung, liebste Rachel...«

Als Jane schrieb, der Ausritt mit Mr. Knightley sei der bisherige Höhepunkt ihres Besuches in Highbury gewesen, war das nicht mehr als die Wahrheit. Für sie war Mr. Knightley von jeher der beste, stattlichste, intelligenteste, gütigste und rechtschaffenste Erwachsene aus ihrem Bekanntenkreis gewesen (von der lieben Großmama und Tante Hetty abgesehen), und im Vergleich mit dem cholerischen, unberechenbaren Oberst Campbell empfand sie seine freundliche Art, seine Ausgeglichenheit und Geradlinigkeit noch wohltuender. Gewiß, Oberst Campbell meinte es gut und hatte die besten Absichten, aber oft genug griff er doch arg daneben, während Mr. Knightley sich stets klug und wohlmeinend verhielt. Glücklich die Frau, die er einmal bitten würde, seinem Hauswesen auf Donwell Abbey vorzustehen. Das heißt – wenn er sich zu diesem Schritt jemals entschloß. Tante Hetty vertrat die Ansicht, daß er nie heiraten würde, denn wer in aller Welt war denn gut genug für ihn?

Eins allerdings beunruhigte Jane bei ihrem derzeitigen Aufenthalt in Highbury doch sehr: Entgegen ihren Erwartungen (und in betrüblicher Bestätigung von Oberst Campbells Voraussagen) war ihr Glück nicht so vollkommen, wie sie gedacht hatte. Das Dorf war reizvoll und vertraut wie eh und je, und man nahm sie gewissermaßen mit offenen Armen auf. Jeder Baum, jedes Blatt, jedes Fenster, jeder Kaminaufsatz, jedes Strohdach, jeder lächelnde Nachbar, jeder Narzissentuff war so herzerwärmend und erfreulich, wie sie es sich ausgemalt hatte. Großmama und Tante Hetty konnten sich nicht genugtun in ihrer Freude über die Rückkehr ihrer Schutzbefohlenen. Sie waren gottlob beide wohlauf, der Winter ohne Jane hatte ihnen nicht geschadet, die

Nachbarn hatten in ihrer Güte und Fürsorge nicht nachgelassen, nie hatten sie auf Besuche oder Hilfeleistungen verzichten müssen. Nach ein paar Tagen aber mußte Jane sich eingestehen, daß sie das Leben in Highbury nicht wenig monoton und überaus beengend fand. Gewiß, sie hätte das Haus verlassen und durchs Dorf schlendern können, aber Tante und Großmutter, die sich so sehr auf ihre Gesellschaft freuten, allein in ihrem Stübchen sitzenzulassen – das brachte sie doch nicht übers Herz. Und dann – wie dunkel, wie überaus klein diese drei Stuben waren, wie stickig und vollgestellt mit Möbeln; sonderbar, daß ihr das früher nie aufgefallen war. Und es gab keine Bücher. Und Tante Hetty redete so viel. Jane verabscheute sich selbst und quälte sich mit Gewissensbissen, aber sie konnte nicht umhin, sich nach den großen, sparsam möblierten Räumen am Manchester Square zu sehnen (denn Mrs. Campbell hatte, kaum daß genügend Stühle, Tische und Betten im Haus waren, jedes Interesse an der weiteren Ausgestaltung ihres Heims verloren und sich statt dessen gänzlich der Philanthropie verschrieben). Jane sehnte sich nach dem großen, luftigen Schulzimmer, nach Rachels gescheiter, mitfühlender Gesellschaft, nach ihren Büchern und Beschäftigungen, Mrs. Campbells scharfsinnigen, prägnanten Bemerkungen, selbst nach Oberst Campbell, der sich, sofern er in zugänglicher Stimmung war, ebenso unterhaltend wie belehrend über den Frieden von Amiens, die Frage, was Bonaparte wohl noch alles anstellen würde, oder das Verhältnis zwischen dem König und dem Prinzen von Wales zu äußern wußte. Hier in Highbury unterhielt man sich allenfalls darüber, daß ein paar Schweine von der Abbey Farm ausgerissen waren und großen Schaden in Mr. Perrys Kohlfeld angerichtet hatten oder daß Mr. Pryor, dem die Gemeindearbeit allmählich zuviel wurde, sich angeblich einen Hilfsgeistlichen nehmen wollte.

Unwillkürlich kamen Jane manchmal Emmas Worte in den Sinn: *Aber diese winzige Wohnung ... so vollgestellt mit Möbeln, daß man sich kaum rühren kann ... und deine Großmutter ist so alt ... und deine Tante redet die ganze Zeit ... wie hältst du das nur aus?*

Sie liebte Highbury von Herzen und würde es immer lieben, aber sie begriff voller Kummer, daß das Dorf ihr nicht mehr alles zu bieten vermochte, was sie brauchte. Undankbarerweise verstieg sie sich hin und wieder sogar zu dem Wunsch, die Campbells hätten sie besser nie mitgenommen, dann wäre ihr diese Erkenntnis erspart geblieben.

Auch an das Gespräch mit Oberst Campbell mußte sie manchmal denken, in dem er ihr klargemacht hatte, wie unterschiedlich ihr Lebensweg und jener Rachels in Zukunft verlaufen würden.

Deine Freunde haben den nützlichen und nicht zu unangenehmen oder beschwerlichen Lehrberuf für dich gewählt ... Anders steht es um Rachel, sie muß lernen, einem Mann zu gefallen ...

Warum, dachte Jane, stehen uns, wenn wir das Mißgeschick hatten, als Mädchen zur Welt zu kommen, nur diese beiden Möglichkeiten offen? Jungen können sich fürs Heer entscheiden, für die Marine, für die Kirche, für Jura, Medizin oder Politik. Sie können Geschichtsbücher schreiben, können Maler oder Musiker werden. Mädchen dagegen können offenbar nur Mütter werden oder Lehrerinnen, nur diese Zukunft räumt man ihnen ein. Oder sie werden alte Jungfern wie Tante Hetty, und was um Himmels willen soll aus Tante Hetty werden, wenn Großmama stirbt? An ihre Zukunft darf ich gar nicht denken. Ich kann nur hoffen, daß ich inzwischen Gouvernante in einer vornehmen Familie geworden bin, damit ich ihr hin und wieder etwas zukommen lassen kann. Jane fröstelte ein wenig. Sie dachte an Miss Taylor auf Hartfield, an Miss Winstable bei den Campbells. Miss Taylor hatte es gut getroffen, sie gehörte praktisch zur Familie, aber es war nicht zu übersehen, daß für die Campbells Miss Winstable eine höchst unbedeutende Person und der Familie oder deren Freunden in keiner Weise ebenbürtig war. Was durchaus verständlich ist, dachte Jane, sie ist doch recht dumm, versteht sich nur aufs Stricken und das Verfertigen von Filigrankörbchen, und eine boshafte Klatschbase ist sie obendrein. Aber – hatte sie denn je die Möglichkeit, sich andere Kenntnisse anzueignen? Ihr Leben lang hat sie sich um fremde Kinder gekümmert, verwöhnte, anspruchsvolle Bälger wahrscheinlich. Ist sie am Ende das, was ich in dreißig Jahren sein werde?

Schon der Gedanke daran war zum Verzweifeln.

Andererseits – war Rachels Los um so vieles besser? Sie mußte lernen, einem Mann zu gefallen. Doch was für einem Mann? Einem klugen, gebildeten Menschen wie Mr. Knightley? Oder einem reizbaren, unverständigen, launischen Mann wie Oberst Campbell? Und wie konnte Rachel hoffen, je einem Mann zu gefallen, wenn sie schon bei der Vorstellung, mit einem männlichen Wesen zu reden, ins Stottern geriet oder Nasenbluten bekam?

5

»Hier hat sich etwas ganz und gar Unerwartetes ereignet, liebste Jane«, schrieb Rachel an Jane, nachdem diese etwa zwei Wochen in Highbury war. »Meine Großmama Fitzroy ist zu uns gezogen. Weder Papa noch Mama ahnten etwas davon, wir glaubten sie gut und behaglich in Bath untergebracht. Doch es scheint, daß sie Rückschläge bei ihren Geldanlagen erlitten hat, jedenfalls kam sie vor drei Tagen mit Reisekoffern und Hutschachteln und einem kreischenden Papageienvogel im Käfig und ihrer französischen Zofe Fleury hier an, und schon ist es den beiden gelungen, den ganzen Haushalt auf den Kopf zu stellen. Die Dixons mußten ihren Besuch abbrechen, was mir sehr leid tat, denn ich vertrug mich inzwischen mit Matt und Sam sehr gut. Ihr drolliges Englisch, das mich immer zum Lachen brachte, hatte sich schon ein wenig gebessert, und wir waren gerade dabei, einige irische Balladen einzuüben, denn beide haben gute Stimmen und sehr viel für Musik übrig. Doch auch wenn im Haus genügend Platz gewesen wäre – mit Großmama Fitzroy zusammen mochten sie nicht hierbleiben. Sie sind zu Freunden nach Chester gefahren und werden leider von dort aus gleich nach Irland zurückkehren. Ich wollte so gern, daß Du sie kennenlernst. Auch wirst Du bei Deiner Rückkehr feststellen, daß es hier lange nicht mehr so behaglich ist wie zuvor, und Du wirst dann schon sehen, warum. Ich aber bin und bleibe Deine Dich immer liebende Freundin, die inständig hofft, daß Du bald zurückkommst. Ich umarme Dich innig ...«

Wenig später kamen die Campbells auf das liebenswürdige Angebot von Mr. Weston zurück, der Mobiliar für das neue Haus von London nach Highbury geschafft und bei der Rückkehr viel freien Platz in der Kutsche hatte.

»Mir macht es gar nichts aus, dich mitzunehmen«, sagte er freundlich zu Jane, »zumal Oberst Campbell mit dieser Regelung sehr einverstanden ist. Auf der Fahrt können wir ausführlich miteinander plaudern.«

Was sie auch taten, denn Mr. Weston war ein munterer, redseliger Herr, der offenbar gern die Gelegenheit wahrnahm, sich über die Verlobung von Isabella Woodhouse mit John Knightley auszulassen. »Mr. Woodhouse sagt, sie müßten mit der Hochzeit noch mindestens vier Jahre warten. Aber Miss Taylor, eine ganz reizende Frau, die großen Scharfblick und eine gesunde Urteilskraft besitzt, meint, daß sie ihn auf drei Jahre herunterhandeln können. Schließlich ist der arme John Knightley jetzt schon fast siebenundzwanzig, und wenn er heiratet, wäre er dann einunddreißig. Meiner Ansicht nach sollte ein Mann jung heiraten.« Danach sprachen sie über die neue Schülerin in Mrs. Goddards Pensionat. »Ein hübsches kleines Ding. Über ihre Herkunft weiß niemand etwas. Die Cox-Töchter finden das sehr romantisch und meinen, sie müsse eine heimliche Prinzessin sein.« Und natürlich kam die Rede auch auf seinen Sohn Frank, ein Gegenstand, von dem Mr. Weston nie genug bekommen konnte. »So ein hübscher, stattlicher, fröhlicher Bursche und überhaupt nicht verwöhnt, trotz der Erziehung, die Mrs. Churchill ihm angedeihen läßt und die manch anderem jungen Menschen schon längst den Kopf verdreht hätte. Zuzeiten sind sie erstaunlich großzügig, und er bekommt von Onkel und Tante alles, was sein Herz begehrt, dann wieder führt Mrs. Churchill ein geradezu tyrannisches Regiment, und er darf nicht einmal mit seinem Freund Thomas Braithwaite zusammensein oder auch nur auf eine halbe Stunde das Haus verlassen. Es ist geradezu erschreckend, wie unberechenbar sie ist.«

»Ja, das habe ich auch von Mrs. Campbell gehört«, bestätigte Jane. »Es muß recht schwer sein, mit einer so unverständigen Person zusammenzuleben.«

»Ja, aber man darf nicht vergessen, daß Mrs. Churchills Gesundheit recht angegriffen ist, oft hat sie starke Schmerzen, zum Teil lassen sich ihre Stimmungsschwankungen vielleicht dadurch erklären.«

Genau dasselbe, dachte Jane bei sich, könnte man wohl auch Oberst Campbell zugutehalten, der als Folge seiner Kriegsverletzungen häufig Kopfweh und Schmerzen in seinem lahmen Bein hatte und dem überdies seine Schwerhörigkeit sehr zu schaffen machte. Wie mochte er wohl mit seiner Schwiegermutter zurechtkommen?

Mrs. Fitzroy war, wie sie neuen Bekannten, die sie dieser Ehre als würdig erachtete, stets baldmöglichst mitzuteilen pflegte, eine geborene Despenser, einer ihrer Vorfahren war der letzte Justitiarius in England gewesen, ein anderer jener Earl of Winchester, der 1322 von Königin Isabella hingerichtet worden war. »Die Majestät wird schon ihre Gründe gehabt haben«, grollte Oberst Campbell, wenn er hörte, daß seine Schwiegermutter sich über diesen Punkt in der Familiengeschichte verbreitete, was nicht selten geschah. Die Verehelichung mit General Fitzroy war für Amelia Despenser gesellschaftlich ein Abstieg gewesen, über den sie allerdings seine fünftausend Pfund im Jahr etwas hinwegtrösteten, denn Reichtümer hatten die Despensers mittlerweile nicht mehr aufzuweisen. Doch Mißgriffe in der Verwaltung seines Vermögens hatten das Einkommen des Generals reduziert, und nachdem er vor fünf Jahren das Zeitliche gesegnet hatte, war durch den Leichtsinn und die Verschwendungssucht seiner Witwe das Kapital derart zusammengeschmolzen, daß sie genötigt gewesen war, an die Gutherzigkeit ihres Schwiegersohnes zu appellieren. Oberst Campbell, ein redlicher Mann mit strikten Grundsätzen, gedachte nicht, sich um seine Verpflichtungen zu drücken. »Aber ich fürchte sehr«, sagte er zu Cecelia, »daß wir in diesem Haus keine ruhige Minute mehr haben werden. Mit dem beschaulichen Familienleben ist es aus und vorbei.« »Ach, wir werden schon leidlich miteinander auskommen, wenn Mama sich erst eingewöhnt hat«, erwiderte Mrs. Campbell gelassen. »Du wirst eben öfter in den Club gehen müssen.« Mrs. Campbell selbst, die es ablehnte, eine Zuneigung zu ihrer Mutter zu heucheln, die sie nicht empfand, verbrachte immer mehr Zeit in ihren zahlreichen wohltätigen Ausschüssen. So waren es hauptsächlich die Kinder, die unter der neuen Hausgenossin zu leiden hatten.

Miss Winstable verbündete sich sofort mit der alten Dame, von der sie seinerzeit als Gouvernante der Fitzroy-Töchter engagiert worden war. Sie war überglücklich, mit ihrer einstmaligen Dienstherrin wieder unter einem Dach zu leben, und hielt ihren Schutzbefohlenen Amelia Fitzroy unermüdlich als leuchtendes Beispiel einer wahrhaft eleganten, damenhaften Erscheinung vor.

»Diese Umgangsformen! Diese Haltung! Diese Würde! Ja, ja, das ist eben altes Blut. Die Königin selbst, ihr Mädchen, könnte ihr nicht das Wasser reichen.«

Mrs. Fitzroy war in der Tat überaus elegant – »kein Wunder bei diesen Schneiderrechnungen«, bemerkte Oberst Campbell säuerlich. Ehe Paris durch die Schreckensherrschaft der Französischen Revolution unerreichbar geworden war, hatte Mrs. Fitzroy jedes Jahr eine Reise in diese Modemetropole unternommen und hätte anderswo nicht einmal ein Hemd gekauft. Nach jenen bedauerlichen Ereignissen, die im Tod des französischen Königspaars gipfelten, war sie genötigt gewesen, ihre Besuche zunächst einzustellen, korrespondierte aber nach wie vor mit Bekannten, die in vorderster Linie der Modefront standen, so daß sie weit eher als gewöhnliche englische Sterbliche in den Besitz von Modezeichnungen, Schnitt- und Stoffmustern gelangte. Lange vor ihren Bekannten hatte sie Kenntnis von Modefarben wie *terre d'Égypte, nègre* und *gris antique* und hatte auch die widerwärtige Mode mitgemacht, ein rotes Samtband um den Hals zu tragen, das die Guillotine symbolisieren sollte, was ihre Tochter Cecelia zutiefst empörte. Zum Glück war sie damals nicht in England gewesen, sondern hatte nur durch die Briefe entrüsteter Freunde erfahren, wie ihre Mutter sich aufführte.

Äußerlich ähnelte Mrs. Fitzroy ihrer Tochter und Enkelin. Sie war dünn, ja hager, hatte eine lange Nase, einen schmallippigen Mund, hellgraue, dicht zusammenstehende Augen und einen zarten rosaweißen Teint, der hingebungsvoll mit Gowlands Tinktur und einem großen Vorrat weiterer Mittelchen gepflegt wurde. Das strohblonde, allmählich weiß werdende Haar ließ sie sich regelmäßig kräuseln und zu einer klassizistischen Frisur hochstecken. Alle Mitglieder des Haushaltes – mit Ausnahme ihrer Tochter – bewunderten ihre Toiletten.

»Eigenartig, daß Mama einen so g-ganz anderen Geschmack hat als Großmama«, sagte Rachel zu Jane. »Sähen sie s-sich nicht so ähnlich, würde man nie g-glauben, daß sie miteinander verwandt sind.«

Jane fand das durchaus nicht eigenartig, sie hatte viel Verständnis dafür, daß die Tochter einer Mrs. Fitzroy – besonders wenn es sich um eine so intelligente und verständige Frau wie Mrs. Campbell handelte – den Wunsch verspürte, sich so deutlich wie möglich von ihr abzuheben.

Mrs. Fitzroy ihrerseits ließ keine Gelegenheit aus, über den Geschmack der armen Cecelia herzuziehen. »Nun ja ... bedauerlicherweise ... die Garderobe meiner Tochter ... hm ... ich glaube gar, sie hat das, was sie unter Mode versteht, einer korsischen Fischersfrau abgesehen. Vielleicht aber ist es noch nicht zu spät, zumindest meiner unglückseligen Enkelin einen gewissen Begriff von Schicklichkeit und gutem Geschmack nahezubringen. Obschon sich in diesem Haus alles gegen mich verschworen hat ... Ihr Vater – so ungehobelt, so schroff ... Und das Haus selbst, die Möbel! Von Einrichtung kann kaum die Rede sein, man kommt sich vor wie in einer Scheune ...«

Zum Glück hatte Mrs. Fitzroy einen Teil ihrer eigenen Habe mitgebracht, mit deren Hilfe sie ihre Räume etwas behaglicher gestalten konnte, was dazu führte, wie der Oberst es ausdrückte, daß man sich nun eher wie in einem verwünschten orientalischen Basar vorkam als in einer menschlichen Behausung. Allerdings betrat er, wenn es nicht unbedingt sein mußte, ihre Zimmer ohnehin nicht.

Erheblichen Streit gab es um Mrs. Fitzroys Schlafgemach. Natürlich hatte sie sich ein Zimmer mit angrenzender Kammer für ihre Zofe Fleury ausbedungen, was sich nach Ansicht von Oberst Campbell nur einrichten ließ, wenn man die beiden Kinder, deren Zimmer nebeneinander lagen, nach hinten umquartierte und Mrs. Fitzroy Rachels früheres Zimmer gab. Das kleinere Zimmer nebenan, in dem Jane geschlafen hatte, wurde der Zofe Fleury zugewiesen.

Mrs. Fitzroy aber fand diese Regelung absolut unangemessen und sagte das auch klar und deutlich.

»Nach vorn hinaus, wo ich ständig dem Straßenlärm ausgesetzt bin! Keine Sonne! Kalt und dunkel! Und warum soll ich mich mit einem weniger geräumigen Zimmer zufriedengeben als die kleine Fairfax, dieser Emporkömmling? Warum kann ich nicht nach hinten hinaus wohnen?«

»Sie selbst, Madam, haben darauf bestanden, daß Ihre Zofe Ihnen gleich nebenan zur Verfügung steht. Außerdem haben Sie noch ein recht geräumiges Ankleidezimmer. Es ist nicht einzusehen, daß Ihre Zofe in einem der größten und schönsten Räume des Hauses schlafen soll...«

Der Streit wurde nie beigelegt. Er schwelte wochen-, monate-, jahrelang, flammte zu offener Feindseligkeit auf, wenn die Beziehungen besonders gespannt waren, und wurde ansonsten in der Art eines Guerillakrieges geführt – mit plötzlichen Angriffen aus dem Hinterhalt, unerwarteten Schießereien oder der Anlage unterirdischer Tunnel. Und er war der erste und eigentliche Grund – wenn auch nur einer von vielen – für Mrs. Fitzroys unerschütterliche Abneigung gegen Jane.

»Wie eigenartig, ein fremdes Kind aufzunehmen ... bedauerlicher Mißgriff ... unbekannte Herkunft, recht gewöhnlich wahrscheinlich ... Fairfax ist ja gut und schön, aber Bates ... wer heißt schon Bates ... das Kind ist ja auch danach, kein Wunder bei dieser gemischten Abstammung ... stiftet Rachel zum Ungehorsam und allen möglichen Dummheiten an ... Musikalisch? Wozu ist schon Musik nütze, ich bitte Sie! Hauptsache, ein junges Mädchen kann sich auf dem Klavier begleiten, wenn es eine Ballade singt ... sehr unerwünscht, diese staubtrockene Gelehrsamkeit ... Rachel hat beklagenswert dünne Arme, sie tut sich keinen Gefallen damit, sie beim Klavierspielen herzuzeigen ... sehr schädlich, wenn sie in den Geruch eines Blaustrumpfs und Bücherwurms käme ... bei der anderen da, dieser inferioren Person, liegen die Dinge natürlich anders, sie muß später mal ihr Brot damit verdienen ...«

Mrs. Fitzroy sah keine Notwendigkeit für Janes weiteren Verbleib in dem Haus am Manchester Square, nachdem sie selbst dort Einzug gehalten hatte, und äußerte sich auch bei jeder Gelegenheit in diesem Sinne, was für Jane eher vorteilhaft war. Oberst Campbell hatte eine so starke Abneigung gegen seine Schwiegermutter gefaßt, daß deren unermüdliche Ausfälle gegen Jane bei ihm eher für seine Schutzbefohlene sprachen. Kleine Fehler und Unvollkommenheiten wie auch die Tatsache, daß sie seinerzeit Rachel in ihrem Ungehorsam bestärkt hatte, waren nun vergeben und vergessen; die Familie schloß die Reihen gegen den gemeinsamen Feind. Seiner Frau gegenüber äußerte der Oberst sogar, welch Glück die kleine Freundin für Rachel sei. »Da können sie sich gegenseitig trösten, wenn der alte Drache sich mal wieder besonders teufelsmäßig aufführt.«

Damit tat er allerdings Mrs. Fitzroy Unrecht. Als alten Drachen hätte man sie beim besten Willen nicht bezeichnen können.

Ihre Stärke war das Verspritzen von süßem Gift, das sie ihren Opfern tropfenweise beibrachte. »Mein *liebes* Kind! Dreh dich einmal um. Dein Unterrock! Dein Kragen! Seit wann hast du dieses Taschentuch? Es ist eine Schande. Und dieses strähnige Haar... Ich bitte dich, steh ein wenig gerader, und stell die Füße zusammen, wenn ich mit dir spreche. So, und jetzt sag ein Kirchenlied auf. Anmut und gute Umgangsformen sind so überaus wichtig. Ich bitte dich, versuche doch wenigstens in Ansätzen, auszusehen wie eine junge Dame aus gutem Hause und nicht wie ein armes Waisenkind.«

All dies wurde mit hoher, durchdringender Stimme geäußert. Leider war Oberst Campbells Schwerhörigkeit kein Schutz gegen den Wortschwall seiner Schwiegermutter, denn Mrs. Fitzroy besaß eins dieser schrillen, schallenden Organe, die einem, wie er klagte, »durch den Kopf gehen wie eine verwünschte Stimmgabel«. Noch drei Zimmer weiter konnte er sie deutlich hören – und ihr vermaledeites Federvieh auch.

Der Papagei – eigentlich ein Ara –, ein boshaftes Tier, dem mit Ausnahme seiner Herrin niemand im Haus die mindeste Zuneigung entgegenbrachte, hatte seinen Platz tagsüber im Wintergarten, und diese Regelung führte bald zu weiteren Mißhelligkeiten.

Zunächst fand Mrs. Fitzroy es sehr nachlässig, um nicht zu sagen eigenartig von ihrer Tochter, daß der Wintergarten nur als Musikzimmer genutzt wurde.

»Das Zimmer ist so schmucklos wie ein Tennisplatz. Dabei hätte man gerade hier ohne besondere Mühe deutlich machen können, daß man sich im Hause eines Gentleman befindet. Darf ich fragen, wozu man sich einen Wintergarten anschafft, wenn man nicht die Absicht hat, ihn mit blühenden Pflanzen auszustatten?«

»Er w-war schon da, als wir das Haus übernahmen«, erklärte Rachel, nachdem ihre Mutter wieder einmal mit einer zerstreuten Bemerkung über dringende anderweitige Geschäfte das Weite gesucht hatte.

Anlaß zu weiteren erbitterten Zwistigkeiten gab auch die Behandlung des Aras, dessen Käfig nachts, mit einem Tuch verhüllt, im Zimmer seiner Herrin stand. Am Tage pflegte er seine überschüssigen Energien durch lautes Gekreisch abzureagieren – vorzugsweise dann, wenn die Kinder am Klavier saßen und übten. Um das mißtönende Plärren zum Schweigen zu bringen, waren sie genötigt, während der Klavier- oder Übungsstunden den Käfig abzudecken.

Diese Entdeckung löste bei Mrs. Fitzroy helle Empörung aus.

»Mein armer Mistic! Er muß sich ja vorkommen wie in einem Bergwerk.«

Auch die Notwendigkeit, das Klavier im Wintergarten aufzustellen, wollte ihr nicht einleuchten; ihrer Meinung nach wäre es in einem der Wohnräume weit besser untergebracht gewesen.

Was Mrs. Fitzroy Jane am meisten verübelte, konnte sie zu ihrem Leidwesen nicht einmal laut sagen – daß nämlich die kleine Fairfax so viel hübscher war als ihre eigene Enkelin. Rachel mit ihrer langen Nase, dem unreinen Teint und den eng zusammenstehenden hellen Augen, die wie verwaschen wirkten, konnte man trotz gewissenhaftester Haar- und Hautpflege und sorgfältig ausgewählter Garderobe beim besten Willen nicht als schön, ja nicht einmal als hübsch bezeichnen, obschon all jene, die genauer hinsahen und es gut mit ihr meinten, ihren wachen, interessierten Gesichtsausdruck als ansprechend und sympathisch empfinden mußten. Jane hingegen war inzwischen – ohne Zweifel dank der gesünderen, geräumigeren Wohnverhältnisse und der besseren Kost bei den Campbells – tüchtig gewachsen, sie schien jede Woche ein Stück zuzulegen, ihr Haar war nicht mehr strähnig, sondern dicht, dunkel und glänzend. Die großen grauen Augen leuchteten, der Teint war zwar immer noch blaß, aber rein und zart, und vor allem besaß sie jene angeborene

Eleganz, die Mrs. Fitzroy so mühevoll ihrer Enkelin anzuerziehen versuchte. Und da Jane es sich angelegen sein ließ, Mrs. Fitzroy (die ungeachtet ihrer vielen Fehler zweifellos ein Musterbeispiel guten Geschmacks war) aufmerksam zu beobachten, wurde ihre Haltung gleichsam wie von selbst immer anmutiger und eleganter.

»Deine Großmutter weiß ihre Kleidung bewundernswert zu tragen, das muß ihr der Neid lassen«, sagte Jane zu Rachel. »Das schlichteste Fichu wirkt so, wie sie es drapiert, schick und modisch.«

»Und w-wozu soll das gut sein?« bemerkte Rachel, die sich bereits die republikanische und utilitaristische Einstellung ihrer Mutter zu eigen gemacht hatte.

»Es ist eine Kunst – wie deine Zeichnungen.«

Rachel zeichnete so selbstverständlich, wie ein Vogel singt, und brachte dank langer Übung erstaunlich ähnliche Darstellungen zustande.

»Ja, aber meine Kunst richtet sich auf ein bestimmtes Ziel – ich würde gern politische Karikaturen machen, wie Gillray oder Rowlandson.«

»Tu mir die Liebe und laß das nie deine Großmutter hören! Sie würde dir verbieten, je wieder einen Zeichenstift in die Hand zu nehmen.«

Seufzend wandte sich Rachel einer Mappe mit Zeichnungen zu.

»Welcher ist Sam, und welcher ist Matt?«

»Das da ist Matt – der mit den längeren Haaren. Hier ist Sam beim Flötenspielen, da ist wieder Matt... Wie sch-schade, daß du sie nicht kennengelernt hast. Sie waren sehr gespannt auf dich, weil ich ihnen so viel von dir erzählt hatte. Ich wünschte, sie kämen wieder mal her. Aber jetzt, wo Großmama Fitzroy im Haus ist... Das ist Frank Churchill, der mit dem Buch in der Hand.«

Auch Frank Churchill war mittlerweile wieder in seinem Internat in Yorkshire, man konnte erst wieder im Sommer mit ihm rechnen, weil dann die Churchills meist ein Haus in Richmond oder Twickenham mieteten.

»Aber d-dann sind wir wahrscheinlich nicht hier«, sagte Rachel. »P-Papa hat etwas davon gesagt, daß wir an die See fahren.«

»An die See?« Jane war noch nie am Meer gewesen.

Rachel lachte ein wenig. »Ich d-denke mir, er hofft, daß Großmama hierbleibt.«

Doch noch vor der Reise an die See trat ein Ereignis ein, das Jane später als die Armbandaffäre zu bezeichnen pflegte.

Es begann damit, daß Mrs. Fitzroy, nachdem sie sich wieder einmal abfällig über Rachels ungepflegte Kleidung und Erscheinung geäußert hatte, mit Bestimmtheit erklärte, ihre Enkelin brauche eine eigene Zofe.

»Sie wird bald zehn, Cecelia! Es wird höchste Zeit, daß sie mehr Sorgfalt auf ihre Toilette verwendet.«

»Meinst du wirklich, Mama? Ich hätte eigentlich nicht gedacht... Aber wenn du darauf bestehst...«

Jawohl, Mrs. Fitzroy bestand darauf. Im Ausgeben von Geld, das nicht ihr gehörte, war sie noch immer groß. Tatsächlich wurde zur geheimen Belustigung von Jane und Rachel sogleich eine kleine Zofe namens Sukey engagiert, eine Dreizehnjährige, die ausschließlich zur Bedienung der beiden jungen Damen da war, ihnen das Haar und die Nägel pflegte, nach Löchern in den Strümpfen und abgerissenen Rocksäumen schaute, Papilloten schnitt, Spitzentücher flickte, Handschuhe säuberte, Zitronenschalen aufbewahrte, mit denen die Fingerspitzen der Mädchen eingerieben wurden, um sie zarter zu machen, und Orangen mit Gewürznelken spickte, die Wohlgeruch in den Wäschefächern verbreiten sollten. Zwischen Sukey und ihren beiden jungen Herrinnen bestand bald das beste Einvernehmen, sie erzählte ihnen von ihrer großen verarmten Familie in Spitalfields, und die beiden machten sie bei vielen Unternehmungen zu ihrer Verbündeten.

Doch dann verschwanden wenige Monate nach Sukeys Dienstantritt immer wieder kleine Gegenstände – Fächer, Perlen, Federschmuck, Nadeln, Scheren, Gürtel, Seidenstrümpfe – und zuletzt etwas wirklich Wertvolles, ein Armband aus Perlen und Opalen, das Mrs. Fitzroy gehörte.

Mrs. Fitzroy schätzte ihren Schmuck sehr und war unablässig damit beschäftigt, die einzelnen Stücke – von den in der Bank deponierten Brillanten bis zur bescheidensten Brosche – zu zählen, zu prüfen, zu säubern, neu fassen zu lassen und zu bewundern. Als sie den Verlust entdeckte, gab es ein großes Geschrei.

General Fitzroy habe ihr das Armband zur Verlobung geschenkt, es sei ihr sehr ans Herz gewachsen... ganz abgesehen von seinem nicht unbeträchtlichen Geldwert... sie wolle ja niemanden verdächtigen, aber... nun ja...

Fleury, Mrs. Fitzroys Zofe, ging mit finsterem Gesicht umher, was ihr nicht schwerfiel, denn sie war ein von Natur aus verdrießliches Frauenzimmer, hager und fahlgesichtig, das ständig in Schwarz herumlief und für niemanden ein gutes Wort hatte außer für ihre Herrin und den Ara, den sie aufs liebevollste versorgte. Nachdem der Verlust des Armbands bekannt geworden war, wanderte Fleury tagelang ruhelos durchs Haus, suchte an den unwahrscheinlichsten Stellen – unter Schüsseldeckeln, hinter Standuhren, in Kohlenkisten –, die Lippen böse zusammengepreßt, als verdächtige sie die ganze Familie, ein Komplott zur Beraubung ihrer Herrin geschmiedet zu haben. Dann ließ sie den Haushalt wissen, daß sie eine Entdeckung gemacht hatte, die ihr eine düstere Genugtuung zu gewähren schien. Sie zog sich zunächst mit Mrs. Fitzroy zu einem Gespräch unter vier Augen zurück, und diese bat sogleich Oberst Campbell zu sich, der zu seinem Pech gerade aus dem Club gekommen war.

»Schauen Sie, was Fleury in der Truhe dieses Kindes entdeckt hat«, verkündete Mrs. Fitzroy und schwenkte eine rosafarbene Pfauenfeder. »Sie gehört mir, ich vermisse sie seit dem vergangenen Donnerstag.«

»Truhe? Von welchem Kind reden Sie...?« erwiderte der Oberst ungeduldig, aber mit besorgt gerunzelter Stirn.

»Ich rede von Susan, der Zofe meiner Enkelin. Die *Sie* ins Haus geholt haben. Dieser Gegenstand wurde in ihrer Truhe gefunden. Wer weiß, was ihr noch unter die diebischen Finger gekommen ist... Ich verlange, daß unverzüglich die Polizei geholt wird und man ihre Habe durchsucht.«

»Das scheint ja bereits geschehen zu sein«, sagte der Oberst. Zwar fürchtete er um den Frieden im Haus, war aber andererseits recht erleichtert, daß die Pfauenfeder in der Truhe der Zofe gefunden worden war und nicht (wie er im ersten Moment voller Schrecken geglaubt hatte) unter den Sachen seiner Tochter oder deren Freundin.

Pflichtschuldigst schickte er nach den Konstablern, und die arme Sukey wurde vernommen. Schluchzend und am ganzen Leib zitternd, beteuerte sie immer wieder, sie wisse nicht, wie die rosa Pfauenfeder in die Truhe gekommen sei. Sie habe das Ding noch nie im Leben gesehen, es nie angefaßt und würde das auch nie tun. Sie liebte ihre jungen Damen, sei sehr glücklich bei ihnen, sie habe alles, was ihr Herz begehre, weshalb solle sie etwas an sich bringen, womit sie doch nie etwas würde anfangen können?

Doch dann nahmen die Polizisten sich ihre Truhe vor und entdeckten darin noch einige andere Gegenstände, die im Lauf der Zeit verschwunden waren – eine Schere, ein Paar Strümpfe, ein Nadelbriefchen.

»Das hab ich da nicht reingetan«, versicherte Sukey unter Tränen. »Jemand Böses hat mir die Schuld in die Schuhe schieben wollen. Ich hab nie was weggenommen.«

Doch der Augenschein sprach gegen sie, und die Konstabler

beschlossen, das Mädchen mitzunehmen. Bei einer eingehenderen Befragung auf der Wache, sagten sie zu Oberst Campbell, würde sich dann wohl auch der Verbleib des Armbands klären.

Jane und Rachel hatte man zunächst nicht eingeweiht, doch die Anwesenheit der Polizei mit ihren lauten Schritten und Stimmen ließ sich nicht verheimlichen, und die Mädchen standen schreckerfüllt in der Halle, als die kleine Sukey zitternd zwischen zwei stämmigen Amtspersonen die Treppe herunterkam.

»Sie war es nicht, ganz bestimmt nicht«, flüsterte Jane entsetzt, und Rachel stammelte: »Sukey, arme S-sukey! Ich k-kann nicht glauben, daß sie so etwas tun würde ...«

Als Sukey die Mädchen sah, machte sie sich los und rief mit erstickter Stimme: »Ich muß mich von meinen jungen Damen verabschieden.« Sie eilte auf die beiden zu, küßte ihnen die Hände und beteuerte: »Ich hab's nicht gemacht, bestimmt nicht, Sie glauben mir doch, Miss Jane, Miss Rachel ...« Und dann huschte sie flink wie ein Mäuschen durch die offene Tür, lief die Vortreppe hinunter und auf den Platz hinaus.

Zornig rufend nahmen die beiden Polizisten die Verfolgung auf, aber die Kleine war schnell und leichtfüßig und flüchtete vor ihnen in die Duke Street.

»Hoffentlich wird sie nicht wieder eingefangen«, flüsterte Rachel.

»Aber die arme Sukey, was soll nun aus ihr werden? Sie hat ihre Stellung verloren und ihren guten Namen.« Jane war tief betroffen. »Bei uns war Sukey immer grundehrlich. Wenn wir sie mit einem Auftrag wegschickten, hat sie immer genau abgerechnet, bis auf den letzten Farthing. Nein, ich kann nicht glauben, daß sie diese Gegenstände gestohlen hat.«

»Das unglückselige Kind hat sich durch seine Flucht ins eigene Fleisch geschnitten«, knurrte der Oberst. »Sieht ganz nach schlechtem Gewissen aus. Wäre sie bereit gewesen, sich vor

Gericht zu verantworten, hätte sich vielleicht ihre Unschuld herausgestellt...«

»Lächerlich«, ereiferte sich Mrs. Fitzroy. »Daß die Person etwas auf dem Kerbholz hat, liegt doch auf der Hand. Ich hätte es euch gleich sagen können, ich habe es von Anfang an gewußt.«

Rachel und Jane waren tief betrübt, sie konnten an nichts anderes denken. Fröstelnd und weinend saßen sie im Schulzimmer, ohne sich um Miss Winstable zu kümmern, die den Fall völlig anders sah.

»Natürlich hat die Person das Armband gestohlen, und man kann nur hoffen, daß sie bald gefaßt wird. Gewiß wird man das wertvolle Schmuckstück deiner Großmutter in irgendeiner Diebeshöhle entdecken.«

Doch es kam anders. Abends betrat Oberst Campbell mit ernstem Gesicht das Schulzimmer. Sukey, die auf der Oxford Street vor einer sechsspännigen Kutsche die Straße hatte überqueren wollen, war unter die Hufe der Pferde gekommen und konnte nur noch tot geborgen werden.

»O n-nein«, flüsterte Rachel. »Ach Papa... Papa...«

Jane stand wortlos auf, um sich auf ihr Zimmer zurückzuziehen.

Blind vor Tränen landete sie nicht vor ihrem eigenen Zimmer, sondern vor dem, das jetzt Fleury bewohnte.

Als sie die Tür aufmachte, erkannte sie an dem ganz anderen Mobiliar ihren Irrtum und wollte schon den Rückzug antreten, als sie auf der weißen Tagesdecke des Bettes etwas glitzern sah. Jane überlief ein Schauer: Es war Mrs. Fitzroys Perlen- und Opalarmband.

»Fleury also...« flüsterte Jane und streckte schon die Hand nach dem Schmuckstück aus. Doch dann schoß ihr der Gedanke durch den Kopf, daß der Oberst, wenn sie ihm jetzt das Armband brachte, nur ihr Wort für den Fundort hatte. Am besten war es, wenn er mit eigenen Augen sah –

Sie hastete die Treppe hinunter und flüsterte ihm zu: »Oberst Campbell, könnten Sie wohl einen Moment kommen? Es ist sehr wichtig und dringend, ich würde Sie sonst nicht belästigen. Ach, bitte, kommen Sie schnell...«

»Was ist, Kind?« Verwundert ließ er sich von ihr zum Zimmer der Zofe ziehen.

»Schauen Sie aufs Bett...«

Als er eintrat, ertönte ein empörter Aufschrei. Fleury, die indessen zurückgekommen war, verbat sich zeternd das Eindringen in ihre Privatsphäre. »Ohne auch nur anzuklopfen! Eine Schande ist das!«

»Schauen Sie aufs Bett«, wiederholte Jane.

Aber natürlich lag auf dem Bett nichts.

»Aber ich habe es *gesehen*... Mrs. Fitzroys Armband. Eben lag es noch da«, beteuerte Jane ein um's andere Mal.

»Lügen«, kreischte Fleury. »Abscheuliche, empörende Lügen. Nur weil man ihrer verdorbenen kleinen *fille de chambre* auf die Schliche gekommen ist, verdächtigt sie jetzt mich... aber ich 'abe nie etwas genommen! Nie!«

»Trotzdem muß ich auf einer Durchsuchung des Zimmers bestehen«, erklärte der Oberst sehr bestimmt. »Ein Vorwurf ist erhoben worden, und bis diese Sache endgültig bereinigt ist, kehrt im Haus ja doch keine Ruhe ein.«

Noch einmal schickte er nach den Konstablern, doch sie fanden nichts. Jane wiederholte immer wieder, daß sie das Armband zweifelsfrei auf dem Bett hatte liegen sehen.

»Du hast dich geirrt, du hast Gespenster gesehen«, erklärte Mrs. Fitzroy aufgebracht.

Zu Mrs. Fitzroys Empörung aber schlug sich der Oberst auf Janes Seite. »Sie ist ein gewissenhaftes, aufmerksames und unbedingt wahrheitsliebendes Kind. Weshalb sollte sie auch lügen? Es tut mir leid, Teuerste, aber unter diesen Umständen kann ich Ihre Zofe nicht mehr in meinem Hause dulden. Ein schwerer

Verdacht lastet auf ihr, und ich für mein Teil glaube, daß er zu Recht besteht. Überdies habe ich leider den Eindruck, daß sie der armen Sukey Beweise untergeschoben und dadurch ihren Tod verschuldet hat. Sie muß gehen, und zwar sofort.«

Voller Entrüstung erklärte Mrs. Fitzroy, in einem Haus, das ihre Zofe nicht dulde, könne auch ihres Bleibens nicht mehr sein. Schon sah die Familie einen Silberstreif am Horizont. Leider aber begriff Mrs. Fitzroy noch rechtzeitig, daß es für sie keine andere Möglichkeit gab, mietfrei, bei voller Verpflegung, in Reichweite von Freunden und Bekannten und in einer leidlich guten Gegend zu wohnen. Mit dem Mann ihrer zweiten Tochter, Lady Selsea, hatte Mrs. Fitzroy sich überworfen, so daß sie in deren Haus keine gastliche Aufnahme zu erwarten hatte. Ungnädig fand sie sich mit den Gegebenheiten ab. Fleury verließ erbost und unter Schmähreden das Haus, eine neue Zofe wurde eingestellt, und die Affäre hatte zur Folge, daß sich im Herzen von Jane und Rachel bleibender Kummer und ein Gefühl der Enttäuschung festsetzten, während sich bei Mrs. Fitzroy die Abneigung gegen Jane Fairfax noch verstärkte, so daß sie jede Gelegenheit nutzte, Jane Schaden zuzufügen, soweit sich das einigermaßen unauffällig bewerkstelligen ließ.

Kurz darauf reiste Oberst Campbell, der eine vorübergehende Trennung im Interesse aller Beteiligten für die beste Lösung hielt, mit Frau und Kindern nach Weymouth, während Mrs. Fitzroy als unbestrittene Alleinherrscherin am Manchester Square zurückblieb.

Rachel hoffte sehr auf ein Wiedersehen mit den Dixons. »Sie sind oft in Weymouth, und Matt schreibt, daß sie auch in diesem Jahr hinfahren wollen. Ich möchte so gern, daß du sie kennenlernst, Jenny . . .« Doch daraus wurde nichts. In seinem nächsten Brief teilte Matt mit, sein Bruder Sam sei an rheumatischem Fieber erkrankt, und die Ärzte hätten von einer Reise dringend abgeraten.

Als die Campbells im Herbst aus Weymouth zurückkamen, gab es ein überraschendes Nachspiel zu der Armbandaffäre.

Im August war eine Großtante von Oberst Campbell gestorben, die ihrem Neffen einiges aus ihrem Besitz hinterlassen hatte, unter anderem auch altmodischen Schmuck, den Mrs. Campbell, die selbst nie Pretiosen trug, verkaufen wollte.

»Wir können das Geld Rachels Aussteuer zuschlagen, außerdem sind es abscheuliche Stücke. Du legst doch wohl keinen Wert darauf, Rachel?«

»Nicht den mindesten, Mama«, erwiderte Rachel, die von Schmuckstücken erst einmal genug hatte und der im übrigen Zeichenunterricht bedeutend lieber gewesen wäre.

»Außerdem«, fügte Mrs. Campbell hinzu, die schon nicht mehr ganz bei der Sache war, »will dir ja Mama ihren Schmuck hinterlassen.«

Eine höchst widerwärtige Vorstellung, dachte Rachel, sagte es aber nicht laut; pflichtschuldigst begleitete sie ihre Mutter zu Gray's in der Sackville Street, obschon beide insgeheim der Meinung waren, man hätte diese Zeit auch nutzbringender verwenden können.

Während Mrs. Campbell die Schmuckstücke hervorholte und mit einem Verkäufer Preise besprach, schlenderte Rachel gelangweilt am Ladentisch entlang. Gleich darauf kam sie ganz aufgeregt zu ihrer Mutter zurück und sagte atemlos: »M-Mama, schau d-doch mal! B-bitte schau her! Da-das ist d-doch Großmamas Armband!«

So war es. Beide hatten das Schmuckstück hundertmal gesehen, ein Irrtum war ausgeschlossen. Sie fragten den Besitzer des Geschäfts, wer es gebracht hatte, doch dieser konnte sich nicht erinnern. Sie hatten so viele Verkäufer ... praktisch jeder konnte das Armband angenommen haben ... Doch dann fand sich ein älterer Mitarbeiter, der sich erinnerte, daß das Schmuckstück von einem Frauenzimmer gebracht und verkauft worden war, das sehr schnell und irgendwie scharf gesprochen hatte, wie eine Ausländerin, Französin vielleicht.

»Wie sah sie aus? So vielleicht?« Rachel warf rasch eine Skizze auf eins der Elfenbeintäfelchen, die immer in ihrem Retikül steckten.

»Genau, das ist sie«, nickte der Mann. »Wie sie leibt und lebt, Miss. Nein, wie ähnlich sie die gezeichnet haben! Die reinste Zauberei!«

Ein Haftbefehl für Fleury wurde ausgestellt, aber sie wurde nie gefaßt. Oberst Campbell kaufte widerstrebend das Armband zurück und überreichte es Mrs. Fitzroy, deren Dankbarkeit sich durchaus in Grenzen hielt. »Ich werde immer daran denken müssen, daß es Anlaß für den Verlust der besten, treuesten Zofe war, die ich je hatte«, erklärte sie.

Oberst Campbell, dessen Abneigung gegen seine Schwiegermutter seit ihrer Ankunft ständig gewachsen war, behielt den Verdacht für sich, daß Mrs. Fitzroy selbst womöglich die Zofe beauftragt hatte, das Schmuckstück zu verkaufen, um dann die Schuld der unglücklichen Sukey in die Schuhe zu schieben.

Es dauerte sehr lange, bis sich der Wirbel um diese Angelegenheit gelegt hatte.

6

Mrs. Fitzroys Ankunft brachte es mit sich, daß Janes Besuche in Highbury kürzer und seltener wurden. Wenn sie die Freundin in ihrer Nähe wußte, ließ Rachel sich nicht ganz so leicht von ihrer Großmutter einschüchtern, und sie flehte deshalb Jane an, sie nicht allein zu lassen. Oberst Campbells Bestreben war es von Anfang an gewesen, Jane immer nur besuchsweise in die Heimat zurückzuschicken. »Die Damen Bates meinen es zwar gut«, sagte er, »aber für die Ausbildung und das Wohlergehen des Kindes können sie jetzt nichts mehr tun, außerdem ist der Aufenthalt dort in den stickigen Stuben alles andere als bekömmlich.«

Es war ihm auch nicht entgangen, daß Jane, wenn sie aus Highbury zurückkam, immer eine gewisse Verstörung erkennen ließ, hin und her gerissen zwischen einem durchaus begreiflichen Heimweh und der traurigen Erkenntnis, daß sie in Highbury nicht mehr ihre wahre Heimat hatte. Mit dieser Einsicht bewies der Oberst, der Jane aufrichtig zugetan war, mehr Scharfblick als bei der Beurteilung seiner eigenen Tochter. Da Janes Wohl ihm sehr am Herzen lag, wußte er es so einzurichten, daß ihre Reisen in die alte Heimat auf ein Mindestmaß beschränkt blieben. Nur zu Weihnachten und zu Ostern verbrachte Jane regelmäßig ein paar Tage bei Tante und Großmutter und bekam manchmal bei diesen kurzen Besuchen niemanden von ihren Freunden und Bekannten aus Highbury zu Gesicht, obschon sie immer alles daransetzte, zumindest Mr. Knightley zu sehen und zu sprechen und bitter enttäuscht war, wenn ihr dies nicht gelang.

Die Vermählung von Isabella Woodhouse mit John Knightley bot eine solche Gelegenheit und brachte auch eine der seltenen Begegnungen mit Emma, der einzigen Brautjungfer des Paares, die sich inzwischen zu einer selbstbewußten jungen Dame von fünfzehn Jahren gemausert hatte, in schneeweißem Tüll über einem weißseidenen Unterkleid, mit den Perlen ihrer Mutter im hellbraunen Haar. Emma begrüßte Jane sehr huldvoll. Jane Fairfax, natürlich erinnere sie sich, sehr gut sogar... Lächelnd wandte sich Emma an Mr. Knightley, der zufällig in der Nähe stand. »Wir waren die besten Spielgefährtinnen. Mein Gott, wie lange scheint das her zu sein, seit wir Hopse gespielt haben und ›Ich sehe was, was du nicht siehst‹. Und all unsere Geheimnisse haben wir uns erzählt, und Sie mußten immer meine abgelegten Sachen tragen, Jane. Wie zuwider Ihnen das gewesen sein muß...« Dabei musterte sie die andere mit unverhohlener Neugier und ohne jede Verlegenheit. Stimmt gar nicht, wir haben nie Hopse gespielt, dachte Jane, während sie in dem gleichen unverbindlich-höflichen Ton eine nichtssagende Antwort gab.

Emmas Verhalten im Umgang mit den Hochzeitsgästen war, wie Jane einräumen mußte, über jeden Vorwurf erhaben, so offen und liebenswürdig, wie man es sich nur wünschen konnte. Ob sie sich nun den Damen Bates in ihren geflickten Umschlagtüchern zuwandte, Mrs. Perry, der Frau des Apothekers, oder dem alten John Abdy, der, die Kappe in der Hand, dienernd am Kirchhoftor stand – für jeden hatte sie ein freundliches Lächeln, ein paar ungezwungene Worte. An Emmas Auftreten war beim besten Willen nichts auszusetzen. Trotzdem, dachte Jane, kommt es mir vor, als spiele sie eine Rolle, als bringe sie etwas Eingelerntes zu Gehör – wie eine Sonate von Puccini auf dem Klavier; irgendwie merkt man, daß sie nicht mit dem Herzen dabei ist. Hinter der Fassade ihres Lächelns, ihrer höflichen Phrasen krittelt sie gewiß an uns allen herum und meint uns haushoch überlegen zu sein. Einmal nur – und Jane staunte selbst, wie heftig sich dieser Wunsch in ihr regte –, einmal nur möchte ich erleben, daß Emma Woodhouse einen tüchtigen Dämpfer erhält.

Beim Hochzeitsempfang wechselten sie noch ein paar Worte. Emma fragte mit freundlicher Anteilnahme nach ihrem Leben in London, und Jane, taktvoll der Tatsache eingedenk, daß Emma bislang noch immer nicht über Highbury herausgekommen war, beschränkte sich in ihrer Antwort auf eine zurückhaltende Beschreibung von Mudie's Library, des einen oder anderen Empfangs, wissenschaftlicher Vorträge und Bootsfahrten nach Kew.

Emma schien wenig beeindruckt. Sie hat die Gabe, dachte Jane, all das, was ihre eigene Person angeht – sogar noch ihre Fehler –, als interessant und irgendwie höherwertig hinzustellen. »Nein, so etwas unternehme ich nie... solche Bücher lese ich nicht... diese Art von Zerstreuung ist nicht mein Fall...«, womit die in Frage stehenden Gegenstände oder Unternehmungen einen Anstrich von Billigware bekamen, die allenfalls für Personen von gewöhnlichem Geschmack und geringeren Geistesgaben taugten. In einer Situation, wo jeder andere Entschuldigungen vorgebracht, fehlendes Wissen oder eigene Mängel verteidigt hätte, münzte Emma ihre Unvollkommenheiten zu Tugenden um. Gleichsam gegen ihren Willen war Jane beeindruckt, und wenn die Begegnung ihr Emma auch nicht sympathischer machte, so konnte sie doch einer so unangreifbaren Selbstzufriedenheit ihre Bewunderung nicht versagen. »Woher hat sie das nur? Isabella ist doch völlig anders und Mr. Woodhouse auch.« Jane überlegte müßig, was wohl Emma und Mrs. Fitzroy voneinander halten würden, und kam zu dem Schluß, daß das Verhältnis zwischen den beiden wahrscheinlich herzlicher wäre als das zwischen Mrs. Fitzroy, ihrer Enkelin Rachel und deren Freundin Jane.

Zu der Erbschaft, die der Oberst nach dem Tod seiner Großtante gemacht hatte, gehörte außer Geld und dem bewußten altmodischen Schmuck auch ein bescheidener Besitz in Westindien, um den leider ein Rechtsstreit entbrannt war. Andere mögliche Erben machten Ansprüche geltend, außerdem war die Plantage mit Schulden belastet. Nach jahrelanger umfangreicher Korrespondenz erklärten die Anwälte, wenn Oberst Campbell seinen Anspruch durchsetzen und eine konkrete Lösung erreichen wolle, wäre es das Günstigste, sich an Ort und Stelle umzusehen und den Fall persönlich zu regeln. Nach reiflicher Überlegung beschloß er, diesem Rat zu folgen und seine Familie auf die Reise mitzunehmen.

»Am besten begleitet ihr mich, Cecelia, du und die Mädchen. Dir wird es nicht unlieb sein, aus eigenem Augenschein mehr über den Sklavenhandel zu erfahren, und deine Londoner Komitees werden wohl ein Jahr ohne dich auskommen können. Rachel wird sich freuen, Lieblingsplätze aus der Kindheit wiederzusehen, und mag auf der Reise auch etwas von ihren linkischen Gewohnheiten verlieren, und Jane lernt auf diese Weise ein Stück von der Welt kennen...« womit der Oberst, der Jane inzwischen sehr ins Herz geschlossen hatte, ein wenig vertuschen wollte, wie sehr er sich darauf freute, ihr fremde Länder zu zeigen, »...außerdem ist das milde Klima gewiß gut für ihr Bronchialleiden.«

Und vor allem, dachte der Oberst, sagte es aber nicht laut, befreit uns diese Expedition für lange Zeit von deiner Mutter. Denn die Beziehungen zwischen Mrs. Fitzroy und der übrigen Familie waren noch immer recht gespannt, und Mrs. Fitzroy dachte nicht im Traum daran, ihr behagliches Heim in London zu verlassen, um sich an unzivilisierte fremde Gestade zu wagen. Gegen eine gelegentliche Reise nach Paris war nichts einzuwenden, aber die Inseln unter dem Winde mit Schlangen, Skorpionen und Gelbfieber – nein, besten Dank! Daß man das Haus, solange Mrs. Fitzroy darin wohnte, nicht günstig vermieten konnte, war ein Nachteil. Dennoch fand der Oberst, daß die Wohltat, eine Weile auf das Zusammensein mit seiner Schwiegermutter verzichten zu können, den finanziellen Verlust bei weitem aufwog. Insgeheim hoffte er sogar, die alte Dame habe vielleicht, bis sie zurückkamen, das Zeitliche gesegnet.

Der Rechtsstreit erwies sich, wie das Gerichtsverfahren leider meist an sich haben, als komplizierter und langwieriger denn erwartet. Fast fünf Jahre vergingen, bis die Familie nach London zurückkehren konnte, nachdem der Oberst die Plantage verkauft hatte, allerdings zu einem Preis, der weit unter dem erhofften lag und nur knapp die Aufwendungen für die lange Reise deckte. Zu allem Überfluß bekam der Oberst kurz vor der Rückreise einen schweren Anfall von Gelbfieber und wurde in schrecklichem Zustand, mit blutunterlaufenen Augen und nach schwerem Erbrechen fast leblos an Bord gebracht. Nur durch seinen unbeugsamen Starrsinn hatte er seinen Frauensleuten gegenüber durchgesetzt, die Reise anzutreten. Die Seefahrt erwies sich als lebensrettend; mit Hilfe eines ausgezeichneten Schiffsarztes und der Verabreichung von Eau Vulnéraire, einer Kräuterinfusion in Alkohol, kam er wieder auf die Beine. Jane und Rachel pflegten ihn aufopfernd, wofür sie wenig Dank ernteten. Die Krankheit war ihm aufs Gemüt geschlagen, und die in letzter Zeit ganz leidliche Beziehung zu seiner Tochter verschlechterte sich wieder. Mit der für Rekonvaleszenten kennzeichnenden Unduldsamkeit murrte er über Rachels gebräunte Haut, ihre Sommersprossen, ihr sonnengebleichtes Haar. Warum in drei Teufels Namen konnte sie nicht so vernünftig sein und einen Strohhut tragen wie Jane, deren Teint die Tropenglut nichts hatte anhaben können? Es sprach für die beiden jungen Mädchen, daß derlei Bemerkungen ihrer Freundschaft keinen Abbruch taten. Beide wußten wohl, daß Jane nicht wegen ihres Teints den ganzen Tag mit Hut herumlief, sondern um sich vor Migräneanfällen zu schützen, die sie nach wie vor ohne ersichtlichen Grund quälten, so daß sie zwei oder auch drei Tage das Bett hüten mußte, denn Mittel taten nicht die geringste Wirkung.

Als sie nach England kamen, erfuhren sie, daß der alte König inzwischen ganz dem Wahnsinn verfallen war und man täglich mit seinem Ableben rechnete. Der Prinz von Wales war zum Regenten ernannt worden, und in Europa war weiter Krieg.

In kleinerem Rahmen, aber ebenso erbittert tobte der Kampf bald am Manchester Square, wo sie zur unausgesprochenen Enttäuschung von Oberst Campbell eine quicklebendige Mrs. Fitzroy vorfanden. Diese hatte einen Blick auf ihre Enkelin geworfen und sogleich ein lautes Jammergeschrei erhoben.

»Diese Haare! Diese Zähne! Dieser Teint! Wie soll man ein solches Mädchen in die Gesellschaft einführen?« wollte die alte Dame von ihrer Tochter wissen.

»In die Gesellschaft einführen?« fragte Cecelia zerstreut und riß sich widerstrebend von einem spannenden Memorandum über den Sklavenhandel aus der Feder von Wilberforce los.

»Bei Hofe vorstellen, Cecelia. Wie soll sie je einen Mann bekommen, wenn sie nicht debütiert hat?«

»Aber liebste Mama! Du wirst doch nicht verlangen, daß meine arme Rachel bei so einer verstaubten Farce mitmacht? Mir kommen diese jungen Damen immer vor wie bändergeschmückte Karrengäule bei Mai-Umzügen. Rachel wäre es bestimmt abscheulich, habe ich recht, Kind?«

»A-abscheulich? Was denn, Mama?« fragte Rachel, die in diesem Augenblick das Zimmer betrat.

»Bei Hof vorgestellt zu werden, zu Almack, zu Hofempfängen, Bällen und dergleichen Humbug zu gehen.«

»D-das wirst d-du uns doch nicht antun?« stieß Rachel erschrocken hervor und machte große Augen. »D-das w-wäre mir g-ganz schrecklich, und Jane ist b-bestimmt ganz meiner Meinung.«

»Daß Miss Fairfax bei Hof vorgestellt wird, kommt natürlich überhaupt nicht in Frage«, erklärte Mrs. Fitzroy kalt. »Sie ist ein Niemand und hat keine Zukunft. Du aber als meine Enkelin mußt früher oder später den Platz in der Gesellschaft einnehmen, der dir gebührt. Ich habe deshalb tausend Pfund für deine Toilette und die entsprechenden Ausgaben zurückgelegt.«

Was ihr, wie der Oberst knurrig bemerkte, nur möglich gewesen war, weil sie jährlich eine recht stattliche Zuwendung von ihm erhielt.

»Aber d-daß ich so etwas ohne Jane mache, k-kommt überhaupt nicht in Frage«, sagte Rachel. »Und außerdem w-will ich gar nicht bei Hof vorgestellt werden, danke sehr, Großmama.«

Entrüstet legte Mrs. Fitzroy ihrem Schwiegersohn den Fall vor. »Mit dem Kind muß etwas geschehen, James. Sie muß ... ein wenig aufgeputzt werden.« Und widerstrebend, aber in der Hoffnung, damit vielleicht bei ihrem Schwiegersohn Gehör zu finden, setzte sie hinzu: »Sonst bleibt sie eine alte Jungfer.«

Ausnahmsweise war der Oberst geneigt – so sehr es ihm auch gegen den Strich ging –, sich auf Mrs. Fitzroys Seite zu stellen. Recht ungeduldig – denn er hätte sich lieber in Ruhe und Frieden und angenehmer Gesellschaft in seinen Club gesetzt – hieb er in dieselbe Kerbe wie seine Schwiegermutter. Rachel brauche in der Tat gesellschaftlichen Schliff, sagte er zu Cecelia. Sie sei jetzt neunzehn, fast zwanzig, höchste Zeit, daß sie daran dächte, sich einen Mann zu angeln, und wie könne sie mit diesen Sommersprossen, diesen Zahnlücken, diesem bösen Sprachfehler und vor allem diesem beklagenswerten Mangel an Selbstbewußtsein in guter Gesellschaft hoffen, einen auch nur einigermaßen vernünftigen Burschen auf sich aufmerksam zu machen?

»Sie muß auf Gesellschaften, zumindest auf ein paar kleine, ausgewählte ...«

Rachel, deren sehnlichster Wunsch es war, Malstunden an der Royal Academy zu nehmen, war entsetzt.

»Und Jane? D-darf sie auch mit?«

»Auf gar keinen Fall«, beschied Mrs. Fitzroy sie kurz und bündig. (Rachels Mutter hatte sehr schnell genug von dem Thema und saß schon wieder über einem ausführlichen Schreiben an Samuel Whitbread.) »Jane braucht nicht zu lernen, wie man sich in Gesellschaft bewegt, im Gegenteil, das wäre für sie durchaus unpassend. Sie wird sich schleunigst nach einer Stellung als Gouvernante umsehen müssen. Du hingegen, liebes Kind, wirst, wenn du einundzwanzig bist, zwölftausend Pfund zur Verfügung haben.«

»Dann teile ich mir das Geld mit Jane«, verkündete Rachel.

Mrs. Fitzroy verließ wutschnaubend das Zimmer.

Verstört lief Rachel zu Jane, um sich mit ihr zu beraten.

Beide hatten im Grunde natürlich immer gewußt, daß ihre Lebenswege sich früher oder später trennen würden, aber dieser bisher noch so ferne Moment war nun plötzlich und unvorbereitet in bedrohliche Nähe gerückt.

Jane war heimlich in einer Agentur in der Wigmore Street gewesen, um sich nach den Bedingungen für die Einstellung von Gouvernanten zu erkundigen, und war sehr niedergeschlagen heimgekommen. Deprimiert hatte sie nicht nur der geringe Lohn, den sie zu erwarten hatte, sondern auch die triste, beklommene Haltung der Bewerberinnen und die rücksichtslose, verächtliche Behandlung, die sie in dieser Stellenvermittlung erfuhren. Wegen ihrer eleganten Garderobe und ihres sicheren Auftretens hatte man sie selbst für eine Dame der Gesellschaft gehalten, die eine Erzieherin suchte, und sie hatte sich gehütet, den Irrtum aufzuklären. Nachdem sie sich das Treiben in der Agentur eine Zeitlang angesehen hatte, war sie wieder gegangen und hatte sich feige gescholten, gleichzeitig aber auch Entschuldigungen für ihr Verhalten gefunden: »Oberst Campbell hat gesagt, ich soll erst anfangen zu arbeiten, wenn ich einundzwanzig bin – oder wenn Rachel heiratet ...«

»W-wenn wir nur einen F-freund auf unserer Seite hätten«, sagte Rachel.

Voller Sehnsucht dachte Jane an Mr. Knightley, obschon sie natürlich wußte, daß zwischen ihnen ein Freundschaftsverhältnis nicht bestand und auch nie bestehen würde, daß er nur der Gegenstand ihrer kindischen Träume war.

Natürlich hatte Jane gleich nach der Rückkehr aus Westindien einen Besuch in Highbury gemacht und zu ihrer Freude und Erleichterung festgestellt, daß Tante Hetty und Großmama wohlauf waren. Beide befanden sich jetzt in jenem langen, ruhevollen Lebensabschnitt zwischen fünfzig und siebzig, in dem Menschen, die sich körperlich und seelisch wohl befinden und von einem Jahrzehnt zum nächsten kaum Veränderungen erkennen lassen.

Ganz anders verhielt es sich natürlich mit Jane, und ihre Lieben konnten sich nicht genug darüber verwundern, wie sehr sie gewachsen und wie schön sie geworden war, wie viele Kenntnisse und Fertigkeiten sie inzwischen besaß und wie wunderbar sie Klavier zu spielen verstand. Das ganze Dorf mußte kommen, um ihren zurückgekehrten Liebling zu besichtigen. Leider fehlte bei dieser Besichtigung Mr. Knightley, der zu einem Schafschurfest nach Holkham gefahren war, um sich über die modernsten Entwicklungen beim Anbau von Hülsenfrüchten und der Viehfütterung mit Ölkuchen zu informieren. »Verrückter neumodischer Kram«, knurrte sein getreuer Diener William Larkin, als er Jane auf der Dorfstraße begegnete, »da kommt nichts Gutes bei raus, verlassen Sie sich drauf, Miss ...«, und Jane konnte nur nicken und traurig des einzigen Menschen gedenken, an dem ihr – abgesehen von ihren Angehörigen – in Highbury wirklich gelegen war.

Nach einem langen und fruchtlosen Familienstreit um Rachels Einführung in die Gesellschaft war es dann diese selbst, die einen allen Beteiligten zusagenden Vorschlag machte.

»Mir ist ein wirklich guter Gedanke gekommen«, sagte sie eines Morgens zu Jane.

»Und der wäre?« kam die recht zurückhaltende Gegenfrage. Einer der Pläne, die Rachel in letzter Zeit ersonnen hatte, zielte darauf ab, Jane solle Schriftstellerin werden und Romane schreiben, die Rachel dann illustrieren würde. Jane als ausgemachte Realistin wußte, daß sie sich ihren Lebensunterhalt ebensogut mit der Seeräuberei verdienen könnten.

»Ich habe einen Brief von Matt Dixon bekommen...« Trotz lautstarker Proteste ihrer Großmutter hatte Rachel die Verbindung zu den beiden Dixon-Brüdern nie abreißen lassen, der Briefwechsel war eher sporadisch, aber immer munter und freundschaftlich. »Matt schreibt, daß Sam wieder krank war, aber jetzt wollen sie nach Weymouth kommen, weil sie hoffen, die Luft werde ihm guttun. Wir wollen Papa bitten, mit uns auch nach Weymouth zu fahren.«

Jane vermochte nicht so recht einzusehen, wie eine Reise nach Weymouth ihnen aus ihren Schwierigkeiten helfen sollte. Glaubte denn Rachel, die Dixons könnten sie retten?

»N-nein, nicht d-direkt, aber v-vielleicht haben sie den einen oder anderen brauchbaren Einfall. Und – und in Weymouth geht es so freundlich, so ungezwungen zu. Denk nur, wie wohl wir uns dort gefühlt haben, auch ohne M-matt und Sam. Wenn ich schon zu G-Gesellschaften gehen muß, dann fällt es mir dort gewiß leichter. Selbst G-Großmama ist vielleicht einverstanden, wenn ich zunächst dort anfange.«

Erstaunlicherweise war Mrs. Fitzroy tatsächlich einverstanden. Die Londoner Saison war ohnehin fast vorbei, in den besseren Häusern wurden schon die Koffer für den Umzug aufs Land gepackt. Da konnte ihre Enkelin sich ebensogut in der ungezwungenen, nicht ganz so formellen Atmosphäre eines Badeortes ein wenig Schliff aneignen, während man gleichzeitig ihren Teint intensiv mit Gowlands Tinktur, das Haar mit Ei und Rosmarinwasser, die Hände mit Zitronensalz und die Lippen mit Harz und Walrat-Öl bearbeitete.

Miss Winstable hatte die Familie nach Westindien begleitet (»wo sie uns«, wie der Oberst gern erzählte, »überaus lästig fiel mit ihrem ständigen Geschrei, wenn sie nur einen Tausendfüßler sah, mit ihrer albernen Angst vor den Eingeborenen und ihren ständigen Unpäßlichkeiten, wenn man sie wirklich einmal gebraucht hätte«). Nach der Rückkehr in die Heimat war zur Freude aller Beteiligten – mit Ausnahme von Miss Winstable selbst – entschieden worden, daß man sich von ihr trennen würde, der Oberst zahlte ihr eine schöne Abfindung, und den beiden Mädchen fiel ein Stein vom Herzen. Doch sie hatten sich zu früh gefreut, denn nun kam als Anstandsdame Mrs. Consett ins Haus, um ihnen all jene damenhaften Eigenschaften anzuerziehen, die Mrs. Campbell ihnen aus diesem oder jenen Grund nie hatte nahebringen können.

»Da war ja Miss Winstable noch besser«, stellte die undankbare Rachel schon nach wenigen Tagen fest.

Die Reise von London nach Dorset dauerte drei Tage, denn Mrs. Fitzroy ließ sich nicht drängen. Sie reiste stets mit eigener Bettwäsche und setzte keinen Fuß in ein Gasthauszimmer, das nicht vorher einen halben Tag gelüftet worden war.

Jane hatte die leise Hoffnung gehabt, man könne vielleicht einen kurzen Abstecher nach Highbury machen, doch dieser Vorschlag wurde von Mrs. Fitzroy sogleich verworfen.

»Mehrere Stunden kostbarer Reisezeit opfern? Absurd! Und wozu? Nur um ein paar belanglose Menschen aufzusuchen, die keiner außer Jane kennt. Völlig überflüssig.«

Jane hätte zu gern Rachel mit der lieben Großmama und Tante Hetty bekannt gemacht und vielleicht auch kurz den lieben Mr. Knightley gesehen, aber nachdem ihre Bitte abschlägig beschieden worden war, fand sie selbst, daß es wohl unvernünftig gewesen wäre, sich Hoffnungen zu machen.

»Sei nicht traurig«, sagte Rachel und drückte ihr die Hand. »Vielleicht können wir auf der Rückreise dort Station machen, man kann doch nie wissen, was bis dahin geschehen ist.« Die beiden lächelten sich verschwörerisch zu, hatten sie doch gerade erst darüber gesprochen, wie gelegen es käme, wenn Mrs. Fitzroy bei einer Bootsfahrt über Bord fallen würde.

In Weymouth waren noch nicht sehr viele Gäste eingetroffen; immerhin standen im Gästebuch der Gesellschaftsräume so viele achtbare Namen, daß Mrs. Fitzroy beruhigt war.

»Hm, Ponsonby, ja... Abercrombie... Ross, Acton, Drummond... hm, hm... ah, Lady Pytchley, sie hat zwei Töchter in Rachels Alter, vortrefflich... Wheeler, nein, so heißt man nicht... Dalrymple, Felix, aha, das muß der jüngere Sohn des Viscount sein, er hat keinen roten Heller... Baring, Windham. Ja, wir befinden uns in durchaus tolerabler Gesellschaft. Windham hat mal das Gut seiner Großtante zu erwarten.«

Falls sie den Namen Dixon gelesen hatte, äußerte sie sich nicht darüber.

Die Familie logierte, wie auch bei früheren Besuchen, einige Tage im Royal Hotel im Norden der Stadt (dem früheren Melcombe Regis; inzwischen hatte sich der Name New Weymouth eingebürgert). Von hier aus suchte und fand man ein geeignetes Haus zur Miete, es lag am York Place mit Blick aufs Meer und den weiten Bogen der Bucht, die Weymouth den Beinamen »Neapel von Dorset« eingebracht hat.

»Vor zehn Jahren«, sagte der Hauswirt betrübt, »hätten Sie nicht so leicht ein Haus bekommen. Als Seine Majestät noch herkam, konnte man von Glück sagen, wenn man um diese Zeit noch eine Dachkammer ergatterte. Seine Majestät sollen ja jetzt sehr unpäßlich sein, es heißt, die Londoner Ärzte hätten ihn weggesperrt, eine Sünde und Schande, wenn Sie mich fragen, so ein lieber, leutseliger alter Herr! Jeden Morgen hat er sein Bad in der See genommen, gleich da drüben, Sie können noch seinen Badekarren sehen.«

Genaugenommen waren es sogar zwei, ein achteckiger Badekarren auf Rädern und eine große, hausbootähnliche Schwimmkonstruktion, die im Fluß unterhalb der Landspitze von Nothe festgemacht war. Beide waren rot-weiß-blau gestrichen und mit vergoldeten Kronen verziert. Nach dem täglichen Bad, erzählte der Hauswirt weiter, habe die Menge am Ufer ihm zugejauchzt, und die Militärkapelle der Royal Dragoons habe *God Save the King* gespielt.

Ein Jammer, daß diese aufregende Zeit vorbei war; dennoch, fand Jane, war Weymouth immer noch ein anregender Ort. In den Gesellschaftsräumen fanden zwar keine königlichen Empfänge mehr statt, wohl aber wöchentliche Bälle, im Theatre Royal an der Strandpromenade wurden Theaterstücke gespielt und andere unterhaltende Veranstaltungen abgehalten, es gab Harvey's Library and Card Assembly nebst etlichen kleineren Bibliotheken, in denen man Tageszeitungen lesen und Bücher ausleihen konnte. In der Altstadt mit ihren schmalen, malerischen Sträßchen befanden sich faszinierende Läden, in denen man Fischernetze und Glaskugeln oder Fossilien aus Lyme erstehen konnte, und gleich neben dem Theater war Ryalls Spielzeugladen, in dem Königin Charlotte mit ihren Töchtern einst Biskuit und Zuckerstangen gekauft hatte. Neben all diesen Freuden wimmelte es in der Radipole-Kaserne hinter den Narrows von Gemeinen und Offizieren, und im Hafen drängten sich die Kanonenboote, die allzeit bereit waren, immer noch denkbare Überfälle der Franzosen abzuwehren.

Mrs. Fitzroy mochte die Nase rümpfen und behaupten, Weymouth sei im Vergleich zu Bath doch recht klein und armselig, Matt Dixon aber, der dort im Internat gewesen war, sagte, Bath sei das düsterste schwarze Loch auf Erden, in einer feuchten Senke gelegen, wo es niemals aufhörte zu regnen. Weymouth sei Bath himmelhoch überlegen, denn es bot außer seiner Lage am Meer den Besuchern die verschiedensten reizvollen Ausflugsmöglichkeiten – nach Sandsfoot Castle, zur Insel Portland, zum Radipole-See, dem Wunschbrunnen von Upwey, zur Lulworth-Höhle, dem Durdle-Door-Felsen und Schloß Corfe.

»Hier können wir bis in alle Ewigkeit auf Entdeckungsreise gehen«, sagte er zu Rachel. »Wie schön, daß ihr endlich da seid. Wir werden viel Spaß miteinander haben. Und was für ein Glück, daß ihr beide so gut zu Pferde seid.«

»Ein Jammer, daß Sam nicht mitreiten kann«, sagte Rachel seufzend.

Die Dixons hatten sich in einem hübschen Haus mit Erker in der Trinity Road, mit Blick auf den Hafen, eingerichtet. Sie oder ihre Freunde von York Place nahmen die Fähre durchs Hafenbecken, wenn sie sich gegenseitig besuchen, im Meer baden oder über die Strandpromenade schlendern wollten.

Mrs. Fitzroy machte kein Geheimnis aus ihrer geringen Meinung von den Dixons. Sie hatte die Familie nur einmal – damals, als sie selbst unerwartet am Manchester Square eingefallen war – kurz kennengelernt und war allenfalls bereit einzuräumen, daß die Jungen nicht mehr ganz so ungehobelt waren wie früher.

»Aber *Dixon*, ich bitte euch ... So heißt man einfach nicht.«

Oberst Campbell kümmerte sich nicht um die spitzen Bemerkungen seiner Schwiegermutter; er fand die Dixons nach wie vor sehr sympathisch. Der Major, einer seiner besten Freunde, war in der Schlacht von Vimeiro gefallen, aber eine herzliche Freundschaft verband den Oberst und seine Frau mit Mrs. Dixon, einer warmherzigen, heiter-unordentlichen Frau, die sich einredete, Seebäder seien gut gegen ihre Leibesfülle. »Denn ich bin einfach zu rund, ihr Lieben, das läßt sich leider nicht leugnen.« Da sie sich nach jedem kalten Bad zur Stärkung unbedingt einige kleine Rosinenkuchen von Ryalls zu Gemüte führen mußte, um sich dann zum Mittagessen Hummerpastete mit süßsauer eingelegten Birnen schmecken zu lassen, schien es eher unwahrscheinlich, daß sie das angestrebte Ziel erreichen würde.

Jane hatte gleich Gefallen an den Dixon-Brüdern gefunden. Kein Wunder, dachte Jane, daß Rachel die beiden nicht vergessen und den Briefwechsel mit ihnen über all die Jahre aufrechterhalten hat. Sie waren nicht ausgesprochen hübsch, besonders wenn man sie zum Beispiel mit dem Bild verglich, das sie von Mr. Knightley in Erinnerung hatte, aber sie wirkten – insbesondere Matt – ausgefallen und romantisch, und dazu paßte auch, daß Matt gestand, er schreibe inzwischen Gedichte. Einige hatte er schon fertig, er machte sich täglich Notizen in seinem Stichwörtertagebuch, wie er es nannte, und hoffte, später die Schriftstellerei zum Beruf zu machen.

Die Dixons waren Anglo-Iren. »Unsere Vorfahren sind erst mit Cromwell ins Land gekommen, ordinär spät, die Normannen und die echten Iren halten wenig von uns, für die sind wir nicht viel mehr als Pöbel«, erläuterte Sam verschmitzt lächelnd. Seit Cromwells Tagen war es aber offenbar häufig zu Heiraten mit echten Iren gekommen, denn beide Jungen hatten schwarzes Keltenhaar – Matts lockige Mähne war schulterlang –, hohe Wangenknochen und große dunkelgraue keltische Augen. Sie verstanden fesselnd und amüsant zu plaudern, sie konnten, wie Rachel es ausdrückte, »mit ihrem Redeschwall ein Murmeltier aus dem Winterschlaf locken«, begleiteten ihre Ausführungen mit lebhaften Gesten und dramatischen Ausrufen und würzten sie mit Scherzen und geistreichen Bemerkungen. Ihre einst so ungehobelten Manieren waren jetzt so geschliffen, daß wohl niemand (mit Ausnahme von Mrs. Fitzroy) daran Anstoß genommen hätte. Selbst Mrs. Consett, die neue Anstandsdame, war entzückt von den beiden jungen Herren.

»Das nenne ich Lebensart«, bemerkte sie seufzend. »Und wie romantisch sie aussehen. Nach dem Ableben seines Onkels, Lord Kilfinane, erbt Mr. Dixon sogar einen Titel. Ein Jammer, daß der arme Mr. Sam so kränklich ist.«

»Einen *irischen* Titel«, betonte Mrs. Fitzroy verächtlich. »Was hat er schon davon? Und das Gut ist lächerlich klein, wahrscheinlich nur Moorland.«

Nein, Mrs. Fitzroy konnte sich für die Dixons beim besten

Willen nicht erwärmen. In ihren Augen waren sie aufdringlich, affektiert, albern und aufgeblasen. Und überhaupt... Dixon, so hieß man einfach nicht. »Der Name riecht nach Krämerladen.«

Rachel und Jane hingegen verstanden sich prächtig mit den beiden Jungen, wie sie immer noch ganz selbstverständlich sagten, obschon Matt inzwischen zwanzig und Sam neunzehn war. Matt studierte in Cambridge. Sam hatte sich, weil er so oft krank gewesen war, noch nicht für eine Hochschule beworben, wollte das aber nach Möglichkeit im nächsten Jahr tun. Matt würde später den Besitz und den Titel seines Onkels erben. »Das heißt, wenn ich den alten Herrn nicht irgendwie gegen mich einnehme. Den Titel bekomme ich sowieso, aber er kann mich natürlich enterben, wenn er will, und ich wette, das brächte er auch fertig, denn er hat alle möglichen krausen Ideen im Kopf und nicht viel für mich übrig.«

Sam sollte Geistlicher werden, sobald er seine lästige Lungenschwäche überwunden hatte. Selbst seine Mutter, eine heitere, lebenslustige Frau, die sich nie lange von Sorgen und Ängsten niederdrücken ließ, fand seinen derzeitigen Zustand beunruhigend. Die Familie war mit dem Schiff von Cork nach Weymouth gekommen und bei Land's End in einen schweren Sturm geraten. Der arme Sam war sehr seekrank gewesen und hatte Blut gespuckt. Doch Mrs. Dixon als unverbesserliche Optimistin meinte, die gute Luft von Weymouth und die Seebäder würden ihn gewiß bald wieder auf die Beine bringen. Es war schon traurig, daß der arme Junge nach seinem vormittäglichen Bad so erschöpft war, daß er sich bis zum Mittag aufs Sofa legen mußte, aber das würde sich bestimmt bald geben. Ohnehin ließ sich Sam von solchen kleinen Unpäßlichkeiten die Laune nicht verderben, er war vergnügt und munter und blühte in Gesellschaft förmlich auf. Fast täglich besuchten ihn die jungen Leute in der Trinity Road. Mrs. Dixon, die eine liebevolle Mutter war, hatte – da beide Söhne sehr musikalisch waren – ein gutes Piano gemietet.

Matt sang gern und hatte eine schöne Tenorstimme. Sam spielte Geige und sang auch gern, nur mußte er dabei jetzt immer husten. Rachel und Jane taten begeistert mit, sie beherrschten eine Fülle von Rundgesängen, Duetten, Trios und Quartetten. Sam war hingerissen von Janes wahrhaft künstlerischen Leistungen, und das Haus sirrte und schwirrte, wie Mrs. Dixon sich auszudrücken pflegte, »den ganzen Tag wie ein Kolibrinest«. Nachmittags erkundeten Matt und die beiden Mädchen zu Pferde die Umgebung. Manchmal kam auch Frank Churchill mit, der inzwischen mit seinem Onkel und der gestrengen Tante, die eine Badekur machen wollte, ebenfalls in Weymouth eingetroffen war. Neben den zungenfertigen, phantasievollen und geistreichen Dixon-Brüdern wirkte er lieb und freundlich, aber ein wenig fad und wurde nicht allzu oft in das Haus in der Trinity Road gebeten.

Mrs. Fitzroy führte – nicht ganz zu Unrecht – Klage darüber, daß ihre Enkelin viel zu oft mit diesen irischen Tölpeln zusammensteckte, aber Oberst Campbell hatte nichts gegen den Umgang einzuwenden, sofern Mrs. Dixon oder Mrs. Consett den jungen Leuten Gesellschaft leistete.

»Aber sie lernt nicht die richtigen Leute in Weymouth kennen«, jammerte Mrs. Fitzroy Tag für Tag. »Die Töchter von Lady Pythley beispielsweise . . . und die Dalrymples . . . und Miss Acton . . . alle aus den ersten Kreisen . . . bei ihnen könnte Rachel sich einiges an Schliff und guten Umgangsformen abgucken. Statt dessen singt sie irische Lieder, treibt sich auf dem flachen Land herum und bekommt immer mehr Sommersprossen.«

»Mag sein, meine Teuerste, aber sie ist entschieden nicht mehr so nervös wie früher und scheint auch ihren Sprachfehler allmählich zu überwinden.«

Damit hatte er völlig recht. Was die gewissenhafte Ausführung von Signor Negrettis Übungen nicht zuwege gebracht hatte, bewirkten Lachen, Fröhlichkeit und nette Gesellschaft. Wenn

Rachel zwei oder drei Stunden mit den Dixon-Brüdern gesungen hatte, sprach sie weit weniger mühsam und fast ohne Stottern oder Atemnot. Manchmal führten sie Scharaden auf oder machten Reimspiele, sie deklamierten und rezitierten, und es war erstaunlich, wie gut Rachel auch diese Aufgaben bewältigte. Die munteren Gespräche und das freundschaftliche Beisammensein taten Wunder für ihr Selbstbewußtsein. Und auch ihr Aussehen, fand Jane, besserte sich zusehends. Ihre Nase war nicht mehr so rot, durch das regelmäßige Auftragen von Bandolin-Haarpomade besserte sich der Zustand ihres Haares, und allein die Tatsache, daß sie so oft lachte, verlieh ihrem Gesicht einen erstaunlichen Reiz.

Frank Churchills kränkelnde Tante ließ sich selten in der Stadt sehen. Sie hatte ein stattliches Haus am Augusta Place gemietet, wo sie praktisch den ganzen Tag verbrachte und von Ärzten und Masseuren betreut wurde. Ins Meer wagte sie sich nie, aber sie nahm täglich teure warme und kalte Bäder in einer am Kai eigens zu diesem Zweck erbauten Einrichtung. Ihr Mann hingegen hatte einen der Sonnenschirm-Badekarren (mit Führer) für einen Shilling und Sixpence gemietet. Jeden Morgen um sieben sah man ihn von seiner Sänfte aus darin verschwinden. Der Karren wurde dann ins Meer hinausgezogen, bis eine entsprechende Wassertiefe erreicht war, das Pferd wurde ausgespannt und weggeführt, und Mr. Churchill konnte von der Seeseite des Gefährts aus – mit oder ohne Hilfe des Begleiters – unter dem Schirm sein Bad nehmen. Danach wurde das Pferd an der Landseite wieder angespannt und zog den Karren zurück an den Strand.

Oberst Campbell hatte nach einem Versuch verkündet, so ein Badekarren sei ihm zu umständlich, und das Rütteln und Schütteln während der Fahrt sei teuflisch unangenehm. Er zog es vor, ohne all diesen Umstand aufs offene Meer hinauszuschwimmen. Dazu begab er sich mit Matt Dixon und Frank Churchill an die Nordseite der Bucht, wo sie – in der Nähe der Kaserne und eine halbe Meile außerhalb der Stadt – unbeobachtet von den Damen und ohne Anstoß zu erregen, schwimmen und planschen konnten.

Jane und Rachel bedauerten es sehr, daß ihnen als Damen diese Möglichkeit nicht offenstand. Auch sie fanden die Schaukelfahrt im Badekarren sehr lästig, außerdem kehrte der Begleiter immer viel schneller ans Ufer zurück, als ihnen lieb war (es gab für den ganzen Strand nur vierzig Badekarren, und die Nachfrage war groß). Dennoch hatten sie Spaß am Baden, und »d-das M-meer tut Papas lahmem Bein offenbar wirklich gut«, bemerkte Rachel.

Mrs. Fitzroy, die inzwischen Mitte Siebzig war, plagten seit der Rückkehr der Campbells aus Westindien schmerzhafte rheumatische Beschwerden, beim Gehen mußte sie einen Stock zu Hilfe nehmen. Sie besuchte mit Mrs. Campbell häufig die heißen Bäder und ließ sich dort auch zahlreiche Tränke und Mineralwässer verabreichen. Den restlichen Tag verbrachte sie in eleganter Gesellschaft, spielte Whist, Kasino und Kommerz um kleine Summen und sammelte Informationen. Mrs. Churchill, die ihrem Ruf, ein überaus schwieriger Mensch zu sein, auch hier durchaus gerecht wurde und keine Freunde oder guten Bekannten in Weymouth hatte, sah in Mrs. Fitzroy immerhin ein einigermaßen erträgliches Frauenzimmer und ließ sich hin und wieder dazu herab, im Bad mit ihr über die Angelegenheiten der jungen Leute zu sprechen.

Die beiden Damen waren sich darüber einig, daß eine Verbindung zwischen Mrs. Fitzroys Enkelin und Frank Churchill sehr wünschenswert wäre. Frank würde später – allerdings stets in Abhängigkeit von Mrs. Churchill – keinerlei Geldsorgen haben, und Rachel hätte ihre zwölftausend Pfund. Damit, so bestätigten sich die beiden Damen gegenseitig, ließ sich ein gesichertes und durchaus angesehenes Leben führen. Und wenn auch Frank zugegebenermaßen ein wenig flatterhaft, eine Spur leichtsinnig und unzuverlässig war – Rachels Ernst und guter Charakter würden ihn früher oder später schon zur Vernunft bringen.

»Denn ich will Ihnen nicht verhehlen, meine Teuerste, daß sie ein kluges, besinnliches Mädchen ist, darin schlägt sie ihrer Mutter nach und wird, wie Cecelia, gewiß auch eine treue, verständige Ehefrau werden, anders als meine zweite Enkelin Charlotte, die das Flirten nicht lassen kann. Ich wünschte nur, man könnte Rachel von dieser lästigen kleinen Fairfax trennen. Je früher wir die Person aus dem Haus haben, desto besser für alle Beteiligten.«

»Bekommt Miss Fairfax bei ihrer Heirat auch eine Aussteuer?« erkundigte sich Mrs. Churchill, die ein geradezu professionelles Interesse an derlei Dingen hatte. Die beiden Damen saßen bei Tee und Waffeln in John Harveys Bibliothek zusammen, nachdem sie (mit erheblicher Mißbilligung) die Dixons und die Campbells in drei Cabriolets zu einer Rundfahrt um den Radipole Lake hatten aufbrechen sehen.

Mrs. Fitzroy wollte diese Frage gerade verneinen, als draußen eine Militärkapelle in derart ohrenbetäubender Lautstärke das *Rule Britannia* anstimmte, daß jede Unterhaltung vorübergehend unmöglich wurde, und während der Lärm anhielt, hatte sie Zeit, sich zu besinnen.

Dank dieser Denkpause hatte Mrs. Fitzroy, als die hartnäckige Mrs. Churchill ihre Frage wiederholte: »Ist es die Absicht Ihres Schwiegersohnes, diesem Mädchen etwas mitzugeben, falls sie das Glück hätte, einen Heiratsantrag zu bekommen?«, eine passende Antwort bereit. »Was das angeht, meine Beste, kann ich natürlich nicht für seine Absichten sprechen, er hat sich mir nicht anvertraut. Doch weiß ich, daß er dieser Person wirklich sehr zugetan ist. Ausgeschlossen wäre es deshalb nicht...«

Denn etwas, was sie im Lauf des Tages über die Dixon-Brüder erfahren hatte, ließ es ihr geraten erscheinen, dieser Jane Fairfax tüchtig die Tour zu vermasseln – ein unfeiner Ausdruck, den Mrs. Fitzroy natürlich nie in den Mund genommen hätte.

»Ich dachte, die junge Dame sollte Hauslehrerin werden...«

»Ja, meine Beste, so war es ursprünglich gedacht, aber mein Schwiegersohn hat das Mädchen so ins Herz geschlossen, daß die Stellensuche immer wieder hinausgeschoben wird.«

Diese Feststellung entsprach durchaus den Tatsachen. Seit ihrem achtzehnten Geburtstag versuchte Jane den Campbells immer wieder begreiflich zu machen, daß es höchste Zeit für sie sei, sich auf eigene Füße zu stellen, sie wolle ihnen nicht mehr auf der Tasche liegen und habe ja geradezu das Gefühl, Rachel zu berauben, wenn sie weiterhin dem Haushalt zur Last fiele. Doch der Oberst und auch seine Frau hatten immer wieder betont, sie könnten Jane einfach noch nicht entbehren. Falls – *wenn* – Rachel ihren Platz in der Welt gefunden und das Elternhaus verlassen hatte, war ein solcher Schritt wohl unvermeidlich, bis dahin aber würde es die arme Rachel sehr unglücklich machen, sich von ihrer Busenfreundin zu trennen. »Sie ist in deiner Gesellschaft so viel lebhafter und aufgeschlossener, liebste Jane«, sagte Mrs. Campbell, woraufhin Jane, wenn auch mit erheblichen geheimen Vorbehalten und Zweifeln, immer wieder nachgegeben hatte. Rachel fühlte sich bei gesellschaftlichen Anlässen wirklich sicherer, wenn Jane an ihrer Seite war, und das wiederum war die Voraussetzung dafür, daß eines Tages (was sich insgeheim natürlich alle für sie wünschten) ein verständiger junger Mann um sie anhielt. Irgendwann aber, dachte Jane, muß sie es ja doch lernen, ohne mich auszukommen, und ich lebe inzwischen in einer Art Narrenparadies und gewöhne mich an Freuden und Vergnügungen, die mir nicht zukommen und die ich später wahrscheinlich nie mehr genießen werde. Die Campbells sollten das auch einmal von meiner Seite sehen... Wenn Oberst Campbell seine tägliche Zeitungslektüre beendet hatte, überflog Jane die Anzeigenspalten, wobei regelmäßig eine kalte, lähmende Angst sie erfaßte. Erst heute vormittag hatte sie gelesen: »Gesucht: Junges, hochgebildetes Frauenzimmer mit tadellosen

Referenzen in eine gute Familie mit sechs Kindern für den Unterricht in Fremdsprachen, Zeichnen, Mathematik, Geographie, Musik und Betragen. Gehalt 10 Pfund pro Halbjahr.« Sie erinnerte sich ihrer bedrückenden Erfahrungen beim Besuch der Agentur in der Wigmore Street. In einem Jahr, dachte sie, bin ich auch soweit, und es drängte sie plötzlich, die Trennung von den Campbells unverzüglich zu vollziehen, den entscheidenden Schritt zu tun und sich sogleich dem trostlosen Sklavendasein zu verschreiben, das ihr bestimmt war. Sie machte sich keine Illusionen über die Stellung einer Gouvernante, und mochte die Familie auch noch so gut sein: Gesellschaftlich von ihren Arbeitgebern durch eine tiefe Kluft getrennt, von den verwöhnten Kindern meist abgelehnt, vegetierte die Hauslehrerin als eine Art gehobene Bediente in fledermausartiger Einsamkeit dahin, ohne festen Platz im Hauswesen, mit Obliegenheiten, die vom Unterricht in Euklid und Latein bis zum Baden des Jüngsten und endlosen Näharbeiten reichten. Miss Winstable und Miss Taylor führten im Vergleich zu Hauslehrerinnen in anderen Familien aus dem Bekanntenkreis der Campbells ein geradezu paradiesisches Leben. Jane hatte Mrs. Campbell einmal gefragt, ob es denn für gebildete junge Damen keine anderen Möglichkeiten des Broterwerbs gab, Mrs. Campbell, die sich so gut in öffentlichen Angelegenheiten auskannte, müsse doch da irgendwelche Möglichkeiten sehen. Doch diese hatte nur den Kopf geschüttelt.

»Nichts, was auch nur leidlich bezahlt wird, liebste Jane. Die Damen aus meinem Bekanntenkreis arbeiten alle ehrenamtlich, deshalb können nur reiche Leute es sich leisten, für soziale Reformen zu kämpfen.«

(Insgeheim dachten sich Rachels Eltern, daß es Jane, die so hübsch und musikalisch und so auffallend elegant war, auch ohne Mitgift gelingen müßte, einen geeigneten jungen Mann auf sich aufmerksam zu machen. Das war der eigentliche Grund für ihr Zögern, Jane schon jetzt in die Welt hinauszuschicken.)

All diese Gedanken hoben und senkten sich wie eine unruhige Flut in Janes Gemüt. Als sie heute zu der Landpartie zum Radipole-See aufbrach, sagte sie sich, daß sie, da man ihr förmlich befohlen hatte, sich zu amüsieren, dies auch tun würde. Wer weiß, wie lange die Freude noch währt, dachte sie. Sollte eine andere junge Dame sich um die Stellung bei der guten Familie mit den sechs Kindern bewerben! Und mit lebhafter Anteilnahme betrachtete sie den See und die vielen Schwäne, die dort offenbar nisteten.

Die Ausflügler saßen in drei offenen Einspännern, die sie beim Royal Hotel gemietet hatten. Den ersten kutschierte Frank Churchill, hinter ihm saßen Rachel und Mrs. Consett; den zweiten fuhr Oberst Campbell mit Sam und dessen Mutter, den dritten lenkte Matt Dixon, hinter dem Mrs. Campbell und Jane saßen. Mrs. Campbell ließ sich nur selten überreden, an solchen Unternehmungen teilzunehmen, und auch heute las sie während der Fahrt den Bericht einer Kommission, die sich mit der Häufigkeit des Auftretens von Lungenkrankheiten in der keramischen Industrie befaßte, ohne einen Blick auf ihre Umgebung zu verschwenden und nur mit halbem Ohr auf die Gespräche der Mitfahrenden hörend.

Matt erzählte Jane von Baly-Craig, wo er zu Hause war.

»Ich wünschte, Sie könnten es kennenlernen, Miss Fairfax, es ist wunderschön. Die Berge reichen bis zum See herunter, und abends oder bei Sonnenaufgang leuchten sie von Lavendel über Indigo bis zu strahlendem Gold; mit Worten lassen sich diese Schattierungen gar nicht beschreiben. Und die kleinen Gehöfte ziehen sich weiß wie Perlen bis zum Ufer herab. Es bricht mir jedesmal das Herz, wenn ich wieder nach Dublin muß.«

»Und waren Sie lange in Dublin?« wollte Jane wissen. »Ist Dublin eine schöne Stadt?«

»Die schönste Stadt der Welt mit seinen Brücken und prächtigen Straßen und dem majestätischen Fluß. Für mich ist sie schöner als Venedig.«

Ausführlich schilderte er Jane die Reize Dublins, dann sprachen sie von Büchern, denn sie hatten festgestellt, daß sie auf diesem Gebiet einen ganz ähnlichen Geschmack hatten, und kamen auf die Musik. Sie erinnerten sich gegenseitig an Lieblingslieder und versuchten, sich andere in Erinnerung zu rufen, die sie vergessen hatten. »Sam weiß, welches ich meine«, sagte Matt, auf ein Thema von Corelli anspielend, »und kann es Ihnen gewiß vorsingen.« Damit wandte sich das Gespräch Sams Gesundheitszustand zu. »Der arme Junge. Ein Jammer, daß ihn die Reise so mitgenommen hat, meine Mutter hoffte, er würde hier Kraft für den kommenden Winter schöpfen. Ich mache mir Sorgen um ihn: Heute früh hat er verkündet, er würde nie heiraten, denn er wolle keiner Frau zumuten, ständig die Pflegerin für ihn zu spielen. Aber es ist wirklich ein Elend, denn er ist ein so guter Kerl und fünfzigmal mehr wert als ich. Sollte er wirklich später einmal Geistlicher werden, wird er sicher noch vollends zum Heiligen.«

»Sie und Sam hängen so sehr an Ihrer Heimat«, sagte Jane nachdenklich. »Sie lieben beide Irland von ganzem Herzen, und dennoch gehen Sie in die Fremde. Haben Sie kein Heimweh?«

»Doch. An manchen Tagen ist der Gedanke an Baly-Craig wie ein ständiger Schmerz, der sich nicht beseitigen, aber auch nicht überspielen läßt. Das saftige Grün, die Berge dahinter, das Blöken der Schafe, der Ruf der Kiebitze am Hang ... es gibt keine Stunde am Tag, da ich nicht Sehnsucht nach all dem hätte.«

»Und doch bringen Sie es fertig, dies alles zu verlassen? Sie kommen immer wieder nach England ... Warum eigentlich?«

»Das ist eine Gewissensfrage, Miss Jane.« Er wandte ihr sein dunkles, lebhaftes, intelligentes Gesicht zu. »Ich verlasse dies alles. Warum? Weil es in Baly-Craig nicht genug gibt, um einen Mann wie mich zufriedenzustellen.«

Jane schwieg, aber ihr Gesichtsausdruck ermutigte ihn fortzufahren.

»Ich liebe Baly-Craig wie meine rechte Hand, aber was kann ich dort unten anfangen? Fischen, mit ein, zwei Freunden in meinem kleinen Boot an der Küste entlangschippern, in den Bergen oder auf dem Moor zur Jagd gehen... Ist das ein Leben für einen gebildeten Mann? Ich möchte Schriftsteller werden, ich brauche Gleichgesinnte zum Gedankenaustausch. Manchmal denke ich, mein Vater hätte mich nie nach Cambridge schicken sollen, er hat mich dadurch ganz und gar verdorben. Ich brauche kluge Gespräche, geistiges Leben, eine Antwort auf die Frage, was die Welt im Innersten zusammenhält...«

»Und vielleicht auch ein wenig weibliche Gesellschaft?« ließ sich Mrs. Campbell plötzlich hinter ihrer Lektüre vernehmen.

»O ja, das auch, versteht sich...«

»Und könnte nicht eine gescheite, verständnisvolle Frau Sie mit der Einsamkeit von Baly-Craig aussöhnen?«

»Vielleicht würde eine gescheite Frau an meiner Seite in dieser Stille melancholisch werden?«

»Frauen pflegen ihren Männern einen ganzen Sack voll Kinder zu bescheren – und dann ist Schluß mit Ihrer Einsamkeit und Stille«, sagte Mrs. Campbell.

»Ja, dann ist es vielleicht besser, wenn ich ein Einsiedler bleibe.« Aber er lachte dabei. Mrs. Campbell versenkte sich wieder in ihre gelehrte Abhandlung.

»Seltsam, daß Sie Ihr Heim so sehen«, meinte Jane nachdenklich. »Ich habe viel Verständnis dafür. Ich bin in einem kleinen Dorf geboren und aufgewachsen. Es ist lange nicht so abgeschieden wie Baly-Craig, und trotzdem kommt es vor – besonders im Winter –, daß man von einer Woche zur anderen nicht einen einzigen Fremden auf der Dorfstraße vorbeireiten sieht. Ich hänge sehr an meiner Heimat, wie wohl jeder den Ort liebt, an dem er zur Welt gekommen ist, und dennoch bin ich seltsam unbefriedigt, wenn ich jetzt besuchsweise nach Highgate komme. Mir fehlt all das, was ich in London zur Verfügung habe – Bücher, Musik, Gespräche –, ja sogar die Abwechslung fremder Gesichter.«

»Dann wissen Sie, wie mir zumute ist«, sagte Matt Dixon. »Sie haben es genau erfaßt.«

»Aber was sollen wir tun? Ist es unrecht, so zu empfinden? Es kommt mir vor wie Verrat...«

»Nein, das kann nicht sein. Die Liebe zur Heimat lebt ja fort.«

»Aber warum diese Empfindungen? Unsere Vorväter gaben sich damit zufrieden, an einem Ort zu bleiben, sie bauten sich dort ihr Haus und bestellten das Land...«

»Nicht alle«, ließ sich Mrs. Campbell erneut vernehmen und sah von ihrem Bericht auf. »Sonst hätte Christoph Kolumbus nie Amerika entdeckt. Manche bleiben zu Hause, andere wagen sich in die Ferne. Und in keinem Geschichtsbuch steht, daß Kolumbus *kein* Heimweh hatte... Aber seht nur, die anderen halten, sie haben wohl Bekannte getroffen.«

Als der Einspänner wieder anfuhr – Matt hatte, ganz in das Gespräch vertieft, die Zügel lockergelassen –, rief Mrs. Campbell: »Meiner Seel, wenn das nicht Robert und Charlotte sind! Ich wußte gar nicht, daß meine Schwester Selsea nach Weymouth kommen wollte. Wie eigenartig, daß sie uns nicht verständigt hat.«

Die anderen beiden Fahrzeuge hatten an der Seespitze haltgemacht, wo ein breiter, sandiger Fußweg zum flachen Ufer führte. Die Kutschen standen nebeneinander unter den ausladenden Eichenkronen, und tatsächlich – es waren Rachels Cousin und Cousine.

»Tante Cecelia! Onkel James! Cousine Rachel! Wir fragten im Hotel nach euch, und als wir hörten, ihr wäret in diese Richtung gefahren, haben wir uns gesputet, um euch hier zu treffen. Ist das nicht eine reizende Überraschung? Und war es nicht ein geschickter Plan? Wir waren auf Besuch bei Lord Fortuneswell in Abbotsdale und brachten Mama dazu, nur so zum Spaß einen Abstecher hierher zu machen. In Abbotsdale war es recht trübselig, nicht wahr, Rob?«

»Himmel, ja! Die Zeit wollte überhaupt nicht vergehen. Dieser Fortune ist ein alter, schläfriger Langweiler, das Badewasser ist nur lauwarm, und alle Billardqueues sind krumm. Daß ihr hier seid, wußten wir durch einen Brief von Großmama.«

»Freut ihr euch nicht, uns zu sehen?« zwitscherte Charlotte.

»Aber ja«, sagte Oberst Campbell ziemlich trocken. Und Rachel trat nahe an Jane heran und flüsterte ihr ins Ohr: »Was für ein Pech. Jetzt ist es v-vorbei mit unserer Behaglichkeit.«

Lady Selsea, Mrs. Campbells Schwester, sah ihrer Mutter äußerlich sehr ähnlich. Ihre modischen und gesellschaftlichen Gepflogenheiten standen in krassem Gegensatz zu denen ihrer Schwester. Lady Selseas Tochter Charlotte, vier Jahre älter als Rachel, war ein sehr törichtes Mädchen mit kleinen blauen Augen, üppigen blonden Locken und einem naiven Überschwang, der in manchen Kreisen als überaus charmant galt, unter dem sich aber häufig ein gerüttelt Maß an Bosheit verbarg. Sie interessierte sich nicht für Frauenfreundschaften, sondern schenkte ihre Gunst ausschließlich der Männerwelt. Ihr zwei Jahre jüngerer Bruder Robert war auf dem besten Wege, ein vollendeter Geck zu werden, er hatte keinen anderen Gedanken im Kopf als Kleidung, Essen und Spielen, und sein Teint legte beredtes Zeugnis von seinen Exzessen ab.

»Wir können nur hoffen, daß sie sich in Weymouth langweilen und nicht zu lange bleiben«, flüsterte Jane zurück. Sie sah, daß die Blicke, mit denen die beiden Dixons und Frank Churchill Robert Selsea maßen, wenig Freude verrieten, auch wenn ihre Begrüßung an Höflichkeit nichts zu wünschen übrigließ. Seine lächelnde, gesprächige Schwester nahmen sie weit liebenswürdiger auf. Charlotte kannte Frank Churchill vom Sehen, hatte aber bislang noch nicht die Bekanntschaft der Dixons gemacht, und Jane merkte, daß sie von beiden, besonders von Matt, sehr angetan war. Sie zog ihn sogleich in ein angeregtes Gespräch und überschüttete ihn mit Fragen nach der Umgebung: Gab es hier hübsche Spazierwege, nette Ausritte, sehenswerte Panoramen, Gasthäuser, in denen man eine Mittagsmahlzeit bekommen konnte?

Ein junger Mann, der sich ein wenig abseits gehalten hatte, kam jetzt gemächlich heran und wurde als Tom Gillender, Robert Selseas bester Freund, vorgestellt. Er sah noch geckenhafter aus als sein Freund, denn er trug primelgelbe Beinkleider und ein sehr kunstvoll geschlungenes Halstuch, besah sich die Welt durch ein Monokel, das er ständig mit müder Geste vors Auge hielt, und hatte die Gewohnheit, stets eine Prise zu nehmen, ehe er sich zu einem Gegenstand äußerte. Er sei bereits einige Tage in Weymouth, teilte er ihnen mit, und Jane erinnerte sich jetzt, ihn auf der Strandpromenade gesehen zu haben, wo er die Damen in ihren einfachen Sommerkleidern recht geringschätzig gemustert hatte.

»Meiner Seel, Mrs. Campbell, ich sehe, daß Sie meine Meinung von Weymouth und seiner trübseligen Umgebung teilen. Fade, verteufelt fade. Wünschte, ich hätte wie Sie eine Gazette oder ein Journal mitgebracht, um mir die Zeit zu vertreiben«, sagte er, als Mrs. Campbell widerstrebend ihre Lektüre aus der Hand legte und zu den jungen Leuten trat.

»Gehen Sie heute zur Soiree, Cousine Rachel?« fragte Charlotte, ihr Gespräch mit Matt kurz unterbrechend, und als sie sah, daß Rachel fragend zu Jane hinüberblickte, rief sie in gespieltem Entsetzen: »Kommen Sie, meine Beste, Sie wollen mir doch nicht erzählen, daß Sie nicht hingehen wollten? Die Soireen von Weymouth sind der einzige Anreiz, sich überhaupt in dieses Nest zu verirren. Sie werden allmählich noch ganz zum Blaustrumpf, Cousine, da müssen Robert und ich Sie wohl nachdrücklich daran erinnern, daß es in dieser Welt noch andere Dinge gibt als Papier und Tinte. Habe ich nicht recht, liebste Tante Cecey?«

Mrs. Campbell, die einmal bemerkt hatte, ihre Nichte habe viel Ähnlichkeit mit einer lästigen Stechmücke, hatte sich schon abgewandt und sprach mit Sam und Mrs. Dixon, aber der Oberst, der sich in Gesellschaft stets liebenswürdig und korrekt verhielt, sagte in dem leichten, scherzenden Ton, den er törichten jungen Damen gegenüber anzuschlagen pflegte: »Sie also werden an der Soiree teilnehmen, Miss? Und sich gewiß hübsch aufputzen?«

»Aber natürlich, Onkel James. Und Robert und Mr. Gillender werden mich begleiten. Ich hoffe, daß wir die Freude haben werden, Sie dort zu sehen, Rachel...« Jane überging sie geflissentlich – »...und die anderen Herren auch?« Sie schenkte den Dixons einen strahlenden Blick. »Auf einer Abendgesellschaft kann es gar nicht genug Herren geben, nicht wahr, Rachel?« Sie lächelte Frank Churchill gewinnend zu und fügte an: »Ich hatte noch nicht das Vergnügen... allerdings meine ich Sie auf den Soireen von Harrogate gesehen zu haben... aber gewiß sind Sie meiner Meinung...«

»Das ist Frank Churchill«, stellte der Oberst ihn vor, »ein alter Freund und Nachbar aus London«, und Frank erwiderte bereitwillig: »Ja, ich bin ganz Ihrer Meinung. Tanzen ist für mich das schönste Vergnügen, und wenn jemand die Musik beistellt, bin ich gern bereit, bis zum Morgengrauen zu tanzen, ohne müde zu werden. Ich könnte ebensogut eine Woche wie eine halbe Stunde lang tanzen. Die Erfinder des Kotillons, der Polonaise, der Gigue, des schottischen Strathspey verdienen meiner Meinung nach weit höhere Anerkennung als Leute, die lediglich das Schießpulver, Pfeil und Bogen oder das Rad ersonnen haben.«

»Du bist wirklich ein leichtfertiger Bursche, Frank«, mahnte der Oberst und schüttelte gutmütig den Kopf, während Charlotte vergnügt in die Hände klatschte. »Prächtig, ganz prächtig!

Mit Ihnen dürfen wir also heute abend fest rechnen, Mr. Churchill, und ich verspreche Ihnen, Ihrem Eifer nicht nachzustehen und keinen Tanz auszulassen.«

Woraufhin es für Mr. Churchill ein Gebot der Höflichkeit war, Miss Selsea für zwei Tänze ihrer Wahl zu engagieren, während Mr. Gillender sich gemächlichen Schrittes Jane näherte und sie um die Ehre der ersten beiden Tänze bat.

»Denn, meiner Seel, im Gegensatz zu Ihren Freunden bin ich nicht sicher, ob ich es dort länger als ein, zwei Stunden aushalte. Aber man ist es wohl doch der Gesellschaft schuldig, sich zumindest zu Beginn dort sehen zu lassen. Unsere Pflicht der Öffentlichkeit gegenüber und so weiter.«

»Die Bürger von Weymouth werden es zu schätzen wissen«, bemerkte Mrs. Campbell trocken.

»Ich danke Ihnen sehr«, erwiderte Jane, die keinen günstigen Eindruck von Mr. Gillender gewonnen hatte, »aber ich glaube kaum –« Rachel schüttelte sehr nachdrücklich den Kopf, – »daß ich an der Abendgesellschaft teilnehmen werde.«

Oberst Campbell aber rief: »Komm, Rachel, du darfst deine Verwandten nicht enttäuschen. Sei doch nicht immer so steif. Deine Großmutter hätte gewiß den Wunsch, daß du hingehst. Und Jane erhebt bestimmt keine Einwände...«

»Das muß Rachel entscheiden«, erwiderte Jane. »Mir ist alles recht.« Was nicht ganz der Wahrheit entsprach, denn da sie die Musik so liebte, tanzte sie auch sehr gern, doch sie mochte Rachel nicht zu einer Vergnügung zwingen, die diese als Plage und Langeweile empfinden mußte.

»Jetzt seid nicht so grausam, ihr zwei«, rief Matt Dixon. »Ihr wollt mich doch nicht des Vergnügens berauben, mit euch zu tanzen, solange der Abend währt? Und natürlich auch mit Miss Selsea...« Er schenkte ihr ein sehr herzliches Lächeln. »Sam ist es ja leider nicht möglich zu tanzen, aber es wird ihm große Freude machen, Ihnen allen zuzusehen.«

»N-nun g-gut«, sagte Rachel leicht stammelnd, »w-wenn Papa es wünscht, gehen wir hin. D-danke, Matt, ich tanze gern mit Ihnen.«

Mrs. Campbell verkündete jetzt, man müsse schleunigst nach Hause, sonst hätten die Mädchen nicht mehr genügend Zeit, sich vor der Abendgesellschaft auszuruhen, und man stieg wieder in die Kutschen. Robert und Charlotte (die bis zuletzt Matt Dixon mit ihrem strahlenden Lächeln beglückte) fuhren in flottem Tempo davon, und Mr. Gillender folgte ihnen zu Pferde. Diesmal fuhr Frank Churchill mit Mrs. Campbell und Jane, während Matt Mrs. Consett und Rachel kutschierte.

Jane hatte sich bisher noch nicht viel mit Frank Churchill unterhalten. Er tat ihr oft ein wenig leid, obgleich sie diese Empfindung nur schwer hätte erklären können. Er war ein sehr gut aussehender junger Mann, und an seiner Haltung und seinen Umgangsformen war nichts auszusetzen. Seinem lebhaften, scherzhaften Ton zum Trotz war er ein offenbar durchaus verständiger junger Mensch. Er war sehr wohlerzogen und stets gern bereit, sich über jeden gewünschten Gegenstand zu äußern. All das sprach durchaus zu seinen Gunsten. Warum, überlegte Jane wieder einmal, habe ich dann ständig das Gefühl, man müsse ihn trotzdem ein bißchen bedauern?

Während sie am Seeufer entlangfuhren und er sich unterhaltsam und geläufig über Schwäne, Burgen, Seebäder, Musik, Bücher, Gedichte, Märchen und Aberglauben ausließ, versuchte Jane erneut, ihren unbestimmten Gefühlen auf den Grund zu kommen.

Lag es daran, daß er immer am Rand ihrer Gruppe stand und sich danach sehnte, man möge ihn in den inneren Kreis bitten, in dem er, wie er deutlich fühlte, noch keinen Platz hatte? Er ist wie ein großer, freundlicher Hund, immer lieb, immer schwanzwedelnd, immer brav ... Vielleicht hat er das lernen müssen, der Ärmste, weil seine Tante so anspruchsvoll und schwierig ist?

Seine Vorgeschichte war Jane natürlich bekannt. Die Mutter, aus der reichen alten Familie Churchill stammend, hatte entgegen dem ausdrücklichen Wunsch ihrer Eltern den mittellosen jungen Hauptmann Weston aus Highbury geheiratet, und als die bedauernswerte junge Frau nach nur dreijähriger Ehe gestorben war – ein Ende, das die abweisende Haltung der eigenen Familie, wie es hieß, noch beschleunigt hatte –, war der kleine Frank von den Churchills adoptiert worden und nannte sich von nun an ebenfalls Churchill.

Seine Lebensgeschichte, dachte Jane, hat eine gewisse Ähnlichkeit mit meiner eigenen, allerdings mit dem Unterschied, daß die seine einen glücklicheren Abschluß finden wird, denn er ist durch Blutsbande wie durch Adoption der Erbe der Churchills, wird früher oder später ein Vermögen besitzen und hat zudem noch einen zärtlichen, nachsichtigen Vater, der stets gern bereit wäre, ihn in Highbury aufzunehmen, sofern die Churchills einem solchen Besuch zustimmten (was bisher, soweit ich weiß, noch nicht der Fall war). Andererseits habe ich es besser, denn ich liebe die Campbells und werde von ihnen geliebt, während ich beim besten Willen keinerlei Anzeichen von Zuneigung zwischen Mr. und Mrs. Churchill und ihrem Adoptivsohn entdekken kann. Sie haben ihm Wohlstand und ein angenehmes Leben geschenkt, aber keine wahre Liebe, ich glaube, er hat sein Leben lang jedes aufrichtige Gefühl vermissen müssen. Ja, das ist es – deshalb steht er so traurig, so sehnsüchtig wartend am Rande unserer Gruppe: weil er sich nach dem sehnt, was wir alle füreinander empfinden. Und er hat es gelernt, sich stets untadelig zu benehmen, um seine übellaunige Tante nicht gegen sich aufzubringen. Der Ärmste! Ja, man muß wirklich Mitleid mit ihm haben, mein Gefühl hat nicht getrogen, und ich werde versuchen, ihm in Zukunft mehr Freundschaft, echte, aufrichtige Freundschaft entgegenzubringen.

»In Upwey ist ein berühmter Wunschbrunnen«, sagte Frank,

»dort müssen wir unbedingt hin. Glauben Sie an Wunschbrunnen, Miss Fairfax?«

»Ich hatte noch nicht das Vergnügen, einen kennenzulernen, Mr. Churchill«, erwiderte sie. »Aber an sich bin ich nicht abergläubisch. Bislang hat es in meinem Leben noch kein Übermaß an Glück gegeben, so daß ich an eine Zauberkraft, die Wünsche erfüllt, nicht so recht glauben mag.«

Mrs. Campbell, obschon in ihre Lektüre vertieft, brummelte zustimmend.

Aber stimmt das eigentlich, fragte sich Jane, während Frank sich mit der lebhaftesten Anteilnahme zu ihr umwandte. »Kein Übermaß an Glück, Miss Fairfax? Wem, wenn nicht Ihnen, läge alles Glück dieser Welt zu Füßen?«

»Mir, Mr. Churchill? Einer Waise, die sich als Gouvernante ihr Brot verdienen muß...«

»Das meine ich nicht«, erwiderte er. »Ja, ich weiß, daß Sie Waise sind, daß Sie keine Eltern mehr haben, was natürlich sehr traurig ist, aber Sie haben das Glück, in einer Familie zu leben, die Ihnen sehr zugetan ist, wie jeder Narr erkennen kann, und dann gibt es ja tausend Dinge, die Ihre Zukunft günstig beeinflussen können, denn wer kann wissen, was ihm noch begegnen wird? Sie und ich, Miss Fairfax, haben insofern das gleiche Schicksal, als wir beide plötzlich von dem uns eigentlich zugedachten Lebensweg in eine andere Richtung gedrängt wurden. Wir sind gewissermaßen Schicksalsgefährten.«

Seltsam, dachte Jane, das ist genau das, was mir vorhin durch den Kopf gegangen ist...

Sie betrachtete Frank Churchill mit neuem Interesse. Er war, wie sie einräumen mußte, durchaus kein dummer Mensch, obschon sie ihn natürlich nie so hoch würde schätzen können wie beispielsweise Mr. Knightley. Oder Matt Dixon.

Matt hatte eine wunderbar spontane, herzliche Art, ein Verständnis, eine Wärme, die nichts Künstliches, nichts Anerzogenes hatten. Der arme Frank Churchill dagegen hatte gelernt, sich alles, was er sagte, vorher zweimal zu überlegen. Er beherrschte die Kunst, sich angenehm zu machen. Auch wenn sie ihm leichtfällt, wie seinem Vater, Mr. Weston, dachte Jane, kann man doch solche Menschen nicht ganz so lieben und achten wie etwa einen Matt Dixon, der frisch von der Leber weg sagt, was er denkt, ohne die Wirkung auf den Zuhörer abzuwägen.

»Wenn Sie sich etwas wünschen würden, Miss Fairfax«, fuhr Frank Churchill eifrig fort, »und das werden Sie natürlich tun, wenn wir nach Upwey kommen und aus der Quelle trinken – wenn Sie einen Wunsch frei hätten, was würden Sie sich wünschen?«

Sogleich verschwand Franks Gesicht mit dem schmeichelnden Lächeln vor Janes Blick, und die Erinnerung stellte ihr den größten, auf immer unerfüllten Wunsch ihrer Jugend vor Augen: Plötzlich und unerwartet erschien vor ihr Mr. Knightley auf seinem Rappen Brutus, er führte die Stute Doucette am Zügel und sagte: »Komm, Jane! Komm mit mir!« und während sie dann an seiner Seite über den Dorfanger ritt, stellte er ihr jene Frage, die sie schon hundert-, nein tausendmal in ihren Träumen, in ihrer Phantasie gehört hatte: »Willst du meine Frau werden, Jane?«

Welch eitler Traum!

Ernst sah sie Frank Churchill an. »Wer wird so etwas fragen, Mr. Churchill! Wir wissen doch aus den Märchen, daß die bösen Feen Wünsche, über die man spricht, zu vereiteln wissen.«

»Ich hätte Sie nicht für so wankelmütig gehalten, verehrte Miss Fairfax. Eben noch wollten Sie mich glauben machen, Sie seien eine durch und durch vernünftige junge Dame.«

Nachdenklich sah sie auf ihre behandschuhten Hände hinunter. »Selbst die Vernünftigsten unter uns hängen irgendeinem Aberglauben an, denke ich. Sogar Oberst Campbell, der nüchternste Mensch, den man sich denken kann, hegt eine ausgesprochene Abneigung dagegen, in einer Kutsche zu fahren, vor die ein Rappen mit einer weißen Fessel gespannt ist. Lächeln Sie nur – aber so ist es ...«

»Das würde ich nie wagen«, erklärte er, obgleich sein Gesicht die Worte Lügen strafte, »auch ich habe eine starke Aversion gegen so ein Tier und würde es mir nie in den Stall stellen. Aber unsere Fahrt ist zu Ende, Miss Fairfax ...« – in diesem Moment hielten die Kutschen vor dem Royal Hotel –, »... darf ich um die Ehre zweier Tänze bitten? Der ersten beiden Kontertänze vielleicht?«

Ihrem Vorsatz getreu, in Zukunft netter zu Mr. Churchill zu sein, sagte Jane ihm die Tänze zu, und sie nahmen für jetzt Abschied voneinander.

7

Noch am gleichen Nachmittag machten Charlotte und Lady Selsea einen Besuch am York Place, der Rachel sehr verdroß, weil sie vielerlei mit Jane hatte besprechen wollen, und den Rachels Mutter höflich-gelangweilt über sich ergehen ließ. Sie blieben fast eine Stunde. Lady Selsea wußte ihrer Schwester viel von den Gästen bei Lord Fortuneswell zu erzählen, von den dort geführten Gesprächen, den Ausflügen, der Musik und dem Kartenspiel, von dem knisternden Haß zwischen Fortuneswells Frau und dessen Schwester, den altmodischen Vorstellungen seiner Mutter, den ärgerlichen Angewohnheiten seines Sohnes: »... ein ausgemachter Laffe, Schwester, die liebe Charlotte hat die Unaufrichtigkeit seiner Schmeicheleien und tändelnden Blicke sofort durchschaut! ... das gezierte Getue und hochmütige Gehabe der beiden Töchter. Nur weil ihr Großvater ein Herzog war, bildeten sie sich offenbar ein, sie könnten meine Charlotte behandeln wie eine dumme Gans.«

Mrs. Campbell zog verwundert die Augenbrauen hoch. »Dann nimmt es mich aber wunder, daß du in einem Haus verkehrst, das zu besuchen dir offenbar so wenig Freude bereitet.«

»Ja, weißt du, Schwester, es ist nun mal gesellschaftlich die beste Adresse im ganzen Süden, man trifft dort alles, was Rang und Namen hat. Es wird geredet, wenn man sich auf so einer Gesellschaft nicht sehen läßt.«

Charlotte hatte indessen mit ihren kleinen blauen Augen die eher bescheidene Garderobe ihrer Cousine in allen Einzelheiten registriert und überschüttete Rachel mit einem Redeschwall, den diese schweigend und mit halb angewidertem, halb verständnislosem Gesichtsausdruck über sich ergehen ließ.

Beide Damen sahen geflissentlich über Jane hinweg, die schweigend in einer Ecke saß und bedauerte, daß sie nicht ins Nebenzimmer gehen und auf dem Pianoforte, das der gutherzige Oberst den beiden Mädchen leihweise hatte kommen lassen, *Robin Adair*, Matts Lieblingslied, üben konnte.

Zum Abschluß des Besuches sagte Lady Selsea: »Wir sehen dich doch dann heute abend auf der Soiree, Schwester?«

»Mich? Nein, Liebste, das schlag dir aus dem Kopf«, erwiderte ihre Schwester munter. »Ich kann dir versichern, daß ich meine Zeit besser zu verwenden weiß. Aber James wird wohl hingehen, er hält es für seine Pflicht, die Mädchen zu begleiten, und unsere Mutter kommt natürlich und Mrs. Consett.«

»Ah ja, wie geht es Mama?« fragte Lady Selsea, die sich bisher noch mit keiner Silbe nach Mrs. Fitzroy erkundigt hatte.

»Sie hat sich mit Mrs. Churchill angefreundet, die beiden probieren im Augenblick die neue heiße Seewasserbrause aus, sie wird dir sicher heute abend davon erzählen.«

Nachdem sie mit überschwenglichen Worten Abschied von Schwester und Cousine genommen und sich der Form halber andeutungsweise vor Jane verbeugt hatten, verließen die Besucherinnen das Haus.

»Charlotte ist w-wirklich das w-widerwärtigste Wesen«, brach es aus Rachel heraus, sobald sie mit Jane allein war. »S-stell dir vor, sie sammelt Heiratsanträge. Fünfzehn hat sie schon, sagt sie, und sie redet darüber, als wäre es nichts Gewichtigeres als eine Schachtel mit Schuhschleifen.«

»Fünfzehn Heiratsanträge?« wiederholte Jane staunend, und als Rachel nickte: »Unmöglich! Oder die Verehrer sind keinen Schuß Pulver wert. Daß ein vernünftiger Mann ernsthaft den Wunsch haben könnte, sie zu heiraten, kann ich mir einfach nicht vorstellen.«

»Nein, sie ist ein s-selbstsüchtiges, kaltherziges Mädchen. Denke nur, sie hat meine F-frisur gelobt (über mein Kleid auch nur ein W-wort zu verlieren war sie sich wohl zu gut), und als ich ihr sagte, daß du mich f-frisiert hast und dich auch, war sie einen Augenblick verblüfft, und dann ver-verzog sie höhnisch die Lippen und sagte: ›N-nun, dann ist ihr zumindest immer eine St-stelle als Zofe sicher. Das heißt... wenn sie von m-meinem Onkel nicht auch eine Mitgift bekommt.‹ Und dabei hat sie mich ganz eigenartig angesehen.«

»Was hast du gesagt?«

»Zum G-glück stand in diesem Moment meine Tante auf, um sich zu verabschieden. Ich habe ihr nur einen *Blick* zugeworfen.«

»Ich hätte gar nichts dagegen, als Zofe zu arbeiten«, sagte Jane seufzend. »Es wäre vermutlich sehr viel unterhaltsamer, als verwöhnte Kinder zu unterrichten. Die meisten Damen behandeln ihre Zofen sehr pfleglich, und das müssen sie ja auch, denn sonst bekämen sie ständig Knüffe und Püffe und müßten sich mit wirr verschlungenem Schlangenhaar zum Bankett setzen. Ich hätte Freude daran, meine Damen elegant anzuziehen und ihnen hübsche neue Frisuren zu machen, denn dafür, das mußt du zugeben, habe ich entschieden Talent.«

Sie war gerade damit beschäftigt, rechts und links von Rachels Gesicht traubenförmige Lockentuffs zu arrangieren, während die übrigen Haare zurückgenommen und von einem großen Kamm gehalten wurden. Rachel hatte sich diese Frisur ausgebeten, die im Augenblick sehr modern war, obschon Jane insgeheim fand, daß sie die Freundin nicht allzugut kleidete.

»Eine so f-famose Frisur hat bestimmt sonst niemand«, sagte Rachel zufrieden und besah sich ihre Lockentuffs im Spiegel. »Das ist doch gewiß gut für mein Selbstbewußtsein.«

»Rachel! Solche Ausdrücke wie ›famos‹ darfst du Mrs. Consett nicht hören lassen. Du unterhältst dich zu viel mit den Dixon-Jungen.«

Rachel lachte. »Da hast du recht. Weißt du was? Ich glaube,

Charlotte neidet uns diese Freundschaft. Ich d-denke mir, daß sie uns deshalb unbedingt auf der Soiree haben wollte.«

»Um sicherzugehen, daß Matt und Sam und Frank Churchill auch kommen ... Rachel, glaubst du etwa, sie will die drei ihrer Sammlung einverleiben?«

Die beiden Mädchen sahen sich bestürzt an. »Was für eine abscheuliche Vorstellung«, sagte Rachel. Doch dann lachte sie. »Ich denke d-doch, daß unsere Freunde vernünftiger sind.«

»Vielleicht sollten wir ihnen raten, ihre Heiratsanträge möglichst bald anzubringen, damit sie es hinter sich haben«, meinte Jane zustimmend. »Welches Kleid willst du anziehen – das bestickte oder den Jaconnet?«

»Das Grünbestickte mit dem Silberfaden, oder was meinst du?«

»Dein Lieblingskleid? Ja, das ist sehr elegant«, versicherte Jane. »Ich denke mir, Charlotte wird sich übertrieben fein herausputzen, weil sie uns armen hausbackenen Dingern zeigen will, was sich für Damen gehört, die mit Herzogstöchtern verkehren.«

»D-das ist aber nicht sehr menschenfreundlich gedacht!«

Lady Selsea und ihre Tochter hatten sich so lange aufgehalten, daß die beiden Mädchen sich mit dem Ankleiden beeilen mußten und trotzdem noch zu spät zum Essen kamen, was Oberst Campbell, der als alter Soldat ein Pünktlichkeitsfanatiker war, sehr verdroß. Zudem schmerzte nach der Ausfahrt am Nachmittag sein lahmes Bein ganz erbärmlich.

»Sprich lauter, Kind«, fuhr er unvermittelt Rachel an, als er wieder einmal eine ihrer schüchternen Bemerkungen nicht verstanden hatte. Sie erschrak und fuhr so heftig zusammen, daß ihr das Glas aus der Hand glitt und sich die Limonade über ihr grünes Kleid ergoß.

»Da siehst du, was du angerichtet hast, du dummes, täppisches Ding!«

»Es t-tut mir so leid«, stammelte Rachel zerknirscht, und Mrs. Campbell sagte in aller Ruhe: »Geh dich umziehen, Rachel, du kannst unmöglich naß wie eine Nixe zu einer Abendgesellschaft gehen.«

»M-mir macht das nichts«, stammelte Rachel, »es ist nicht wichtig.« Doch damit erreichte sie nur, daß sich die älteren Damen heftig über ihren Leichtsinn erregten.

»In einem nassen Kleid tanzen gehen! Bist du nicht gescheit? Und höchst unschicklich ist es außerdem, ich möchte nicht hören, was die Leute über deine Erziehung zu sagen hätten . . .«

»Tu, was deine Mutter dir sagt«, donnerte der Oberst mit so fürchterlicher Stimme, daß zwei dunkle Blutstropfen auf Rachels Teller fielen. Jane sprang erschrocken auf.

»Ja, komm, Rachel, ich helfe dir . . . wir sind zurück, noch ehe Sie Ihren Tee ausgetrunken haben«, versprach sie, als sie die düstere Miene von Oberst Campbell und dessen vielsagenden Blick zur Kaminuhr bemerkte. Während sie eilig das Zimmer verließen, zog er seine goldene Taschenuhr hervor und trommelte ungeduldig mit den Fingern darauf herum.

»Bring Eis, rasch«, rief Jane einer der Zofen zu, legte Rachel ihr Schnupftuch in den Nacken und hieß sie, sich mit Eis auf Nacken und Stirn in einen Sessel zurückzulehnen, während die Verschlüsse des Kleides gelöst wurden.

»So, siehst du, es ist schon vorbei. Wie gut, daß kein Blut auf dein Kleid geraten ist, nur Limonade, und die läßt sich herauswaschen. Irgendwo habe ich mal gelesen, es bringe Glück, Wasser zu verschütten . . . vielleicht ist das Verschütten von Limonade noch glückbringender. Wer weiß, womöglich bekommst du ja fünfzehn Heiratsanträge wie deine Cousine Charlotte.«

Jane schwatzte aufs Geratewohl drauflos, um Rachel zu beruhigen, die der Ausbruch ihres Vaters – der erste seit längerer Zeit – tief getroffen hatte. In ihren Augen standen Tränen, und ihre Hände zitterten.

»Was willst du statt des Grünen anziehen?«

»Es ist mir gleich«, murmelte Rachel, wehrte sich aber nicht, als Jane ihr die durchweichten Kleidungsstücke abstreifte.

»Wie wäre es mit dem rosa Organdy und deinen Korallen? Sie bringen Farbe in deine Wangen.« Insgeheim fand Jane ohnehin, daß dieses Kleid Rachel besser stand als das grüne, das die Freundin besonders liebte. Rasch holte sie es und knöpfte, ehe die Freundin Einspruch erheben konnte, die winzigen Knöpfe zu.

»Wie dumm, jetzt ist dein Haar durcheinandergeraten, und ich fürchte, wir haben keine Zeit mehr, die Lockentuffs neu aufzudrehen...«

»Es ist mir gleich«, wiederholte Rachel matt.

»Es darf dir aber nicht gleich sein. Dein erster Ball! Aber es hat keinen Sinn, deinen Vater zu verärgern. Da fällt mir etwas ein: Du bekommst eine Frisur *à la Sauvage*, die habe ich gestern, als wir in Harveys Library auf deine Großmutter warteten, als Abbildung in *La Belle Assemblée* gesehen, ich weiß, wie man sie macht. Dann siehst du aus wie eine Pariserin.«

Tatsächlich hatten in kürzester Zeit Janes geschickte Hände einen wilden, aber eindrucksvollen, mit Federn und Spangen geschmückten Turm aus braunem Haar verfertigt.

»So, geschafft! Nein, du hast keine Zeit mehr, dich anzuschauen, die Frisur ist fabelhaft elegant und sehr haltbar und dürfte sogar einen Kontertanz überstehen... Charlotte wird grün und gelb werden vor Neid. Noch deinen Korallenfächer und die Handschuhe... Jetzt komm!«

Jane nahm ihre Freundin bei der Hand und zog sie so rasch die Treppe hinunter, daß sie mit ungewohnt rosigen Wangen in der Halle erschien.

Der Oberst, bereits in Hut, Handschuhen und Überzieher, klopfte ungeduldig mit dem Fuß auf den Boden, aber in Abwesenheit der jungen Mädchen hatte er sich einige recht deutliche Worte anhören müssen, weil er so gedankenlos gewesen war, seine Tochter vor ihrer ersten großen Abendgesellschaft zu irritieren.

»Dabei ist es so wichtig, daß sie sich heute von ihrer besten Seite zeigt. Wie rücksichtslos, James...«

Und auch Mrs. Fitzroy hatte mit ihren berühmt-berüchtigten spitzen Bemerkungen nicht gegeizt. Als nun die Mädchen nach unten kamen, sagte der Oberst deshalb nur: »Nun gut, dann können wir ja gehen«, und drängte sie aus dem Haus, ohne sich über das veränderte Aussehen seiner Tochter zu äußern (an dem er bei anderer Gelegenheit möglicherweise herbe Kritik geübt hätte), ja er schien es gar nicht wahrzunehmen.

Die Gesellschaftsräume im ersten Stock des *Royal Hotel* füllten sich bereits, als die Campbells die Treppe hinaufstiegen, man hörte erste verheißungsvolle Geigenklänge. Eine Militärkapelle aus dem in der Kaserne von Radipole liegenden Regiment sollte zum Tanz aufspielen.

Auf dem spiegelnden Parkett des großen, strahlend hell erleuchteten Ballsaals standen bislang nur wenige Gäste, und die älteren Damen in ihren Satinkleidern beeilten sich, Plätze in der Nähe des Kamins zu besetzen. Offiziere in rotem Waffenrock steuerten das Spielzimmer an oder verließen es wieder, und ständig kamen neue Gäste – Anstandsdamen mit ihren fein gekleideten und aufgeputzten Schützlingen – die Treppe herauf. Zu Rachels und Janes großer Erleichterung ließen die Dixons nicht lange auf sich warten; man fand sich mit den Campbells zu einer freundschaftlichen Gruppe zusammen. In ihrer Begleitung befand sich Frank Churchill, der lächelnd auf Jane zukam, offenbar in der Absicht, das Gespräch dort wieder aufzunehmen, wo es nachmittags unterbrochen worden war.

»Meine Tante ist nicht wohl genug, um sich der Anstrengung eines solchen Abends zu unterziehen, und mein Onkel leistet ihr Gesellschaft. Aber ich habe ihre uneingeschränkte Erlaubnis, mich zu amüsieren...« sagte er halb ironisch, halb in aufrichtiger

Vorfreude auf die in Aussicht stehenden Vergnügungen. »Meinen Glückwunsch, Miss Fairfax, Sie wirken immer so elegant, besonders wenn Sie in Weiß sind.«

»Besten Dank, Mr. Churchill!« sagte sie ein wenig zerstreut, und leise, sich mit einem raschen Blick vergewissernd, daß Rachel und deren Vater außer Hörweite waren – sie standen auf der anderen Seite des Kamins und plauderten mit Mrs. Dixon –, setzte sie hinzu: »Wollen Sie mir einen Dienst erweisen, Mr. Churchill?«

»Aber selbstverständlich. Wie können Sie nur fragen! Alles, was in meiner Macht liegt...« Die aufrichtige Wärme in seinem Ton war nicht zu überhören.

»Dann... bitte... würden Sie sich heute abend ein wenig um Rachel kümmern? Rachels Vater hat mit ihr gezankt, und sie läßt sich durch derlei Dinge immer so schnell entmutigen.« Jane schilderte kurz, was sich abgespielt hatte. »Der Oberst, dieser Unglücksmensch, merkt nie, wie leicht es ist, ihr Selbstbewußtsein zu erschüttern. Ich möchte Sie herzlich bitten, Mr. Churchill, alles in Ihrer Macht stehende zu tun, damit es ein genußreicher Abend für Rachel wird.«

»Sie können sich darauf verlassen, Miss Fairfax. Ich werde auch Matt einspannen, gemeinsam werden wir dafür sorgen, daß es ihr nie an Tanzpartnern fehlt. Wohl dem, der eine solche Freundin hat!«

Er verbeugte sich und hob mit einem durchtriebenen Verschwörerblick ihre Hand an seine Lippen. Dann drängte er sich zu Rachel durch. Die züngelnden Flammen des Kamins spielten über das rosafarbene Kleid und das hochgetürmte, glänzendbraune Haar, so daß manch interessierter Blick sie traf, was sie aber gar nicht zu bemerken schien. Frank sprach sie an. Jane sah, wie sie freudig überrascht nickte, und da in diesem Augenblick die Kapelle das erste Stück begann, formierten sich die Paare, und Frank Churchill führte Rachel auf die Tanzfläche. Gleichzeitig trat Matt Dixon zu Jane und fragte, ob sie ihm die Ehre dieses Tanzes schenken würde.

»Danke, sehr gern«, sagte sie ehrlich. »Wie geht es Ihrem Bruder heute abend?«

»Gut genug, um hier zu sein, wie Sie sehen, aber nicht gut genug zum Tanzen. Er wird meiner Mutter Gesellschaft leisten und hat mich gebeten, Ihnen auszurichten, daß Sie aussehen wie Finuala, die Tochter des Lir, aber damit sage ich Ihnen sicher nichts Neues.«

»Doch, das höre ich zum erstenmal. Wer war Finuala?«

»Eine Nixe, die Tochter eines Meergottes, die in einen Schwan verwandelt wurde.«

Jane dankte ihm für das Kompliment, aber sie war nicht ganz bei der Sache. Ihre Füße zuckten vor Tanzlust. Als sie gerade anfangen wollten, schlug eine unangenehme Stimme an Janes Ohr. Die Stimme gehörte Mr. Gillender.

»Donner und Doria, Miss, was sehe ich da? Ich dachte, wir beide seien für die ersten Tänze versprochen? Ich hatte mich fest darauf verlassen, und jetzt führt ein anderer Sie aufs Parkett? Hatten wir nicht dort draußen an dem trübseligen See darüber gesprochen?«

»Das ist richtig«, erwiderte Jane recht frostig, »aber da sah es noch nicht so aus, als würden wir an dem Ball teilnehmen, und Sie werden sich erinnern, daß ich Ihr freundliches Angebot ausschlug.«

»Meiner Seel, das ist stark! Jetzt stehe ich ohne Partnerin da, denn Miss Selsea tanzt mit Dalrymple ...«

»Gewiß kann der Tanzmeister Sie mit zahlreichen passenden Damen bekannt machen –«

»Schwerlich mit solchen, die nach meinem Geschmack sind!«

Zum Glück begann jetzt der Tanz, so daß Mr. Gillender notgedrungen von ihr ablassen mußte, doch zwischendurch tauchte er immer wieder neben ihr auf und drängte sich in ihr

Gespräch mit Matt. Der war gewöhnlich recht gutmütig, aber als Mr. Gillender sich endlich ins Kartenzimmer zurückgezogen hatte, stieß er hervor: »Die Pest über den Burschen! In Cambridge galt er als kluger Kopf, aber davon habe ich nie etwas gemerkt. Ich fand ihn schon immer höchst lästig.«

»Sie kennen ihn also aus Cambridge?«

»Flüchtig.« Jane schien es, als ginge ein Schatten über Matts Gesicht, aber er war so rasch wieder verschwunden, daß sie es sich vielleicht auch nur eingebildet hatte.

»Erzählen Sie mir noch etwas von Ihrer Heimat«, bat sie. »Ich höre so gern davon. Die Bevölkerung ist offenbar sehr liebenswert.«

Bereitwillig entsprach er ihrer Bitte. Nach einer Weile entdeckte Jane Rachels Cousine Charlotte, die nicht weit von ihnen tanzte und ein sehr mißvergnügtes Gesicht machte. Während sie Jane ignorierte, schenkte sie, als die beiden Paare bei einer der Figuren aneinander vorbeikamen, deren Partner ein huldvolles Lächeln.

»Charlotte ist gar nicht zufrieden mit uns«, sagte Rachel später zu Jane, als die beiden zusammenstanden, um nach den ersten beiden Tänzen ein wenig Luft zu schöpfen.

»Es ist schließlich nicht unsere Schuld, daß sie zu spät kam, um sich an die Spitze der ersten Gruppe zu stellen. Und über ihren Tanzpartner kann sie sich nicht beklagen. Ist das nicht Lord Felix Dalrymple?«

»Ja, aber findest du nicht, daß er recht dürftig und wenig einnehmend aussieht? Er forderte mich auf, zum Glück aber konnte ich ihm sagen, daß ich den ganzen Abend vergeben bin.«

Zu ihrer Überraschung fand sich Rachel tatsächlich in der Rolle der Ballkönigin. Zahlreiche Gentlemen, die sie mit Frank Churchill hatten tanzen sehen, bemühten sich darum, sie als Partnerin zu gewinnen. Sie tanzte mit roten Wangen und glänzenden Augen, indes Frank und Matt ebenso aufmerksam wie unauffällig darüber wachten, daß sie nie allein stand oder ohne Tanzpartner war.

Jane selbst konnte sich über mangelnde Aufmerksamkeit ebenfalls nicht beklagen, sie tanzte fast jeden Tanz und heimste reichlich Komplimente ein, die sie insgeheim allerdings recht albern fand.

»Es muß Charlotte hart getroffen haben«, sagte sie zu Rachel, als sie beim Souper mit den Dixons zusammensaßen, »daß dein Kleid so viel hübscher als das ihre ist, obschon beide die gleiche Farbe haben. Charlottes Kleid ist zu grell.«

»Du hattest recht mit deiner Voraussage: Es ist wirklich zu überladen. Ich hörte, wie Großmama ihr riet, schleunigst die Rüschen und Flitterbänder abzutrennen, sie sähe aus wie ein Zirkuspferd. Arme Charlotte.«

Für Charlotte war es zweifellos eine ebenso neue wie unerfreuliche Erfahrung, die seichte Glätte ihrer Erscheinung für einen Abend durch die überraschende Schönheit ihrer sonst so unscheinbaren Cousine in den Schatten gestellt zu sehen, und sie fand sich nur recht ungnädig damit ab.

»Wie um alles in der Welt bist du denn auf diese Frisur gekommen?« fragte sie mißlaunig, als sie im Teeraum saßen und Mandelmilch tranken. »Sie sieht ja aus wie ein Vogelnest. Das geht wohl wieder auf das Konto deiner Miss Sowieso...«

»Die Frisur heißt *La Sauvage* und ist neueste Pariser Mode«, fertigte Mrs. Fitzroy sie kurz ab. »Sie steht Rachel sehr gut. James! Diese sogenannte Mandelmilch ist nur dünnes Zuckerwasser. Kannst du uns nicht zu einem Tee verhelfen?«

Knurrig kam der Oberst ihrem Wunsch nach, dann zog er sich wieder ins Spielzimmer zurück, wo er den längsten Teil des Abends verbracht hatte.

Nach der Teepause gab es noch zwei Tänze. Wieder tanzte Frank Churchill mit Rachel, und Matt fragte Jane, geflissentlich

Charlottes erwartungsvollen Blick übersehend, ob sie wieder seine Partnerin sein wolle.

»Mit Vergnügen!« sagte sie, erleichtert, dem Offizier zu entkommen, der sich gerade hoffnungsvoll genähert hatte.

Zum Glück hatte der gekränkte Mr. Gillender sich, wie angedroht, sehr bald wegbegeben – »wahrscheinlich in eine Spielhölle«, flüsterte Frank –, und Robert Selsea saß im Kartenzimmer und spielte Kasino. Nach zwei Tänzen mit Jane hatte er ihr angekündigt, er werde sie noch einmal auffordern, aber es war ihr sehr recht, daß er sein Versprechen nicht gehalten hatte, denn seine Unterhaltung, die sich ausschließlich um Terrier und Rattenjagd drehte, langweilte sie unsäglich und war ihr zeitweise fast unverständlich.

»Nun, hat euch der Ball gefallen?« erkundigte sich Mrs. Campbell, aus ihren Parlamentsberichten hochtauchend, um von ihrem Mann ein Glas Glühwein entgegenzunehmen. Ganz überrascht musterte sie Rachels gerötetes, angeregtes Gesicht.

»O ja, Mama, es w-war sehr nett, nicht wahr, Jane?«

»Rachel hatte großen Erfolg«, bestätigte Jane. »Aller Augen ruhten auf ihr, nicht wahr, Oberst Campbell?«

»Wie? Hm ... ja, mag schon sein ... an Tanzpartnern fehlte es ihr jedenfalls nicht ...«

Doch dem Oberst machten seine müden Füße, das schmerzende Bein und die rheumatischen Gelenke zu schaffen, und er hatte es eilig, ins Bett zu kommen. Mrs. Fitzroy, der es nicht besser ging, bemerkte nur, Charlotte Selsea habe unmöglich ausgesehen, sie habe nicht mehr Sinn für geschmackvolle Toiletten als eine Hottentottin.

»Morgen dürft ihr mir alles ausführlich erzählen«, versprach Mrs. Campbell.

Am nächsten Morgen aber traf mit der Post ein derart düsterer Bericht über die Arbeitsbedingungen von Kleidermacherinnen ein, daß sie keine Zeit mehr für ihre Tochter erübrigen konnte. Dafür kam gleich nach dem Frühstück Charlotte mit ihrem Bruder von ihrem Logis, dem Weißen Hirschen, herüber.

»Wir haben einen Ausflug nach Corfe zusammengestellt, kommt doch mit. So etwas ist nur in größerer Gesellschaft kurzweilig, je mehr, desto lustiger. Eure Freunde, die Dixons, werden dabei sein und Mr. Churchill und noch andere. Kommt, laßt euch nicht lange bitten!«

Recht widerstrebend schlossen Jane und Rachel sich der Expedition an. Die ganze nächste Woche fanden sie sich in der Gesellschaft von Charlotte Selsea und ihrem Bruder – nicht etwa aus freien Stücken, sondern weil sie sich von den unwillkommenen Eindringlingen nicht fernhalten konnten, ohne sie geradezu vor den Kopf zu stoßen. Charlotte, ihr Bruder und dessen Freund waren unermüdlich im Arrangieren von Picknicks, Spaziergängen, Erkundungsfahrten, Badegesellschaften. Für die beiden Herren war das offenbar der gewohnte Lebensstil, sie waren ständig auf der Jagd nach Vergnügungen, sie brauchten die Zerstreuung, auch wenn sie ihnen fad erschien. Charlotte hatte ein sehr viel konkreteres Ziel. Bei all diesen Ausflügen war Matt Dixon ihr Begleiter. Sie ritt an seiner Seite, saß neben ihm auf Steinen oder umgestürzten Baumstämmen, sah durch das Fernrohr, das er ihr reichte, suchte mit ihm Muscheln und Fossilien, pflückte mit ihm Wildblumen. Und die ganze Zeit redete sie unablässig mit ihrer leisen, monotonen Zwitscherstimme auf ihn ein und erzählte ihm lange Geschichten von ihren Erlebnissen in der Gesellschaft, bemerkenswert langweilige, alberne Geschichten, wie es Jane schien, wenn sie zufällig einmal ein, zwei Sätze aufschnappte, aber Matt hörte gefesselt zu.

Sie hat ihn verhext, dachte Jane, sie hat ihn ganz und gar in ihren Bann geschlagen.

Rachel hatte der Verrat ihres lieben Freundes so schwer getroffen, daß Jane es nicht übers Herz brachte, mit ihr darüber zu sprechen, es wäre zu schmerzlich gewesen. Sie wurde blaß und appetitlos und fing wieder an zu stottern.

»Sputet euch«, rief Charlotte eines Morgens, noch ehe sie mit dem Frühstück fertig waren. »Es ist keine Zeit zu verlieren, wir fahren allesamt nach Abbotsbury und zum Chesil-Strand. Robert hat beim Hotel eine Chaise für euch bestellt und kutschiert. Deine Gesellschafterin, Rachel, hat sicher nichts dagegen, sich als Dritte dazwischenzuklemmen. Oder vielleicht möchte Miss Fairfax lieber zu Hause bleiben?«

»Nach Abbotsbury? Und darf ich fragen, wer ›allesamt‹ ist?« erkundigte sich der Oberst verdrießlich. Seine Nichte antwortete munter: »Robert und ich und Tom Gillender und die Dixons und ihre Mutter und Mr. Churchill. Matt und Tom und Mr. Churchill kommen zu Pferde, und Mr. Sam Dixon kutschiert seine Mutter.«

»Ich möchte auch reiten«, verlangte Rachel mit einem plötzlichen Anflug von Selbstbehauptungswillen, aber ihr Vater sagte, das solle sie sich nur gleich aus dem Kopf schlagen.

»Bis nach Abbotsbury? Das sind fünf, wenn nicht sechs Meilen. Das Wetter sieht gar nicht vielversprechend aus. Und *ich* kann euch auf keinen Fall begleiten, meine Hüfte bereitet mir abscheuliche Schmerzen ...«

Er war offenbar drauf und dran, das ganze Unternehmen zu verbieten, so daß Jane, die gern Abbotsbury und den Chesil gesehen hätte, sich rasch einschaltete: »Vielleicht ist Mrs. Campbell mit von der Partie? Ich habe sie sagen hören, daß sie sich für alte Klostergründungen interessiert.«

Doch Mrs. Campbell bestritt diesen Wunsch nachdrücklich. »Wenn Mrs. Dixon und Mrs. Consett mitkommen, sehe ich keine Notwendigkeit für meine Teilnahme«, erklärte sie und vertiefte sich wieder in ihre Lektüre.

Jane nahm mit Interesse zur Kenntnis, daß Charlotte ein neues, flottes Reithabit aus blauem Samt trug, das mehr Geschmack als ihre übrige Garderobe verriet. Das Haar unter dem federgeschmückten Hütchen glich ein wenig Rachels Ballfrisur.

»Was meinst du, M-Mama, sollen wir mitfahren?« fragte Rachel lustlos.

»Ja, Kind, fahrt nur, wenn ihr möchtet. Aber bleibt nicht zu lange, denkt daran, daß die Grants bei uns essen, ich möchte nicht, daß ihr euch verspätet. Und zieht euch wärmer an, der Wind hat aufgefrischt.«

»Wenn sie sich jetzt noch umziehen wollen, vergeht ja eine Ewigkeit. Man kennt das doch, wenn Damen sich herausputzen...« wandte Robert ein. »Ein warmer Mantel oder ein Umschlagtuch genügen vollauf, in den Kutschen werden auch Dekken sein.«

Schließlich fuhr Rachel mit ihrem Cousin und ihrer Cousine, während Jane und Mrs. Consett sich zwischen Mrs. Dixon und ihren jüngeren Sohn zwängten; die anderen Herren kamen zu Pferde.

Jane stellte zu ihrer Freude fest, daß Sam Dixon besser aussah, und beglückwünschte ihn dazu, daß er sich diesen Ausflug zutraute, nachdem er eine Woche das Haus hatte hüten müssen. In Gesellschaft von Sam Dixon, der die Zwanglosigkeit und schlichte Herzensgüte seiner Mutter hatte, fühlte sie sich immer besonders wohl. Es war eine wunderschöne Fahrt. Der Weg führte über eine Höhenstraße mit herrlichem Blick auf den Chesil-Strand, jenen kiesigen Küstenstreifen, der sich über sechzehn Meilen bogenförmig von Abbotsbury nach Portland zieht und eine Lagune umschließt.

»Es sollte mich nicht wundern, wenn das Wetter sich verschlechtern würde«, sagte Mrs. Dixon ein wenig besorgt. »Schaut euch die weißen Wellenkämme an. Wir sollten nicht zu lange in Abbotsbury bleiben. Die Federwolken dort im Westen sind mir nicht geheuer.«

»Mama ist eine berühmte Wetterprophetin«, neckte Sam liebevoll. »Die Dorfältesten in Baly-Craig lassen stets sie entscheiden, wenn sie Meinungsverschiedenheiten haben. Hoffen wir, daß diesmal ihre Bedenken unbegründet sind.«

Die ganze Gesellschaft begeisterte sich an Abbotsbury mit seiner breiten Hauptstraße, den erhöhten Gehsteigen und strohgedeckten Häuschen. In einem bescheidenen Gasthof kehrten sie zu einem Imbiß ein. Nach dieser Stärkung schlenderte man durch den Ort, besichtigte den Schwanensee und die Ruinen der Abtei, die große Zinsscheuer und die Nikolauskapelle. Hierzu hatte sich die Gesellschaft zu Zweier- und Dreiergruppen zusammengefunden. Jane hielt sich an Mrs. Dixon und ihren jüngeren Sohn.

Während seine Mutter die bunten Glasfenster in der Kapelle besichtigte, sagte Sam: »Der Gegensatz zwischen Rachel und ihrer Cousine ist doch erstaunlich. Sie sind sich überhaupt nicht ähnlich. Rachel ist so freimütig und natürlich, während ich Miss Selsea trotz ihres ungezwungenen Plaudertons, ihrer amüsanten Gespräche nicht aufrichtig finden kann, es fehlt ihr das Geradlinige.«

»Ja«, sagte Jane nachdenklich. »Ich weiß, was Sie meinen. Das liegt wohl an der Erziehung. Rachel hat einen großen Teil ihrer Kindheit, als ihr Vater Soldat war, in entlegenen Gegenden verbracht; den Umgang mit den weltläufigen Kindern der sogenannten guten Gesellschaft kannte sie bisher nicht. Sie hat sich eine Schlichtheit bewahrt, die wohl bei Erwachsenen selten geworden ist, während ihre Cousine von Jugend auf mit der Londoner Gesellschaft vertraut ist.«

»Wie wahr! Und hier sehen wir das Ergebnis.«

Jane fand ihn um so liebenswerter, als er kein weiteres herabsetzendes Wort über Charlotte Selsea sagte, sondern statt dessen Rachel lobte. Er sprach mit so viel Wärme und Anteilnahme von ihr, daß es Jane einen Stich gab. Sam liebt Rachel, dachte sie, er liebt sie sehr. Ob sie es weiß? O Himmel ... er ist ein so lieber, gütiger Mensch.

Obgleich sie Sam sehr schätzte und ihm herzlich zugetan war, hatte sie das Gefühl, daß er sich wohl keine großen Hoffnungen machen durfte. Rachel hatte ihn zweifellos gern, aber vermutlich brachte sie ihm nur freundschaftliche Gefühle entgegen.

Doch was weiß ich im Grunde von ihm, dachte sie. Oder von Rachel? Warum soll ich mir den Kopf über zwei Menschen zerbrechen, die sehr wohl imstande sein müßten, ihre Angelegenheiten selbst zu regeln?

Sie wandte sich Mrs. Dixon zu, die nach der Besichtigung der Altarbilder und eines stuckverzierten Tunnelgewölbes aus der Kapelle kam und ohne Umschweife fragte: »Miss Fairfax, wie lange bleiben diese Selseas noch in Weymouth? Ich muß gestehen, daß ich mich für Miss Selsea beim besten Willen nicht erwärmen kann. Ich halte sie für ein eitles, herzloses Ding und eine berechnende Kokette. So ganz anders als die liebe Rachel!«

»Ich kann mir nicht vorstellen, daß sie noch lange bleiben werden«, sagte Jane. »Gewiß haben sie bald genug von Weymouth, sie sind wohl unterhaltsamere Gesellschaften gewöhnt.«

»Mein Sohn Matt scheint sehr angetan von ihr zu sein.«

»Er findet sie amüsant. Sie kennt so viele Berühmtheiten aus der Londoner Gesellschaft –«

»Kennt? Daß ich nicht lache! Sie hat von allen auf irgendeiner Gesellschaft ein Bonmot gehört oder es sich von anderen Leuten erzählen lassen. Ihre Klatschgeschichten kommen sämtlich aus zweiter Hand.«

Nicht unwahrscheinlich, dachte Jane. »Aber sie erzählt diese Geschichten derart selbstsicher, daß man sich der Wirkung nicht entziehen kann.«

»Ich schon«, sagte Mrs. Dixon. »Sprechen Sie für sich, Miss Fairfax. Im übrigen ist mir aufgefallen, daß Miss Selsea Sie nie eines Wortes würdigt.«

»Nein, ich bin viel zu gering für sie und ihresgleichen.«

»Jedenfalls hoffe ich sehr«, erwiderte Mrs. Dixon mit einem

Ausdruck ungewohnter Mißbilligung auf ihren sonst so freundlichen Zügen, »daß sie bald bessere Beute findet als meinen Sohn Matt. Warum nicht Frank Churchill? Er soll ja später mal ein beträchtliches Vermögen erben.«

»Ja, sehen Sie, Mrs. Dixon, junge Herren wie Frank Churchill – heiter, höflich, wohlerzogen, ein typischer Gentleman der Londoner Gesellschaft – trifft Miss Selsea täglich. Mr. Matt Dixon aber hat so viel mehr zu geben... einen so klugen Mann hat Miss Selsea wahrscheinlich ihr Lebtag noch nicht kennengelernt.«

»Sie sind wirklich eine gescheite Person, Miss Fairfax!« Mrs. Dixon schenkte Jane einen auffallend freundlichen, verständnisvollen Blick. »In Cambridge hält man in der Tat große Stücke auf ihn. Sie können mir deshalb gewiß nachfühlen, daß ich mir Gedanken um ihn mache. Wenn ich bedenke, was für ein wertvoller Mensch er ist...«

»Ja, natürlich. Aber gerade weil – weil Mr. Dixon vom Charakter und Verstand her dieser Dame so himmelhoch überlegen ist, denke ich mir, daß er sich von ihren scheinbaren Reizen nicht lange wird täuschen lassen.«

In diesem Moment überraschte sie ein unerwarteter Regenguß. Es waren große, kalte Tropfen, die ungewöhnlich schwer und dicht niederfielen.

»O Himmel, wie ärgerlich. Was machen wir jetzt? Sie, Miss Fairfax, gehen am besten mit Sam so schnell wie möglich zu dem Gasthof zurück, ich weiß, daß auch Sie sich leicht erkälten. Und durchnäßt zu werden ist für meinen armen Jungen das Schlimmste, was ihm passieren könnte.« Unruhig sah sich Mrs. Dixon nach Matt und Miss Selsea um, die vorhin zwischen zwei Katen über ein Gatter gestiegen waren. »Und wo stecken die anderen? Ach, da sind Sie, Mr. Churchill!« Sie wandte sich an Frank, der ritterlich einen Regenschirm über Rachel hielt und mit ihr dem Gasthof zustrebte. »Würden Sie mir wohl den Gefallen tun, meinen Sohn Matt und Miss Charlotte zu suchen? Wir müssen unverzüglich zurück nach Weymouth, ehe sich das Wetter noch mehr verschlechtert. Das Gewitter ist so unerwartet schnell aufgezogen ...« Sie schickte einen sorgenvollen und mißbilligenden Blick gen Himmel, der in der Tat sehr schwarz und drohend über ihnen hing.

Frank gab zuvorkommend seinen Schirm an Sam weiter.

»Ich glaube, ich weiß, wo die anderen beiden sind. Auf der Anhöhe dort drüben ist eine Ruine oder eine kleine Kapelle, die Miss Selsea gern besichtigen wollte, und in diese Richtung sah ich sie gehen. Ich will sie gleich holen.«

Die Damen kehrten mit Sam zu dem Gasthof zurück, zu dem es glücklicherweise nur wenige Schritte waren. Dort fanden sie Mrs. Consett vor, die in aller Ruhe eine Tasse Tee trank und ausrichtete, Mr. Gillender und Mr. Selsea seien (letzterer auf Franks Pferd) in das Dorf Sherton Abbas geritten, um sich einen angeblich hochberühmten Hahnenkampf anzusehen.

»Das ist doch ein starkes Stück!« empörte sich Mrs. Dixon. »Der arme Mr. Churchill! Wie soll er denn nach Weymouth zurückkommen?«

»Mr. Selsea sagte, zur Abwechslung könne er die Damen kutschieren.«

Die beiden auf Abwege geratenen jungen Herren waren schon seit mindestens zwanzig Minuten fort, und so mußten denn die anderen wohl oder übel in der Gaststube warten, bis die übrigen Teilnehmer der Exkursion eintrafen. Rachel war blaß und still. Sie sah auf den Regen, der an den Fensterscheiben herunterrann. Mrs. Dixon war zunehmend in Sorge um ihren Sohn Sam.

»In diesem Wolkenbruch zurückzufahren will mir gar nicht gefallen ... Ich würde ja vorschlagen, daß du hier übernachtest, mein lieber Junge, aber die Schlafzimmer scheinen alle arg feucht zu sein, die Betten wären vermutlich genauso schädlich für dich wie das Gewitter dort draußen.«

»Ja, bestimmt, liebe Mama. Außerdem lockt es mich auch nicht sehr, die Nacht in dieser ländlichen Abgeschiedenheit zu verbringen«, sagte Sam, seiner besorgten Mutter liebevoll zulächelnd. »Und vergiß bitte nicht, daß ich zum Kutschieren gebraucht werde.«

»Aber wo in aller Welt können nur die anderen stecken?« jammerte seine Mutter.

Es dauerte noch weitere zwanzig Minuten, bis das Trio eintraf. Charlotte, ständig auf der Suche nach ›einer besseren Aussicht‹, hatte offenbar Matt auf der Anhöhe hinter der Kapelle immer weitergelockt, und Frank hatte fast eine Meile gehen müssen, um sie einzuholen. Die durch einen Schirm geschützte junge Dame war munter und leidlich trocken, die beiden jungen Herren waren hingegen rechtschaffen naß geworden, und Matt war offenbar in gedrückter Stimmung, während Frank, redselig und vergnügt wie immer, die Nachricht, sein geliehenes Pferd sei requiriert worden, und es obliege ihm nun, einige der Damen nach Weymouth zu kutschieren, mit Gleichmut aufnahm.

Da das Gewitter weitertobte und vorläufig nicht mit einem Nachlassen des Regens zu rechnen war, entschloß man sich zum Aufbruch. Sam fuhr Charlotte und Rachel in der Chaise mit Verdeck, Jane und die beiden älteren Damen wurden Frank anvertraut, wobei die Damen und Sam sich mit allen zusätzlichen Decken und Schirmen schützten, die der Gasthof zu bieten hatte.

Die Rückfahrt verlief schweigsam. Regenschauer verhüllten den Ausblick auf die Küste, an dem man sich auf der Herfahrt so erfreut hatte; durch die jähe Abkühlung und den bedauerlichen Wetterumschwung war die Stimmung aller Beteiligten gedrückt, und insbesondere Mrs. Dixon machte sich schwere Vorwürfe, daß sie sich auf diese Exkursion eingelassen hatte.

8

Am nächsten Morgen stellte sich Charlotte schon sehr früh bei ihrer Cousine ein. Die ganze Nacht über hatte das Unwetter getobt, gegen Morgen aber hatte es sich gelegt. Zwar schlugen in der Bucht noch gewaltige schaumgekrönte Brecher hoch, aber die Sonne schien nun hell auf die nassen Straßen und den mit Treibholz und Tang bedeckten Strand.

»Sitzt ihr noch immer im Haus herum?« ereiferte sich Charlotte, deren Stimmung heute besonders ausgelassen zu sein schien. »Tom und Robert und ich sind schon seit einer Stunde unterwegs; sie warten draußen. Die halbe Stadt ist auf der Strandpromenade. Komm, Rachel, und bring deine Freunde mit.«

Mrs. Campbell, die mit großem Mißfallen gehört hatte, daß Charlotte gestern nachmittag durch ihre Rücksichtslosigkeit die anderen so lange den gefährlichen Unbilden der Witterung ausgesetzt hatte, begrüßte die Nichte recht frostig und sagte, sie hoffe, man habe heute keine Exkursionen zu fernen Hügeln geplant.

»Aber nein«, erwiderte Charlotte heiter und völlig unberührt von der abweisenden Haltung ihrer Tante. »Tom und Robert und ich haben an diesem schönen Tag die Brandung bewundert und dachten, daß meine Cousine sich uns vielleicht anschließen würde. Und die Herren Dixon und Mr. Churchill auch, wenn sie hier sind.«

Als sie hörte, die Herren befänden sich nicht im Haus, machte sie ein langes Gesicht, faßte sich aber schnell und rief: »Nein, so etwas! Und ich glaubte fest, sie müßten hier sein, da ich sie unterwegs nicht sah. Doch was tut's – Rachel, hole deine Haube! Wenn sie uns zusammen sehen, stoßen sie gewiß bald zu uns.«

Da Mrs. Campbell nichts einzuwenden hatte, vorausgesetzt, Mrs. Consett begleitete die Mädchen (an Jane hatte sich Charlotte mit ihrer Aufforderung natürlich nicht gewandt, aber Rachel sagte zum offenkundigen Verdruß ihrer Cousine: »Du kommst doch mit, Jane?«), gingen sie rasch nach oben, um Hauben und Umhänge zu holen, denn es wehte noch immer ein frischer Wind.

So ausgerüstet traten die jungen Damen zu den Herren (die sich indessen damit vergnügt hatten, Steine nach einem Schwarm von Möwen zu werfen, die am Strand um den Kadaver eines großen Fisches stritten), und die ganze Gesellschaft wandte sich nach Süden, der Altstadt zu. Die beiden Selseas gingen mit Rachel voran (wobei Charlotte sich ständig suchend nach den noch fehlenden Gentlemen umsah), Jane folgte mit Mr. Gillender und Mrs. Consett. Letztere war nicht gut zu Fuß, denn die eleganten Nankingstiefelchen, die ihr eine Nummer zu klein waren, plagten sie sehr, und sie blieb immer weiter zurück. Jane, die eine recht geringe Meinung von Mr. Gillenders Geschmack und seinen Geistesgaben hatte, verzichtete vorläufig darauf, ein Gespräch zu beginnen, sondern freute sich statt dessen an der frischen Seeluft und bewunderte die gewaltigen weißen Brecher, die majestätisch an den Strand schlugen. Überdies waren ihre Gedanken bei den Dixons; sie machte sich große Sorgen um Sam und hoffte von Herzen, daß der Grund für sein heutiges Ausbleiben nichts mit dem gestrigen Abenteuer zu tun hatte. Rachel hatte nach ihrer Heimkehr voller Empörung berichtet, daß Charlotte auf der Rückfahrt durch ihr unablässiges Jammern und Klagen Sam dazu veranlaßt hatte, ihr fast alle seine Decken zu überlassen sowie den Schirm, seinen einzigen Schutz vor dem Wolkenbruch, »obschon sie«, sagte Rachel erbost, »selbst gut eingepackt war, außerdem ist sie robust wie ein M-maultier. Hoffentlich hat der arme Junge sich nicht erkältet.«

»Ja, Miss Fairfax«, begann Mr. Gillender, nachdem sie etwa

zehn Minuten gegangen waren, »das ist heute ein prächtiger Tag, was? Auf Ehre, hätte nicht gedacht, daß es so schön werden würde, als Selsea und ich von dem Hahnenkampf zurückgetrabt kamen. War übrigens ein ausgemachter Schwindel, die ganze Sache, lohnte den ganzen Aufwand nicht, regelrecht angeführt hat man uns...«

Die Höflichkeit gebot, daß Jane dem enttäuschten jungen Mann ein paar mitfühlende Worte gönnte, auch wenn sie bei sich dachte, es wäre sehr viel besser gewesen, wenn die beiden Gentlemen bei den anderen geblieben und zu einer vernünftigen Zeit heimgekommen wären, statt Frank Churchill seines Reitpferdes zu berauben.

Ihre Antwort schien Mr. Gillender unerwartet große Freude zu bereiten. Er wandte ihr sein rotes Gesicht zu und grinste breit. »Auf Ehre, Miss Jane, wir zwei denken offenbar in allem gleich, was? Sagen Sie selbst, ist Ihnen das noch nicht aufgefallen? Neulich erst, wo Sie eine verteufelt gescheite Bemerkung über Frankreich machten, hab ich mir gesagt, alter Junge, hab ich mir gesagt, diese Lady hat dir das Wort aus dem Mund genommen. Auf Ehre, so war's! In meinem ganzen Leben bin ich noch keinem Frauenzimmer begegnet, das so genau gewußt hat, was ich gerade sagen wollte, und mir damit zuvorgekommen ist. Überaus erstaunlich, alles, was recht ist. Auf Ehre, ich hab den Eindruck, daß wir zwei füreinander gemacht sind, wirklich wahr!« Und ehe sie ihn daran hindern konnte, ließ der junge Herr vor der bestürzten Jane einen leidenschaftlichen, in die maßlosesten Worte gekleideten Heiratsantrag vom Stapel. Sie sei, auf Ehre, das prächtigste Geschöpf in ganz Dorset, ach was, auf der ganzen Welt; an Aussehen, Gescheitheit, damenhaftem Wesen und Liebenswürdigkeit gäbe es im ganzen Königreich nicht ihresgleichen, nein, bei Gott nicht, das habe er immer wieder zu Robert gesagt, und das würde er auch dem Oberst, diesem prächtigen alten Haus, sagen, gleich jetzt nach der Rückkehr von ihrer Promenade. Jawohl, beim Henker, noch ehe der Tag zu Ende sei, hoffe er Oberst Campbells Einwilligung zum Tauschen der Ringe zu erlangen, und dann, bei Gott, könne es von ihm aus die ganze Stadt erfahren, Soldaten, Seeleute, Fischer und was sonst noch darin herumliefe.

»Halten Sie an, Mr. Gillender, ich bitte Sie, schweigen Sie eine Minute still«, rief Jane, vergeblich bemüht, seiner Redeflut Einhalt zu gebieten. »Zu einem solchen Geschäft gehören immer zwei. Ich habe noch nicht ja gesagt und gedenke das auch nicht zu tun...«

»Papperlapapp, Miss Jane! Ich weiß wohl, daß bei manchen jungen Damen ein wenig Ziererei als schicklich gilt, wenn man um ihre Hand anhält. Charlotte Selsea nimmt mich nicht, die hat's auf einen Titel abgesehen (dabei dünkt mich, daß Gillender ein durchaus anständiger Name ist, überdies weiß alle Welt, daß Sir Adam den Namen Selsea erst annahm, als ihm das Baronat verliehen wurde, vorher war er ein schlichter Jones, und deshalb hält ihn Lady Selsea auch immer möglichst im Hintergrund, denn er ist nicht so recht zum Vorzeigen geeignet, aber sei's drum, Miss Jane, ich bin, wie Sie mich hier sehen, ein Mann, der kein Blatt vor den Mund nimmt, Süßholzraspeln ist nun mal nicht meine Stärke. Daß eine verständige Frau wie Sie sich nicht zu gut ist, einen so schnöde zappeln zu lassen, hätte ich nicht gedacht. Schluß damit, sage ich, kommen wir zur Sache. Was spricht dagegen, daß wir schnellstens ein Paar werden? Ich wüßte nicht, was –«

»Dann befinden Sie sich in einem großen Irrtum, mein Herr«, unterbrach ihn Jane energisch. »Ich gedenke zur Zeit nicht zu heiraten, und mir wäre es nie auch nur in den Sinn gekommen, an eine Eheschließung mit Ihnen zu denken. Ich wäre Ihnen sehr verbunden, wenn Sie das Thema unverzüglich fallenließen und nie mehr darauf zurückkämen.«

»Ich bitte Sie, Miss Jane, wie können Sie einen braven Kerl so vor den Kopf stoßen? Erbarmen Sie sich. Ein Frauenzimmer von Ihrem Aussehen, von Ihrem Verstand wird einen armen Burschen doch nicht so lange auf die Folter spannen! So viel Grausamkeit traue ich Ihnen einfach nicht zu.«

»Es tut mir leid, Mr. Gillender, aber ich habe weder den Wunsch noch die Absicht, Sie zu heiraten, und ersuche Sie dringend, sich diesen Gedanken ein für allemal aus dem Kopf zu schlagen. Auch Ihre Meinung, wir dächten in gewissen Punkten gleich, vermag ich nicht zu teilen. Soweit ich das beurteilen kann, sind unsere Neigungen völlig gegensätzlich.«

Nach dieser eindeutigen Erklärung, von der Jane zuversichtlich hoffte, sie würde Mr. Gillender ein für allemal zum Schweigen bringen, beschleunigte Jane den Schritt, um Rachel und die anderen einzuholen, doch Mr. Gillender blieb, offenbar keinesfalls entmutigt, an ihrer Seite und versprach fröhlich, sich den »alten Herrn« vorzuknöpfen, noch ehe der Tag zu Ende sei.

Jane war zu der Überzeugung gelangt, daß es verlorene Liebesmühe gewesen wäre, bei einem so offenkundig einfältigen Gemüt an den Verstand zu appellieren, und trat zu den anderen, die stehengeblieben waren, um die Fischer zu bewundern, die trotz der noch immer hohen Wellen die günstigen Winde nutzten, um mit ihren Booten auszulaufen.

»Barmherzigkeit, wie das schaukelt«, rief Robert. »Tüchtige Burschen, die sich da in ihren Nußschalen aufs offene Meer hinauswagen! Wäre es nicht ein Mordsspaß, so ein Boot zu mieten und einen Tag auf dem Wasser zu verbringen? Wir könnten nach Lyme fahren oder nach Poole. Wie wäre es, meine Damen, hätten Sie Mut zu so einem Jux?«

Charlotte fuhr ihm energisch über den Mund. Es sei viel zu stürmisch, und sie würden gewiß alle ertrinken und überdies ganz erbärmlich seekrank werden.

»Meiner Treu, ich meine doch nicht heute. Irgendwann einmal, morgen vielleicht oder am Donnerstag. Der Sturm legt sich gewiß bald wieder, und irgendeine Beschäftigung muß man sich in diesem trübseligen Nest ja verschaffen. Was meinst du, Tom?«

Mr. Gillender zeigte sich von dem Plan sehr angetan, und nachdem Charlotte eingefallen war, daß die Dixon-Brüder sich bestimmt gut auf dem Wasser auskannten, da sie ja aus dem für seine kleinen Buchten und Meeresarme berühmten Küstenstrich von Cork kamen, begann auch sie sich für das Vorhaben zu erwärmen. Man solle aber auf jeden Fall noch einige Tage warten, bis das Wetter sich wieder ganz beruhigt hatte.

Rachel und Jane wechselten einen betroffenen Blick. Beide hatten gehofft, die Selseas würden allenfalls noch ein, zwei Tage bleiben, Charlottes Bemerkung aber ließ auf einen eher ausgedehnten Aufenthalt schließen. Eingedenk der langen Seereise von Westindien zurück in die Heimat hatten beide keinerlei Neigung, sich ohne Not erneut dem nassen Element anzuvertrauen, doch die anderen erörterten den Plan ausführlich, und die Beratung endete damit, daß Robert versprach, einen alten Seemann aufzusuchen, eine prächtige alte Teerjacke, den er unten am Hafen kennengelernt habe. »Er wird mir gewiß ein passendes Boot vermitteln können, wenn wir es brauchen, das ist im Nu geschehen.«

Mittlerweile war auch Mrs. Consett eingetroffen, die Neuigkeiten mitbrachte. Sie hatte eine Bekannte aus Harveys Bibliothek getroffen und von ihr erfahren, daß der junge Mr. Dixon sehr unwohl war, er hatte sich bei dem gestrigen bösen Abenteuer eine schwere Erkältung zugezogen. »Seine arme Mutter ist ganz verzweifelt, hofft aber, daß es noch einmal glimpflich für ihn abgeht.«

»Wir müssen sofort zu ihnen und uns nach ihm erkundigen«, sagte Rachel sehr erregt. »Die arme Mrs. D-dixon! Wie muß sie es bereuen, daß sie sich auf diesen Ausflug eingelassen hat. Komm, Jane!«

Die Freundin folgte ihr bereitwillig, und Charlotte erklärte, sie wolle ihre Cousine begleiten. Die Herren hatten andere Pläne. Robert wollte sich einen famosen kleinen Einspänner ansehen und ihn möglicherweise kaufen. »Es ist so lästig, daß man hier ausschließlich auf Mietkutschen oder die schäbige alte Chaise meiner Mutter angewiesen ist. Es ist ein wirklich hübsches kleines Gig mit Kofferkasten, Degenfach, Schutzblech und Laternen. Der Mann verlangt nur sechzig Guineen. Schätze, daß ich ihn auf fünfzig herunterhandeln kann. Kommst du mit, Tom?«

Mr. Gillender ließ sich nicht lange bitten; das neue Vorhaben schien jeden Gedanken an den erstaunlichen Heiratsantrag aus seiner Erinnerung getilgt zu haben. Jane atmete auf. Wenn sie Glück hatte, war die ganze Geschichte für sie damit ausgestanden.

Die Damen gingen in Richtung Altstadt. Charlotte und Mrs. Consett trödelten herum, blieben an jeder Ecke stehen, um Bekannte zu begrüßen oder in den Auslagen die neuesten Toiletten zu bewundern, so daß Rachel, die ihnen mit Jane mehrere Meter voraus war, die günstige Gelegenheit nützte und entrüstet zu Jane sagte: »Weißt du, warum meine Cousine Matt zu einem so langen Spaziergang verlockt hat? W-weil sie ihn endlich zu seinem Antrag hochgekitzelt hatte, wie sie sich ausdrückt. Ist das nicht abscheulich?«

Auch Jane gab es einen Stich. Sie empfand Zorn und Kummer zugleich. Daß Matt, der so gütig, klug, aufrichtig und offen war, daß dieser lebensfrohe, poetische Mensch sich wie ein ganz gewöhnlicher Mann in den Netzen einer schäbigen kleinen Intrigantin verfangen hatte – das war in der Tat kläglich.

»Und – und hat er Charlotte einen Heiratsantrag gemacht?« fragte Jane, und ihre Stimme schwankte ein wenig.

»Nein, dem Himmel sei Dank! Charlotte war sehr verstimmt – zum Lachen eigentlich, wenn es nicht eine so ernste Sache wäre. Frank Churchill habe sie mit lautem Rufen gestört, sagt sie, als sie ihn gerade ›so weit hatte, daß er am Haken zappelte ...‹«

»Aber leider spricht wohl nichts dagegen, daß er bei nächster Gelegenheit wieder nach dem Köder schnappt«, meinte Jane bedrückt.

»Ihren sechzehnten Antrag läßt sich Charlotte bestimmt nicht entgehen. Sie wird alles versuchen, um eine passende Gelegenheit herbeizuführen. Was ist sie doch für ein eigenartiges Wesen, Jane! Ich fragte sie: ›Charlotte, welches V-vergnügen, welche Genugtuung kannst du nur daran finden, Herren zu Heiratsanträgen zu veranlassen, die du doch nicht anzunehmen gedenkst?‹ Und sie erwiderte: ›Ach, du armes, ahnungsloses Kind, worüber, wenn nicht über die Liebe, soll man denn mit den Herren der Schöpfung reden? Alles andere an ihnen ist doch so verteufelt langweilig.‹ Und dann fügte sie hinzu: ›Was aber Matt Dixon betrifft, hätte ich gute Lust, ihn zu nehmen. Irgendwann wird er Lord Kilfinane, und Lady Kilfinane klingt nicht übel.‹ Und das war ihr voller Ernst, Jane. Mein Gott, was soll ich nur machen, wenn sie Matt heiratet?«

Der Ton verzweiflungsvollen Kummers war nicht zu überhören, und Jane war es, als lege sich eine kalte Hand um ihr Herz. Sie blieb stehen und sah die Freundin an. Zwei Tränen, die in Rachels Augen gestanden hatten, rollten ihr jetzt über die blassen Wangen.

»Ach, Rachel, meine arme Kleine ...«

»Ich liebe ihn«, sagte Rachel still. »Ich glaube, ich habe ihn immer geliebt und werde ihn immer lieben.«

»Ja, dann«, sagte Jane mit einer Munterkeit, die sie nicht empfand, »müssen wir all unsere Hoffnung darauf richten, daß Matt viel zu verständig ist, um sich lange in Charlotte zu täuschen. Es dürfte sich bei ihm nur um eine vorübergehende Schwärmerei handeln.«

»Ja«, sagte Rachel bedrückt, »aber wenn er ihr einen Antrag macht und sie ihn annimmt, solange er noch so verblendet ist, dann hilft ihm nichts mehr, denn aus freien Stücken gibt sie ihn nie wieder frei, und Matt ist viel zu ehrenhaft, um sie darum zu bitten.«

Jane schwieg; sie konnte Rachel nicht widersprechen.

Lange standen sie unten am Wasser, ohne auf die Rufe der Austernverkäuferinnen und das Knarren der Ruderklampen zu achten, während die Fähre langsam auf sie zukam, und Jane, blicklos auf das lebhafte Treiben im Hafen starrend, versuchte sich mit der traurigen Tatsache abzufinden, daß zum erstenmal in ihrem Leben Rachel auf einer Seite und sie auf der anderen stand.

Denn auch sie liebte Matt Dixon, das hatten ihr die Ereignisse dieses Vormittags in aller Deutlichkeit gezeigt – erst die Abfuhr, die sie fassungslos und ohne sich auch nur einen Augenblick zu besinnen, dem lächerlichen Mr. Gillender erteilt hatte, dann der doppelte Schmerz, als sie von Matts verhindertem Heiratsantrag und Rachels Kummer darüber erfahren hatte.

Da steckst du in einer schönen Klemme, sagte sich Jane streng. Nun sieh nur zu, daß du mit Anstand wieder herauskommst. Daß Matt sich in Charlottes geschickt gelegten Schlingen verfängt, liegt leider durchaus im Bereich des Möglichen. Sollte er aber das Glück haben, ihr zu entkommen, sollte er wie durch ein Wunder seine Aufmerksamkeit dir zuwenden – könntest du es mit deinem Gewissen vereinbaren, Rachels Hoffnungen auf immer zunichte zu machen?

Daß ein anderer Verehrer Matt aus Rachels Herzen verdrängen könnte, war sehr unwahrscheinlich, das wußte Jane instinktiv. Rachel war eine treue Seele, wenn sie einmal liebte, liebte sie für immer. Heimliche Hoffnungen, die Jane im Hinblick auf Rachel und Frank Churchill gehegt hatte, waren nun ein für allemal dahin. Und widerstrebend mußte Jane einräumen, daß eine Verbindung zwischen Rachel und Matt durchaus wünschenswert wäre. Wenn nur …

Gerade noch rechtzeitig – die Fähre stieß schon an die Kaistufen – eilten Charlotte und Mrs. Consett herbei, und gemeinsam ließen sie sich zur Trinity Road übersetzen. Mrs. Dixon begrüßte Rachel und Jane sehr freundlich, Charlotte aber mit deutlicher Ablehnung. Dank ihres mütterlichen Instinkts oder aber durch eine unvorsichtige Bemerkung Sams wußte sie um Charlottes selbstsüchtiges Verhalten auf der Rückfahrt von dem gestrigen Abenteuer. Sie hatte keine guten Nachrichten für die Damen. Der Arzt war zweimal dagewesen, gestern abend und noch einmal heute früh, zum Glück war es ein sehr tüchtiger Mann, der seinerzeit sogar von Seiner Majestät konsultiert worden war und der sich selbst recht besorgt zeigte. Sam war matt, unruhig und fiebrig, sein Puls war schwach und schnell. Manchmal war er erschreckend unruhig, dabei aber verwirrt, dann wieder wie betäubt. Nein, er könne auf keinen Fall Besuch empfangen, beantwortete Mrs. Dixon frostig Charlottes Frage, sein Bruder sei bei ihm und lasse sich entschuldigen. Matt sei der einzige, der dank seiner brüderlichen Zuneigung und seiner starken Persönlichkeit den Patienten ruhig halten konnte, wenn er phantasierte und sich herumwarf.

»Es t-tut mir so schrecklich leid«, sagte Rachel ganz verzweifelt. »Hätten wir doch nie diesen unglückseligen Ausflug gemacht. Ich wünschte t-tausendmal, wir wären nie aufgebrochen.«

»Machen Sie sich keine allzu großen Vorwürfe, Kind, auch ich trage ja einen Teil der Schuld«, sagte ihre Gastgeberin betrübt. »Ich war mit von der Partie und hatte ebensoviel Spaß wie das junge Volk. Wir können nur hoffen, daß mein armer Sam es durchsteht.«

»Können wir Ihnen irgend etwas bringen, Ihnen irgendwie behilflich sein?« fragte Jane eifrig.

Nein, die Nachbarn seien alle so freundlich und hilfsbereit, im Augenblick brauche sie nichts, sollte sich aber später etwas ergeben, würde sie es die Campbells natürlich wissen lassen. »Und grüßen Sie bitte den lieben Oberst und Mrs. Campbell sehr herzlich...«

Die Gesellschaft verabschiedete sich dann rasch, denn Mrs. Dixons immer wieder unruhig zur Treppe schweifender Blick machte deutlich, daß sie wie auf Kohlen stand und so schnell wie möglich wieder zu ihrem Sohn wollte.

»Nein, so was«, sagte Charlotte deutlich verstimmt, als sie wieder am Hafen standen. »Brüderliche Zuneigung ist ja schön und gut, aber ich finde, Matt Dixon hätte uns zumindest kurz begrüßen können. Robert hätte es bestimmt getan, wenn ich im Bett gelegen hätte.«

Diese Bemerkung stieß nicht auf Widerspruch.

»Es ist recht ärgerlich«, fuhr Charlotte fort, »denn mit diesem übersteigerten Begriff von Familienpflichten wird Matt nun in der Nähe der Krankenstube bleiben wollen, wo er als Mann wenig helfen kann, gerade jetzt, da wir ihn für unseren Bootsausflug brauchen und... und für hunderterlei andere Dinge. Es ist sehr verdrießlich, ich habe keinerlei Verständnis für solche Eigensucht.«

Sie hörte nicht auf, sich zu ereifern, während sie auf die andere Seite des Hafens übersetzten, obschon ihr Mrs. Consett milde bedeutete, eine so beispielhafte Bruderliebe stünde wahren Christenmenschen wohl an. Niemand könne von Mr. Matt Dixon erwarten, daß er sich vergnüge, solange sein Bruder ernstlich erkrankt sei. Überdies wollte sie wissen, worum es bei diesem Bootsausflug ging und ob Lady Selsea davon wisse und ihn billige.

»Papperlapapp«, sagte Charlotte, während die Fähre am nördlichen Landesteg anlegte, »warum sollte Mama etwas dagegen haben? Es geht nur darum, ein paar Stunden in einem Fischerboot herumzufahren, eine völlig ungefährliche Angelegenheit. Da sind Robert und Mr. Gillender, die können es Ihnen bestätigen.«

Tatsächlich waren die beiden jungen Herren wieder im Hafen eingetroffen, ob sie aber auf die Damen warteten oder sich nur unter den anderen Müßiggängern am Kai herumdrückten, war schwer zu entscheiden.

Der famose kleine Einspänner hatte sich als herbe Enttäuschung erwiesen. »Nichts daran, ein ganz armseliges Gefährt, kein einziger heiler Blechstreifen und keine Holzspeiche mehr, löcherig wie ein Fischkorb, allenfalls noch für einen alten Landpfarrer geeignet, und zu allem Überfluß war der alte Knicker nicht bereit, den Preis von sechzig Guineen auch nur um einen Penny herunterzusetzen. Keinen Penny hat er nachgelassen, auf Ehre! Dabei habe ich ihm gesagt, jeder Narr könne sehen, daß die Chaise auseinanderfällt, wenn man auch nur fünf Meilen die Stunde damit fährt.«

Da die jungen Herren eigentlich mit ihrer Neuerwerbung zum Schloß Corfe hatten fahren wollen, wußten sie jetzt nicht recht, was sie mit sich anfangen sollten, und schlossen sich gern den Damen an. Man beschloß, zu Fuß zum Wunschbrunnen von Upwey zu gehen. Frank Churchill, der seine Tante zu den heißen Bädern und wieder zurück in ihr Logis geleitet hatte und in diesem Moment zu der Gruppe stieß, äußerte sich sehr begeistert über dieses Vorhaben. Er habe schon so viel von dem Wunschbrunnen gehört und habe so viele dringende Wünsche, daß er es gar nicht erwarten könne, die Wirksamkeit des wundertätigen Wassers auf die Probe zu stellen. Die arme Mrs. Consett war von der Aussicht, zwei Meilen zu Fuß zurücklegen zu müssen, weit weniger erfreut, aber zu ihrem Glück kam jetzt Lady Selsea in einem Eselswagen vorbei, die sich bereit erklärte, sich den jungen Leuten anzuschließen und Mrs. Consett bei sich mitfahren zu lassen.

Mr. Gillender ergriff wieder die Gelegenheit, neben Jane zu gehen, die ihm, um einer Wiederholung seines unwillkommenen Antrags zuvorzukommen, sogleich von Sam Dixons Erkrankung berichtete.

Er schien von ihrem Bericht ziemlich unberührt und schüttelte nur bedenklich den Kopf. Sam Dixon sei eine traurige Gestalt, und diese Krankheit würde ihm gewiß den Garaus machen.

»Das will ich doch nicht hoffen«, sagte Jane, entrüstet über diese herzlose Einstellung.

»Und von seinem älteren Bruder halte ich noch weniger. In Cambridge wurde viel Wesens von ihm gemacht, aber ich kann nichts an ihm finden. Bei Hahnenkämpfen oder männlichen Sportarten glänzte er stets durch Abwesenheit. Nur beim Pferderennen hat er eine Menge Geld verloren, da haben sie ihn tüchtig ausgenommen, wie ich höre...«

»Was?« stieß Jane ganz entsetzt hervor. »Ja, auf Ehre. Ich glaube, er schuldet Bob Selsea noch immer ein paar hundert Pfund. So benimmt sich kein Gentleman. Schulden muß man zurückzahlen, und wenn man dafür Geld anderswo aufnimmt...«

Um diesen unwillkommenen Mitteilungen zu entgehen, entfernte sich Jane rasch von Mr. Gillenders Seite. Rachel ging ganz zufrieden neben Charlotte und Frank her. Um Mr. Gillender abzuschrecken, hielt Jane sich neben dem Eselswagen, dessen Insassen ihr weniger Aufmerksamkeit schenkten als einer der zahlreichen vorüberfliegenden Möwen.

Doch Jane war ohnehin mit ihren eigenen Gedanken beschäftigt. Die Sorge um Sam Dixon und um Rachel... und jetzt auch um Matt... machten ihr zu schaffen.

Jane wußte aus Gesprächen mit Mrs. Dixon von deren begründeter Sorge um die Gesundheit ihres jüngeren Sohnes. Bei seiner schwachen Konstitution war die derzeitige Erkrankung sehr ernst zu nehmen. Und Rachel... Eine Weile hatte Jane es für möglich gehalten, daß die geschwisterlich-freundschaftliche Beziehung zwischen Sam und Rachel sich vertiefen, zu einer dauerhaften Bindung werden könnte. Doch Rachels Ausbruch von vorhin hatte Jane eines Besseren belehrt.

Mit tiefer Wehmut bedachte Jane letztlich ihre eigenen zerbrochenen Hoffnungen. Als Kind und junges Mädchen hatte sie sich dem unmöglich-romantischen Traum hingegeben, Mr. Knightley könne sie eines Tages zum Altar führen. Mit dem nüchternen Alltagsverstand hatte sie natürlich gewußt, daß dies ein Traum bleiben mußte, und doch hatte ihr romantisches zweites Ich es nicht lassen können, sich Mr. Knightley in immer wieder neuen Rollen als Retter aus der Not vorzustellen: Er fand sie mit verstauchtem Knöchel auf der Heide von Donwell, er wehrte aufdringliche Zigeuner von ihr ab, riß sie gerade noch rechtzeitig vor den Hufen eines scheuenden Pferdes zurück – und gestand ihr dann in ebenso knappen und wohlgesetzten wie innigen Worten seine heimliche Liebe...

Sooft sie sich wegen dieses Unfugs ausgelacht hatte – es war ihr schwergefallen, von ihren Geschichten zu lassen. Älter und klüger geworden, war es ihr fast gelungen, mit ihrem Lachen diese Hirngespinste auszutreiben, jetzt aber mußte sie sich zu ihrem Kummer eingestehen, daß es ihr wohl nur deshalb gelungen war, weil sie in jüngster Zeit die leise, aber nicht ganz unbegründete Hoffnung gehegt hatte, daß Matt Dixon sich für sie interessierte, daß ihn ihr Aussehen, ihre Art, ihre Denkweise, ihre Kenntnisse nicht ganz unberührt gelassen hatten. Wie oft hatte er abends mit seiner warmen irischen Stimme offene, herzliche Gespräche mit ihr geführt. Ihre Gedanken schienen sich mühe- und schwerelos, in schöner freundschaftlicher Übereinstimmung in die gleiche Richtung zu bewegen. Sie hatten zusammen gesungen und Klavier gespielt, auch auf diesem Gebiet paßten sie gut zusammen. Matt war wirklich ein außergewöhnlicher Mensch. Sie meinte den armen Mr. Gillender mit seinem lächerlichen Heiratsantrag zu hören: »..das prächtigste Geschöpf in ganz Dorset, ach was, auf der ganzen Welt...« Von Matt Dixon andererseits konnte sie das guten Gewissens behaupten.

Die Nachricht von seinen Schulden hatte sie mit großer Bestürzung aufgenommen, aber dazu war es gewiß im jugendlich-heißblütigen Überschwang während des ersten Studienjahres in Cambridge gekommen, inzwischen machte er doch einen recht gefestigten Eindruck. Welche Frau konnte sich, wenn sie einen Matt Dixon gekannt hatte, je für einen anderen Mann interessieren, und sei er noch so sympathisch? Andere Männer hatten so oberflächliche Interessen, waren so seicht und müßig in ihrem Denken. Und damit war Jane wieder bei Mr. Gillender angelangt. Weshalb um Himmels willen war er nur darauf verfallen, ihr einen Antrag zu machen? So früh am Tage konnte es kaum am Alkohol liegen. Was also hatte ihn zu diesem Schritt veranlaßt? Lady Selsea und ihre Kinder machten kein Hehl daraus, daß sie von Rachels Freundin eine sehr geringe Meinung hatten, sie behandelten Jane wie eine Art gehobener Dienstmagd, und bislang war Mr. Gillender ihrem Beispiel gefolgt. Was mochte ihn bewogen haben, seine Meinung zu ändern?

In diesem Moment kreuzte sich Janes Blick mit dem von Lady Selsea, die leicht die Stirn runzelte und abwehrend die Hand hob.

»Nicht so nah, Miss Fairfax, wenn ich bitten darf, Sie machen mir noch die Esel scheu. Ich wäre Ihnen verbunden, wenn Sie meiner Tochter sagen würden, sie solle ihren Sonnenschirm aufspannen, sonst bekommt sie Sommersprossen, und auch Rachel würde ich das dringend raten. Obschon ihr derlei Dinge offenbar herzlich gleichgültig sind.« Die letzten Worte waren an Mrs. Consett gerichtet, die kummervoll den Kopf schüttelte.

Jane hatte den Wink verstanden. Sie entfernte sich und übermittelte Charlotte den Auftrag, die ungehalten den Kopf zurückwarf – was wohl weniger der Botschaft denn der Botin galt – und ungnädig den Sonnenschirm aufspannte.

Der vordersten Gruppe hatten sich zwei weitere junge Herren, Freunde von Robert Selsea, angeschlossen, und nun kam es zu einem allgemeinen Partnerwechsel. An Janes Seite ging jetzt

Frank Churchill, was ihr sehr angenehm war, denn wenn sie auch keine ausgesprochene Freundschaft verband, war er doch immer heiter und zuvorkommend, so daß man, wenn man nicht gerade in ganz jammervoller Stimmung war, einen angenehmen Gesellschafter an ihm hatte. Gerade jetzt war er ihr hochwillkommen.

Jane erkundigte sich höflich, ob er von seinem Vater, Mr. Weston, gehört hatte und ob es Neues aus Highbury gab. Er strahlte sie an.

»Gerade heute vormittag habe ich etwas außerordentlich Interessantes erfahren, Miss Fairfax, und weil es dabei auch um Highbury geht, werden Sie es von Ihren dortigen Bekannten bald ebenfalls hören, aber es ist mir doch eine große Genugtuung, daß ich ihnen diesmal zuvorgekommen bin...«

Jane sah ihn erwartungsvoll an. »Alles, was mit meinem lieben Highbury zusammenhängt, interessiert mich natürlich auf das lebhafteste. Verraten Sie mir schnell, was sich dort zugetragen hat...«

»Mein Vater wird heiraten. Wie Sie vielleicht wissen, Miss Fairfax, hat er vor ein oder zwei Jahren das etwas außerhalb von Highbury gelegene Gut Randalls gekauft, sich dort ein Haus gebaut und etliche Verbesserungen an dem Besitz vorgenommen. Nachdem nun alles so gut wie fertig ist, hat er sich unverzüglich auf die Suche nach einer Hausherrin gemacht. Was glauben Sie, auf wen seine Wahl gefallen ist?«

Jane ließ rasch die verschiedenen heiratsfähigen Damen von Highbury vor ihrem geistigen Auge Revue passieren: die Schwestern Cox, Miss Caroline Otway, Miss Bickerton. Dann kam ihr noch eine ganz ausgefallene Idee – aber das war ja unmöglich...

»Ihr Rätsel ist zu schwer für mich, Mr. Churchill. Ich habe keine Ahnung und flehe Sie an: Spannen Sie mich nicht länger auf die Folter!«

»Eine Miss Taylor«, sagte er triumphierend. »Ist Ihnen eine Miss Taylor bekannt?«

»*Miss Taylor?* Grundgütiger!« Jane mochte ihren Ohren kaum trauen. »Meinen Sie die langjährige Gouvernante und Gesellschafterin von Miss Emma Woodhouse?«

»Eben diese. Natürlich hatte ich noch nicht das Vergnügen, sie persönlich kennenzulernen, da ich, wie ich zu meiner Schande gestehen muß, noch nie in Highbury war. Aber mein Vater schildert Miss Taylor als den Gipfel der Vollkommenheit – gütig, sanftmütig, äußerst gebildet, mit einem höchst erfreulichen Sinn für Humor, der Geduld einer Griseldis und vor allem einer aufrichtigen Zuneigung für meinen Vater, der, wie ich zugeben muß, ein solches Musterexemplar von Gattin auch vollauf verdient, denn er ist der gütigste, rechtschaffenste Mensch, den man sich nur vorstellen kann. Ist das nicht eine schöne Nachricht?«

»Ja, wirklich«, erwiderte Jane herzlich. »Und ich freue mich sehr für Mr. Weston und wünsche ihm alles erdenklich Gute. Ich wüßte nicht, wem ich dieses Glück mehr gönnen würde als Ihrem Vater. Und ich kann all das Vorteilhafte, was er über Miss Taylor sagt, nur bestätigen, denn ich kenne sie seit meinem sechsten Lebensjahr. In der Familie Woodhouse allerdings wird die Nachricht schwerlich so viel Freude ausgelöst haben. Der alte Mr. Woodhouse und seine Tochter Emma werden die Freundin gewiß schmerzlich vermissen.«

»Es liegt nun mal in der Natur der Dinge«, sagte Frank mit heiterem Gleichmut, »daß Gouvernanten häufiger von einer Familie zur anderen wechseln, nicht wahr?«

Jane bejahte dies, aber das Herz wurde ihr schwer dabei.

»Doch die Dame geht ja nicht allzuweit weg«, fuhr er fort, »sie bleibt als Nachbarin und gute Freundin erhalten. Und welche Freude, sie nicht in eine neue Dienstbarkeit, sondern in einen eigenen, sehr stattlichen Hausstand, an einen zärtlichen Gatten zu verlieren. Es müßten schon recht hartherzige Menschen sein, die ihr eine solche Zukunft mißgönnten. Da ich die Familie Woodhouse nicht kenne, kann ich mir in diesem Punkt natürlich kein Urteil erlauben.«

Mr. Woodhouse, versicherte Jane, sei ein sehr gütiger alter Herr, und Miss Woodhouse werde sich in jedem Fall so verhalten, wie es der Anstand gebiete.

»Wie alt ist sie?«

»So alt wie ich, bald einundzwanzig.«

»Nun, dann braucht sie ohnehin keine Gouvernante mehr«, erklärte Mr. Churchill. »Und mich hat diese Nachricht bestimmt, einen schon lange gefaßten Plan endlich auszuführen, Miss Fairfax. Bislang war mein Onkel nie so recht gewillt, mir einen Besuch in Highbury zu gestatten, irgend etwas kam immer dazwischen. Ich weiß eigentlich selbst nicht, wie es kommt, daß ich noch nie dort war, aber meinen Sie nicht auch, daß es an der Zeit ist, diesen Zustand zu ändern? Ich muß mich endlich einmal dort sehen lassen, und eine Visite bei den Neuvermählten wäre ein guter Grund, dagegen können Onkel und Tante schwerlich etwas haben.«

Jane versicherte, daß auch sie sich nicht vorstellen könnte, weshalb die Churchills ein so naheliegendes Vorhaben verbieten sollten. »Wollen Sie nicht zur Hochzeit fahren?«

Frank schüttelte bedenklich den Kopf.

»Meine Tante, Miss Fairfax, hat sehr viel Stolz. Den Stolz der Churchills. Ich mag ihn nicht verteidigen, denn mir ist er ein Rätsel. Von meinem Vater habe ich eine republikanische Neigung geerbt und eher einen Mangel an Stolz, was meine Freunde schon häufig zur Verzweiflung gebracht hat. Ich unterhalte mich mit einem Hütejungen ebensogern wie mit einem Herzog. Als meine Mutter – die bei meiner Geburt starb – den damaligen Hauptmann Weston heiratete, war das in den Augen der Churchills eine schlimme Mesalliance; die Tochter wurde verstoßen. Und diese Kluft hat sich nie ganz geschlossen. Wenn die Churchills erfahren, daß mein Vater sich mit einer *Miss Taylor*, einer Gouvernante, verbunden hat, könnte sie das in ihrer Einschätzung nur noch bestärken.«

Der in einer so engherzigen, unerfreulichen Umgebung aufgewachsene junge Mann konnte Jane nur leid tun.

»Hinzu kommt«, fuhr er fort, »daß Miss Taylor, wie ich höre, eine entfernte Verwandte von Lady Selseas Gatten Sir Adam ist, der vor seiner Erhebung in den Adelsstand, wie Sie vielleicht wissen, Jones hieß. Und ich fürchte, diese Tatsache ist nicht dazu angetan, ihr die Zuneigung meiner Tante zu gewinnen.«

Dazu wußte Jane nichts mehr zu sagen, und sie gingen eine Weile in freundschaftlichem Schweigen nebeneinander her. Der Weg führte jetzt über eine sandige Kuppe, und schon sah man in einer Senke, von Bäumen umgeben, das Dörfchen Upwey liegen.

Rasch, als wolle er sich vergewissern, daß keine Lauscher in der Nähe waren – tatsächlich lagen mehrere hundert Meter zwischen ihnen und den anderen jungen Leuten –, blickte Mr. Churchill sich um, dann sagte er: »Miss Fairfax, mir macht eine Sache zu schaffen, die Ihre Freundin Miss Campbell betrifft. Dürfte ich mich darüber mit Ihnen beraten? Sie denken so klar und logisch, daß Sie sicherlich entscheiden können, ob es ratsam wäre, hier etwas zu unternehmen.«

»Ja, gewiß, Mr. Churchill, bitte sprechen Sie«, sagte Jane ein wenig überrascht. »Alles, was Miss Campbell angeht, berührt natürlich auch mich. Aber ich kann mir beim besten Willen nicht vorstellen, worum es sich handelt...«

»Um Klatsch und Tratsch«, erwiderte er. »Um ein Gerücht, das unter Laffen wie Gillender und Wisbech und Frome in den Gesellschaftsräumen und Kaffeehäusern zirkuliert. Sie staunen? Nein, keine Angst, Ihre Freundin hat sich nichts zuschulden kommen lassen, sondern es geht um ein Gerücht, von dem niemand weiß, wo es seinen Ursprung hat. Man erzählt sich, Mrs. Fitzroy besitze eine sagenhafte Juwelensammlung, die sie der ersten ihrer Enkelinnen zugedacht hat, die in den Stand der Ehe tritt.«

»Grundgütiger!« stieß Jane hervor. »Was für ein Unsinn! Mit mir hat Mrs. Fitzroy natürlich niemals über ihre Besitzverhältnisse gesprochen, aber es ist in der Familie bekannt, daß sie nur über beschränkte Mittel verfügt, weshalb sie ja auch genötigt war, sich bei Oberst Campbell einzuquartieren. Ich glaube kaum, daß ihr Schmuck mehr als ein paar hundert Pfund wert ist. Die Stücke, die sie trägt, sind zwar elegant, aber nicht besonders wertvoll. Wer kann nur solche Geschichten in Umlauf gesetzt haben?«

»Der Ursprung des Gerüchts mag im dunkeln liegen, aber daß es geglaubt wird, steht außer Zweifel. In ganz Weymouth, in allen Clubs und Spielhäusern spricht man darüber. Ich kann Ihnen leider nicht verhehlen, daß die Herren in den Clubs sogar Wetten auf die Chancen der beiden jungen Damen – Miss Campbell und ihrer Cousine – abschließen. Zunächst vermutete man, Miss Campbell würde sich mit Mr. Dixon verbinden, aber jetzt hat Miss Selsea –«

»Guter Gott«, sagte Jane ganz bestürzt. »Das ist ja eine schöne Geschichte...«

Da die andere Gruppe sie jetzt überholte, konnte sie nur noch rasch und leise fragen: »Halten Sie es für möglich, daß Miss Selsea von dieser Sache weiß? Durch ihren Bruder vielleicht...«

Frank Churchills vielsagendes Nicken genügte Jane als Antwort vollauf.

9

Der Wunschbrunnen von Upwey bestand aus einer klaren, üppig sprudelnden Quelle, die sich aus einer farnbewachsenen Felsspalte in ein drei oder vier Fuß tiefer gelegenes Becken ergoß, dessen sandiger Boden dicht mit Opfergaben bedeckt war – von Knöpfen über Schleifen und gebogene Nadeln bis zu Messingringen und Münzen, sogar eine halbe Guinee war darunter. Der Dorfpfarrer wetterte zwar immer wieder von der Kanzel gegen dieses gottlose, heidnische Treiben, was aber die Bevölkerung nicht daran hinderte, fest daran zu glauben, daß die Quelle gegen alle bekannten Übel half und Wünsche jeder Art zu erfüllen vermochte. Da sie so günstig gelegen war – von Weymouth aus bequem auf einem Nachmittagsspaziergang zu erreichen –, verging im Sommer kaum ein Tag, ohne daß etliche Besuchergruppen zu diesem malerischen Platz pilgerten, um die wundertätigen Kräfte des Wassers zu erproben.

Heute war eine Schar Matrosen mit ihren Mädchen an die Quelle gekommen, um sich von ihren magischen Kräften zu überzeugen, man hörte Geschrei, Gelächter, Planschen und grobe Scherze. Als sie von dem Spaß genug hatten und zur nahe gelegenen Dorfschenke gezogen waren, näherten sich gesetzter die Ladies und Gentlemen der besseren Gesellschaft.

»Es heißt, Miss Selsea«, sagte Lord Osbert Wincham, einer von Roberts Freunden, der sich der Gruppe angeschlossen hatte, »daß man das Wasser aus der hohlen Hand direkt von der Quelle trinken muß. Soll ich Sie hintragen? Ihre Stiefelchen scheinen mir viel zu fein für die nassen, schlüpfrigen Steine.«

Auf drei flachen Trittsteinen ließ sich das Brunnenbecken bequem durchqueren, sie ragten aber – wohl durch die jüngsten Regenfälle – nur knapp über die Wasserfläche hinaus.

Charlotte stieß einen leisen, scherzhaft gemeinten Schrei aus. »Ach, Lord Osbert, Sie würden mich gewiß fallen lassen. Was machen wir denn da? Wie kommen wir an die Quelle?«

Frank Churchill balancierte sogleich bereitwillig über die Steine, ließ Wasser in seine hohle Hand laufen und streckte sie Charlotte hin.

»Hier, Miss Selsea: Sie können Ihren kleinen Finger hineintauchen – oder auch Ihre Lippen, wenn Ihnen das lieber ist.«

Charlotte dankte ihm zwar lächelnd und bedachte ihn mit einem freundlichen Blick, hielt sich aber so umständlich damit auf, ihren Sonnenschirm zu schließen und ein Tuch aus ihrem Retikül zu holen, daß das Wasser weggelaufen war, ehe sie hatte trinken können.

»O Himmel, was jetzt?«

Rachel sah zu Jane hin, ohne eine Miene zu verziehen, indes Lord Osbert Miss Selsea hochhob, über die Steine trug und festhielt, so daß sie ein wenig Wasser in der hohlen Hand auffangen konnte.

»Jetzt müssen Sie sich etwas wünschen, Miss Selsea!«

»O du lieber Himmel – aber was?« Mit einem entzückend demutsvollen Augenaufschlag sah sie zu dem Gentleman auf, der sie mittlerweile wohlbehalten wieder aufs Trockene gebracht hatte.

»Das muß ein Geheimnis bleiben, sonst geht der Wunsch nicht in Erfüllung«, erklärte Lord Osbert, ein hochgewachsener junger Mann, dem entschieden etwas Aristokratisches anhaftete, das heißt, daß er mit erst dreißig Jahren bereits den größten Teil seines Haupthaars verloren hatte, ein leicht fliehendes Kinn und – vielleicht als Ausgleich – eine gewaltige Nase besaß. Zudem verbreitete er eine Überheblichkeit, die, wie Jane bei sich dachte, durch seine geistigen Gaben schwerlich gerechtfertigt war.

Charlotte schloß lächelnd die Augen.

Indessen hatte Lord Osberts Freund Mr. Carlisle sich bei

Rachel nützlich gemacht, indem er sie, bis zu den Knien durchs Wasser watend, festhielt, während sie über die schlüpfrigen Steine balancierte. Sie trank einen Schluck Wasser, lachte, verschluckte sich und kehrte mit seiner Hilfe wohlbehalten auf festen Boden zurück.

»Jetzt Sie, Miss Fairfax«, rief Mr. Gillender, der sich wieder einmal an Janes Seite gedrängt hatte. »Erlauben Sie, daß ich Sie trage, lassen Sie sich helfen...«

»Danke, aber das ist ganz unnötig.« Jane lief rasch über die Steine und war, ehe er es sich versah, wieder zurück. Sie trank den Schluck Wasser, der sich in ihrer Handfläche befand, machte die Augen fest zu und dachte: ›Rachel... Mein Wunsch gilt Rachel. Möge ich ihrem Glück nie im Wege stehen.‹

Indessen waren auch die beiden Damen auf dem Eselsfuhrwerk am Brunnen eingetroffen. »Was sehe ich da, Miss Fairfax?« sagte Mrs. Consett tadelnd. »Sie haben Ihren Rock ins Wasser hängen lassen, jetzt ist er ganz naß.«

Mr. Gillender gab seiner Sorge in bewegten Worten Ausdruck: Sollte er zur Schenke laufen, einen Umhang holen, eine Decke, was könne er tun, wie könne er helfen?

Es sei nicht von Belang, erklärte Jane gelassen, das Wetter sei warm und windig, und auf dem Heimweg würde der Rock bald genug trocknen. Da sie merkte, daß die beiden Damen den Wortwechsel sehr mißbilligend verfolgten, ließ sie Mr. Gillender stehen und ging zu Rachel, die sich ein wenig abseits hielt.

»Hast du dir etwas Schönes gewünscht?«

Rachels Lächeln sagte ihr genug. »Das Allerbeste. Für einen Freund.«

»Ich auch.«

»Ich glaube, mein Wunsch wirkt schon«, sagte Rachel und sah zu Charlotte hinüber, die Lord Osbert huldvoll gestattete, ihr die Hände mit seinem Halstuch abzutrocknen. »Matts Stern scheint im Sinken zu sein.«

»Wobei die dreißigtausend im Jahr keine kleine Rolle spielen dürften.«

»Du bist boshaft, Jane.«

»Nein, nur realistisch.«

So sehr Miss Selsea auch Matt Dixons wahren Wert und seinen persönlichen Charme zu schätzen weiß, überlegte Jane, muß ihr doch bewußt sein, daß sie sich kaum Hoffnungen machen kann, ihn einzufangen, solange sein Bruder schwer krank ist. Ob sie nun an das alberne Gerücht um die Juwelen glaubte oder ob es ihr nur darum ging, im Wettlauf um die Ehe Siegerin zu bleiben – schnelles Handeln war in jedem Fall wichtiger als die Genugtuung, ihrer Cousine den Verehrer auszuspannen, und Lord Osbert mochte auch der hoffnungsvollere Kandidat sein.

Auf dem Heimweg ging Frank Churchill wieder an Janes Seite, was ihr sehr willkommen war, denn erstens hielt er ihr Mr. Gillender vom Leibe, zweitens hatte sie inzwischen Zeit gehabt, über die Klatschgeschichte nachzudenken, von der er ihr erzählt hatte.

»Ich habe mir das, was Sie mir sagten, gründlich durch den Kopf gehen lassen, Mr. Churchill.«

»Die Sache mit dem Schmuck?« fragte er leise.

»Ganz recht. Zwar bin ich so gut wie sicher, daß kein wahres Wort an der Geschichte ist, daß sie nur von üblen Unruhestiftern in die Welt gesetzt wurde, dennoch bin ich der Meinung, die ... die andere Beteiligte, meine Freundin, sollte nichts davon erfahren.« Er nickte verständnisinnig. »Ein solches Gerücht würde ihr viel Kummer machen und sie in die größte Verlegenheit bringen. Ihr Selbstbewußtsein ist ohnedies gering. Wüßte sie, daß ihretwegen Wetten abgeschlossen werden, wäre es vollends dahin. Ich sehe keinen Nutzen darin. Selbst wenn die Geschichte wahr wäre, kann ich dazu nur sagen, daß Rachel keinerlei Interesse an einem solchen Erbe hätte. Ich habe sie oft genug sagen hören, wie wenig Verständnis sie für ... für das Interesse der alten Dame an Toiletten und Putz hat. Ich meine, wir sollten ihre Seelenruhe nicht gefährden.«

»Es freut mich, daß Sie so denken«, sagte Mr. Churchill, »und ich bin ganz Ihrer Meinung. Sie sind Miss Campbell eine gute Freundin.«

»Ich hoffe es... Ich versuche es«, sagte Jane und gedachte ihres Wunsches an der Quelle. »Ich werde aber Oberst Campbell davon erzählen, er sollte die Geschichte auf jeden Fall erfahren. Und vielleicht sieht er eine Möglichkeit, dagegen anzugehen.«

»Fürchten Sie nicht, daß er darauf bestehen könnte, Miss Campbell zu informieren? Oder daß er mit ihr zankt? In den Angelegenheiten seiner Tochter scheint es mit seinem Scharfblick nicht weit her zu sein.«

»Ja, das stimmt«, erwiderte Jane, der Frank Churchill durch dieses treffende Urteil über die Beziehung zwischen Vater und Tochter noch sympathischer geworden war. »Aber hin und wieder hört er auf mich; ich hoffe sehr, daß ich ihn zur Einsicht bringen kann.«

Oberst Campbell kam Jane, die ihn um ein Gespräch hatte bitten wollen, zuvor, indem er nach ihr schickte. Sie fand ihn in dem kleinen Raum, den er als Arbeitszimmer belegt hatte.

»Ich muß dir eine Mitteilung machen, die dich möglicherweise nicht mehr allzusehr überraschen wird«, sagte er, zwischen Ärger und Belustigung schwankend. »Und ich kann nur hoffen, daß sie dir weder Verlegenheit noch Verdruß bereitet.«

»Geht es um Mr. Gillender?«

Er nickte.

»Ich hatte versucht, ihn so weit abzuschrecken, daß er sich nicht mehr an Sie wendet. Er ist ein recht unverständiger junger Mann, und es tut mir leid, daß er Sie behelligt hat.«

»Er wird dich nicht mehr belästigen, aber die Sache tut mir sehr leid, Jane«, sagte der Oberst, der deutlich verstimmt und niedergeschlagen war. »Inzwischen habe ich erfahren, weshalb du seine törichten Aufmerksamkeiten erdulden mußtest. Offenbar geht in der Stadt ein Gerücht um, ich hätte die Absicht, dich im Hinblick auf eine Mitgift ebenso zu behandeln wie meine Tochter Rachel, so daß auch du bei deiner Eheschließung zwölftausend Pfund von mir zu erwarten hättest. Es tut mir von Herzen leid, mein liebes Kind, aber das kann nicht sein. Hätte ich das Geld, würde ich es mit Freuden hergeben, doch du weißt selbst, daß ich nicht so viel besitze. Und als Mr. Gillender von diesem Sachverhalt erfuhr, war es fast zum Lachen, wie sich sein Gesicht veränderte. Er hat wohl inzwischen begriffen, wie albern er sich aufgeführt hat, und es sollte mich nicht wundern, wenn er Weymouth bereits verlassen hätte, um dir oder Freunden, bei denen er möglicherweise mit seiner Eroberung geprahlt hat, nicht mehr begegnen zu müssen.«

»So ist das also«, sagte Jane. Die Mitteilung hatte sie, auch wenn sie selbst schon etwas in der Art hinter Mr. Gillenders Aufmerksamkeiten vermutet hatte, doch erheblich verletzt und gedemütigt.

»Kopf hoch, Kind«, sagte der Oberst freundlich. »Gewiß stellen sich weitere Bewerber ein, die deiner eher würdig sind, und wenn darunter einer ist, der dich so zu schätzen weiß, wie du es verdienst, wirst du hoffentlich so verständig sein, ihn zu erhören.«

»Ja, natürlich. Das heißt – wenn ich ihn liebe.« Der Oberst runzelte die Stirn. Jane fuhr fort: »Und wenn Rachel ebenfalls eine glückliche Verbindung eingegangen ist. Ich möchte Ihnen nicht einen Tag länger als nötig zur Last fallen. Wie Sie wissen, habe ich schon vorgeschlagen, mich nach einer Stellung umzusehen –«

»Nein, nein, das hat Zeit, bis Rachel … bis Rachel versorgt ist«, sagte er rasch.

»Aber in diesem Zusammenhang gibt es noch etwas, was Sie

wissen müssen«, sagte Jane und erzählte ihm von dem Gerücht um Mrs. Fitzroys Erbe.

Die Mitteilung weckte, wie sie schon gefürchtet hatte, in Oberst Campbell ein unverhältnismäßig großes Maß an Zorn und Erbitterung. »Typisch für meine Schwiegermutter, daß es ausgerechnet um sie solche Gerüchte gibt. Natürlich ist kein wahres Wort daran«, zürnte er. »Ob die andere Geschichte auch von ihr ausging?«

»Zum Glück weiß Rachel selbst nichts davon, und ich denke, sie sollte es auch nicht erfahren, es würde alle Selbstsicherheit, die sie hier gewonnen hat, wieder zunichte machen«, erklärte Jane mit Nachdruck, denn sie merkte, daß er am liebsten all seine Frauen zusammengerufen hätte, um ihnen die Leviten zu lesen.

»Hm... mag sein, daß du recht hast«, sagte er bedrückt. »Vielleicht sollten wir abreisen.«

»Ach nein, bitte nicht... Es tut Rachel doch so gut. Und... und wir können doch jetzt, wo der arme Sam so krank ist, die Dixons nicht allein lassen.«

»Diese vermaledeite Charlotte!« grollte Oberst Campbell. »All diese Widrigkeiten haben wir offenbar ihr zu verdanken. Von Hauptmann Curtis hörte ich überdies noch eine recht ehrenrührige Geschichte: Charlotte und ihr Bruder hätten sich für geschmuggelte französische Spitze interessiert...«

›Durchaus vorstellbar‹, dachte Jane, ›aber wenn Charlotte sich erst einmal Lord Osbert geangelt hat, braucht sie keine geschmuggelte Spitze mehr...‹

Der Oberst war noch nicht versöhnt.

»Was ist das übrigens für ein Plan, von dem Robert da faselt? Ein Boot mieten und nach Lyme segeln... Scheint mir ein recht wirrköpfiges Vorhaben zu sein.«

In diesem Punkt konnte Jane ihm nur beipflichten. Weder Rachel noch sie selbst, versicherte sie dem Oberst, hätten das mindeste Interesse an diesem Ausflug, sie gedächten nicht, sich der Gruppe anzuschließen. Woraufhin der Oberst, von keinem Widerstand mehr angestachelt, sofort umschwenkte. Die Sache, meinte er, sei vielleicht doch so übel nicht, vorausgesetzt, ein verständiger Erwachsener sei mit von der Partie.

»Mrs. Consett sagte, daß sie sehr leicht seekrank wird, Mrs. Dixon weicht natürlich nicht vom Krankenlager ihres Sohnes, und Lady Selsea hat nichts für Bootsfahrten übrig, aber wenn Sie oder Mrs. Campbell –«

»Wir werden sehen, Miss. Wir werden sehen...«

In der kommenden Woche war für die Freunde der Dixons an Lustbarkeiten nicht zu denken. Sam ging es nach wie vor so schlecht, daß den ihm Nahestehenden der Sinn nicht nach Zerstreuungen stand. Endlich aber hieß es, er sei außer Gefahr, und gewisse Symptome einer zehrenden Krankheit, die sich zeigten, nachdem er fieberfrei war, und die dem Arzt auf lange Sicht bedenklich erschienen, wurden Mutter und Bruder zunächst verschwiegen.

»Er sitzt auf und kann ein wenig Haferschleim zu sich nehmen, Rachel«, sagte Mrs. Dixon mit Tränen in den Augen. »Ich glaube wirklich, ich bin die glücklichste Frau in ganz Dorset. Natürlich muß Matt die Bootsfahrt mitmachen, es wird ihm so guttun. Er hat sich großartig gehalten und seinen Bruder so geduldig gepflegt, daß keine Frau es hätte besser machen können. Ein wenig Ablenkung und fröhliche Gesellschaft hat er sich wahrlich verdient. Aber worum ich Sie bitten wollte, Rachel, liebes Kind...« Rachel, Jane und Mrs. Campbell hatten in der Trinity Road ihre Aufwartung gemacht, und Mrs. Dixon war kurz aus dem Krankenzimmer gekommen, um sie zu begrüßen. »Sam hat während seiner Krankheit ständig an Sie gedacht, ständig von Ihnen gesprochen. *Rachel, Rachel*... Ihr Name war ständig auf seinen Lippen. Würden Sie ihm – und mir – die Liebe tun, einen Augenblick mit hinaufzukommen und ihn zu begrüßen? Ihm bedeutet es sehr viel, und der Arzt hat mir versichert, daß keine Ansteckungsgefahr besteht.«

»Aber natürlich, herzlich gern. Der liebe Sam. Er kann nicht mehr an mich gedacht haben als wir alle an ihn, denn mit unseren Sorgen und guten Wünschen waren wir ja die ganze Zeit bei ihm.«

Sie folgte Mrs. Dixon nach oben und kam nach wenigen Minuten mit Tränen in den Augen wieder herunter.

»Ach, Jane, ach, Mama«, brach es aus ihr heraus, als sich die Haustür hinter ihnen geschlossen hatte. »Wie dünn und elend er ist! Und so blaß. Wenn ich an Charlotte denke, wünschte ich, sie läge auf dem tiefsten Meeresgrund.«

Mrs. Campbell seufzte, versagte sich aber die Bemerkung, daß Charlottes Gedankenlosigkeit und Eigennutz sicher nur einen Zustand beschleunigt hatte, der früher oder später auch ohne ihr Zutun eingetreten wäre.

»Du mußt dich damit trösten, Kind, daß du mit deinem Besuch Sam eine große Freude gemacht hast. Mrs. Dixon sagt, er habe richtig Farbe bekommen. Du solltest ihn wieder besuchen, da es ihm so guttut.«

»Das will ich gern tun. Jeden Tag, wenn seine Mutter nichts dagegen hat.«

Oberst Campbell betrachtete diese Besuchspläne weniger wohlwollend. »Wem soll das nützen?« sagte er unter vier Augen zu seiner Frau. »Der Arzt hat Curtis gegenüber geäußert, die Tage des armen Jungen seien gezählt. Es wird ein schwerer Schlag für Rachel sein und wirft sie gewiß wieder weit zurück, wenn er für immer die Augen zumacht.«

»Wie kannst du nur so hartherzig sein, James? Wo Rachel die beiden Jungen so gern hat.«

Lady Selsea schüttelte bedenklich den Kopf, als sie mit ihrer Mutter darüber sprach.

Sich ans Krankenlager eines jungen Mannes zu setzen ... Sehr eigenartig, in der Tat. Sie müsse ja dem Himmel danken, daß Charlotte etwas so Undamenhaftes nie einfallen würde.

Hier aber war Mrs. Fitzroy mit ihrer älteren Tochter nicht einig.

»Deine Charlotte, meine liebe Sophy, sollte ein wenig Vorsicht walten lassen, wenn sie sich Wincham sichern will. Diese Winchams und Pomfrets sind eine steifleinerne, prüde Bande. Laß ihn Wind von gewissen ungesetzlichen Geschäften oder von Roberts Spielleidenschaft bekommen, und er springt noch ab, merk dir das!«

»Unsinn, Mama, er ist ihr bedingungslos ergeben. Gestern ist er den ganzen Tag nicht von ihrer Seite gewichen und hat sie auf der Soiree dreimal zum Tanz aufgefordert.«

»Ich hoffe doch, sie hat nicht angenommen?« Die Augen der alten Dame blitzten empört.

»Aber nein, natürlich nicht. Charlotte weiß schon, was sie tut«, erwiderte Lady Selsea gelassen.

Oberst Campbell gab schließlich die Einwilligung zu der Bootspartie und erklärte sich sogar bereit, selbst mitzutun, damit »das junge Volk sich verständig benimmt und keine dummen Streiche macht«. Ob sein Neffe und dessen Freunde diesen Gedanken zu schätzen wußten, sei dahingestellt, jedenfalls versicherten sie den Oberst ihrer tiefempfundenen Dankbarkeit, zeigten sich geschmeichelt, weil er sie mit seiner Anwesenheit beehrte, wußten seine Erfahrung zu schätzen, die einen genußreichen Ausflug sicherstellte, und meinten, ohne ihn gar nicht auszukommen.

Matt hatte zwar noch immer Bedenken, seinen Bruder einen ganzen Tag allein zu lassen, wurde aber von seiner Mutter kurzerhand weggeschickt, um sich in der guten Seeluft und heiterer Gesellschaft zu erholen.

»Ich werde hier sehr gut ohne dich fertig, denn Mrs. Campbell und wer weiß wie viele hilfsbereite Nachbarinnen haben versprochen, mir Gesellschaft zu leisten. Die lieben Mädchen werden sehr froh sein, dich dabeizuhaben... und wenn ich denke, daß Mr. Robert Selsea unser Haus förmlich belagert und täglich nach dir gefragt hat...«

Diese Bemerkung quittierte Matt mit einem etwas säuerlichen Lächeln, dann aber machte er sich bereitwillig auf den Weg. Sollte sie in Sorge sein und seine Rückkehr wünschen, sagte er zu seiner Mutter, brauche sie nur einen berittenen Boten nach Lyme zu schicken; wegen der Unberechenbarkeit von Wind und Gezeiten sei er auf dem Landweg womöglich schneller da, als wenn er ein Boot nahm.

Rachel, die von Anfang an wenig Interesse an dem Unternehmen gezeigt hatte, verkündete, als es soweit war, daß sie nicht mitfahren würde. Sie habe Angst, Nasenbluten zu bekommen, ihr sei gar nicht recht wohl, sie wolle lieber still zu Hause bleiben und eine Weile bei Sam sitzen. Kein Zureden vermochte sie umzustimmen, woraufhin Jane sich beeilte zu erklären, sie würde ebenfalls zu Hause bleiben und Rachel Gesellschaft leisten. Auch sie war dem Plan von Anfang an nicht sehr geneigt gewesen und hätte nur Rachel zuliebe mitgemacht.

Doch diese widersprach. »Nein, liebste Jenny, du mußt mitgehen, tu es mir zu Gefallen«, sagte sie. »Matt und Frank wären sonst sehr enttäuscht und Papa ebenfalls. Ich glaube, er freut sich auf den Ausflug und wäre traurig, wenn er nicht zustande käme.«

Widerstrebend ließ Jane sich überreden.

Tatsächlich sah Jane im Verlauf der Exkursion ihre schlimmsten Befürchtungen bestätigt und war aufrichtig froh, daß Rachel diese Erfahrung erspart geblieben war.

»Seit Jahren habe ich keinen so unerfreulichen Tag mehr erlebt«, sagte sie halb lachend, halb stöhnend, als sie glücklich wieder bei Rachel in ihrem gemeinsamen Zimmer saß. »Köstlich, diese Limonade! Die Sonne brannte abscheulich, es gab nur einen einzigen kleinen Schattenplatz auf dem ganzen Boot, und den belegten natürlich Charlotte mit ihrem Sonnenschirm und Lady Decima Wincham ...«

»Wie ist sie denn, diese Lady Decima?«

»Sehr dumm, sie hat kaum drei Worte gesagt und mich natürlich völlig links liegenlassen. Den ganzen Vormittag herrschte Flaute, das Boot dümpelte wohl vier Stunden an einem Fleck. Und wie klein es war! Auf der Rückreise von Westindien hatten wir auf der *Thessaly* immerhin eine leidliche Kajüte und genug Platz an Deck, um uns hinzusetzen, aber auf dieser Nußschale gab es gar keine Sitzplätze, nur Taurollen und dicke Fässer, die nach Fisch rochen. Charlottes Kleid bekam einen großen Teerfleck ab, und sie machte ein großes Getue darum, und als wir endlich nach Lyme kamen, war es zu spät für einen Landgang. Dein Vater bestand auf unverzüglicher Rückkehr, wovon natürlich dein Cousin und deine Cousine nicht erbaut waren. So waren denn auf der Rückfahrt alle verstimmt. Bis auf Matt und Frank Churchill, die sich wacker hielten. Wir drei sangen lustige Lieder und hatten unseren Spaß, während Charlotte und ihre Freunde schmollten und grollten.«

»Und was höre ich da von Papa ... Matt habe dir das Leben gerettet?« fragte Rachel begierig.

Jane lachte und wurde rot. »Ach, das war gar nichts. Nein, wirklich, es hat überhaupt nichts zu bedeuten. Dein Vater übertreibt. Auf der Heimfahrt – der Wind hatte aufgefrischt, und das Boot machte rasche Fahrt – stieß Charlotte plötzlich einen lauten Schrei aus und behauptete, Wasser käme durch eine Lenzpforte und verderbe ihr Kleid, ich solle nur schnell beiseite rücken und ihr Platz machen, und da ich nicht merkte, daß die Spiere herumschwang und sich das Boot zur Seite legte ... ich bin wohl ausgerutscht ...«

»Ach, ich wünschte, ich wäre dabeigewesen«, rief Rachel.

»Aber bestimmt hätte ich mich nicht rühren können vor Angst, als du, wie Papa sagt, um ein Haar über Bord gegangen wärst...«

»Unsinn! Du hättest gewiß genauso gehandelt wie Matt, der nämlich sprang rasch zu und packte mich am Kleid... zum Glück war es mein altes blaues, das Tante Hetty mit so festen Stichen genäht hat, daß es wohl noch bis zum Jüngsten Tag halten wird. Von einer romantischen Rettung kann keine Rede sein. Lady Decima berichtet wohl jetzt gerade ihrer Mama, der Herzogin, voller Entrüstung, daß an meinem Unterrock kein bißchen Spitze war.«

Doch so leicht konnte Rachel den Vorfall nicht abtun. »Gott sei Lob und Dank, daß Matt dabei war.« Sie hielt Janes Hand ganz fest.

»Wäre er nicht dagewesen, hätte mir gewiß Frank Churchill den gleichen Dienst erwiesen«, erwiderte Jane etwas verlegen.

Nach dem Tee stellten sich Matt Dixon und Frank Churchill ein, um sich zu erkundigen, wie es Rachel ging und ob Jane bei dem Mißgeschick auf dem Boot auch wirklich keinen Schaden davongetragen hatte. Da jedoch beide versicherten, sie seien völlig wiederhergestellt und bester Laune, beschloß man, noch ein wenig am Strand zu promenieren, denn dem heißen Tag war ein angenehm lauer Abend gefolgt. Oberst und Mrs. Campbell fanden sich gern bereit, die beiden Mädchen und die jungen Herren zu begleiten, und bald schlossen sich der kleinen Gesellschaft, die langsam auf der Seepromenade auf und ab spazierte, weitere Bekannte an.

Nach einer halben Stunde fand sich Jane – zufällig oder absichtlich, wer wollte das entscheiden – in einiger Entfernung von den anderen neben Matt Dixon, der stehenblieb und sie erregt fragte: »Miss Fairfax... meine liebe Miss Fairfax... *Jane*... haben Sie bei dem heutigen Vorfall wirklich keinen Schaden genommen, keinen Schock erlitten?«

»Dank Ihres zupackenden Handelns nicht den mindesten, Mr. Dixon. Ich werde mich mein Leben lang an Ihre Geistesgegenwart erinnern – ohne die es dieses Leben jetzt wohl gar nicht mehr gäbe. Ich stehe tief in Ihrer Schuld und –«

Zu ihrer Bestürzung fiel er ihr in dem gleichen erregten Ton ins Wort.

»Das war gar nichts ... eine Bagatelle ... nichts gegen das, was ich in Zukunft gern für Sie tun würde. Miss Fairfax ... Jane ... der Zwischenfall hat mir die Augen geöffnet ... es dürfte Ihnen nicht entgangen sein, daß meine Gefühle für Sie in jüngster Zeit ...« Er hatte behutsam ihren Arm ergriffen und sie zu sich herumgedreht, um in der tiefer werdenden Dämmerung ihr Gesicht erkennen zu können. Doch Jane unterbrach ihn erschrocken.

»Matt ... Mr. Dixon ... ich bitte Sie, ich flehe Sie an ... sagen Sie nichts, was Sie später vielleicht bitter bereuen würden ...«

Er betrachtete sie verwundert. »Was soll das heißen? Wie könnte ich es je bereuen, Ihnen zu sagen, wie sehr ich Sie liebe und verehre, wie sehr ich Sie achte und schätze? Ich möchte doch nur –«

»Bitte nicht«, wiederholte sie dringlich. »Betrachten Sie diese Worte als ungesagt. Ich werde sie vergessen ... Nein«, verbesserte sie sich. »Vergessen kann und will ich sie nicht, aber ich werde sie Ihnen nie ins Gedächtnis zurückrufen ...«

»Aber Miss Fairfax ... liebste Jane ... ich liebe Sie so sehr, glauben Sie mir ...« In Momenten starker Gemütsbewegung machte sich das Irische in seinem Tonfall besonders stark bemerkbar. ›Bis an mein Lebensende werde ich an diese Minuten denken‹, sagte sich Jane. ›Wie er mich hielt ... Wie er mit mir sprach ...‹ Unwillkürlich schloß sie die Augen.

»Es ist mein größter Wunsch, Sie zu –«

»Hören Sie, Matt ... Mr. Dixon, mein lieber Freund ... bitte hören Sie mich ruhig an. Ich schätze Ihre Freundschaft sehr. So sehr, daß ich mir das Vorrecht einer Schwester herausnehme, rückhaltlos offen mit Ihnen zu reden. Sagen Sie nichts, antworten Sie nur auf meine Frage: Stimmt es, daß Sie Mr. Robert Selsea eine große Summe Geldes schulden?«

»Ja, das trifft zu«, erwiderte Matt nach kurzem Schweigen betroffen und verstört. »Aber Robert sagte, es ist nicht von Bedeutung, und was –«

»Doch, liebster Matt, es ist sehr wohl von Bedeutung. Ich bin Ihnen herzlich zugetan...«, ihre Stimme schwankte, »..und möchte deshalb vermeiden, daß Sie sich ohne Not in eine peinliche Lage bringen. Ist Ihnen womöglich ein Gerücht zu Ohren gekommen, Oberst Campbell habe die Absicht, mir eine Mitgift zu geben, mir bei meiner Eheschließung eine... eine gewisse Geldsumme zur Verfügung zu stellen?«

Ein langes, schmerzliches Schweigen folgte. Jane holte tief Atem und nahm all ihren Mut zusammen. »Ich habe also recht geraten... Woher dieses Gerücht kommt, weiß ich nicht, mache mir allerdings meine eigenen Gedanken darüber. Leider muß ich Ihnen sagen, daß es jeder Grundlage entbehrt. Der Oberst ist mir seit jeher ein gütiger, väterlicher Freund, aber ich weiß von ihm selbst, daß es nicht in seiner Macht steht, mir eine solche Zuwendung zu geben. Sollte ich einmal heiraten, Mr. Dixon, bringe ich keinen roten Heller mit in die Ehe. Oberst Campbells Vermögen ist, wie sich das gehört, seinem eigenen Kind zugedacht, und darüber bin ich sehr froh, denn ich liebe Rachel wie eine Schwester. Verstehen Sie mich jetzt?«

Wieder herrschte ein langes, bedrückendes Schweigen. Jane berührte leicht Matts Arm und bewog ihn, mit ihr weiterzugehen.

»Auch Ihnen gegenüber empfinde ich wie eine Schwester«, fuhr sie dann fort. »Ihre Erklärung hat mich tief bewegt und macht mich sehr dankbar. Deshalb habe ich mir auch erlaubt, ganz offen zu sprechen. Können Sie mir verzeihen?«

»Ach, Jane...« Zu ihrer Bestürzung sah sie, daß er weinte.

Sein Gesicht war tränenüberströmt. Rasch zog sie ihn in eine Gasse, wo er einen Augenblick stehenblieb und verzweifelt den Kopf an die Wand lehnte.

»Sie müssen mich für einen ausgemachten Schuft halten«, sagte er leise. »Einen gemeinen Lumpenhund, der Frauen nachstellt, nur weil sie Geld haben ...«

»Nein, durchaus nicht«, widersprach Jane und dachte an Charlotte.

»Diese vermaledeiten Schulden hängen mir nun seit zwei Jahren an. Pferderennen ... Newmarket ... ich war ein Narr, mich mit diesem Klüngel überhaupt einzulassen. Ich würde so etwas nie, nie wieder tun.«

»Das will ich hoffen«, erwiderte Jane mit Nachdruck.

»Aber jetzt bin ich so knapp bei Kasse ... sollte mein Onkel dahinterkommen, kann ich gleich ...«

»Ich bitte Sie, verzweifeln Sie nicht. Es muß doch noch andere Möglichkeiten geben, das Geld aufzutreiben ... Anleihen, Hypotheken ...«

»Das würde meinem Onkel bestimmt zu Ohren kommen, und er ist doch so sehr gegen Glücksspiele jeder Art. Und meiner Mutter möchte ich natürlich jetzt am allerwenigsten Kummer machen ...«

»Gibt es nichts, was Sie verkaufen, niemanden, den Sie um Rat fragen könnten? Oberst Campbell ...«

»Oberst Campbell«, stieß er halb stöhnend hervor. Und dann, mühsam um Fassung ringend: »Miss Fairfax ... Jane ... ich flehe Sie an, denken Sie nicht zu schlecht von mir. In Ihren Augen muß ich ein kläglicher Wicht sein, aber die Gefühle, von denen ich sprach, kommen – bitte glauben Sie mir das – aus tiefstem Herzen. Nur sehe ich jetzt ein, daß sie sinnlos und vergeudet sind, daß sie zu nichts führen.«

»So dürfen Sie das nicht betrachten«, sagte sie eindringlich. »Echtes Gefühl ist nie umsonst. Es wird Ihnen helfen, wird

Ihnen den Weg weisen, glauben Sie mir...« Ihre Stimme war kaum zu verstehen vor Tränen.

Mit einem erstickten Ausruf ließ er sie stehen und verschwand im Straßengewirr der Altstadt.

Erschüttert und verwirrt kehrte Jane zur Strandpromenade zurück, wo sie sich im Schutz der Dämmerung Oberst und Mrs. Campbell und einer Gruppe von Bekannten anschließen konnte, ohne daß ihre lange Abwesenheit oder ihre verstörte Miene aufgefallen wäre oder Anlaß zu unwillkommenen Bemerkungen gegeben hätte.

Und in der Gruppe geborgen konnte sie, gewappnet mit aller Nüchternheit, aller Vernunft, die ihr zu Gebote stand, noch einmal ihr Gespräch mit Matt überdenken und sich sagen, daß sie sich – dem Wirbelsturm ihrer eigenen Gefühle zum Trotz – wacker geschlagen hatte.

Doch dieses Eigenlob hinderte sie nicht daran, in dem Zimmer, das sie mit Rachel teilte, bis in die frühen Morgenstunden wach zu liegen, Gesicht und Kissen naß von bitteren Tränen.

10

Drei Tage später kam Rachel mit besorgter Miene zu Jane. »Jenny, ich muß mit dir reden, ich brauche deinen Rat. Wo sind wir ungestört?«

»Laß uns mit der Fähre übersetzen und auf die Höhe steigen. Auf dem Rückweg können wir in der Trinity Road vorbeischauen und uns nach Sam erkundigen.«

Ein Schatten ging über Rachels Gesicht, als Jane die Trinity Road erwähnte. »Nun gut«, meinte sie dann, »ich sage Mama Bescheid.« Wenig später machten sie sich auf den Weg. Stumm, nur hin und wieder einen flüchtigen Gruß mit Bekannten wechselnd, schritten sie nebeneinander über die Strandpromenade, und erst als sie die steile Landspitze von Nothe erreicht und sich nahe dem Gipfel auf eine Bank gesetzt hatten, brach Rachel das Schweigen. Die Schießscharten des hinter ihnen aufragenden Forts waren wachsam auf Frankreichs Küste gerichtet, vor ihnen lagen das Hafenbecken mit seinem Gewirr von Masten, der weite Bogen der Bucht und die zerklüftete Küste, die sich nach Osten bis nach Poole erstreckte.

»Matt möchte, daß ich ihn heirate«, sagte Rachel.

»Wie mich das freut, Rachel! Das hatte ich insgeheim schon lange gehofft«, sagte Jane freudig, und weil es die lautere Wahrheit war, klang ihre Antwort auch hinreichend überzeugend.

Rachel drehte sich rasch um und sah ihre Freundin scharf an. »Ist das wahr, Jenny? Hast du das wirklich gehofft?«

»Von ganzem Herzen. Ihr seid wie geschaffen füreinander.«

»Aber ... was ist mit Charlotte?«

Jane hatte Charlotte schon fast vergessen.

»Das hat nichts zu bedeuten ... eine flüchtige Schwärmerei, über die ihr in einem Jahr zusammen lachen werdet und zu der es nur kam, weil sie ihn so verfolgt und geplagt hat. Es wird ihm eine heilsame Lehre sein.«

»Aber hör zu, Jenny, der Fall liegt nicht so einfach, es ist eine komplizierte Geschichte. Laß dir erzählen ... Du weißt, daß ich gestern bei Sam war, seine Mutter führte mich zu ihm. Er saß im Erkerfenster. Ach, Jenny, wir werden ihn nicht mehr lange behalten. Er hat so dünne Hände, die Handgelenke sind ganz durchsichtig geworden. Er s-sagte zu mir ...« Rachels Stimme zitterte. »›Rachel‹, sagte er, ›ich liebe dich sehr, und früher einmal habe ich gehofft, du könntest meine Frau werden, aber weil das nicht sein kann, wäre ich sehr glücklich, wenn du dich entschließen könntest, Matt zu heiraten. Ich weiß, daß Matt dich liebt, und meine Mutter liebt dich ebenfalls. Ich könnte ruhig von dieser Welt scheiden, wenn ich wüßte, daß ihr euren Lebensweg gemeinsam geht. Bitte überleg es dir, liebste Rachel.‹«

»Mein Gott«, sagte Jane halblaut. Es war ein warmer Tag, trotzdem rann es ihr kalt den Rücken herunter. »Und was hast du gesagt?«

»Ich fragte: ›Weiß Matt, worum du mich bittest?‹ Und er sagte: ›Nein, ich spreche nicht in seinem Auftrag. Aber ich weiß, daß Matt dich liebt, und wollte erst von dir erfahren, wie du dazu stehst. Könntest du dich entschließen, ihn zu heiraten, Rachel?‹ Und ich sagte: ›Ich weiß nicht, Sam, das ist alles so ungewohnt, ich muß es mir überlegen.‹ Und Mrs. Dixon, die dabei war, sagte: ›Bitte tu das, Rachel. Bitte hilf meinem Jungen, wenn es dir möglich ist.‹ Und so habe ich ihnen denn versprochen, ich würde es mir überlegen, und bin gegangen. Was soll ich tun, Jenny? Ich habe die ganze Nacht darüber nachgedacht. Warum hat Matt mich nicht selbst um meine Hand gebeten?«

»Er ist so bescheiden, er hat kein großes Zutrauen zu seinen eigenen –« Janes Stimme erstarb.

»Was soll ich nur tun, Jenny?« wiederholte Rachel.

Gott helfe mir, dachte Jane. Dann sagte sie entschieden: »Das ist doch keine Frage. Du wirst Matt heiraten. Er ist ein guter, lieber Mensch und wird eines Tages einen großen Namen haben. Du wirst ihn heiraten, und ihr werdet eine sehr gute Ehe führen. Seine Mutter liebt dich, Sam liebt dich, du gehörst schon fast zur Familie. Und deine Eltern sind gewiß überglücklich, wenn du es ihnen sagst.«

»Aber ... aber Matt hat mir erzählt, daß er Spielschulden hat«, wandte Rachel ganz unglücklich ein.

»Die du aus deiner Mitgift begleichen wirst. Und er wird dem Glücksspiel in Zukunft aus dem Wege gehen.«

Oder nicht? War es ihm ernst damit, daß er es nie wieder tun würde? Wahrscheinlich doch ... Junge Männer müssen sich erst die Hörner abstoßen, das hörte man ja immer wieder.

»Und ... und wenn er nun mit einem anderen Mädchen flirtet, wie er es bei Charlotte getan hat?«

»Er hat nicht mit Charlotte geflirtet, sie hat sich ihm aufgedrängt. Für ihn wirst du immer an erster Stelle stehen«, sagte Jane energisch. »Und ich denke und hoffe, daß die Spielschulden Matt eine Lehre sein werden. Immerhin liegt die Sache schon einige Jahre zurück, damals war er noch jünger und unerfahren. Das wirst du nun abwarten müssen. Matt ist kein Muster an Vollkommenheit.« Sie hielt einen Augenblick inne und holte tief Atem. »Aber er ist ein sehr lieber Mensch, und ihr werdet bestimmt glücklich miteinander sein.«

»Aber ... Baly-Craig ist so weit weg«, sagte Rachel zweifelnd. Und ... und ich wollte doch eigentlich politische Karikaturen zeichnen ...«

»Damit wartest du eben, bis deine Kinder aus dem Haus sind. Danach kannst du ja wieder nach London gehen. Unterdessen ist Matt ein berühmter Dichter geworden, und du hast seine Werke illustriert – gar nicht zu reden von den vielen Bergen und irischen Bauern, die du mit deinem Zeichenstift festgehalten hast.«

»Glaubst du wirklich, Jane? Ich habe sogar mal ... es ist noch gar nicht lange her, da... da dachte ich, Matt w-wäre in dich verliebt. Ihr unterhaltet euch immer so gut...«

»Ja, natürlich tun wir das. Und in Zukunft wird er mir ein lieber Bruder sein. Es wäre schlimm für mich gewesen, wenn du einen Mann geheiratet hättest, den ich verabscheue.« Jane sah am Hang hinab. »Da kommt er. Gewiß hat er uns am Haus vorbeigehen sehen. Jetzt wird er selbst um dich anhalten. Ich mache mich davon. Und laß ihn nicht zu lange zappeln, hörst du...«

Sie gab Rachel rasch noch einen Kuß und eilte davon. An der zweiten Wegbiegung traf sie Matt. »Gehen Sie zu Rachel, und bitten Sie sie um ihre Hand. Sie wartet darauf.« Dann hastete sie weiter, wobei sie sich mit aller Kraft auf den imposanten Anblick der nördlich und östlich von Weymouth gelegenen Klippenlandschaft konzentrierte.

Als Rachel Campbell und Matt Dixon ihre Verlobung bekanntgaben, herrschte in beiden Familien stille, aber innige Freude. Oberst und Mrs. Campbell waren glücklich, ihre Tochter einem Mann anvertrauen zu können, den sie schon so lange kannten und schätzten. Freilich hätte Rachel mit ihren zwölftausend Pfund in der Londoner Gesellschaft möglicherweise eine noch glänzendere Partie machen können; bedachte man aber ihre schüchterne, zurückhaltende Art und ihre sprachliche Behinderung, war es andererseits sehr beruhigend, ihre Zukunft in einer Familie gesichert zu wissen, die ihr so herzlich zugetan war und sie so freundlich aufgenommen hatte. Matts Großonkel, Lord Kilfinane, wurde sogleich verständigt und meldete postwendend seine Zustimmung, wobei er auch seine Bereitschaft anklingen ließ, dem jungen Paar Unterstützung und möglicherweise einen Zuschuß zum Einkommen zu gewähren, bis der Titel und der damit verbundene Besitz an Matt übergegangen waren.

Mrs. Dixon, der Rachel schon lange ans Herz gewachsen war wie eine Tochter, zeigte ihre Freude ganz unverhohlen, und Sam erfüllte stille Zufriedenheit.

Nachdem er von der erfolgreichen Werbung seines Bruders erfahren hatte, stellte er nur eine Bedingung: Die Hochzeit solle nach Möglichkeit recht bald stattfinden.

»Denn sollte ich einmal ganz plötzlich abberufen werden, müßtet ihr ja sonst die Trauerzeit abwarten, und das wäre doch recht lästig«, sagte er. »Lieber Matt, liebste Rachel, könntet ihr nicht mir zuliebe gleich hier in Weymouth die Ringe tauschen? Sagt selbst – was hindert euch daran?«

Mit Rücksicht auf diese Überlegungen sowie Rachels starke Abneigung gegen London und eine große, aufwendige Hochzeit und weil auch Mrs. Campbell vor allzuviel Umständen und unnötigen Ausgaben für Putz und Tand zurückschreckte, einigten sich alle Beteiligten auf eine möglichst baldige und möglichst schlichte Trauung. Man setzte den Tag auf Anfang Oktober fest – zur großen Entrüstung von Mrs. Fitzroy, für die es unvorstellbar war, daß man in so kurzer Frist eine anständige Brautausstattung zustande bringen konnte. »Und was ist mit der Kutsche? Und dem Haus? Der Aussteuerwäsche? Mit Hausrat und Möbeln?«

»Sie fahren doch nach der Hochzeit gleich nach Baly-Craig, Mama, die Kutsche wollen sie erst in Irland kaufen. Und das Haus steht komplett möbliert für sie bereit.«

»Empörend! Eine überaus armselige Angelegenheit!«

Im Chor der zahlreichen Gratulanten fehlten die Stimmen von Lady Selsea und ihrer Tochter. Für Charlotte war die Nachricht von Rachels Verlobung besonders bitter gewesen. Sir Osbert hatte, nachdem ihm etwas von den französischen Spitzen zu Ohren gekommen war, getreu Mrs. Fitzroys Voraussage den Umgang mit einer jungen Dame, die sich auf so fragwürdige Geschäfte einließ, schleunigst eingestellt, und um sich mit seinem Freund Mr. Carlisle zu trösten, der nur viertausend Pfund im Jahr hatte, war Charlotte zu stolz. Lady Selsea ersann deshalb eine dringende Einladung nach Schottland, und als Rachel die Cousine höflich als Brautjungfer zu ihrer Hochzeit bat, erteilte ihr Charlotte eine knapp gehaltene Absage: Um diese Zeit sei man bei Lady Clanredesdale zu Gast. Bei der kurzen, schlichten Trauung in der St. Mary's Church war nur Jane an Rachels Seite.

Die einzige Abweichung von der stillen, unaufwendigen Hochzeit, die sich die Braut gewünscht hatte, stellte eine von Oberst Campbells Freund, Hauptmann Curtis, vorbereitete Überraschung dar. Er hatte heimlich dafür gesorgt, daß vor der Kirche die Musikkapelle der Dorset-Dragoner Aufstellung nahm, die das glückliche Paar und ihre Freunde mit klingendem Spiel ins Royal Hotel begleiten sollte, wo man zum Empfang geladen hatte.

Doch dieses gutgemeinte Vorhaben endete mit einer Katastrophe.

Man fuhr in drei Kutschen zur Kirche. In der ersten saßen Oberst Campbell mit seiner Tochter, in der zweiten Jane, Mrs. Campbell und Mrs. Fitzroy, in der dritten die Dixons. Auf dem Rückweg fuhr Rachel natürlich mit ihrem Bräutigam, Jane fuhr mit Mrs. Dixon (Sam fühlte sich nicht wohl genug, um an der Trauung teilzunehmen), und Oberst Campbell sollte seine Frau und seine Schwiegermutter begleiten. Er hatte kaum Mrs. Fitzroy in den Wagen geholfen und war selbst eingestiegen, als die Militärkapelle mit Trommeln, Querpfeifen, Kornetts und anderen kriegerischen Instrumenten ein so fürchterliches Spektakel veranstaltete, daß das Kutschpferd, ein junges, nervöses Tier, durchging und über die St. Mary's Street zur Strandpromenade jagte, wo der Wagen umstürzte und die Fahrgäste hinausschleuderte. Der Oberst und seine Frau kamen, wenn auch verletzt, mit dem Leben davon, Mrs. Fitzroy aber, die über die Brüstung auf den kiesigen Strand gefallen war, überlebte den Sturz nicht.

Nach diesem Unglück war natürlich an fröhliches Feiern nicht mehr zu denken. Die arme Rachel war, als sie von dem Unfall erfuhr, mit ihrem Gatten bereits im Hotel eingetroffen. Oberst und Mrs. Campbell wurden auf dem schnellsten Wege nach Hause gebracht, und man schickte sogleich nach einem Arzt. Es stellte sich heraus, daß Mrs. Campbell mit Prellungen und Quetschungen davongekommen war, der Oberst aber einen Oberschenkelhalsbruch und eine schwere Gehirnerschütterung erlitten hatte.

So endete der so freudig und verheißungsvoll begonnene Tag in Trauer und Verstörung. Rachel bestand darauf, bei ihren Eltern zu bleiben, bis sie außer Gefahr waren, wofür Matt und dessen Mutter das größte Verständnis hatten, und so fuhr denn Rachel zunächst zum York Place, die Dixons fuhren in die Trinity Road zurück; und die Reisepläne wurden erst einmal verschoben.

Die unvorhergesehene Entwicklung durchkreuzte auch Janes Pläne.

Vor der Hochzeit hatte Rachel zu ihr gesagt: »Jenny, du kommst doch mit uns nach Baly-Craig? Bitte sag ja. Matt möchte es so gern, und ich wünsche es mir auch so sehr. Papa und Mama wollen uns recht bald auf längere Zeit besuchen, und Mrs. Dixon und Sam kommen, sobald ... sobald Sam reisefähig ist. Willst du sie nicht begleiten? Es wäre uns allen eine große Freude, dich bei uns zu haben. Ich weiß ja ohnehin nicht, wie ich ohne dich auskommen soll.«

Doch so eindringlich und liebevoll Rachel, ihre Eltern und die Dixons auch auf Jane eingeredet hatten – sie hatte sich standhaft geweigert, die gutgemeinte Einladung anzunehmen. Nichts konnte sie umstimmen. Es sei nun an der Zeit, hatte sie gesagt, ihren eigenen Weg zu gehen. Seit jeher habe sie sich darauf eingestellt, mit einundzwanzig Jahren – oder sobald Rachel glücklich verheiratet war – den für sie vorgesehenen Beruf zu ergreifen. Dieser Augenblick sei jetzt gekommen, sie dürfe nicht länger zögern.

Der Unfall hatte sie dann bewogen, den entscheidenden Schritt noch einmal zurückzustellen. »Sobald deine Eltern wieder gesund sind«, sagte sie zu Rachel, »fahre ich nach London und lasse mich bei einer der Stellenvermittlungen in der Wigmore Street einschreiben.«

»Ach, Jenny...«

»Laß nur, Rachel, es muß sein. Ich habe schon zu lange gewartet. Jetzt ist es soweit.«

Doch bis es dann wirklich soweit war, sollte noch einige Zeit vergehen. Es dauerte unerwartet lange, bis die Verletzungen von Oberst Campbell ausgeheilt waren. Während seiner Krankheit gab es niemanden, den er so gern um sich sah, keinen Menschen, den er so sehr brauchte wie seine Tochter. Es schien, als habe er erst jetzt, da ihr Verlust absehbar war, ihren Wert so recht erkannt. Er ließ sie kaum aus dem Zimmer und wußte – ganz so, als besitze er telepathische Fähigkeiten – immer ganz genau, wenn sie es einmal gewagt hatte, das Haus zu verlassen, um einen Spaziergang mit ihrem Gatten zu unternehmen. Er murrte und grollte, unvernünftig wie ein Kind, wenn sie nicht ständig bei ihm saß. In diesen Wochen wurde die Beziehung zwischen Vater und Tochter enger, als sie je gewesen war. Rachel pflegte ihren Vater hingebungsvoll. Wenn er wohl genug war, um sich daran zu erfreuen, las sie ihm unermüdlich vor, und wie durch ein Wunder gab sich dabei das Stottern fast ganz und trat auch später nur noch selten auf.

Niemand hatte Mrs. Fitzroy geliebt, niemand war besonders bekümmert über ihr Hinscheiden, ja Rachel, Jane und der Oberst empfanden es geradezu als Wohltat, von ihrer Anwesenheit befreit zu sein. Sie hatte nie ein Geheimnis daraus gemacht, daß sie wenig von ihrem Schwiegersohn hielt und Jane mit dem größten Mißtrauen begegnete, und im Lauf der Jahre war ihre Stimmung immer reizbarer, waren ihre Vorurteile immer krasser geworden. Nur Rachel gegenüber hatte sie hin und wieder so etwas wie scharfzüngig-nörgelnde Zuneigung erkennen lassen, die aber nicht auf Gegenseitigkeit beruhte, und vielleicht war es Rachel, welche die größte Erleichterung über Mrs. Fitzroys Tod empfand. »Wenn es nur schon früher passiert wäre, dann hätten wir uns nicht so wegen meiner Einführung in die Gesellschaft streiten müssen.«

»Aber dann wären wir vielleicht gar nicht nach Weymouth gekommen«, gab Jane zu bedenken, »was doch ein so großes Glück für dich war.«

»Ach, ich hätte Papa schon dazu gebracht herzukommen, wenn ich gewußt hätte, daß die Dixons hier sind«, sagte Rachel, deren Selbstsicherheit seit ihrer Heirat und trotz der räumlichen Trennung von ihrem Gatten in den letzten Wochen merklich gewachsen war. Wenn sie einmal eine Stunde mit Matt hatte verbringen können, kam sie mit rosigen Wangen und glänzenden Augen zurück.

Jane, die in schmerzlicher Ratlosigkeit ihren eigenen enttäuschten, vergeblichen Gefühlen nachgrübelte, fragte sich, ob wohl alle Männer so flatterhaft und wetterwendisch waren. Daß ausgerechnet Matt, der so leidenschaftlich dem Wahren und Schönen anhing, der ein so ausgeprägtes Gefühl für Recht und Unrecht hatte, es fertigbrachte, mit seiner Neigung so rasch und bereitwillig von einer Frau zur anderen zu wechseln, hätte sie nie für möglich gehalten.

Immer wieder mußte sie an seine Tränen, seinen aufrichtigen Kummer denken. Doch es war sinnlos, einen Zustand zu beklagen, den sie selbst bewußt herbeigeführt hatte. Entschlossen drängte Jane solch trübe Gedanken zurück und suchte sich Mrs. Campbell nützlich zu erweisen, die als einzige aus der Familie echte Trauer über Mrs. Fitzroys plötzliches und unerwartetes Ableben empfand. Zwar war die Beziehung zwischen den beiden Frauen nicht eben herzlich gewesen, aber ganz lassen sich Kindheitserinnerungen doch nicht beiseite schieben, und auch bei so unterschiedlichen Neigungen und Gewohnheiten bleibt beim Verlust eines Elternteils stets eine schmerzliche Lücke. Außerdem war Mrs. Campbell mehrere Wochen so wund und matt, daß sie sich nicht ihren gewohnten Aufgaben widmen konnte. In dieser Zeit war ihr Jane, die ihr bei der Korrespondenz behilflich war, Abschriften machte, ihr Pamphlete vorlas und viele lange, verständig-liebevolle Gespräche mit ihr führte, ein großer Trost und machte den Zwang, das Haus zu hüten, erträglicher.

So vergingen der Oktober, der November und der Dezember. An einem trüben Dezembertag wurde auf dem Friedhof der St. Mary's Church, in der die Trauung stattgefunden hatte, Sam Dixon zu Grabe getragen. Diesmal spielte keine Militärkapelle, doch die Trauergemeinde sang Lieder, wie sie Sam zu Lebzeiten geliebt hatte.

Frank Churchill kam zur Beerdigung nach Weymouth zurück. Seine Tante und sein Onkel waren natürlich längst wieder in London, wo sie bis zum Februar bleiben wollten und von wo aus Mrs. Churchill sogar zu Mrs. Fitzroys Beerdigung gekommen war, was vielen als erstaunliches und ehrenvolles Zeichen der Wertschätzung galt, denn Mrs. Churchill ließ sich bei so gewöhnlichen Anlässen normalerweise nicht blicken. Jane hatte die würdige Dame in ihrer Kutsche interessiert betrachtet, wobei sich aber weder Staunen noch Bewunderung hatten einstellen wollen. Sie war eine ziemlich kleine, sehr hochmütig dreinblikkende und äußerst ablehnend wirkende Person mit fahlem Teint, die sich sehr gerade hielt und nicht nach rechts und links sah. Sie war in einen dicken Pelz gehüllt und redete mit niemandem ein Wort. Jane hatte aufrichtiges Mitleid mit Frank, der unter der Fuchtel einer solchen Tante leben mußte. Doch als er zu den Trauerfeierlichkeiten für Sam nach Weymouth kam, sprach er durchaus mit Zuneigung von ihr.

»Sie leidet ständig Schmerzen, und da ich glaube, daß sie mich aufrichtig gern hat, bemühe ich mich nach Kräften, ihre Launen zu ertragen. Sie und ich, Miss Fairfax, müssen lernen, die Dinge so zu nehmen, wie sie sind. Arme Waisen haben immer schön brav zu sein und das Mäntelchen nach dem Wind zu hängen.«

Zusammen mit Matt Dixon hatte Frank am Tag nach Sams Beerdigung vorgesprochen, um sich nach dem Befinden von Oberst Campbell zu erkundigen und zu fragen, ob man an diesem milden Winternachmittag, der fast einen Hauch von Frühling hatte, die jungen Damen nicht ein wenig an die frische Luft führen könne. Der Oberst hatte – wenn auch ungern – seine Tochter auf eine Stunde freigegeben, und sie hatte dieses Zugeständnis für einen Spaziergang mit ihrem Mann genutzt, während Frank und Jane in taktvoller Entfernung hinter dem jungen Paar über die verlassene Strandpromenade schlenderten.

»Wie sehen jetzt Ihre Pläne aus, Miss Fairfax?« erkundigte sich Frank.

Jane nieste. Der gestrige Tag war regnerisch gewesen, und ihr war am Grab kalt geworden.

»Wenn die anderen die Reise nach Irland angetreten haben, werde ich mich nach einer Stellung umsehen und wohl zugreifen, wenn ich etwas Passendes finde.«

Man hörte, daß sie diese Aussicht nicht sehr verlockend fand. Sie nieste erneut. »Aber erst einmal«, fuhr sie lebhafter fort, »fahre ich nach Highbury, um meine liebe Tante und die Großmama zu besuchen und all meine Freunde wiederzusehen, die mir so lieb und wert sind. Ich war lange nicht da, seit unserer Rückkehr aus Indien nicht mehr. Aber wie steht es mit Ihnen, Mr. Churchill? Haben Sie denn inzwischen einen Besuch bei Ihrem Vater und seiner jungen Frau in Highbury gemacht?«

Er lachte etwas verlegen. »Nun ja ... um die Wahrheit zu sagen, Miss Fairfax ... ich weiß nicht, wie es zuging, aber ob Sie es glauben oder nicht, bisher kam ständig etwas dazwischen, so daß ich mir diese Sehenswürdigkeit bisher immer wieder habe entgehen lassen. Ich bin wirklich ein recht gewissenloser, schändlicher Kerl. Aus den Augen, aus dem Sinn – an dieses Motto halte ich mich leider nur allzuoft. Da ich die guten Leute von Highbury nicht kenne, fällt es mir ein wenig schwer, Anteilnahme für sie aufzubringen. Wenn ich erst einmal da war, ist das gewiß anders. Sie werden mich auf den rechten Weg führen müssen, Miss Fairfax.«

Seine Selbstbezichtigung schien ehrlich gemeint, dennoch mochte Jane nicht recht glauben, daß er wirklich so seicht und gedankenlos war, wie er sich darstellte. Immerhin hatte er sich die Mühe gemacht, zur Beerdigung von Sam nach Weymouth zu kommen, dessen Tod ihm offenbar sehr nahegegangen war. Gestern war er viele Stunden bei Matt und Mrs. Dixon gewesen, hatte ihnen Trost zugesprochen und ihnen bei dem vor der Abreise nach Baly-Craig unumgänglichen Ordnen und Packen ihrer Habe geholfen. So benahm sich kein affektierter, unaufrichtiger Mensch.

»Werden Sie weiter in dem Haus der Campbells am Manchester Square wohnen, wenn die anderen nach Dublin abgereist sind?« fragte er jetzt.

Da eine Seefahrt für Oberst Campbell schonender war als eine längere Fahrt über Land, war vorgesehen, daß sich das junge Paar zusammen mit Mrs. Dixon und Rachels Eltern in zwei Wochen gleich von Weymouth aus einschiffen würde.

»Nein, ich fahre von hier aus nach Highbury.« Jane seufzte unwillkürlich, als sie an ihre vor der Reise nach Weymouth gehegten Hoffnungen und Pläne dachte, mit Rachel auf der Rückfahrt einen Abstecher zu den Freunden und Verwandten nach Highbury zu machen. »Oberst Campbell meint, ich solle eine Postkutsche nehmen, und war so freundlich, mir das Reisegeld zur Verfügung zu stellen.«

»Und ich würde Sie von Herzen gern begleiten«, beteuerte Frank. »Leider aber hat meine Tante in einer ihrer plötzlichen Launen beschlossen, eine Badekur in Harrogate zu machen, und ich habe Anweisung, morgen zurückzufahren und ihr Gesellschaft zu leisten. Die Ärmste! Dabei müßte sie inzwischen eigentlich wissen, daß Luft und Wasser an einem Ort nicht mehr für sie ausrichten können als an einem anderen.«

»Ist sie denn wirklich so krank?«

»Leider ja«, erwiderte er bedrückt. »Die rheumatischen Beschwerden sind, wenn auch schmerzhaft, eher das kleinere Übel. Ihr Londoner Arzt, ein vortrefflicher Mann, hat meinem Onkel und mir eröffnet, daß sie ein schweres Herzleiden hat und der Tod jederzeit ganz plötzlich eintreten kann. Auch bei bester Pflege werden wir sie kaum noch länger als ein, zwei Jahre bei uns haben, und deshalb lassen wir uns die Capricen der Unglücklichen gefallen, unter denen mein Onkel mehr zu leiden hat als ich. Wenigstens kann ich hin und wieder für kurze Zeit ausbrechen, obschon ich ...« hier lächelte er, »diese Möglichkeit nicht gern zu häufig und zu lange nutze, denn bei meiner Rückkehr läßt sie es mich regelmäßig büßen.«

Wie glücklich kann ich mich doch schätzen, dachte Jane, daß Tante Hetty und Großmama so lieb und ausgeglichen sind, ich kann mich nicht erinnern, jemals ein böses Wort von ihnen gehört zu haben. Um wieviel besser habe ich es da als Frank Churchill oder Rachel ... Sie nahm sich fest vor, immer daran zu denken, wenn sie in Versuchung geriet, mit ihrem Schicksal zu hadern.

Zwei Wochen später, nachdem sie die Reisenden in Weymouth an Bord gebracht hatte, kam ihre Zuversicht doch arg ins Wanken. Sie hatte ihren Lieben so lange nachgewinkt, wie sie die Gesichter an der Reling noch erkennen konnte, und war dann in das mit Bindfäden, Sackleinwandfetzen und anderen Zeugnissen des Aufbruchs übersäte Haus in den York Buildings zurückgekehrt, wo sie den letzten Diener entlohnt hatte und nun auf ihre Kutsche wartete.

Der Abschied von Rachel war sehr schmerzlich gewesen. Immer wieder hatten sich die beiden jungen Frauen umarmt und geküßt.

»Ach Jenny, liebste, beste Jenny«, stieß Rachel schluchzend hervor. »Ich kann es kaum ertragen, dich zu verlieren. Du wirst uns doch so oft wie möglich in Baly-Craig besuchen?«

»Natürlich wird sie das, Kind«, sagte der Oberst barsch. »Und irgendwann wirst du uns einen stattlichen Ehemann mitbringen, Jane, damit rechnen wir ganz fest, nicht wahr, Matt, mein Junge?«

Matt war beim Abschied sehr schweigsam gewesen. In den letzten Monaten – seit seiner Liebeserklärung – hatte er kaum ein Wort mit Jane gewechselt und sie nur angesprochen, wenn es unbedingt sein mußte. Am Abend vor der Abreise war es ihm gelungen, sie kurz ohne Zeugen abzupassen. Schweigend hatte er ihr einen Umschlag in die Hand gedrückt.

Später nutzte sie einen seltenen Augenblick des Alleinseins, um den Umschlag zu öffnen. Er enthielt ein Gedicht in Matts Handschrift:

Von heut an sei mir ungesäumt
die Mondgöttin ein lieber Freund,
deren Licht uns zwei'n seit langem scheint.

Ihr mächt'ger Weg am Himmelszelt
dich nie und nimmer je verfehlt,
wo immer du auch bist auf dieser Welt.

Da nun mein Liebstes ich verlor,
die einz'ge, die ich mir erkor,
und täglich Schmerz und Trauer steigt empor:

Nun denn, du liebe Artemis,
versprich dann wenigstens mir dies:
Berühre die Verlorene mit deinem Kuß vom Paradies,

und ziehst die Bahn du nebenbei,
trag mein Gedenken zu ihr frei,
auf welchem Lager sie auch sei.

Janes erste Regung nach der Lektüre war Unmut. Das war nicht recht von ihm, dachte sie. Er ist an Rachel gebunden und muß sich damit ein für allemal abfinden. Dann aber ergriff sie tiefes Weh. Zum hundertsten Mal fragte sie sich, ob sie recht daran getan hatte, beim Stiften dieser Ehe zu helfen. Würden sie im fernen Baly-Craig glücklich werden? Und dieses Gedicht... Sie nutzte einen Augenblick, als sie unbeobachtet war, um das Blatt in winzige Schnipsel zu reißen und in die winterliche See zu werfen. Sie hatte kein Recht, es zu behalten, das konnte nur Unglück bringen.

»Willst du Jane nicht einen Abschiedskuß geben?« hatte Rachel gefragt, als sie sich trennten. »Sie ist doch jetzt deine Schwester.« Aber Matt hatte nichts dergleichen getan, ja er hatte nicht einmal Janes Hand berührt.

Oberst und Mrs. Campbell umarmten Jane liebevoll, wie Eltern es mit einer Tochter tun.

»Daß du uns jede Woche schreibst!« sagte Mrs. Campbell. »Ich weiß wirklich nicht, wie wir ohne dich auskommen sollen, Jane. Du wirst uns sehr fehlen.«

»Bleib in Highbury, solange du magst«, redete der Oberst ihr zu. »Laß dich von deinen Lieben pflegen, damit du die lästige Erkältung los wirst, die dich wieder so plagt. Nimm nicht überstürzt eine armselige Stellung in einer knauserigen, inferioren Familie an, wähle sorgfältig, hörst du? Entscheide dich nur für das Beste. Hier...« Und er drückte ihr verstohlen ein Päckchen in die Hand.

»Das... das sollen Sie doch nicht«, rief sie und dachte erschrocken an Matts Gabe. Doch stellte sich heraus, daß der Oberst ihr fünfzig Pfund in Scheinen geschenkt hatte.

»Unsinn. Bist ein braves Mädchen«, erwiderte der Oberst schroff und folgte den anderen die Gangway hinauf. »Zu dumm, daß ich nicht mehr für dich habe tun können«, rief er ihr über die Reling hinweg noch zu.

War es ein Wunder, daß Jane später in der staubigen Diele von York Buildings Nummer 2, umgeben von der hallenden Leere der verlassenen Räume, von keiner lieben Stimme in ihrer Einsamkeit getröstet, tiefe Mutlosigkeit überkam, indes draußen ein dünner, aber durchdringender Nieselregen niederging? Oder daß sie, vor Störungen sicher, wie sie glaubte, auf ihrem Reisekoffer zusammensank und bittere Tränen vergoß?

Noch nie im Leben hatte sie sich so einsam und verlassen gefühlt.

Doch da ließ sich plötzlich eine vertraute Stimme vernehmen. »Miss Fairfax! Meine liebe, liebste Miss Fairfax! Grundgütiger! Wer wird sich denn allein dem Kummer hingeben, wenn man das an der Schulter eines Freundes so viel angenehmer tun kann? Sie zittern ja wie Espenlaub und sind eiskalt. Hier, nehmen Sie meinen Mantel...«

Jane ließ es schluchzend geschehen. Sie spürte, wie der Mantel sie einhüllte, spürte zwei warme, tröstliche Arme.

»Legen Sie Ihren Kopf an meine Schulter. Wenn Sie schon weinen müssen, sollen Sie es bequem dabei haben. Wozu sind denn Freunde da? Hier, nehmen Sie mein Taschentuch, das Ihre ist ja völlig durchnäßt.«

Jane gab sich erneut der Wohltat ihrer Tränen hin, doch wie so oft, wenn einem das Weinen ausdrücklich erlaubt worden ist, versiegten sie diesmal rasch. Sie ließ ihren Kopf noch ein Weilchen liegen, wo er lag, dann schneuzte sie sich entschlossen und sah in Frank Churchills teilnahmsvolles Gesicht. »Sie müssen mich für ein recht armseliges Geschöpf halten«, sagte sie.

»Durchaus nicht. Ich halte Sie –« Er unterbrach sich. »Gleichviel. Was sind diese Campbells und Dixons doch für eine traurige

Mannschaft, daß sie in aller Gemütsruhe an Bord gehen können und Sie hier allein Ihrem Schicksal überlassen.«

»Sie hatten mir angeboten, mich mitzunehmen. Immer wieder. Aber ich... das wollte ich nicht.«

»Kein Wunder. Ich habe gemerkt, wie es um Sie steht. Sehr genau habe ich das gemerkt.«

Jane zog es vor, den vielsagenden Unterton zu überhören. Vielleicht hatte sie ihn ja auch nur mißverstanden? »Aber was tun Sie hier, Mr. Churchill?« fragte sie. »Ich denke, Sie sollten Ihre Tante nach Harrogate begleiten?«

»Ja, so war es geplant, aber sie hat es sich, wie so oft, anders überlegt. Statt dessen ist sie jetzt mit meinem Onkel nach Bath gefahren, ich soll dort zu ihnen stoßen, habe aber erst in Weymouth Station gemacht, worüber ich herzlich froh bin. Denn nun kann ich Ihnen bis zu Ihrer Abreise zur Verfügung stehen – als Gesellschafter, Bedienter, Proviantmeister, Freund... was immer Sie wünschen. Wann kommt der Wagen?«

»Erst gegen Mittag.«

»Dann schlage ich einen kleinen Spaziergang zu Harvey's Library vor. Die Wolken verziehen sich, sehen Sie, die Sonne kommt heraus. Ich lade Sie zu einer Tasse Kaffee ein... zur Empörung sämtlicher Klatschbasen, soweit vorhanden... und suche Ihnen einen schönen Roman aus, der Sie auf der Fahrt zerstreuen und von Ihren trüben Gedanken ablenken soll. Wissen Sie noch, wie wir beide uns über *Geheimnisvolle Warnungen* amüsiert haben? Ich verspreche Ihnen, etwas ähnlich Mysteriöses für Sie zu finden.«

Jane ließ sich zu ihrer eigenen Verblüffung zu diesem Programm überreden, sagte aber, daß sie sich zuerst das Gesicht waschen und ihre Frisur richten müsse.

Nachdem sie zusammen ihren Kaffee getrunken hatten und er ihr den Roman und außerdem bei Ryall's eine Packung Biskuitkuchen gekauft hatte sowie eine wunderschöne Muschel, die auf der Innenseite perlmuttfarben schimmerte – »Die sollen Sie manchmal anschauen und dabei an Weymouth und Ihren Freund Frank denken!« – schlug er einen Gang über die Esplanade vor. So spät im Dezember war Weymouth fast menschenleer, sie hatten die ganze Strandpromenade für sich.

»Ich möchte Ihnen nämlich einen guten Plan unterbreiten, einen wirklich vortrefflichen Plan«, sagte Frank, »und bitte Sie herzlich, mir einen Augenblick Ihre ungeteilte Aufmerksamkeit zu schenken.«

Jane hatte sich, so dankbar für seine Zuwendung sie auch war, zu all diesen kleinen Aufmerksamkeiten und Galanterien kaum geäußert. Die Kehle war ihr eng und wund vor Tränen. Auch jetzt ging sie still und teilnahmslos neben ihm her und lehnte sich, nachdem sie den Bogen der Bucht bis zum südlichsten Ende abgeschritten hatten, gehorsam neben ihn an die Brüstung. Die schaumgekrönten Brecher schlugen noch immer geräuschvoll an den Strand, aber der Himmel war jetzt wolkenlos und leuchtete in zartestem Blau.

»Nun zu meinem Plan«, sagte Frank. »Es mag Ihrer Aufmerksamkeit entgangen sein, liebe Miss Fairfax, daß ich mich im Verlauf der vergangenen Monate in Weymouth heftig in Sie verliebt habe, daß ich Ihnen die lebhaftesten Gefühle der Zuneigung und Verehrung entgegenbringe. Da ich stets am Rand Ihrer fröhlichen kleinen Gruppe stand, konnte ich – vielleicht besser als andere, die Ihnen näher waren – Ihre Empfindungen beobachten, vielleicht sogar begreifen, und die schönen, edlen Motive würdigen, von denen Sie sich in jüngster Zeit mehrmals leiten ließen.«

Jane öffnete den Mund und wollte etwas sagen, aber Frank Churchill hob die Hand und kam ihr zuvor.

»Ich stelle keine Fragen, Miss Fairfax, ich möchte um keinen Preis neugierig oder aufdringlich erscheinen. Ich verehre Sie sehr, ja, Sie sind wie ein Engel für mich, ich bete Sie an...«

Wieder versuchte sie etwas zu sagen, wieder hinderte er sie daran.

»Ich *weiß*, daß Sie keine Mitgift haben ... daß Oberst Campbell Ihnen nichts geben kann, ja, ich weiß das sehr wohl. Und ebensowohl weiß ich«, fuhr er scheinbar zusammenhanglos fort, »daß Sie die schönste junge Dame sind, die ich je gesehen habe, und auch ohne Mrs. Fitzroys Juwelen würdig, das Hauswesen eines Herzogs zu zieren. Hat übrigens Miss Campbell zu ihrer Hochzeit den Schmuck bekommen?«

Jane mußte lachen. »Ja, aber die Sammlung erwies sich als recht bescheiden.« Er wechselte so rasch und unerwartet von einer Stimmung in die andere, daß sie nicht recht wußte, ob sie ihn ernst nehmen durfte.

»Gut! Ich freue mich, daß Sie wieder lachen können. Diese Komödie von Weymouth ist stellenweise viel zu sehr ins Tragische abgeglitten, und Tragödien sind nicht mein Fall. Ich habe Freude am Tanzen, liebe Miss Fairfax (Sie sind die beste Tänzerin, die ich je die Ehre hatte aufs Parkett zu führen), am Singen, an Klavierspiel und angenehmer Gesellschaft, an Gesprächen, Scherzen und schönen Gärten. Passen wir beide da nicht vortrefflich zusammen? Bitte sagen Sie ja! Ich habe seit jenem ersten Ball, auf dem wir zusammen tanzten und für den Sie Miss Campbells Haar so schön frisierten, mein Herz an Sie verloren.«

»Aber Mr. Churchill ...«

»Bitte, jetzt keine Flut unvernünftiger Einwände. Überlegen Sie sich meinen Antrag in Ruhe. Ich könnte mir denken, daß sich hier in Weymouth etliche Bewerber um Sie bemüht haben, aber gewiß keiner, der so geeignet wäre wie ich. Ich bin sehr ausgeglichen, werde eines Tages über ein stattliches Vermögen verfügen und liebe Sie sehr. Was wollen Sie noch?«

»Ich –«

»Gewiß«, meinte er zustimmend, ohne sie aussprechen zu lassen, »Sie lieben mich nicht. Noch nicht. Ich bin mir dieser betrüblichen Tatsache wohl bewußt. Aber ich bin ein sehr gutherziger Bursche, Miss Fairfax, und liebe Sie so sehr ... Meinen Sie nicht, daß Sie es über sich bringen könnten, mich auch ein bißchen gern zu haben? Und ... und sich vielleicht von anderen Bildern zu trennen, die jetzt noch in Ihrem Herzen wohnen mögen?«

»Vielleicht«, sagte Jane. »Vielleicht. Aber –« Und jetzt sprach sie fest und entschlossen, ohne sich noch einmal unterbrechen zu lassen, »– all das ist nicht von Belang. Wir wissen beide, Mr. Churchill, daß Ihre Tante die Verbindung zwischen Ihnen und einem so inferioren, anhanglosen Geschöpf wie mir nie dulden würde. Sie wissen es, und ich weiß es. Wie können Sie also eine solche Möglichkeit auch nur in Betracht ziehen?«

»Da haben Sie natürlich recht«, sagte er ernst. »So gut, so schön, so begabt Sie auch sind – meine Tante würde nur sehen, daß Sie keine gesellschaftlich bedeutenden Verwandten haben und folglich ein Mensch ohne Bedeutung sind. Wenn Sie also meinen Antrag annehmen, was ich von ganzem Herzen hoffe, müßten wir unser Glück für uns behalten.«

»Eine heimliche Verlobung«, sagte Jane voller Abscheu.

»Sehen Sie, eben das liebe ich so an Ihnen!« rief er. »Sie treffen jedesmal den Nagel auf den Kopf, machen keine Ausflüchte, keine Umschweife. Ja, liebste Miss Fairfax, eine heimliche Verlobung. Mir ist der Gedanke ebenso unwillkommen wie Ihnen, ich würde mich aber trotzdem mit Freuden damit abfinden, weil ich Ihrer dann sicher wäre. Ich hätte nicht die quälende Angst, Sie zu verlieren, die mich immer wieder nach Weymouth gejagt hat, stets in der Furcht, ein anderer – der Gutes ebenso zu schätzen weiß wie ich – könne mir zuvorgekommen sein und den Schatz erobert haben.«

Seufzend sah Jane in die kochende Brandung.

»Die Vorstellung widerstrebt Ihnen«, sagte er. »Ich kann es Ihnen nicht verdenken. Aber sehen Sie, liebe Freundin, ich ...

habe gute Gründe zu der Annahme, daß Sie im Augenblick einsam und tief bekümmert sind, da Sie die Familie verloren, die Sie lieben (und noch jemanden, den zu verlieren Sie nicht verdienten), vor Ihnen liegt eine trübe, ungewisse Zukunft, ohne Freunde, ohne Mittel, ohne eigenes Heim. Wäre es da nicht ein Trost zu wissen, daß Sie sehr wohl einen Freund haben, einen heimlichen Freund, daß Sie, statt einer zweifelhaften Zukunft entgegenzusehen, früher oder später auf ein angenehmes Hauswesen und einen zärtlichen Gefährten hoffen dürfen? Denn all diese Hoffnungen werden sich, müssen sich eines Tages erfüllen«, sagte er heftig. »Wir brauchen nur ein wenig Geduld.«

»Es ist nicht meine Art, mein Glück auf das Unglück, auf den Tod eines anderen Menschen zu gründen«, erklärte Jane unumwunden.

»Da geht es Ihnen wie mir. Aber, dürfen wir denn nicht ein wenig auch an uns denken? Vielleicht können wir uns auf folgendes einigen: Als Mann von Ehre und durch meine tiefe Zuneigung fühle ich mich an Sie gebunden; Sie dagegen dürfen sich frei fühlen wie ein Vogel, brauchen sich nicht mit Skrupeln wegen ... wegen des Wartens zu plagen.«

»Das wäre unbillig«, widersprach sie. »Wenn der eine Partner sich gebunden fühlt, müßte das für den anderen genauso gelten.«

»Sie sind also einverstanden«, frohlockte Frank. »Nicht wahr, Sie sind einverstanden? Sie sind ein Engel, und Ihre Auffassung von Ehre ist der einer Königin würdig. Ich werde so oft als möglich nach Highbury kommen, sobald Sie sich dort eingerichtet haben, und in dieser ländlichen Umgebung, unter diesen guten schlichten Menschen, denen Sie so zugetan sind, werde ich um Sie werben wie Corydon um Phyllida. Sie werden bald merken, wie beständig, wie beharrlich meine Liebe ist. Und als deren Unterpfand –«, er zog ein Kästchen aus der Tasche, »– als deren Unterpfand bitte ich Sie, liebste, beste Miss Fairfax, dies hier anzunehmen ...«

Das Kästchen enthielt einen Ring, einen Silberreif mit einem kleinen Opal. »Es war der Verlobungsring meiner Mutter. Als Hauptmann Weston um sie warb, war das alles, was er sich leisten konnte. Wollen Sie ihn für mich hüten? Wollen Sie ihn an einem Band um den Hals tragen?«

Es war ihm gelungen, ihr das Kästchen in die Hand zu drükken. »Wie schön«, sagte sie seufzend. »Wunderschön.«

Das Bild verschwamm ihr vor den Augen, und eine Träne traf den Ring.

»Ich habe Sie zu sehr bedrängt«, sagte Frank Churchill zerknirscht. »Ich habe Ihnen über Gebühr zugesetzt. Ich hätte mich Ihnen, unglücklich und niedergeschlagen wie Sie waren, nicht aufdrängen dürfen. Aber ich mußte die Gelegenheit nutzen. Und ich konnte Sie nicht so bekümmert, so voller Herzweh allein lassen. Sagen Sie mir wenigstens, daß Ihnen jetzt ein bißchen besser ist... daß ich Sie ein ganz klein wenig habe ablenken können«, schloß er mit seinem unwiderstehlichen Lächeln, das sie unwillkürlich erwiderte: »Als ob Sie das nicht wüßten...«

»Dann glaube ich, daß ich bisher nicht umsonst gelebt habe.«

»Mein Wagen muß gleich kommen«, sagte Jane. »Das ist er wohl schon.« Sie ging eilig auf die York Buildings zu.

Frank Churchill half ihr fürsorglich in die Kutsche.

»Ich zähle die Tage, ach, was sage ich, die Stunden, bis wir uns in Highbury wiedersehen.«

Lange und herzlich hielt er ihre Hand.

»Leben Sie wohl, Mr. Churchill.« Schon hätte sie nicht mehr sagen können, weshalb sie sich zu einem derart unbesonnenen Schritt hatte überreden lassen, zu einer Handlungsweise, die in krassem Widerspruch zu all ihren Vorstellungen von Recht und Schicklichkeit stand. Schon regte sich in ihr die Angst, sie könne sich mit einer vorübergehenden Linderung ihres Kummers eine Zukunft voller Unruhe und Leid eingehandelt haben.

Und doch war ihr, darin hatte er recht, leichter ums Herz.

»Nicht Lebewohl, niemals.« Er hatte den Wagenschlag geschlossen und sprach durchs offene Fenster. »Auf Wiedersehen in Highbury. Sagen Sie es mir nach ...«

»In Highbury also.«

Zufrieden trat er zurück. Der Kutscher ließ die Peitsche knallen, und die Pferde setzten sich wieder in Bewegung.

Zweites Buch

11

Nach zweitägiger Fahrt und einer Übernachtung in Southampton traf Jane so niedergeschlagen, so müde und angegriffen von ihrer Erkältung in Highbury ein, daß ihre Lieben sie, nachdem sie ihr einen Glühwein und einige belegte Brote vorgesetzt hatten, sogleich ins Bett steckten, wobei sie laut ihre Blässe und Magerkeit beklagten.

»Hetty«, sagte Mrs. Bates, »das Kind ist todmüde. Schluß mit dem Gerede.«

Ausnahmsweise setzte die alte Dame ihren Willen durch, und Jane konnte es sich, umgeben von ländlicher Stille, auf ihrer alten Matratze bequem machen, die viel Ähnlichkeit mit einer Hängematte aufwies. Doch der Schlaf wollte sich nicht so schnell einstellen. Schon war die gefürchtete Zukunft mit ständiger Unruhe, ständigen Gewissensbissen zur Gegenwart geworden. In dem Haus ihrer Kindheit, bei den beiden Menschen, die ihr die liebsten auf der Welt waren, belastete sie ein Geheimnis, das ihr zusammen mit Frank Churchills Ring schwer wie eine Sträflingskette um den Hals lag. An Freimütigkeit und Offenheit – für Jane stets so selbstverständlich wie das Atmen – war vorerst nicht mehr zu denken.

Am nächsten Morgen versicherte Jane, sie fühle sich wohl genug, um mit Tante und Großmutter zu frühstücken, aber ihre Appetitlosigkeit gab erneut Anlaß zu lauten Klagen.

»Nur ein halbes Butterbrot. Dabei ist unser Landbrot, unsere Landbutter so gut, viel besser als alles, was man in Weymouth oder in London bekommt. Aber warte nur, wir werden dich bald wieder aufgepäppelt haben. Mindestens drei Monate in Highbury ... Noch nie waren wir so lange von dir getrennt, aber drei ganze Monate ... Die sollen uns reichlich für die Trennung entschädigen. Nach Strich und Faden werden wir dich verwöhnen, und all unsere Freunde freuen sich mit uns. Das werden sie dir auch bald selber sagen ...«

Und schon erklommen die ersten Besucher die schmale Stiege neben dem Barbiergeschäft und betraten Mrs. Bates' Wohnstübchen mit dem winzigen Kamin, dem Fenstersitz, der Anrichte und vier steifen Windsor-Stühlen. Was wird Frank Churchill sagen, wenn er *das* sieht, dachte Jane unwillkürlich, als sich die rundliche Mrs. Cole und die noch rundlichere Mrs. Goddard mit Honig und frischen Eiern als Willkommensgeschenk durchs Stiegenhaus gezwängt hatten und in die Stube drängten.

»Ach, kommen Sie doch auch herauf, Mr. Knightley«, rief Miss Bates aus dem Fenster, als sie ihn draußen auf der Dorfstraße vorbeireiten sah. »Wir sitzen hier so behaglich beisammen, Mrs. Cole und Mrs. Goddard sind gekommen, um sich mit uns zu freuen, daß unsere liebe Jane wieder da ist ...«

»Dann ist für mich sicher kein Platz mehr«, erwiderte er, indem er den Hut abnahm und sich verbeugte. »Aber übermitteln Sie bitte Miss Jane Fairfax meine besten Grüße, ich freue mich sehr darauf, sie zu sehen, sobald man sich in Ihrer Wohnung wieder ein wenig rühren kann.«

Bei diesen Worten wurde es Jane gleichzeitig froh und weh zumute. Auch dies war ein Freund, ein guter alter Freund, dem sie ihr Herz nie mehr rückhaltlos würde öffnen, dem sie nie mehr dieselben Gefühle würde entgegenbringen können. Immer war da früher diese kleine, ebenso verlockende wie törichte Hoffnung gewesen, er könne ihr eines fernen Tages plötzlich gestehen, daß ihr sein Herz gehöre ... seit damals, als er ihr Reitstunden gegeben hatte. Jetzt aber müßte sie, selbst wenn er ihr einen solchen Antrag machte – und je reifer und verständiger sie geworden war, desto unwahrscheinlicher erschien ihr diese Möglichkeit –, jetzt aber müßte sie, selbst wenn er sich in diesem Sinne erklärte, seinen Antrag ablehnen. Sie hatte sich an einen anderen Mann gebunden, einen Mann, der, wie sie bei sich zugeben mußte, weniger wertvoll war als Mr. Knightley. Würde Mr. Knightley jemals eine heimliche Verlobung vorgeschlagen, würde er je einer solchen Verlobung zugestimmt haben? Ganz gewiß nicht. Nur – wie hätte er sich in einer solchen Situation verhalten? Vielleicht war es ein unbilliger Vergleich. Mr. Knightley besaß eigenes Vermögen, er brauchte niemanden günstig für sich zu stimmen. Dennoch war es ein Vergleich, der sich immer wieder aufdrängen würde...

»Jane, du träumst ja«, mahnte Tante Hetty. »Da macht Mrs. Cole dir ein so reizendes, liebenswürdiges Angebot...«

»Neulich erst sagte ich zu Mr. Cole, daß ich mich ja in Grund und Boden schämen muß, wenn ich mir so unseren großen Flügel im Salon anschaue, wo ich doch eine Note nicht von der anderen unterscheiden kann und unsere beiden kleinen Mädchen gerade erst anfangen und es womöglich nie weit in dieser Kunst bringen werden. Sie können gern jederzeit vor- oder nachmittags zu uns kommen, liebes Kind, und nach Herzenslust üben. Natürlich ist es jammerschade, daß Sie kein Instrument hier in der Wohnung haben...«

»Oder Sie kommen nachmittags nach drei in mein Pensionat, wenn die Schülerinnen mit ihrem Übungspensum fertig sind«, schaltete Mrs. Goddard sich ein. »Allerdings muß ich leider sagen, daß die Qualität unseres Instruments durch die ständige Benutzung doch sehr gelitten –«

»Erst gestern sagte ich zu Mr. Cole: Wie traurig für die arme Jane, wo sie doch Musiklehrerin ist, daß sie nicht mal ein armseliges altes Spinett hat, auf dem sie sich zerstreuen kann, und er war ganz meiner Meinung.«

Als nächste Besucherin kam Mrs. Weston, die mehrere Rahmkäse mitbrachte, und Jane betrachtete mit lebhaftem Interesse die liebenswürdige Dame mit dem frischen Gesicht, die früher Emmas Gouvernante gewesen und jetzt Frank Churchills Stiefmutter war – und Frank noch gar nicht kannte. Wie seltsam das war ... Jane schwankte zwischen der Furcht und der Hoffnung, das Gespräch könne auf seine Ankunft oder sein Ausbleiben kommen. Aber es wandte sich statt dessen Emma Woodhouse und ihrer nicht so ganz begreiflichen Freundschaft mit der kleinen Harriet Smith zu.

»Anfangs, das muß ich zugeben, war ich recht überrascht«, sagte Mrs. Weston gerade. »Es besteht doch ein großer Unterschied in ... in ihren äußeren Umständen und geistigen Anlagen. Natürlich freut es mich für Emma, jede Frau ist froh um weibliche Gesellschaft. Und die arme Emma ... nun ja ... Mr. Knightley ist nicht meiner Meinung, er findet, daß ein so fügsames kleines Wesen wie Harriet bei Emma die Neigung zur Herrschsucht womöglich nur noch stärker hervortreten läßt ...«

Jane hörte gespannt zu, aber da schaltete Mrs. Cole sich ein: »Mr. Elton war *sehr* häufig auf Hartfield, nicht? Vor Weihnachten hat meine Lucy – eine Nichte von Serle, Mr. Woodhouses Butler – gesagt, Mr. Elton sei fast täglich da. Wirklich bemerkenswert ... aber ob ... und welche der beiden Damen ...«

»Also *ich* verstehe mich gar nicht gut auf solche Entdeckungen«, bemerkte Miss Bates. »Was sich vor meiner Nase abspielt, das sehe ich wohl, aber Spekulationen und Mutmaßungen sind nicht meine Stärke. Doch Jane kennt ja Mr. Elton noch gar nicht ... unser neuer Geistlicher, Jane, der nach dem Tod unseres gütigen Mr. Pryor die Pfarrstelle übernommen hat ... ein sehr verdienstvoller, wackerer junger Mann, den jede junge Dame ... Zur Zeit ist er in Bath, aber du wirst ihn ja bald kennenlernen. Sehr aufmerksam deiner Großmutter und mir gegenüber, er besteht immer darauf, daß wir in der Kirche auf der Pfarrhausbank sitzen, weil Großmama doch etwas schwerhörig ist ...«

»Miss Woodhouse, Madam«, rief Patty die Stiege hinauf, und da stand schon Emma Woodhouse im Zimmer, hochelegant mit ihrer pelzbesetzten Haube und Pelerine, und den Damen der Gesellschaft in Weymouth durchaus ebenbürtig. Sie hatte eine reizende Topfpflanze mitgebracht.

Mrs. Cole errötete, schien etwas verlegen und sagte, sie müsse nun aber wirklich gehen, woraufhin sie und Mrs. Goddard sich ziemlich eilig entfernten. Mrs. Weston aber ließ es sich in Anbetracht ihrer alten Freundschaft nicht nehmen, Emma aufs herzlichste zu begrüßen, und Emma selbst hieß Jane überaus höflich und huldvoll in Highbury willkommen. Nicht einmal der strengste Kritiker, dachte Jane, hätte jetzt an ihrer Erscheinung etwas beanstanden können: Sie war groß, aber nicht zu groß, die Figur vielleicht eine Spur rundlich, aber voller Anmut, das Gesicht strahlte vor Gesundheit und verriet ein ruhiges Gemüt. Sie gab sich so freimütig, freundschaftlich und versöhnlich, daß nicht einmal Jane etwas an ihr auszusetzen fand. Janes Großmutter und Tante Hetty behandelte sie mit ausgesuchter Höflichkeit, stellte genau die richtigen Fragen nach Weymouth, Oberst und Mrs. Campbell, Janes Zukunftsplänen und wie dieser bei der Rückkehr in die Heimat zumute gewesen war, kurzum, sie benahm sich in allem so sehr wie eine großherzige Freundin und Nachbarin, daß Jane nach dem Besuch das Gewissen schlug.

Sie ist wirklich reizend, ganz schlicht und bescheiden. Weshalb habe ich all die Jahre so ein Ungeheuer aus ihr gemacht? Ihr Verhalten als Sechsjährige, unmittelbar nach dem Tod ihrer Mutter, kann man ihr jetzt schließlich nicht mehr ankreiden. Die Ärmste, sie muß sehr einsam sein, wenn sie genötigt ist, sich um die Freundschaft einer so seichten, langweiligen kleinen Kreatur wie dieser Harriet Smith zu bemühen. Mr. Knightley wollte immer, daß Emma und ich uns anfreunden. Von jetzt ab werde ich mein Betragen ihr gegenüber ändern.

Doch zwei Tage später, nach einem Abend in Hartfield, waren diese freundschaftlichen Empfindungen schon wieder dahin.

»Warum lädt Miss Woodhouse uns nicht zum Abendessen ein? Warum sind wir erst hinterher gebeten?« fragte Jane, während sie auf die Kutsche aus Hartfield warteten, die sie abholen sollte.

»Ach, weißt du, Kind, die Woodhouses haben so selten Gäste zum Abendessen, Mr. Woodhouse ist –«

»Sie haben die Westons zum Essen eingeladen. Und Mr. Knightley. Und Mr. Elton, wie ich höre.«

»Nun ja, die Herren haben... und Miss Woodhouse weiß schließlich, daß wir... und alleinstehende Damen sind...«

Kurzum, dachte Jane, auf alleinstehende Damen braucht man weniger Rücksicht zu nehmen. Es war ein Gedanke, mit dem sie sich bisher noch kaum hatte auseinandersetzen müssen. Jetzt aber, da sie nicht mehr in der Obhut der Campbells und allein auf sich gestellt war, würde sie sich mit dieser Tatsache vertraut machen müssen.

Leider ließ der Abend in Hartfield Janes alte Abneigung gegen Emma Woodhouse in vollem Umfang wieder aufleben. Prompt stellten sich die Ärgernisse von früher wieder ein. Daß Emma sich sehr fürsorglich um die älteren Damen bemühte, konnte ihre anderen Fehler nicht wettmachen. Gewiß, Tee und Kaffee wurden mehrmals angeboten, die Teekuchen zweimal herumgereicht – aber das tut sie, weil sie weiß, daß sie es ihrer Stellung als Dame des Hauses schuldig ist, dachte Jane. Nicht aus wirklicher Freigebigkeit.

Mr. Knightley, der bereits auf Hartfield zu Abend gegessen hatte, bat um Musik. Die beiden jungen Damen spielten und sangen. Auch in diesem Punkt schien Emmas Verhalten untadelig. Sie lobte Janes Darbietung mit Geschmack und künstlerischem Verständnis und bat um Zugaben. Pure Heuchelei, dachte Jane, sie setzt sich bewußt selbst herab. Emma weiß sehr wohl, daß es ihrem eigenen Vortrag an Schliff fehlt, daß sie es mit mehr Übung weiter hätte bringen können. Sie hatte ein paar leichte schottische und irische Weisen und eine Ouvertüre von Cimarosa gespielt, während sich Jane an schwierige Variationen und die Ouvertüre von Pleyel gewagt und großzügigen Beifall dafür eingeheimst hatte, obschon sie den Verdacht hegte, daß es mit der Aufmerksamkeit ihres Publikums nicht sehr weit her gewesen war.

Warum übt eigentlich Emma nicht mehr, überlegte Jane. Zeit genug hätte sie dazu. Was macht sie nur den ganzen Tag? Wie verbringt sie ihre Zeit? Überraschend – wie ein Blatt, das flußaufwärts gegen den Strom schwimmt – regte sich in Jane so etwas wie Mitleid mit Emma. Doch dieses Gefühl war schnell wieder verschwunden, als die Rede auf Weymouth kam. Emma erkundigte sich mit ganz erstaunlicher Wißbegierde, ja fast inquisitorischer Beharrlichkeit nach Frank Churchill.

War er hübsch? Liebenswürdig? Kannte Miss Fairfax ihn gut? Machte er einen verständigen, gebildeten Eindruck? Wäre er eine angenehme Bereicherung ihres Kreises, wenn der Zufall oder seine eigene Neigung ihn endlich doch einmal nach Highbury führen sollte?

Jane hatte das Gefühl, daß hinter diesen geschickten Sondierungen mehr steckte als rein nachbarliches Interesse. Dank irgendwelcher Hexenkünste oder hellseherischer Fähigkeiten hatte Emma die Verbindung zwischen Jane und Frank bereits durchschaut. Emma besaß keinen überragend scharfen Verstand, dafür aber eine gewisse instinktive Schläue, und damit, dachte Jane, wird sie gewiß meinem Geheimnis auf den Grund kommen und es ans Licht zerren.

Beim Abschied sagte Emma lachend: »Sie sind so schön geworden, Miss Fairfax, und so elegant, daß ich Sie gar nicht genug bewundern kann. Wissen Sie noch, wie Sie seinerzeit meinen alten flohgelben Wollmantel trugen?«

›Und Ihre Mutter hat mir hundert Pfund vermacht...‹ Diese Worte standen unausgesprochen zwischen ihnen. Hundert Pfund, die Jane für Notzeiten zurückgelegt und bisher noch nicht angerührt hatte.

Jane konnte ihr nicht verzeihen.

Ein Schweineviertel, das am nächsten Tag aus Hartfield eintraf, machte alles nur noch schlimmer. »Jetzt müssen wir wohl noch hingehen und uns wieder einmal bedanken«, sagte Jane ungehalten.

»Aber natürlich müssen wir das, Kind. Ein ganzes Viertel... diese Großzügigkeit! Geradezu überwältigend. Ich werde die Coles zur Lende einladen... das kann ich auf dem Rückweg von Hartfield erledigen... aber erst muß ich nach unten gehen und Patty fragen, ob wir damals das große Pökelfaß aus dem Pfarrhaus mitgenommen haben... ach, du willst gehen, mein Kind? Wie lieb von dir...«

Dann aber klopfte es, und ein Brief von Mrs. Cole wurde abgegeben, der Tante Hetty auf andere Gedanken brachte.

»Grundgütiger! Mr. Elton wird heiraten! Hört euch das an. Mrs. Cole schreibt... Mr. Cole hatte es ihr gerade gesagt, weil er einen Brief von Mr. Elton bekommen hatte... daß er sich mit einer Miss Hawkins aus Bath verlobt hat... nein, so etwas, ich bin ganz sprachlos. Eine Miss Hawkins... aus Bath...«

Jane hörte förmlich Mrs. Fitzroy sagen: »*Hawkins?* So heißt man doch nicht...«

Tante Hetty fuhr fort: »Und erst neulich hat Mrs. Cole so eine Bemerkung gemacht... aber *ich* habe ja gleich gesagt, das ist...« Und zu ihrer Mutter gewandt: »Dich müßte das doch besonders freuen. Das arme Pfarrhaus soll wieder eine Pfarrfrau bekommen. Und wir alle eine neue Nachbarin... wirklich eine entzückende Neuigkeit... Wir müssen sofort nach Hartfield. Jane, nimm deinen wärmeren Mantel, und wickle dich schön ein, möglich, daß es später Regen gibt.«

Auf Hartfield trafen sie Mr. Knightley, und Miss Bates gelang es, ihm mit der Nachricht von Mr. Eltons Verlobung knapp zuvorzukommen.

»Das ist die Mitteilung, mit der ich Sie hatte überraschen wollen«, sagte Mr. Knightley lächelnd zu Emma, die, wie Jane fand, etwas verlegen dreinsah. Hatte sie sich selbst Hoffnungen auf Mr. Elton gemacht?

»Aber woher können Sie es denn wissen?« fragte Miss Bates verwundert. »Wie haben Sie das nur erfahren, Mr. Knightley?«

»Ich hatte vor eineinhalb Stunden etwas Geschäftliches mit Cole zu besprechen, er hatte gerade Eltons Brief gelesen.«

In diesem Ort bleibt aber auch nichts geheim, dachte Jane.

»Eine neue Nachbarin für uns alle, Miss Woodhouse«, wiederholte Miss Bates ganz beglückt. »Meine Mutter freut sich ja so... Jane, du kennst Mr. Elton noch gar nicht, gewiß bist du schon sehr gespannt auf ihn.«

Jane raffte sich aus einer melancholischen Träumerei auf, die sie nach Weymouth versetzt hatte. Weymouth an jenem letzten Tag: Der Abschied von Rachel, von Matt... sein ängstliches Zurückzucken vor ihrer ausgestreckten Hand... Als sie heute nach Hartfield gegangen war, an einem milden, frischen, frühlingshaften Vormittag mit ständigem Wechsel von Sonne und Regenschauern, hatte ein Gefühl der Unwirklichkeit sie erfaßt, als sei das vertraute Highbury mit seinem Kopfsteinpflaster und seinen schmalen Gassen, den Strohdachhäuschen mit den Bogenfenstern und den neueren, vornehmeren Backsteinbauten, der Kirche, der Schmiede und den Stallungen nur ein Traum, aus dem sie jeden Augenblick erwachen würde, um sich auf der Esplanade wiederzufinden, mit Rachel, den Campbells... den Selseas, Mr. Gillender...

Sie war ein wenig zusammengezuckt, als ihre Tante sie ansprach. »Nein, ich kenne Mr. Elton nicht«, erwiderte sie. »Ist er... ist er groß?«

»Was soll man auf so eine Frage sagen?« rief Emma. »Mein Vater würde sie bejahen, Mr. Knightley verneinen, und Miss Bates und ich würden antworten, daß er zwischen beiden Extremen recht glücklich die Mitte hält. Wenn Sie etwas länger hier sind, Miss Fairfax, werden Sie merken, daß Mr. Eltons Aussehen wie auch sein Verstand für Highbury das Maß aller Dinge sind.« Sie warf Mr. Knightley einen vielsagenden Blick zu. Ja, dachte Jane, irgend etwas hat es zwischen Emma und Mr. Elton gegeben...

»Erinnere dich, meine liebe Jane«, sagte ihre Tante, »daß ich dir gestern sagte, er sei genauso groß wie Mr. Perry.«

»Sie schweigen, Miss Fairfax«, stellte Emma fest. »Aber ich hoffe doch, Sie werden die Entwicklung in dieser Sache wohlwollend verfolgen? Sie, die letzthin so viel von diesen Dingen gehört und gesehen hat...«

Was soll das nun wieder bedeuten, dachte Jane.

»Sie, die Sie durch Miss Campbell so eng mit diesem Geschäft befaßt waren... Nein, wir können nicht zugeben, daß die Verbindung zwischen Mr. Elton und Miss Hawkins Sie kalt läßt...«

Emmas blanke Haselnußaugen schienen sich in Janes Geheimnis zu bohren wie die Nadel in einen Abszeß.

»Wenn ich Mr. Elton kennengelernt habe«, erwiderte Jane so ruhig wie möglich, »dürfte sich auch die entsprechende Anteilnahme einstellen, aber ich glaube, die persönliche Bekanntschaft ist bei mir dafür unbedingt erforderlich. Und da Miss Campbells Hochzeit schon etliche Monate zurückliegt, sind meine Eindrücke möglicherweise etwas verblaßt.«

Zum Glück für Jane ließ sich ihre Tante weiter mit großer Ausführlichkeit über Mr. Eltons Verlobung aus, so daß niemand bemerkte, wie schweigsam und geistesabwesend sie war, bis Miss Bates plötzlich fragte: »Was hören Sie von Mr. John Knightley, Miss Woodhouse? Diese reizenden Kinder... Weißt du, Jane, ich stelle mir Mr. Dixon immer ein bißchen so wie Mr. John Knightley vor.«

Jane gab es einen regelrechten Ruck. »Das ist eine völlig irrige Vorstellung, liebe Tante«, sagte sie rasch.

»Ich meine vom Aussehen her ... groß, mit einem ganz ähnlichen Gesicht ... und nicht sehr redselig.«

»Zwischen den beiden besteht nicht die mindeste Ähnlichkeit, liebe Tante. Mr. Dixon ist ganz im Gegenteil durchaus redselig ... sehr redselig sogar, mit einem typisch irischen Tonfall, den ... den manche Leute anziehend finden.«

»Du sagtest, man könne ihn nicht als ausgesprochen gut aussehenden Mann bezeichnen ...«

»Einen gutaussehenden Mann? Nein, ganz und gar nicht, eher von anspruchslosem Äußeren ... ich habe dir erzählt, daß sein Äußeres eher anspruchslos ist, Tante Hetty. Schwarzes, struppiges Haar und ein langgezogenes Gesicht ...« Ihre Stimme zitterte leicht.

»Ja, aber du sagtest auch, meine liebe Jane, daß Miss Campbell nichts davon wissen will, daß er von anspruchslosem Äußeren ist ... ich erinnere mich genau, daß du mir einmal schriebst ... und du selbst hast auch ...«

Jane spürte Emmas Blick, spürte, daß diese nach wie vor dem Gespräch mit lebhaftem Interesse folgte. »Auf mein Urteil darfst du dabei nichts geben«, sagte sie schnell. »Menschen, denen ich zugetan bin, sehen in meinen Augen immer gut aus. Als ich sagte, Mr. Dixon sei unscheinbar, habe ich eher das wiedergegeben, was ich für die allgemeine Meinung hielt.«

Jane konnte nicht umhin, einen Moment länger als nötig bei den beiden Worten *Mr. Dixon* zu verweilen. Ich werde ihn auf dieser Welt nicht wiedersehen, dachte sie. Ab und an darf ich mir dann wohl den Luxus erlauben, von ihm zu sprechen, wenn ich nach ihm gefragt werde.

»Ich glaube, meine liebe Jane, wir müssen uns sputen. Das Wetter sieht nicht gut aus, und Großmama macht sich am Ende Sorgen. Am besten gehst du auf dem schnellsten Wege nach

Hause ... ich möchte nicht, daß du naß wirst ... Ach, Mr. Knightley geht auch ... wie nett, ich ... wenn Jane müde wird, könnten Sie ihr liebenswürdigerweise den Arm reichen, bis ...«

Und schon hatte Mr. Knightley Janes Arm ergriffen und führte sie eilig zurück zum Dorf.

»Wenn Sie dieses Tempo durchhalten können, Miss Fairfax, kommen Sie gerade noch heim, ehe es anfängt zu regnen. Es war nicht klug von Ihrer Tante, Sie bei so unsicherem Wetter aus dem Haus zu lassen. Aber Neuigkeiten sind ja, wie Sie wissen, ihr ganzes Glück. Sobald die Tage länger werden, sehen wir Sie hoffentlich wieder zu Pferde? Wenn Sie einem alten Freund eine offene Bemerkung gestatten: Mir scheint, Sie brauchen dringend ein wenig frische Luft und liebevolle Pflege.«

Jane errötete; sein freundschaftlich-besorgter Ton und der Aufruhr ihrer eigenen Gefühle trieben ihr die Tränen in die Augen.

»Schon gut, ich wollte Sie nicht kränken«, sagte er. »Sie sind noch mitgenommen von der Reise. Schnell ins Haus mit Ihnen! In ein paar Tagen hat unser gutes Klima Sie kuriert.«

Und während er ihr im Gehen noch rasch einen freundlichen Gruß zuwinkte, setzte der erste heftige Regenschauer ein.

12

Jane hatte zehn Tage in Highbury verbracht, als die ersten Nachrichten von den Freunden aus Irland eintrafen. Sie waren liebe und aufmerksame Briefschreiber. Nur selten vergingen zwei oder drei Tage, ohne daß Jane einige Zeilen von Oberst Campbell oder einen etwas längeren Brief von seiner Frau erhielt, die sich auch in Baly-Craig weiterhin für Fragen des Gemeinwohls interessierte und eifrig mit London und dem Ausland korrespondierte. Von Rachel und Mrs. Dixon kamen jede Woche lange, interessante und herzliche Episteln. Erstere fügte hin und wieder als Nachsatz an: »Matt läßt auch herzlich grüßen.«

»Wir fühlen uns immer wohler«, schrieb Rachel. »Ich denke, daß wir im Lauf der Zeit sehr gut miteinander auskommen werden. Und Matts Mutter wächst mir immer mehr ans Herz, wir haben sie gebeten, ganz zu uns zu ziehen, denn Baly-Craig ist ja ein riesiges Anwesen – halb Burg, halb Landgut, ich glaube, bis jetzt bin ich noch immer nicht in allen Räumen gewesen. Ich zeichne unentwegt – die Berge, die Häuser, die Fischer. Sie lieben Matt, und er liebt sie. Ihre Sprache ist mir völlig unverständlich. Matt ist sehr froh, wieder in seiner Heimat zu sein. Trauer und Bedrückung, die ja sehr begreiflich sind, wenn man bedenkt, daß er nie ohne Sam hier war, schwinden langsam.«

Und langsam wird auch die Erinnerung an mich schwinden, dachte Jane, und das ist gut so. Ob alle Männer ein so kurzes Gedächtnis haben?

Um so tröstlicher war es für sie, daß Frank Churchill ihr so überraschend oft und liebevoll schrieb.

»Meiner Treu, Miss Fairfax, Sie haben aber eine Menge Post«, staunte Mrs. Standen, die alte Posthalterin, und blinzelte über den Rand ihrer Brille, während sie Jane in dem kleinen düsteren

Kontor wieder eine Sendung aushändigte. »Fast jeden Morgen ist was für Sie dabei. Na ja, junges Volk hat eben Zeit zum Schreiben.«

Wenn Jane den längeren und umständlicheren Heimweg wählte, der am *Gasthof zum Georg und dem Drachen* und Mr. Coles Mietstallungen vorbeiführte, konnte sie Franks zärtliche Zeilen in Ruhe lesen und aufnehmen, ehe sie den gefalteten Brief in der Tiefe ihres Retiküls verschwinden ließ. Seine Briefe waren eine amüsante Lektüre – heiter, freundschaftlich und voller Wärme. Er erzählte von seinem Tun und Treiben ... hoffte, seine Tante und seinen Onkel zum Umzug nach London überreden zu können ... vielleicht schon im kommenden Monat ... erkundigte sich mit aufrichtiger Anteilnahme nach Janes Befinden ... hatte sich ihre Erkältung gebessert? ... oder hatte sie das Bett hüten müssen? ... hatte sie ausreichend frische Luft und Bewegung ... Zeit zum Lesen, Arbeiten, Klavierspielen ... angenehme Gesellschaft in Highbury? ... Von seinem Vater und seiner Stiefmutter hatte er bereits einen für Jane sehr schmeichelhaften Bericht erhalten ... er war ihr ergebener, immer der Ihre ...

Das Eintreffen dieser Briefe und ihre weit seltenere Beantwortung, bei der sie mit großer Vorsicht zu Werke gehen mußte, brachten willkommene Abwechslung in Janes Leben, und daß sie so oft Post aus Irland bekam, erleichterte es ihr, Franks Briefe geheimzuhalten. Da sie jede Woche mehrere Briefe von den Dixons oder den Campbells zum Vorlesen hatte, blieben ein, zwei Schreiben aus Bath oder Yorkshire unbemerkt, und Janes Morgenspaziergang zur Post wurde für sie zur kostbarsten Stunde des Tages, in der sie das Alleinsein genießen, nachdenken, sie selbst sein, planen, in Erinnerungen und Hoffnungen schwelgen konnte.

Immer stärker wurde ihr bewußt, wie groß die Rolle war, die Frank Churchill jetzt in ihrem Leben spielte, wie wichtig er für sie geworden war, wie sehr er mit seinen Plänen und Versprechungen dazu beitrug, ein wenig Licht in ihre ansonsten so trübe Zukunft zu tragen.

Mr. Elton kehrte aus Bath zurück, um sich feiern und zu seiner Verlobung beglückwünschen zu lassen und sich ein wenig vor Highburys Weiblichkeit zu spreizen. Jane konnte ihm nichts abgewinnen. Sie fand ihn fast vulgär. Er sah zwar auf eine ziemlich konventionelle, rotwangige Art ganz gut aus,war aber alles in allem ein aalglatter und selbstzufriedener junger Mann, und obschon er für alle Welt ein joviales Wort, einen Scherz, ein Lächeln bereithielt, hatte er in seinem Wesen etwas, was gegen ihn einnahm. Ein oberflächlicher Mensch, dachte Jane, der sich bestimmt nie über irgendeinen Gegenstand ernsthafte Gedanken gemacht hat, wie man das eigentlich von einem Geistlichen erwarten dürfte. Überdies ist er eitel, renommiert mit seiner Verlobung, prahlt, um Aufmerksamkeit zu wecken. Bei wem wohl? Vielleicht bei Emma Woodhouse? Dann hat sie einen schlechteren Geschmack, als ich dachte. Aber sie hat eben sehr wenig Erfahrung.

Jane gegenüber verhielt sich Mr. Elton recht höflich, und sie mußte zugeben, daß er ihrer Großmutter und Tante durchaus die schickliche Aufmerksamkeit erwies. Stets bat er sie eingedenk der Schwerhörigkeit von Mrs. Bates in die Kirchenbank, die eigentlich dem Pfarrhaushalt vorbehalten war. Trotzdem konnte sie sich nicht für ihn erwärmen. Wenn sie ihn zum Beispiel mit dem geistreichen, einfühlsamen Frank Churchill verglich, kam er ihr plump und aufdringlich vor, und sie bedauerte es nicht, daß er sehr bald wieder nach Bath reiste, wo in Kürze seine Vermählung mit Miss Hawkins stattfinden sollte.

Am Tag nach seiner Abreise traf eine für sie sehr viel interessantere Nachricht ein.

»Meine Tante und mein Onkel erwarten den Besuch guter alter Freunde, die zwei Wochen auf Enscombe bleiben wollen«, schrieb Frank. »Sobald sie sich ein bißchen eingewöhnt haben, breche ich auf, werde in Oxford übernachten und hoffe am Dienstag in Highbury einzutreffen. Zwei volle Wochen kann man mich entbehren. Welche Freude, Sie wiederzusehen und schon so bald! Noch dazu in einem Ort, an dem aus vielerlei Gründen unser beider Herz hängt. Ihr ergebener F. C.«

Der Brief in Janes Muff wärmte sie wie ein Öfchen, während sie rasch heimwärts schritt. Den ganzen Tag war sie in gehobener Stimmung. In den letzten Wochen hatte sie so recht gemerkt, wie erschreckend still und langweilig es in Highbury sein konnte, wie sehr ihr die verständigen Gespräche, das leichte Geplauder, der Gedankenaustausch, die tägliche Erörterung von Büchern und Fragen des Gemeinwohls fehlten – all das, was sie von Rachel und den Campbells, von Frank und den Dixons her gewohnt war. In Highbury wurde nur geklatscht. Die alten Damen steckten auf der Straße die Köpfe zusammen, redeten über die zehntausend Pfund, die Miss Augusta Hawkins mitbrachte, und rätselten, welche Farbe Mr. Eltons neue Kutsche haben mochte. Gebildete, anregende Gespräche gab es praktisch nicht. Die hatte sie mit Frank führen können. Auch wenn man sie vielleicht nicht mit Matt Dixons poetischen Höhenflügen, seinen Anwandlungen von Genialität vergleichen konnte, war es doch die Konversation eines verständigen, gebildeten jungen Mannes gewesen, der sich im Tagesgeschehen auskannte, belesen, wohlerzogen und außerdem noch amüsant und geistreich war. Im Rückblick erschien er ihr als ein wahrer Schatz. Vielleicht, dachte Jane hoffnungsvoll, ist ja Mrs. Elton eine gescheite, umgängliche Frau, die zu einer echten Freundin werden und zu einem kleinen Teil die schmerzliche Lücke schließen kann, die Rachels Verlust gerissen hat. Allmählich begreife ich, warum die arme Tante Hetty sich über eine neue Nachbarin so herzlich zu freuen vermag. In Highbury war man so sehr mit den eigenen Angelegenheiten beschäftigt, daß man sich wenig um das scherte, was draußen in der Welt vorging. So war zwar hinlänglich bekannt, daß Jane eine Reise nach Westindien unternommen hatte, doch wurde sie nur selten gebeten, über ihre Erfahrungen und Eindrücke aus diesem Land zu sprechen; wurde doch einmal eine diesbezügliche Frage gestellt, ging Janes Antwort meist schon wieder ins Leere.

Es dauerte nicht lange, bis Mr. Weston ihnen freudig die Nachricht vom bevorstehenden Besuch seines Sohnes brachte, und jetzt konnte auch Jane offen mit Tante und Großmutter darüber sprechen.

»Der arme Mr. Weston war Weihnachten so enttäuscht, daß der junge Mann nicht kommen konnte. Mr. Knightley meinte ja, er hätte kommen können, wenn er wirklich gewollt hätte, aber so einfach ist es eben nicht, sich über die Wünsche reicher Verwandter hinwegzusetzen. Mr. Knightley ist ein wenig streng mit dem jungen Mann ins Gericht gegangen. Er ist in vielen Dingen recht eigen, so auch was die Freundschaft zwischen Miss Woodhouse und der kleinen Miss Smith betrifft. Mr. Knightleys Ansprüche sind eben sehr hoch.«

Insgeheim war Jane in dieser Sache ganz auf Mr. Knightleys Seite. Mit dieser Freundschaft, fand sie, konnte Emma Woodhouse keine Ehre einlegen. Jane hatte die Freundinnen öfter zusammen beobachtet, hatte sehr aufmerksam die fast sklavische Verehrung und Schwärmerei der kleinen Miss Smith, ihre augenblickliche Zustimmung zu jeder Äußerung Emmas registriert und auch bemerkt, wie bereitwillig Miss Woodhouse diese kritiklose Bewunderung entgegennahm. Es wundert mich nicht, daß der kluge, verständige Mr. Knightley diese Freundschaft mißbilligt, sagte sich Jane, um dann mit leisem Erschrecken hinzuzufügen: Wie mag wohl sein Urteil über Frank Churchill ausfallen?

Der Tag, an dem Frank Churchill eintreffen sollte, war gekommen, und Jane begann, nervös zu werden und heimlich allerlei Berechnungen anzustellen. Vergeblich versuchte sie sich zur Ordnung zu rufen. Es ist doch nur Frank Churchill, sagte sie sich. In Weymouth war ihr oft gar nicht aufgefallen, ob er da war oder nicht. Hier in Highbury sah das anders aus. In den Wochen der Trennung hatte sich sein Bild unmerklich gewandelt, und sie staunte selbst, wie sehr sie sich auf das Wiedersehen freute. Wohlweislich versuchte sie, ihrer Vorfreude nicht zu sehr die Zügel schießen zu lassen.

Er wird seinem Vater sagen, er habe in Weymouth eine Miss Fairfax kennengelernt, die, soviel er wisse, jetzt in Highbury wohnhaft sei. Wann mag er bei uns vorbeikommen? In zwei, in drei Tagen? Vielleicht trifft man sich auch einmal zufällig auf der Dorfstraße ...

Sie war deshalb sehr überrascht, als es noch am gleichen Tag an der Haustür klopfte und wenig später Patty, die Magd, mit runden Augen meldete, ein fremder junger Mann, ein gewisser Mr. Churchill, wolle Miss Jane sprechen.

»Nein, so was«, sagte Miss Bates. »Ich habe mir schon die ganze Zeit überlegt ... Erinnerst du dich, Jane ... nein, ich glaube, du warst gerade unten in der Küche ... aber vor zwanzig Minuten habe ich Mr. Weston mit einem unbekannten jungen Mann vorbeigehen sehen. Ich überlege, habe ich zu deiner Großmutter gesagt, ich überlege, ob das vielleicht Mr. Westons Sohn ist. Aber nein, das kann nicht sein, denn Mr. Churchill wird schwerlich bei seinen Freunden vorsprechen, ehe diese einen Besuch bei ihm gemacht haben, und *der* war erst für heute abend vorgesehen ... aber wenn es *nicht* Mr. Churchill ist, habe ich gesagt, wer in aller Welt kann es dann sein?«

Indessen war Mr. Churchill schon lächelnd die Treppe heraufgekommen und wartete darauf, den beiden älteren Damen vorgestellt zu werden.

»Großmutter, Tante Hetty«, sagte Jane errötend, »das ist Mr. Frank Churchill, ich habe euch ja schon von ihm erzählt ...«

Während Tante Hetty ihn überschwenglich begrüßte und die alte Dame ihn ruhiger, aber ebenso freundlich willkommen hieß, während man ihn drängte, ein Stück Kuchen von der Anrichte zu nehmen ... oder einen Bratapfel, die Äpfel von Mr. Knightley waren in diesem Jahr besonders gut geraten ... oder ein Glas selbstgemachten Holunderwein ... wagte Jane nicht, Frank anzusehen. Ich dürfte mich nicht für mein Zuhause schämen, dachte sie unglücklich. Es dürfte mir nichts ausmachen, daß es hier so ganz anders aussieht als am Manchester Square oder in Weymouth. Daß das Stübchen so niedrig ist, daß man unten den Barbier mit seinen Kunden schwatzen hört, daß Tante Hetty ... so ist, wie sie ist. Ich dürfte mich nicht schämen, und wenn ich es tue, liegt die Schuld bei mir und nicht bei meiner Umgebung.

Bedrückt sah sie aus dem Fenster auf die schmale, kopfsteingepflasterte Straße hinaus, wo zwei Hunde sich um einen Knochen balgten und ein Hausknecht strohhalmkauend vor dem Gasthof zur Krone mit einem Fuhrmann schwatzte.

Sie hörte Frank sagen: »Nein, gar nicht ... ich liebe Kuchen, und dieser hier sieht köstlich aus. Mohnkuchen, nicht wahr? Haben Sie ihn selbst gebacken, Miss Bates? Dürfte ich Sie wohl bitten, mir das Rezept für die Haushälterin meiner Tante zu geben?«

Mit großer Anstrengung wandte Jane sich schließlich um und begegnete einem so lieben, freundschaftlich ermutigenden Lächeln, daß ihre Stimmung, die auf einem Tiefpunkt angelangt war, sich rasch hob.

Er sei schon gestern abend in Randalls eingetroffen, erzählte er gerade, er habe seine Pläne geändert, um schneller und länger ohne Pause reisen zu können.

»Trödelei ist mir zuwider«, sagte er, »und im schnellen Reisen liegt ein großer Reiz, wenn es zu lieben Freunden geht.«

»Ihr Vater befindet sich wohl? Und Mrs. Weston?«

»Sie lassen beide sehr herzlich grüßen. Mein Vater ist zu Mr.

Coles Stallungen gegangen, um irgendwelche Heugeschäfte zu besprechen, und will dann bei Ford eine Besorgung für meine Stiefmutter erledigen. Können Sie mir sagen, wie ich zu Ford komme?«

Er bekam sogleich ausführlich Bescheid, schien aber einige Mühe zu haben, sich die Anweisungen zu merken. »Ich biege also am *Georg* links ab ... oder war es rechts ...«

Miss Bates kam ein Gedanke. »Vielleicht könntest du Mr. Churchill begleiten, Jane, dann kannst du gleich bei Mrs. Ford wegen der Handschuhe nachfragen, die ich bestellt habe. Es ist ein schöner Tag, der Gang würde dir gewiß guttun. Finden Sie, daß meine Nichte blaß ist, Mr. Churchill? Sie kennen Jane aus Weymouth mit seinem gesunden Seeklima, finden Sie, daß sie blasser ist als dort? Ich habe schon etliche diesbezügliche Bemerkungen gehört. ›Ach, Miss Bates‹, sagte erst neulich Mrs. Goddard zu mir, ›wir finden, daß Jane so blaß geworden ist, macht sie sich denn genug Bewegung in frischer Luft?‹ ›Ja wissen Sie, Mrs. Goddard‹, habe ich gesagt –«

Frank versicherte der bekümmerten Tante, ihre Nichte sei keineswegs blaß, was im Augenblick auch stimmte, denn Janes Wangen waren vor Verlegenheit gerötet, aber als die beiden jungen Leute glücklich unten auf der Straße standen und sich so langsam wie nur irgend möglich auf Fords Tuch- und Modewarenhandlung zubewegten, sagte Frank aufrichtig besorgt: »Sie sind wirklich blaß, viel blasser als in Weymouth. Wie kommt das, Miss Fairfax? Sind Sie krank? Bekommt Ihnen die Luft in der Heimat nicht?«

»Es hat nichts zu bedeuten«, sagte sie rasch. »Ich fühle mich ganz wohl.«

»Und glücklich?«

»Das Glücklichsein werde ich mit der Zeit noch lernen. Fürs erste empfinde ich es als großes Glück, wieder hier zu sein, bei meiner Großmutter und der lieben Tante Hetty. Es ist nur ... der kleine Ort wirkt ein wenig beengend ... und der Verlust so vieler lieber Freunde ...« Sie verstummte und biß sich auf die Lippen.

Er wagte es, sie kurz am Arm zu fassen, um sie an einer Pfütze vorbeizuführen, und sah sie mitfühlend an.

»Ich weiß ... ich verstehe Sie ... aber jetzt«, fuhr er ermutigend fort, »bin ich ja da und hoffe, Sie ein wenig entschädigen zu können. Wir werden uns doch oft sehen?«

»Nicht allzu oft«, sagte Jane gepreßt. »Hier wird viel geklatscht. Und Sie können es sich nicht leisten, ins Gerede zu kommen.«

Schmerzlicher denn je empfand sie das Beklemmende ihrer Lage.

»Ich habe schon eine List ersonnen«, sagte Frank munter, »um unsere Beziehung zu bemänteln. Wie ich höre, gibt es hier im Dorf noch weitere junge Damen – eine habe ich bereits kennengelernt –, deren Bekanntschaft ich pflegen werde, damit man mir nicht nachsagen kann, ich zeichnete eine mit besonderen Aufmerksamkeiten aus. Und wenn ich dadurch in den Ruf eines argen Courschneiders komme – was kümmert es mich? Ein gescheiter Plan, finden Sie nicht?«

»Ja, sehr«, sagte Jane, während ein leises Unbehagen sie beschlich. Hatten sich ihre Gefühle für ihn so verändert? Konnte das Eifersucht sein? War sie so kleinlich, daß sie sogar in diesem Ablenkungsmanöver eine Gefahr witterte? »Welche junge Dame haben Sie denn kennengelernt?« erkundigte sie sich höflich.

»Eine gewisse Miss Woodhouse – mein Vater nahm mich zu der Familie mit –, die Ihnen vermutlich bekannt ist. Eine sehr selbstzufriedene junge Dame, überaus stolz auf ihr Aussehen, ihr Vermögen, ihren Witz ... für unser Tarnmanöver wie geschaffen.« Er lachte. »Meinem Papa allerdings, das habe ich gleich bemerkt, wäre es vermutlich sehr recht, wenn aus mir und Miss Woodhouse ein Paar würde.«

»Wogegen sicher auch Ihre Verwandten in Yorkshire nichts

einzuwenden hätten«, versetzte Jane ziemlich kühl und bereute sofort, daß ihr diese Bemerkung entschlüpft war.

Frank nahm, um sie über die Straße zu begleiten, erneut ihren Arm und sagte leise: »Sie wissen genau, daß meine Wünsche in die entgegengesetzte Richtung gehen. Mir ist dunkle Schönheit lieber als ein Paar recht artiger haselnußbrauner Augen. Außerdem ist Miss Emma zu rund, und mit ihrem so hochgerühmten Witz ist es nicht weit her. Da besitzt Ihre Freundin Rachel sehr viel mehr Geist und echte Intelligenz.«

Das tröstete Jane so, daß sie Mr. Weston, der gerade in der Tür von Fords Tuch- und Modewarenhandlung erschien, ein freundliches Lächeln schenken konnte.

»Da bist du ja!« stellte Franks Vater befriedigt fest. »Zusammen mit Miss Fairfax, wie ich sehe. Das ist recht. Ist mein Sohn nicht vortrefflich geraten, Miss Fairfax? Aber beinah hätte ich's vergessen: Sie kennen ihn ja schon! Wie geht es Ihrer lieben Tante und Ihrer Großmutter? Gut? Freut mich, freut mich. So, mein Junge, jetzt müssen wir uns aber sputen ... wir haben noch mehr Besorgungen zu machen, und Mrs. Weston erwartet uns ... bis bald, Miss Jane, Sie und Miss Bates müssen wieder einmal abends nach Randall kommen, Sie müssen uns unbedingt wieder mit Ihrer schönen Musik erfreuen ...« Er nahm Franks Arm und zog ihn eilig davon, wobei er sich kaum noch Zeit für ein rasches »Auf Wiedersehen!« ließ. Jane hörte, wie er zu Frank sagte: »Das arme Ding ... man tut ihr einen Gefallen, wenn man sie zum Klavierspielen einlädt, die Damen Bates haben nämlich kein Instrument ...«

Jane, die allein vor Fords Tuch- und Modehandlung zurückblieb, kam es vor, als habe man ihr jäh Luft und Leben genommen. Wie fröhlich und unbeschwert Frank und sein Vater wirkten, wenn man die beiden zusammen sah ... Wie soll ich diese Täuschung nur ertragen, dachte sie. Wie soll ich es anfangen, Frank wiederzusehen, unbeobachtet mit ihm zu sprechen? Wo sie auch zusammenkamen, würden fremde Augen sie beobachten, sie würden sich stets aufs äußerste beherrschen müssen. Wie sollten sie es anstellen, Mitteilungen auszutauschen?

Frank aber schien der Gedanke an all diese Machenschaften, an so viel Heimlichkeit fast zu ergötzen.

Was habe ich getan, fragte sich Jane immer wieder. Was habe ich nur getan?

Ohne recht zu sehen, wohin sie ging, betrat sie schließlich das Geschäft.

Als Jane am nächsten Morgen im Vorderzimmer aus dem Fenster blickte, sah sie Frank Churchill Arm in Arm mit Emma Woodhouse und Mrs. Weston auf der anderen Straßenseite vor dem Gasthof zur Krone stehen. Sie sprachen offenbar über die Räumlichkeiten, die Fenster des Klubraums waren geöffnet. Frank warf einen Blick hinein und stellte seinen Begleiterinnen eine Frage. Sie schüttelten den Kopf. Alle drei befanden sich offenbar in bestem Einvernehmen.

Nur ihr Stolz und strenge Selbstzucht hielten Jane davon ab, unter einem Vorwand vors Haus zu treten. Aber nein, sie würde sich der Gruppe nicht aufdrängen, es war ersichtlich, daß die drei sich selbst genug waren.

Erneut vermißte Jane schmerzlich ihr Klavier. Sonst hatte sie sich, wenn sie sich einsam fühlte oder schlechter Stimmung war, durch ein, zwei Stunden konzentriertes Üben ablenken können. Dieser Trost blieb ihr hier versagt. Gewiß, sie hätte zu den Coles gehen können, aber da liefen ständig die kleinen Mädchen herum und unterbrachen sie beim Spielen ebenso ungeniert wie deren redselige Mutter; an wohltuendes Alleinsein war dort nicht zu denken. Entschlossen holte sie in dem Stübchen, das sie mit Tante Hetty teilte, das kleine Schreibpult unter dem Bett hervor, wo es verwahrt wurde, wenn es nicht in Benutzung war, stellte es auf den Waschtisch und setzte einen bereits begonnenen Brief an Rachel Dixon fort.

Am nächsten Morgen rief Tante Hetty, die aus dem Fenster gesehen hatte (was, wenn sie zu Hause war, mindestens jede halbe Stunde geschah): »Nein, so was, da kommen Mr. und Mrs. Weston. Aber wo haben sie denn den stattlichen jungen Mann gelassen?«

Die Westons hatten ein Paar Fasane mitgebracht. Mr. Weston und sein Sohn waren gestern in dem Wäldchen eines Nachbargutes auf der Jagd gewesen und hatten eine ansehnliche Strecke gemacht, »und irgend jemand«, sagte Mrs. Weston, »hat uns erzählt, daß die alte Mrs. Bates so gern Fasan ißt«.

»Mein lieber Herr, meine liebe Mrs. Weston, welche Großzügigkeit! Ich sage ja immer, wir haben die liebsten, besten Nachbarn auf der ganzen Welt. Aber wo ist Ihr Sohn, wo steckt der stattliche junge Mann?«

Man merkte den Westons eine leichte Verlegenheit an, die sie mit einem Lachen abzutun versuchten.

»Er ist nach London gefahren, um sich die Haare schneiden zu lassen, heute abend will er wieder zurück sein.«

»*Nach London! SechzehnMeilen!* Zum Haareschneiden? Was hat er gegen unseren guten Ben Strudwick hier im Haus?«

»Ja, wissen Sie, Frank ist in dieser Beziehung ein bißchen eigen, für ihn ist nur das Beste gut genug. Er ist schon ein rechter Stutzer«, sagte sein Vater belustigt, »aber er ist schließlich jung und muß es sich dann eben gefallen lassen, daß man ihn deswegen ein bißchen aufzieht, was, Miss Jane? Wenn ein junger Mann plötzlich besonders viel Mühe auf sein Äußeres verwendet, wissen wir ja, was die Glocke geschlagen hat ...« Und er machte eine scherzhafte Anspielung auf Miss Woodhouse, die Jane geflissentlich überhörte.

Franks offenkundiger Hang zur Eitelkeit schien Mrs. Weston – im Gegensatz zu ihrem Mann – recht nahe zu gehen, dennoch nahm sie ihren Stiefsohn in Schutz und betonte, im Grunde sei er ein guter Junge, ein lieber, braver Junge.

Mrs. und Miss Bates kamen, als sie wieder allein waren, über diese Extravaganz gar nicht hinweg.

»Sechzehn Meilen zweimal am Tag. Eine Chaise von der Krone. Jaja, da sieht man es, er hat eben nie aufs Geld schauen müssen!« Den ganzen Nachmittag ging das so, und da es inzwischen leicht regnete, konnte Jane nicht aus dem Haus. Frank wird rechtschaffen naß werden in London, dachte sie und überlegte, was er dort außer dem Haareschneiden sonst noch treiben mochte. Die Churchills hatten gewiß viele Bekannte dort. Man konnte davon ausgehen, daß er den Tag in angenehmer Gesellschaft verbringen würde. Lieber gar nicht daran denken...

Vor Anbruch der Dunkelheit kam Mrs. Cole, äußerte sich kopfschüttelnd über den Leichtsinn und die Verschwendungssucht junger Männer, dankte dem Himmel, daß sie nur Töchter hatte, und lud die Damen zu einer Abendgesellschaft am kommenden Dienstag ein. »Es soll auch musiziert werden, Miss Jane soll ihre schönsten Stücke mitbringen.«

»Jaja«, sagte Tante Hetty gemütlich, als die Besucherin gegangen war, »die Coles sind wirklich umgängliche, gesellige Leute. Und sie können es sich ja auch leisten. Seine Mietstallungen und sein Futtergeschäft in London haben sich in den letzten Jahren so erfreulich entwickelt, daß er sein Haus um einen Flügel erweitern konnte, du wirst es am Dienstag sehen, Jane.«

»Ich habe es bereits gesehen, Tante.«

»Ja, richtig... Wie vergeßlich ich werde«, sagte sie mit gutmütigem Lachen. »Bei solchen Einladungen ist Großmama immer gern bereit, Mr. Woodhouse Gesellschaft zu leisten, damit auch Miss Emma hingehen kann. Mrs. Goddard holt dann Großmama ab, sie spielen Tricktrack zusammen, und Miss Emma sorgt dafür, daß sie einen hübschen Imbiß bekommen... allemal Wein und Kuchen, manchmal sogar eine richtige kleine Mahlzeit, Kalbsbriesfrikassee oder Spargel, den Großmama so gern ißt...«

»Aber warum«, sagte Jane und versuchte vergeblich, sich ihren leisen Groll nicht anmerken zu lassen, »warum wird Emma Woodhouse zum Abendessen eingeladen, während wir erst nach dem Essen gebeten sind?«

Tante Hetty spielte verlegen mit ihrem Umschlagtuch.

»Ja, Kind, weißt du ... in unseren Verhältnissen ... alleinstehende Damen, nicht wahr ... Damen ohne Herrenbegleitung sind immer ein wenig lästig bei einem Diner, sie bringen die Tischordnung durcheinander ...«

»Aber Emma Woodhouse ist auch eine alleinstehende Dame«, bemerkte Jane ziemlich frostig.

»Ja, aber sie hat dreißigtausend Pfund und dadurch eine führende Stellung in Highbury, und das wissen die Coles natürlich. Noch vor einem Jahr, ehe das Futtergeschäft so florierte, hätten sie es gar nicht gewagt, sie einzuladen. Es ist sehr nett von ihr, daß sie zugesagt hat ... sie waren ihrer Sache gar nicht ganz sicher ... Aber natürlich trifft sie ja viele Bekannte dort, Mr. und Mrs. Weston und den jungen Mr. Churchill ... vielleicht ist das ja der Grund ... und Mr. Knightley und die Ponsonbys und Mr. Cox und dessen Sohn. Die Töchter Cox kommen auch hinterher mit Miss Smith ... und das ist doch eine so gute Freundin von Emma Woodhouse, du brauchst dich deswegen also nicht zu kränken, dafür gibt es nicht den mindesten Grund.«

Doch Jane kränkte sich sogar sehr, sie konnte nicht dagegen an.

Am nächsten Tag nach der Kirche gelang es Frank, kurz mit ihr zu sprechen unter dem Vorwand, er suche die Besitzerin eines liegengebliebenen Gesangbuchs.

»Wann gehen Sie morgens immer zur Post?« fragte er sie leise.

»Um halb neun.«

Er machte ein langes Gesicht, faßte sich aber schnell wieder und sagte: »Dann werden Sie mich irgendwann dort sehen.« Rasch wandte er sich um und hielt das Gesangbuch fragend einer anderen Dame hin.

Das Postamt lag an einer Biegung auf dem weniger belebten Ende der Hauptstraße. Am Montagmorgen hielt Jane dort vergeblich nach Frank Ausschau.

An diesem Vormittag aber geschah etwas so Außergewöhnliches, daß Jane an Franks Unzuverlässigkeit wie auch an die Unterschiede, welche die Coles bei ihren Einladungen machten, keinen Gedanken mehr verschwendete. Ein Fuhrmann hielt vor ihrem Haus, fragte nach Bates oder Fairfax und lud ein großmächtiges, in Sackleinwand gehülltes Gebilde ab.

»Ja, was ist denn das?« stieß Tante Hetty ganz aufgeregt hervor. »Was in aller Welt kann denn das nur sein? Gewiß ein Irrtum...«

Aber nein, die Sendung war unübersehbar adressiert an Miss Jane Fairfax bei Bates, High Street, Highbury, Surry. Und als man sie mit größter Mühe die schmale, steile Stiege hochbugsiert und im Wohnzimmer ausgepackt hatte, kam ein stattliches Pianoforte von der Firma Broadwoods zum Vorschein, dem ein dicker Stapel Noten beigegeben war. Mit einiger Mühe – einer der Windsorstühle mußte in das gemeinsame Zimmer von Jane und Tante Hetty verbannt und eine Klappe des Pembroke-Tischchens abgenommen werden – gelang es, in einer Ecke Platz für das Instrument zu schaffen.

»Aber von wem kann es sein?« staunte Tante Hetty. »Lag denn kein Brief bei? Keine Karte? Kein Zettel, kein Lieferschein?«

Der Fuhrmann schüttelte den Kopf.

»Wie rätselhaft! So etwas Sonderbares habe ich mein Lebtag noch nicht erlebt«, wiederholte Miss Bates immer wieder, nachdem der Fuhrmann in die Küche zu Patty geschickt worden war, um sich mit einem Glas Bier zu stärken.

»Sicherlich kommt es von Oberst und Mrs. Campbell«, erklärte Jane, der das Herz bis zum Halse schlug.

»Wie gütig! Wie aufmerksam! Sie wissen, wie sehr dir die

Musik fehlt. Aber eigenartig ist es doch, daß in den Briefen von Oberst Campbell nie davon die Rede war. Warum hat er das Pianoforte nicht schriftlich angekündigt?«

»Vielleicht ist eine Sendung verlorengegangen.«

»Ja, das ist natürlich möglich.«

Trotz der peinlichen Begleitumstände machte das Klavier Jane große Freude. Sie hatte nach der kurzen Begegnung vor der Kirche Frank nicht mehr gesehen, und dieses Zeichen seiner Anteilnahme, seiner aufrichtigen Fürsorge tat ihr sehr wohl. Sie spielte lange – so lange, wie sie den Verwandten und Nachbarn ihre Tonleitern und Etüden meinte zumuten zu können.

Am Dienstagmorgen war Frank auf der Post, wo er vergeblich nach einem Paket mit Wollstoffen fragte, die seine Stiefmutter angeblich erwartete. Schuldbewußt lächelnd sah er Jane an.

»Gestern früh, ich gestehe es, habe ich verschlafen. Ich bin eben ein rechter Faulpelz ...«

Jane bedankte sich hastig und verlegen für das Klavier. »Sie hätten nicht ... Sie sollten doch nicht ...«

»Natürlich sollte ich. Wenn ich denke, daß Sie auf etwas verzichten müssen, was Ihnen so notwendig ist wie die Luft zum Atmen ... und daß ich es so mühelos beschaffen konnte ...«

Jane wußte, daß das Klavier ihn mindestens dreißig Guineen gekostet hatte.

»Es ist unrecht, es schickt sich nicht ...«

»Sehe ich Sie heute abend bei den Coles?« unterbrach er sie.

»Ja. Tante Hetty und ich sind nach dem Essen gebeten.«

Er äußerte sich ziemlich abfällig über die Gäste, die man zum Abendessen gebeten hatte.

»Cox und sein Sohn! Ein plattfüßiger Notarius und ein junger Schreiber, der noch nicht trocken hinter den Ohren ist ... Aber hören Sie, ich muß Ihnen etwas sehr Unterhaltsames erzählen.«

»So?«

»Es handelt sich um Miss Woodhouse.«

»So?« wiederholte Jane bedeutend kühler.

»Miss Woodhouse bildet sich offenbar ein, sie hätte besonderes Talent zum Ehestiften sowie zum Aufspüren romantischer Verbindungen.« Typisch, sagte sich Jane und dachte an das Hochzeitsspiel. »Sie behauptet, Miss Taylor und meinen Vater zusammengebracht zu haben. Danach meinte sie, wie sie meiner Stiefmutter erzählte, die Ansätze zu einer Neigung zwischen Pfarrer Elton und ihrem Schützling, der kleinen Miss Smith, zu entdecken, die sich allerdings nicht so recht weiterentwickeln wollte. Elton ist abgesprungen und hat sein Herz einer Dame in Bath geschenkt. Jetzt aber – ich habe es direkt von der Quelle, von Miss Woodhouse höchstpersönlich, die nichts Eiligeres zu tun hatte, als mir ihre Vermutungen anzuvertrauen – ist sie angeblich einer heimlichen Romanze auf die Spur gekommen zwischen... raten Sie!«

»Wie sollte ich so etwas raten können«, sagte Jane kalt, aber mit unruhig klopfendem Herzen.

»Zwischen Ihnen und Mr. Dixon, denken Sie nur! All das wurde mir, einem fast Fremden, bei unserer zweiten Begegnung anvertraut, als wir unlängst mit meiner Stiefmutter durchs Dorf schlenderten. Ob es nicht an dem sei, wollte Emma wissen, daß Mr. Dixon viel lieber Sie als Miss Campbell Klavier spielen hörte? Daß er insgeheim Sie selbst lieber habe als jene Dame? Daß er sich dafür eingesetzt hätte, Sie sollten das junge Paar nach Irland begleiten?«

»Solche Fragen hat sie Ihnen gestellt?« fragte Jane fassungslos.

»Ja. In höchstem Grade erstaunlich, nicht wahr? Daß sie sich nach so intimen Einzelheiten über Leute, die sie nie gesehen hat, bei einem Mann erkundigte, dessen Bekanntschaft sie gerade erst gemacht hatte... Miss Emma Woodhouse ist eine verblüffend offenherzige junge Dame. Ich fand sie recht taktlos. Aber sehr unterhaltsam, das müssen Sie zugeben.«

»Ja, sehr«, bestätigte Jane gepreßt.

»Und uns kommt die Entwicklung sehr gelegen«, fuhr Frank vergnügt fort. »Wenn Miss Woodhouse aus unerfindlichen Gründen Sie und Dixon im Visier hat, kann sie kaum eine Verbindung zwischen mir und Ihnen wittern. Die Dame ist gehörig auf der falschen Fährte.«

Der Vorfall schien ihn derart zu belustigen, daß Jane sich leicht benommen fragte, ob er die Erinnerung an Weymouth wirklich so ganz aus seinem Gedächtnis verbannt hatte. War der Name Dixon ihm jetzt nur noch für einen müßigen Scherz gut? Hatte sie sich getäuscht, als sie glaubte, Frank habe ihre Gefühle für Matt durchschaut? Würde er anderes dann vielleicht auch so schnell vergessen? So schnell, wie Matt vergessen hatte?

»Ich muß gehen«, sagte sie unruhig. »Zu Hause werden sie sich fragen, wo ich so lange bleibe.«

Noch einmal versuchte sie ihm herzlich für das Klavier zu danken und gleichzeitig anzudeuten, daß sie das Geschenk für unbesonnen und für übertrieben aufwendig hielt. Doch er tat ihren Dank mit einer kurzen Handbewegung ab und winkte ihr vergnügt zum Abschied zu. »Bis heute abend«, rief er und ging in Richtung Randalls davon.

Doch dann drehte er sich noch einmal um. »Bin gespannt, was Miss Emma zu dem Klavier sagt«, meinte er lächelnd. »Bestimmt denkt sie, daß Dixon es Ihnen geschickt hat.«

13

Bei den Coles hatte sich eine zahlreiche und recht ungezwungene Gästeschar zusammengefunden.

Jane hatte, obschon in den minder bevorzugten Kreis der nach dem Essen Geladenen relegiert, sehr sorgfältig Toilette gemacht und noch größere Sorgfalt auf ihre Frisur verwandt. Seufzend dachte sie dabei an Rachel, nach der sie große Sehnsucht hatte.

»Die Iren sind ein wunderlicher Menschenschlag«, hieß es in einem Brief von Rachel, der gerade eingetroffen war, »aber sie wachsen mir immer mehr ans Herz. Sie sind so ungekünstelt, lebhaft und unterhaltsam – ganz anders als Großmama Fitzroy und ihr Freundeskreis. Ich werde nie müde, ihnen zuzuhören, sie haben eine so bildhafte Ausdrucksweise. Jetzt verstehe ich, woher Matt seine poetische Ader hat. (Es wird Dich freuen zu hören, daß er wieder schreibt, er arbeitet sehr fleißig.) Selbst die Gespräche mit mir scheinen den Iren Freude zu machen, sie nehmen sich meiner sehr freundlich an.«

Endlich, dachte Jane, ist Rachel unter Menschen, die sie zu würdigen wissen. Ich habe recht getan. Ja, es war alles gut so, wie es gekommen ist...

Doch diese Überzeugung war ihr nur ein geringer Trost, als sie dann abends mit Tante Hetty Mrs. Coles großen neuen Salon betrat. Die Damen, die man zum Diner gebeten hatte, hatten sich dort schon um den Kamin versammelt, die Herren waren noch nicht da.

Jane mußte sogleich eine äußerst peinliche Befragung wegen des Klaviers über sich ergehen lassen, die Nachricht hatte sich wie ein Lauffeuer im Dorf verbreitet. Mrs. Weston, Mrs. Cole, Mr. Goddard, Mrs. Cox, Mrs. Otway, Mrs. Gilbert, Mrs. Ponsonby – alle zeigten sich überaus interessiert an dem Fabrikat des

Instrumentes, seinem Ton, Anschlag und Pedal. Und gab es inzwischen irgendeinen Hinweis auf den großzügigen Spender? Höchst eigenartig, nicht wahr? Hatte sie von Oberst Campbell gehört? Oder von Mrs. Dixon? Das Klavier erregte weit größeres Interesse als Janes bisherige Lebensgeschichte oder ihre Auslandsreisen. Nach zehn Minuten wünschte Jane von Herzen, das Klavier wäre nie in Highbury eingetroffen. Ihr Gesicht fühlte sich verzerrt und starr wie eine Maske an. Statt ihr Freude zu bringen, wuchs sich dieses Pianoforte zu einer regelrechten Plage aus.

Die einzige, die ihr keine Fragen nach dem Klavier stellte, war Emma Woodhouse. Sie glaubt, daß sie schon alles weiß, dachte Jane grollend und wußte ihr für diese Zurückhaltung keinen Dank. Emma saß, sehr vornehm gekleidet, ein wenig abseits und unterhielt sich mit ihrer kleinen Freundin Miss Smith.

Einige der Herren kamen nun, gerötet und gut gelaunt von Wein und munteren Gesprächen, aus dem Speisezimmer, allen voran Frank Churchill. Er schenkte Jane und Miss Bates, die nahe der Tür saßen, ein flüchtiges Lächeln, ließ sie dann aber links liegen und ging geradewegs auf Miss Woodhouse zu. Er blieb neben Emma und ihrer Freundin stehen, bis eine Sitzgelegenheit frei wurde, dann nahm er Platz und blieb – endlos, so wollte es Jane scheinen, in Wirklichkeit mochten es sieben oder acht Minuten gewesen sein – munter plaudernd bei den beiden jungen Damen sitzen.

Nach und nach kamen auch die anderen Herren, in die Gesellschaft geriet ein wenig Bewegung, und Jane sah, wie Mr. Churchill in ihre Richtung blickte und lachend etwas zu Emma sagte, die ebenfalls zu ihr hersah. Dann stand er auf, bahnte sich einen Weg zu ihr und blieb belustigt und zufrieden lächelnd vor ihr stehen.

Sie sah mit ernstem Gesicht zu ihm auf.

»Guten Abend, Miss Bates«, sagte er zu Tante Hetty. »Ich

sagte gerade zu Miss Woodhouse, wie sehr ich die Frisur Ihrer Nichte bewundere. Höchst originell! So etwas habe ich hier noch nie gesehen. Es muß wohl eine Londoner oder Pariser Mode sein, die sie mitgebracht hat, um die Eingeborenen von Surry damit zu bezaubern...«

»Denken Sie nur, mein lieber Herr, sie hat sich ganz allein frisiert«, sagte Miss Bates. »Ist das nicht wirklich zum Erstaunen? Kein Friseur aus London könnte... aber Jane ist so geschickt in diesen Dingen. In Weymouth hatte sie ja immer *La Belle Assemblée* und solche Journale zur Verfügung... aber richtig, ich vergaß, daß Sie ja auch in Weymouth waren. Schlimm, wie vergeßlich ich werde. Eine angenehme Gesellschaft, nicht wahr? So viele Freunde... so viele liebe, gute Menschen...«

In diesem Moment bot Mrs. Cole Tee an, Miss Bates wandte sich halb ab, um ihr die Tasse abzunehmen, und Frank nutzte die Gelegenheit, Jane ein wenig beiseite zu führen.

»Ich bin in der glücklichen Lage, Ihnen das Neueste von Miss Woodhouse und ihren Mutmaßungen berichten zu können. Ich saß beim Diner neben ihr, und wir haben viel über Sie gesprochen.« Glaubt er im Ernst, darüber könnte ich mich freuen, dachte Jane, aber da fuhr Frank schon in ernsterem Ton fort: »Aber eine Frage vorweg: Wie sind Sie hergekommen?«

»Mr. Knightley hat meiner Tante und mir liebenswürdigerweise seine Kutsche geschickt.«

»Ah so«, bemerkte er ziemlich enttäuscht. »Meine Stiefmutter hätte Ihnen gern die Kutsche meines Vaters für die Heimfahrt angeboten... Sie sollen nicht eine halbe Meile in der Dunkelheit zu Fuß gehen... aber wenn Knightley schon...«

»Das war sehr gütig von Mrs. Weston«, sagte Jane gelassen, »und wir sind ihr sehr dankbar für ihre Aufmerksamkeit, aber es ist nicht nötig.«

»Immerhin scheint der alte Knightley ja das Herz auf dem

rechten Fleck zu haben. Weshalb er wohl nie geheiratet hat? Vielleicht eine Enttäuschung in jungen Jahren... Aber jetzt lassen Sie sich erzählen, was Emma Woodhouse zu sagen hatte. Sie ist inzwischen fest davon überzeugt, daß das Klavier von Dixon kommt, und hat sich die Sache durchaus zu ihrer eigenen Zufriedenheit zurechtgelegt. Ist das nicht gelungen? Beim Diner hat sie mir alles haarklein auseinandergesetzt. Eine wirklich erstaunliche junge Dame, sie muß die eigenwilligste Phantasie von ganz Surry haben. Ich kann mir nicht helfen, ich finde sie sehr unterhaltsam.«

Geschickt machte er eine Sitzgelegenheit für Jane ausfindig, nahm neben ihr Platz und fuhr leise fort: »Nachdem Sie jetzt in Muße das Instrument ausprobieren konnten, sagen Sie mir bitte ganz offen, ob es Ihnen liegt. War es die richtige Wahl? Ich habe in Weymouth sehr sorgfältig Ihren Geschmack studiert...«

»Sie müssen wissen«, erwiderte sie zurückhaltend, »wie genau es auf meine Neigungen abgestimmt ist.«

Selbst unter so vielen Menschen war es ihr peinlich, im Gespräch mit ihm gesehen zu werden. Ihr war, als seien aller Blicke auf sie gerichtet.

»Denken Sie nur«, fuhr er fort, »irgendwie hat Miss Woodhouse von jenem Zwischenfall gehört... vielleicht haben Sie ihn ja in einem Brief an Ihre Tante erwähnt... Sie erinnern sich, als Sie dank der Torheit dieser elenden Charlotte fast über Bord gestürzt wären... und Matt Dixon Sie im letzten Moment gerettet hat... Sie können sich vorstellen, wie diese Geschichte ihre Phantasie entflammte...«

Er lachte leise in sich hinein, aber Jane stand durch seine Worte mit einem Schlag jene unglückselige Bootsfahrt wieder spürbar und sichtbar vor Augen: die Hitze, die Unbequemlichkeit, die allgemeine Aufregung, als das Schiff sich zur Seite legte, Matt Dixons besorgtes Gesicht, als er sich über sie beugte, seine Arme sie umfaßten. Und dann, am gleichen Abend...

»Aber da rollen sie das Klavier herein«, rief Frank, »demnach steht jetzt musikalische Unterhaltung auf dem Programm. Natürlich macht Miss Woodhouse den Anfang. Vermögen rangiert stets vor Talent, so ist nun mal die Welt.«

Er schnitt Jane ein vielsagendes Gesicht, dann stand er auf und machte sich nützlich, indem er das Klavier zurechtrückte und die Noten ordnete. Als Emma ein, zwei schlichte Balladen zum Vortrag brachte, sang er ungebeten die zweite Stimme und bekam kräftigen Beifall. Er singt nicht so gut wie Matt Dixon, dachte Jane, aber durchaus angenehm und melodisch. Nach den bei diesen Anlässen üblichen Hochrufen, bescheidener Ablehnung und Ausflüchten der Darbietenden sangen sie noch zwei Lieder zusammen, dann räumte Emma anmutig das Feld mit der Bemerkung, weder in der Stimme noch in ihrem Vortrag könne sie sich mit Miss Fairfax messen, die... und so weiter und so fort.

Und was hat sie vorhin nicht alles über mich gesagt, dachte Jane.

Frank und Jane sangen jetzt längere Zeit zusammen. Sie trugen viele der Lieder vor, die von der Gruppe in Weymouth eingeübt worden waren, und beschwingt von der Musik und allem, was sie ihr bedeutete, spürte Jane fast wieder das Glück jener für immer vergangenen Tage. Ihre Stimme bekam dadurch unwillkürlich noch mehr Fülle und zusätzlichen Glanz. Der Applaus war stürmisch. Man bat und bettelte um Zugaben, bis Janes Stimme, der die Übung fehlte, belegt klang. Jetzt wurde Mr. Knightley energisch.

»Das darf nicht sein«, sagte er. »Miss Bates, was fällt Ihnen ein zuzulassen, daß Ihre Nichte sich heiser singt, nachdem sie gerade diese böse Erkältung überstanden hat? Greifen Sie ein, man hat kein Erbarmen mit ihr.«

»Ach du gütiger Gott... Ja, natürlich, Mr. Knightley, Sie haben ja so recht. Jane, Jane, du darfst deine Kehle nicht so überanstrengen... deine Stimme ist ja schon ganz rauh. Komm, Kind, setz dich zu mir, und laß dir dieses Tuch um den Hals legen.«

Frank war sofort ganz Zerknirschung, aber Jane hörte Mr. Knightley verdrießlich sagen: »Der Mensch hat nichts anderes im Sinn, als mit seiner eigenen Stimme zu prahlen.«

Jane war jetzt von Bewunderern umringt, die sich mit ihren Glückwünschen nicht genug tun konnten: Wirklich ganz erstaunlich, wie sich ihre Stimme seit ihrem letzten Besuch in Highbury entwickelt hatte... Frank wurde durch die Menge rasch von ihr getrennt. Wenig später hieß es, man würde tanzen, und ein freudiges Raunen ging durch den Raum. Stühle wurden gerückt, das Klavier an die Wand gerollt. Jane, die neben ihrer Tante saß, war plötzlich sehr müde, die durch die Lieder heraufbeschworenen Gefühle und Erinnerungen hatten sie Kraft gekostet. Zunächst war sie recht froh, daß man sie ganz in Ruhe ließ.

Als aber Mrs. Weston am Klavier eine unwiderstehliche Walzermelodie anstimmte, dachte Jane, wie schön es wäre, wieder mit Frank zu tanzen. Er tanzte so hinreißend. Sie sah sich nach ihm um, konnte ihn aber zunächst nicht entdecken.

Dann sah sie, wie er sich galant vor Emma Woodhouse verbeugte und sie an die Spitze des Zuges geleitete, der sich gerade formierte.

»Da führt der junge Mr. Churchill unsere Miss Woodhouse zum Tanz«, sagte Tante Hetty behaglich. »Das ist recht, sie ist die erste Dame hier. Wie huldvoll sie ihm zulächelt.«

Jane wurde von dem dicken Mr. Cole, ihrem Gastgeber, aufgefordert.

»Auf mein Wort, Miss Fairfax, da haben Sie uns mit Ihrem Spielen und Singen wirklich was Schönes geboten. Zum Erstaunen, wie Ihre Finger über die Tasten gehüpft sind! Ein Jammer, daß Sie nicht immer in Highbury bleiben, sonst hätte ich Sie sofort für unsere drei kleinen Töchter engagiert. Mrs. Cole liegt mir ständig in den Ohren, daß wir eine tüchtigere Lehrerin brauchen, aber was verstehen wir schon von derlei Dingen...«

Das ist das einzige, wozu ich tauge, dachte Jane und horchte dem Knarren von Mr. Coles Korsett nach, der neben ihr seine Bocksprünge vollführte. Das Korsett war der Preis des Wohlstands, er trug es, wie Miss Bates von Mrs. Cole wußte, erst seit einem Jahr.

Frank und Emma waren nicht weit weg, und Jane fing Franks Blick auf.

»Sie sehen müde aus, Miss Fairfax«, rief er ihr zu. »Ich fürchte, ich habe Sie mit unseren Darbietungen überfordert.«

Für eine Antwort wäre – selbst wenn Jane sie hätte geben wollen – keine Zeit gewesen, die nächsten Figuren trennten die beiden Paare.

Leider wurden ihnen nur zwei Tänze gegönnt, es ergab sich keine Gelegenheit zum Partnerwechsel. Die Gesellschaft war vorbei.

Jane hörte Frank zu Miss Woodhouse sagen: »Vielleicht ist es gut so. Ich hätte Miss Fairfax auffordern müssen, und ihr müdes Tanzen hätte mir nach dem Ihren gar nicht behagt.«

Mr. Knightley half Jane und Miss Bates fürsorglich in seine Kutsche. Er würde zu Fuß gehen, sagte er, um sie nicht zu inkommodieren, wogegen Miss Bates auf das lebhafteste protestierte.

Es sei doch Platz genug für drei... Zu Fuß bis Donwell, eine ganze Meile... In der Dunkelheit... Wo die eigene Kutsche greifbar sei... Was für eine Idee... das käme überhaupt nicht in Frage, er müsse auf jeden Fall mitfahren.

»Nun gut«, sagte er schließlich. »Aber ich werde davon absehen, Sie mit meiner Konversation zu belästigen, mir scheint, Miss Fairfax ist sehr erschöpft.«

Die breitschultrige, schweigende Gestalt zwischen ihr und Miss Hetty war Jane ein kleiner Trost, zumal die Tante ausnahmsweise – vielleicht unter dem Einfluß von Mr. Knightleys Persönlichkeit – auf der kurzen Fahrt nichts zu sagen wußte.

Gesellschaften sind etwas Schreckliches, dachte Jane. Wenn es nach mir ginge, würde ich nie wieder zu einer gehen.

Doch am nächsten Tag sprachen schon recht früh Frank und Mrs. Weston vor, um sich nach Miss Fairfax' Hals zu erkundigen. Hatte sie sich nach der Überanstrengung von gestern abend wieder erholt? Es täte ihm so leid, erklärte Frank, er schäme sich sehr, es nicht schon eher bemerkt zu haben.

Miss Bates war in der glücklichen Lage, ihm versichern zu können, daß Jane völlig wiederhergestellt und allenfalls ein bißchen müde war. »Aber das geht mir genauso ... wir sind es eben nicht gewöhnt, so spät zu Bett zu gehen. Aber denken Sie, was uns Verdrießliches passiert ist ... meiner Mutter ist ein Stift aus der Brille gefallen ... wir sind ganz konfus ... denn der liebe Mr. Knightley hat uns einen Scheffel Äpfel herübergeschickt ... gütig wie immer ... ich wollte die Brille schon längst zu John Saunders bringen, aber es kam immer etwas dazwischen ...«

»Lassen Sie mich das gute Stück doch einmal sehen«, bat Frank. »Doch, ich denke, ich werde den Stift wieder einsetzen können. Wenn Sie gestatten ... Ich habe große Freude an solchen Arbeiten, wenn Sie nur ein kleines, scharfes und spitzes Messer beischaffen könnten ... Am besten beginne ich gleich mit der Reparatur.« Er wandte sich an seine Stiefmutter: »Wollten Sie nicht zu Fords Tuch- und Modehandlung? Lassen Sie mich hier in Ruhe meine Arbeit verrichten, dann können Sie später mit meinem Vater noch einmal vorbeikommen, ich weiß, daß er auch gern hören möchte, wie Miss Fairfax' neues Instrument klingt.«

»Ganz wie du willst«, sagte die gutmütige Mrs. Weston. »Ich glaube, dort geht gerade Miss Woodhouse vorbei, ich muß noch fragen, wie ihrem Vater der Abend mit Mrs. Goddard gefallen hat ...«

»Miss Woodhouse? Tatsächlich«, rief Tante Hetty. »Dann laufe ich schnell mit Ihnen nach unten und bitte sie herauf, sie soll sich auch das neue Klavier anhören ... sicher ist sie entzückt von seinem Klang, sie versteht sich ja auf so etwas ...«

Miss Bates und Mrs. Weston verließen das Stübchen.

Die alte Mrs. Bates, ihrer Brille und damit ihrer Hohlsaumstickerei beraubt, schlummerte friedlich in dem Lehnstuhl am Kamin. Draußen hörte man Stimmen. Guten Morgen ... So ein reizender Abend ... wunderbare Musik ... dazwischen Hufgeklapper, Mr. Perry ritt vorbei, das Pferd rutschte auf dem Kopfsteinpflaster aus. Für die beiden jungen Leute im Haus aber war die Welt draußen versunken, für einen kurzen Augenblick war es, als säßen sie schweigend auf einem anderen Stern zusammen. Dann sagte Frank leise: »Ich hätte so gern mit Ihnen getanzt.«

»Wirklich?« erwiderte Jane mühsam und dachte an das, was er zum Abschied zu Emma Woodhouse gesagt hatte. Offenbar war ihm ihr kühler Ton nicht entgangen, denn er fuhr lebhaft fort: »Aber inzwischen ist mir eine gute Idee gekommen. Ich werde meinen Vater und meine Stiefmutter bitten, zu einer kleinen Gesellschaft in Randalls einzuladen ... einer Tanzgesellschaft, nur die Herrschaften, die auch gestern getanzt haben ... fünf oder sechs Paare. Ich denke mir, daß im Salon von Randalls Platz genug dafür sein müßte. Und dann ... dann können wir zusammen tanzen wie in Weymouth. Das war ein so beglückender Abend für mich ...«

»Sollten Sie sich nicht besser um Ihre Arbeit kümmern?« fragte Jane frostig. »Ich höre Stimmen an der Haustür.«

Er war auf sie zugekommen, wohl in der Hoffnung, ihre Hand zu ergreifen, aber sie wandte sich unvermittelt ab, trat ans Klavier und begann, die Notenstapel zu ordnen.

Unten hörte man Miss Bates: »Bitte sehen Sie sich vor, Mrs. Weston, an der Biegung ist eine Stufe. Bitte sehen Sie sich vor, Miss Woodhouse, unsere Stiege ist so dunkel ... Miss Smith, bitte sehen Sie sich vor. Miss Woodhouse, ich mache mir rechte Sorgen, haben Sie sich auch nicht den Fuß gestoßen? Miss Smith, die Stufe an der Biegung…«

Gleich darauf war das Stübchen wieder voller Menschen. Miss Woodhouse und Miss Smith mußten begrüßt, mit Sitzgelegenheiten, Bratäpfeln und Kuchen versorgt werden.

»Na, bist du noch nicht fertig?« fragte Mrs. Weston ihren Stiefsohn, der sich weiter an der Brille zu schaffen machte. »Als Silberschmied würdest du gewiß nicht viel verdienen.«

Er habe Miss Fairfax geholfen, einen Keil aus Papier unter einen der Klavierfüße zu stellen, erklärte Frank. Miss Woodhouse begrüßte er mit großer, ja fast übergroßer Höflichkeit. Er setzte sich neben sie und suchte ihr den besten Bratapfel aus.

»Ach, bitte, Miss Fairfax, machen Sie uns die Freude und lassen Sie uns Ihr neues Pianoforte hören«, sagte Mrs. Weston freundlich. »So ein stattliches Instrument, es hat gewiß einen wunderbaren Klang. Ihr Spiel gestern abend war ein großer Genuß, allem, was sonst hier zu Gehör gebracht wird, himmelhoch überlegen.« Sie streicht mich zu sehr heraus, dachte Jane unglücklich. Will sie damit vielleicht davon ablenken, daß ihr Stiefsohn Miss Woodhouse so ausgesuchte Aufmerksamkeiten erweist? Aber was sollte sie dagegen einzuwenden haben? Gewiß wäre es in ihren Augen eine überaus wünschenswerte Verbindung.

Wann werde ich je wieder frei von diesem bedrückenden Gefühl des Unbehagens, der Schuld, der Eifersucht und des Argwohns sein?

Jane saß vor den Tasten und wußte kaum, was sie spielte. Alle lobten ihre Darbietung und den Klang des Instrumentes in den höchsten Tönen.

»Ich weiß zwar nicht, wessen Vermittlung Oberst Campbell sich bediente, aber fest steht, daß er keine schlechte Wahl getroffen hat«, sagte Frank laut zu Emma. »In Weymouth habe ich viel von seinem guten Geschmack sprechen hören. Und eben diese weichen Obertöne schätzten er und seine Gesellschaft ganz besonders. Ich möchte annehmen, Miss Fairfax, daß Oberst Campbell seinem Freund entweder ganz genaue Anweisungen gegeben oder selbst an die Firma Broadwood geschrieben hat, was meinen Sie?«

Er sprach in heiter-neckendem Ton. Als Jane nicht antwortete, fuhr er fort: »Wie sehr Ihre Freunde in Irland sich in diesem Augenblick mit Ihnen freuden würden, Miss Fairfax. So, fertig.« Er wandte sich an Mrs. Bates. »Ich habe die Ehre, Ihnen Ihre Brille als vorläufig geheilt zurückzugeben.«

Er überreichte der alten Dame die Brille, dann trat er ans Klavier und legte einen Walzer vor Jane hin.

»Eine bezaubernde Weise. Sie haben gestern abend wohl nicht soviel Genuß daran gehabt wie ich, Miss Fairfax, Sie waren müde, nicht wahr? Ich glaube, Sie waren froh, daß nicht länger getanzt wurde. Aber ich hätte alles mögliche, ja ich hätte eine ganze Welt dafür gegeben, wenn man noch eine weitere halbe Stunde hätte tanzen können. Ich bitte Sie sehr, spielen Sie uns jetzt diesen Walzer.«

Sie spielte.

Nach ein paar Minuten sagte Frank im gleichen neckenden Ton: »Wenn ich nicht irre, wurde nach dieser Weise auch in Weymouth getanzt?«

Zornrot und der Tatsache, daß Emma ganz in der Nähe stand und jedes Wort hörte, nur zu sehr bewußt, wandte Jane sich einer anderen Weise zu. Hinter ihrem Rücken hörte sie Frank zu Emma sagen: »Die Noten, müssen Sie wissen, wurden zusammen mit dem Instrument geliefert, Miss Woodhouse. Sehr aufmerksam von Oberst Campbell, nicht wahr? Eine besonders vernünftige Überlegung, finde ich. Alles, was hier geschehen ist, hat Hand und Fuß. Nur aufrichtige Zuneigung vermag einen solchen Gedanken einzugeben.« Wie kann er nur, dachte Jane, und ihre Verstimmung vertiefte sich noch, als sie Emma lachend und verlegen zugleich sagen hörte: »Pst, Sie drücken sich zu deutlich aus, das muß Sie ja verstehen.«

»Hoffentlich«, sagte Frank unbekümmert. »Das, was sie jetzt spielt, ist ›Robin Adair‹, *sein* Lieblingslied.«

In ihrem Zorn spielte Jane lauter, und das Paar hinter ihr trat ein wenig zurück.

Miss Bates, die indessen auf der Straße Mr. Knightley erspäht hatte, öffnete den Fensterflügel und bat ihn heraufzukommen. »Miss Woodhouse und Mr. Frank Churchill sind da. Haben sie nicht gestern bezaubernd getanzt? Haben Sie schon einmal etwas Ähnliches gesehen?«

»Ganz bezaubernd«, erwiderte er trocken. »Weniger kann ich kaum sagen, da Miss Woodhouse und Mr. Churchill vermutlich jedes Wort hören. Und –« er hob die Stimme – »ich sehe nicht ein, warum man nicht auch Miss Fairfax erwähnen sollte. Miss Fairfax tanzt sehr gut, finde ich, und Mrs. Weston ist zweifellos die beste Kontertanz-Spielerin in ganz England...«

»Ach, Mr. Knightley... etwas weit Wichtigeres...« Und Miss Bates begann ihm überschwenglich für die Äpfel zu danken. »Jetzt ist er fort! Wie schade... Er hat es nicht gern, wenn man sich bei ihm bedankt...«

Mr. Knightley mag Frank Churchill nicht, dachte Jane. Hat er etwa durchschaut, daß Frank Komödie spielt?

»Wir müssen gehen«, sagte Mrs. Weston. »Es ist spät geworden. Kommen Sie, Emma, kommen Sie, Miss Smith, wir sind Mrs. Bates und Miss Bates lange genug lästig gefallen. Frank und ich begleiten Sie noch bis Hartfield.«

Die Gäste brachen auf, und Jane konnte Frank im Gehen nur noch einen vorwurfsvollen Blick zuwerfen.

Mehrere Tage verstrichen, bis sie Frank Churchill wiedersah. Bei ihren Morgengängen zur Post ließ er sich nicht blicken, sie hörte aber, daß man ihn häufig mit Mrs. Weston und Miss

Woodhouse spazierengehen sah und daß die Herrschaften aus Randalls einen Abend auf Hartfield verbracht hatten.

Er ist wankelmütig, dachte Jane.

Dann machte sie sich selbst Vorwürfe. Ich habe ihn mit meiner Kälte, mit meiner Reizbarkeit vertrieben, es ist meine eigene Schuld.

Dennoch tat ihr das Herz weh.

Die nächste Begegnung mit Frank fand unter ganz anderen Vorzeichen statt.

Die Mittel von Mrs. und Miss Bates erlaubten es ihnen natürlich nicht, den Armen des Dorfes all das an Wohltaten zukommen zu lassen, was das Vorrecht der reichen Miss Woodhouse war, aber auch sie halfen auf ihre stille, unauffällige Weise, wo sie konnten. Von Mrs. Cole oder anderen mildtätigen Spendern bekamen sie Wolle und Stoffe, aus denen sie Kleidungsstücke für Bedürftige machten, und so manche alte Häuslerin und so mancher entlassene Feldarbeiter freuten sich an kalten Wintertagen über einen warmen roten Unterrock, oder dicke Socken. Wo Krankheit und Armut herrschten, waren sie stets mit Rat und Tat zur Stelle. Mrs. Bates hatte ein ganzes Buch mit Rezepten für erprobte und bewährte Mittel, die sich früher jedermann im Pfarrhaus hatte abholen können, und in ihrer Vorratskammer standen noch immer Salben, Hustensäfte und Senfpflaster bereit. Eines dieser Mittel – eine Einreibung gegen Rheumaschmerzen – gab sie eines Tages Jane mit, die gern die Gelegenheit wahrnahm, einen ungestörten Spaziergang zu einer Kate zu machen, die ein wenig abseits, den Pfarrweg hinunter, aber eine Viertelmeile hinter dem Pfarrhaus selbst, gelegen war. Dort gab sie die Flasche bei dem alten John Abdy ab, der sich herzlich für die Gabe bedankte und sich mit weitschweifigen Anekdoten über ihren Großvater, den früheren Pfarrer, erkenntlich zeigte, bei dem er siebenundzwanzig Jahre lang Schreiber gewesen war. Während

Jane noch geduldig zuhörte – sie mochte nicht gehen, solange die Redeflut des Alten nicht auf natürliche Weise zum Stillstand gekommen war –, vernahm sie draußen Stimmen, es klopfte, und jemand rief: »Darf ich hereinkommen?«

Dann öffnete sich die Tür, Miss Woodhouse erschien und hinter ihr Mrs. Weston mit einem Topf Suppe. Über ihre Schulter hinweg sah Jane Frank Churchills Gesicht, das bei ihrem Anblick aufstrahlte.

Emma zeigte sich von ihrer besten Seite.

»Eine der berühmten Salben Ihrer Großmutter, Miss Fairfax? Wie freundlich. Ich habe schon Wunderdinge über ihre Heilkraft gehört.«

Es zeigte sich, daß Emma gekommen war, um dem Alten bei der Abfassung eines Bittbriefes an die Gemeindeverwaltung zu helfen. Sie hatte Papier und Tinte mitgebracht und machte sich sogleich geschäftig ans Werk.

Jane begrüßte die Neuankömmlinge höflich und wollte gerade aufbrechen, als Frank sie mit der Mitteilung überraschte, er würde sie begleiten. »Mein Vater wartet an der *Krone* auf mich, wir wollen zusammen nach Kingston reiten. Der Tag war so schön, daß ich mich meiner Stiefmutter auf ihrem Gang anschloß, und unterwegs trafen wir dann Miss Woodhouse. Aber auf dem Rückweg sind die beiden ja nun in bester Gesellschaft, vielleicht ist es ihnen sogar lieber, wenn ich nicht dabei bin.« Und er machte einen Scherz über weibliche Geheimnisse, den Jane in ihrer Verwirrung nicht recht verstand.

»War das klug?« fragte sie nervös, als die Kate hinter ihnen lag und sie in einer kleinen Senke waren, wo der Weg zwischen steilen Böschungen bergauf führte.

Statt einer Antwort warf er seinen Hut in die Luft und küßte, ehe sie es verhindern konnte, ihre behandschuhten Finger.

»Ich sehe Sie so selten allein, ohne all diese lieben guten langweiligen Seelen, die unseren Worten lauschen wie wiederkäuendes Vieh und von zwanzig nicht eins verstehen. Die Bewohner Highburys mögen allesamt einen prachtvollen Charakter haben, aber Sie werden mir zugestehen, daß es mit Geist und Witz bei ihnen nicht weit her ist. Diese trübselige Gesellschaft bei den Coles! Ich kann Sie beruhigen – bei dem Diner haben Sie nichts versäumt. Das einzig Erträgliche an dem ganzen Abend war der Tanz, und an dem war mir der Spaß verdorben, weil ich nicht mit Ihnen tanzen konnte. Daß man Sie hier so geringschätzt, geht über meine Begriffe. Ach ja, Miss Fairfax, heißt es, ein hübsches junges Ding, das Klavier spielen kann. Sie, die so viele Sprachen sprechen, die Sie im Ausland, in Westindien waren, die Sie in wenigen Monaten mehr Bücher gelesen haben als diese Leute im Laufe ihres ganzen stupiden Lebens...«

Jane lachte und verzieh ihm, was er an jenem Abend beim Abschied zu Emma gesagt hatte. »Gewiß, mich langweilen sie auch, aber sie meinen es gut. Daß sie mich nicht nach meinen Eindrücken über Westindien fragen, ist keine Geringschätzung. Sie haben eben wenig Interesse für das, was außerhalb des Dorfes vor sich geht.«

»Ich werde ganz toll vor Zorn«, sagte er, »wenn ich daran denke, daß Sie monatelang hier eingesperrt sind, in dieser geistigen Öde... Ein kurzer Besuch in Highbury ist ja gut und schön, aber –«

»Wie lange ich hierbleibe, ist meine eigene Entscheidung«, sagte Jane. »Ich kann mich jederzeit um eine Gouvernantenstelle bemühen...«

»Sprechen Sie nicht davon«, sagte er rasch. »Die Vorstellung ist mir unerträglich.«

»Aber es muß sein –«

»Schauen Sie«, unterbrach er Jane. Sie hatten die Anhöhe erreicht. An der Wegbiegung stand mitten in der Hecke, zwischen Haselbüschen und Schlehdorn, eine prächtige alte Eiche.

In dem wulstig-rissigen Stamm befand sich eine tiefe Höhlung, die von der Straße aus nicht gleich zu erkennen war, weil ein vorstehender Ast sie verbarg.

»Schauen Sie«, wiederholte Frank und steckte seinen Arm bis zum Ellbogen hinein. »Ganz trocken! Das vergessene Vorratslager eines Eichhörnchens und für uns ein idealer Briefkasten. Ich habe mir lange den Kopf zerbrochen, wie wir uns verständigen können, solange ich bei meinem Vater bin. Hier ist die Lösung.«

»Aber –«

»Kein Aber, wenn ich bitten darf. Sie werden oft nach dem armen Alten dort unten sehen, und durch die Wiesen geht man bis zu diesem Baum vom Anwesen meines Vaters aus nur zehn Minuten, man sieht von hier schon die Schornsteine. Täglich kann ich an dieser Stelle eine Botschaft hinterlegen, damit Sie nicht vergessen, daß es mich noch gibt.«

Jane konnte nicht leugnen, daß diese Regelung einiges für sich hatte. Und in den kommenden Tagen und Wochen sollte er mit vielen zärtlichen Zeilen, vielen winzigen Geschenken dieses Versprechen getreulich einlösen.

Eines Morgens stellte sich Frank in bester Laune bei Miss Bates ein.

»Kommen Sie, Miss Bates, und Sie natürlich auch, Miss Fairfax. Wir brauchen Ihren klugen, kundigen Rat.«

»Rat? Wer wird denn von mir einen Rat haben wollen?« fragte Tante Hetty ganz aufgeregt. »Aber trotzdem ... wenn Sie meinen, Mr. Churchill ... zu liebenswürdig ... so dankbar, daß Sie die Brille repariert haben ... komm, Jane ... knöpfe deinen Mantel zu, der Wind kommt von Osten ...«

Sie wollten nur bis zur *Krone*, sagte Frank zu Jane, als sie die Straße überquerten. Dort warteten schon Mr. und Mrs. Weston mit Emma Woodhouse, man wollte erörtern, ob es möglich sei, den Clubraum als Ballsaal zu nutzen. Es hatte sich herausgestellt, daß der Salon in Randalls für den gedachten Zweck nicht groß genug war.

Eine sehr vergnügliche halbe Stunde verging damit, in dem großen, verstaubten Raum über die gewichtigen Probleme von Beleuchtung und Musik, Tischen und Stühlen, Teepause und Souper zu beratschlagen. Konnte das Souper im Spielzimmer serviert werden, oder war das zu klein? Würden die älteren Herrschaften überhaupt Karten spielen wollen? War womöglich ein anderer Raum am Ende des Korridors für das Souper geeignet, oder war er zu weit entfernt?

»Diese schmutzige Tapete...« sagte Mrs. Weston mißbilligend. »Und der Anstrich so vergilbt und trostlos.«

»Aber Liebste, wer sieht denn so etwas bei Kerzenlicht!« widersprach ihr Mann und wechselte einen belustigten Blick mit seinem Sohn, und Emma sagte zu Jane: »Der Raum selbst ist gerade richtig in der Größe, neun oder zehn Paare ließen sich darin bequem unterbringen. Ich muß gestehen, daß ich den Plan sehr verlockend finde, Sie nicht auch, Miss Fairfax? Sicher tanzen Sie doch auch gern, fehlt Ihnen das hier nicht? In Highbury haben wir so wenig Gelegenheit dazu.«

Das klang so spontan, so ungekünstelt, daß Jane milder gestimmt wurde, doch das änderte sich schnell, als sie wenig später hörte, wie Frank Miss Woodhouse um die Ehre der ersten beiden Tänze bat.

Warum tut er das, dachte Jane verstimmt. Muß Emma Woodhouse denn immer die erste Geige spielen? Jetzt ging es darum, ein Datum für den Ball festzusetzen. »Eine Woche brauchen wir wenigstens für die Vorbereitungen«, sagte Mrs. Weston zu ihrem Gatten. »Kannst du nicht von deiner Tante und deinem Onkel die Erlaubnis erwirken, noch eine dritte Woche hierzubleiben, Frank?«

Frank Churchill hielt das für möglich, er hoffte es sehr. Drei weitere Tage vergingen mit angeregtem Planen. Jane war wiederholt mit Frank zusammen, man besprach die Musik, die Tänze.

Emma Woodhouse suchte sogar Jane in ihrem Heim auf und bat in freundschaftlichem Ton, ob Jane ihr (oder ihrer Zofe) jene besonders elegante Frisur beibringen könne, die auf der Abendgesellschaft der Coles soviel Aufmerksamkeit erregt hatte. »Sie haben so wunderschönes Haar, Miss Fairfax, gewiß Naturlokken, während mir meine Haare nur Verdruß bereiten. Jeden Abend muß ich sie aufdrehen...«

Jane war entwaffnet und gab bereitwillig die gewünschten Instruktionen. In dieser nachsichtigen Stimmung platzte sie heraus: »Ach, wenn nur nichts dazwischenkommt, Miss Woodhouse. Es wäre eine bittere Enttäuschung. Ich freue mich so sehr auf diesen Ball.«

Ihr Herz aber, mit Enttäuschungen wohlvertraut, war von heimlichen Zweifeln erfüllt, und zwar zu Recht, wie sich zeigen sollte. Zwei Tage später verlangte Mr. Churchill mit einem Expreßbrief die unverzügliche Rückkehr des Neffen. Mrs. Churchill sei sehr unpäßlich... ihr Zustand ernst... Frank müsse sofort nach Enscombe aufbrechen.

Er kam früh am Morgen, um den Damen die traurige Nachricht zu bringen. Tante Hetty war, wie immer an bestimmten Tagen der Woche, zum Frühgottesdienst gegangen, die alte Mrs. Bates war noch nicht auf. Frank und Jane hatten zehn Minuten für sich.

Sie war niedergeschlagen und sehr erregt. »Wir haben ein großes Unrecht begangen. Nie hätte ich mich auf so ein Vorhaben eingelassen, wenn ich gewußt hätte, was es alles nach sich zieht. Diese ständigen Täuschungen, diese Heuchelei... Wir handeln gegen all das, was Recht und Anstand gebieten. Daraus kann nichts Gutes entstehen. Ich bitte Sie, Mr. Churchill, nehmen Sie Ihren Ring zurück...« – schon zog sie ihn vom Band –, »bitte betrachten Sie die Verlobung als gelöst, sie ist nicht recht, ch weiß es wohl. Und was hätten wir je davon zu erwarten? Es st alles so sinnlos ...«

Doch Frank Churchill ließ sich nicht beirren. »Ich sollte Sie reigeben? Damit Sie sich mit Knightley verloben können oder nit dem jungen Cox? Niemals! Ich könnte es nicht ertragen, Sie zu verlieren. Schlimm genug, daß ich Sie jetzt hier allein lassen und nach Yorkshire zurückkehren muß, aber die Vorstellung, laß ich kein Recht mehr hätte, von Ihnen zu hören, daß ich Sie, neine liebste, schönste Hoffnung hier auf Erden, nie wiederehen dürfte – nein, das wäre nicht auszuhalten. Sie vergessen, vie trostlos und einsam das Leben für mich auf Enscombe ist.«

Er fiel vor ihr auf die Knie, hielt ihre Hand fest und bot einen o jammervollen Anblick, daß sie sich schließlich erweichen ließ. Sie konnte den Ring gerade noch in ihr Fichu stecken, ehe Tante Hetty die Treppe hochkam.

14

Janes Gesundheit war durch Frank Churchills Besuch so stark angegriffen, daß sie genötigt war, nach seiner Abreise mehrere Tage mit heftigstem Kopfweh das Bett zu hüten, ein Tuch über den Augen, beim mindesten Lichteinfall zusammenzuckend und hin und wieder, wenn sie die Schmerzen gar nicht mehr aushalten konnte, laut aufstöhnend. Keines der von Mr. Perry verschriebenen Mittel vermochte die Qualen zu lindern. Ganz langsam nur ließen sie nach, und bleich, müde und appetitlos schleppte Jane sich durchs Haus. Bis sie wieder Besuch empfangen konnte, war zu ihrer großen Erleichterung nicht mehr Frank Churchill, sondern die Rückkehr von Mr. Elton mit seiner Angetrauten das Thema, um das alle Gespräche kreisten.

Man sah Mrs. Elton zuerst in der Kirche, und danach bestand Miss Bates darauf, der neuen Pfarrfrau ihre Aufwartung zu machen.

»Immerhin hat auch deine Großmutter einstmals im Pfarrhaus gewohnt, Kind. Man darf in diesen Dingen nicht säumig sein, besonders wenn es sich um eine Neuvermählte handelt.«

Jane ließ sich, wenn auch nur ungern, dazu überreden, ihre Tante zu begleiten. »Es wird dir guttun, neue Gesichter zu sehen ... richtig, Mr. Elton kennst du ja schon, aber doch nur flüchtig ... das bringt dich gewiß auf andere Gedanken.«

Jane dachte daran, wie sie sich der Hoffnung hingegeben hatte, Mr. Eltons Gattin könne sich als angenehme neue Bekannte erweisen und ihr ein wenig die geliebte Rachel ersetzen. In trüben Gedanken ging sie mit Miss Bates den Pfarrweg entlang.

Mrs. Elton war eine kleine, dünne, lebhafte Person, die ihre erste Jugend bereits hinter sich hatte und sieben- oder achtundzwanzig Jahre zählen mochte. Sie hatte dunkles, nicht sehr volles

Haar, eine elegante Erscheinung, einen etwas fahlen Teint und prächtige, ein wenig vorstehende Zähne, die sie beim Lachen und Reden freigebig zur Schau stellte. Tante Hetty fand auch ihr Kleid sehr elegant, für Janes Geschmack war es etwas zu überladen. Mrs. Elton war nur zu gern bereit, Jane zu bewundern und mit ihr Freundschaft zu schließen.

»Ach, Miss Jane, Ihr Ruhm ist Ihnen vorausgeeilt«, sagte sie und lachte geziert. »In Bath habe ich so viel von Ihnen und Ihrem Talent gehört.«

»In Bath?« wiederholte Jane verwundert. »Ich wüßte nicht, daß ich in Bath Bekannte hätte.« Ganz kurz dachte sie an Frank, der im Januar mit seiner Tante dort gewesen war – aber nein, Mrs. Churchill und Miss Hawkins bewegten sich sicherlich nicht in denselben Kreisen.

»O doch, Miss Fairfax! Eine sehr gute alte Bekannte sogar. Ich kenne die Dame zwar nicht persönlich, habe aber eine liebe Freundin, die sie häufig besucht, eine gewisse Mrs. Partridge, und von ihr habe ich sehr, sehr viel über die Talente einer Miss Jane Fairfax gehört, ihr meisterliches Klavierspiel und all ihre anderen Fertigkeiten. Ich versichere Sie, daß die Vorstellung, in meiner neuen Umgebung eine so reizende Bekanntschaft vorzufinden, mir Genugtuung, größtes Behagen, ja geradezu Entzücken bereitete. Sie und ich, Miss Fairfax, sollten hier in Highbury einen Musikzirkel einrichten, wir werden die bezaubserndsten kleinen Konzerte veranstalten. Was halten Sie von diesem Plan?«

Jane, die keinen sehr günstigen Eindruck von Mrs. Elton gewonnen hatte, erwiderte zurückhaltend: »Ich bleibe möglicherweise nicht sehr lange in Highbury ...«

»Ach, mein liebes Kind«, sagte ihre Tante ganz aufgeregt, »du hast doch gesagt ... wir hofften, dich auf mindestens drei Monate ... ich irre mich doch nicht ...«

»Sie haben mich neugierig gemacht, Mrs. Elton«, sagte Jane

in der Hoffnung, dieses Thema nicht vertiefen zu müssen. »Sagen Sie mir doch, wer ist denn diese Bekannte in Bath, die mich so gut kennt?«

Es stellte sich heraus, daß es sich um Mrs. Pryor handelte, die Frau des früheren Pfarrers, die jetzt in ärmlichen Verhältnissen in den Westgate Buildings wohnte. »Die Gute ist so bienenfleißig«, sagte Mrs. Elton, »sie verfertigt Zwirnwickel, Nadelkissen und Kartenhüllen, die meine Freundin Mrs. Partridge für sie unter die Leute bringt.«

Jane wurde es schwer ums Herz, als sie hörte, wie kärglich ihre gütige Lehrerin aus Kindertagen ihr Leben fristen mußte. Wenn ich nur etwas für sie tun könnte, dachte sie. Dem Himmel sei Dank, daß meine Tante und Großmutter so aufmerksame, hilfsbereite Nachbarn haben.

Und dann, mit leisem Erschrecken: Wer weiß, ob es mir nicht auch einmal so ergeht...

»Aber sagen Sie mir doch, Miss Fairfax«, fuhr Mrs. Elton fort, »sind Sie eng mit Miss Woodhouse befreundet? Ganz im Ernst, die Frage ist mir sehr wichtig. Hier höre ich überall, daß Miss Emma die erste Dame am Ort ist, aber ich muß gestehen, daß ich mich nicht für sie erwärmen kann. Sie hat etwas so sehr Arrogantes, so sehr Abschätziges... und was ist sie denn schon? Hartfield ist nicht größer als Mapel Grove, der Besitz meines Schwagers Mr. Suckling. Es fällt mir schwer, mich mit ihren Allüren, ihrer Anmaßung abzufinden.«

»Aber meine Teuerste!« rief Tante Hetty ganz erschrocken, »Miss Woodhouse ist doch so huldvoll... so leutselig... so gütig zu uns allen... ich kann nicht zählen, wie oft meine Mutter bei dem alten Mr. Woodhouse zum Tee gebeten war... oder zu einem kleinen Abendimbiß... immer sehr behaglich... und zum Tricktrackspielen... und wenn sie schlachten, versäumt Miss Woodhouse es nie, uns einen schönen Schinken...«

»Gewiß, Mr. Woodhouse ist ein lieber alter Herr... diese

ezaubernd altmodische Galanterie... so ganz nach meinem Herzen... meine Schwester Selina sagt oft zu mir, ich selbst sei bsolut altmodisch... aber die Tochter mit ihrem kalten, steifen Betragen... Sie ist, ich gestehe es frank und frei, nicht nach neinem Geschmack. Es heißt, sie sei diesem reichen jungen Mann, Mrs. Westons Stiefsohn, versprochen...«

»In der Tat? Das ist uns neu«, sagte Tante Hetty mit der ebhaftesten Anteilnahme.

»Ach ja? Nun, vielleicht irre ich mich. Aber meine liebe Jane ich weiß, daß wir gute Freundinnen sein werden, deshalb erlaube ich mir die vertrauliche Anrede), wissen Sie, was Miss Emma Woodhouse behauptet hat... eine Impertinenz sondergleichen... eine Unverschämtheit... Mein Gatte, Mr. Elton, habe diesem kleinen Nichts, ihrer Freundin Miss Smith, den Hof gemacht, und es wäre deshalb eigentlich seine Pflicht und Schuldigkeit gewesen, um sie anzuhalten. Ich brauche wohl nicht zu betonen, daß daran, wie er ihr sehr bald klarmachte, kein wahres Wort war.« Sie lachte ein wenig. »All das hat sich natürlich zugetragen, ehe das Schicksal Mr. Elton und meine Wenigkeit im Kurhaus von Bath zusammenführte...«

»So ist das also«, sagte Miss Bates. »Jetzt, wo Sie es sagen, fällt mir ein, daß angedeutet wurde... Mrs. Cole hat mir gegenüber eine Bemerkung über die kleine Miss Smith gemacht... aber ich bin ja nicht versiert in diesen Dingen...«

Daher also, dachte Jane, die unverkennbar feindseligen Blicke, die Mr. Elton Miss Emma Woodhouse zuwarf. Ich fand es damals recht seltsam, daß er ihr eine so starke Abneigung entgegenbrachte. Sie erwartete von ihm die Heirat mit ihrem Schützling. Vielleicht hatte der Pfarrer Höheres im Visier? Womöglich hatte er Miss Woodhouse heiraten wollen? Gütiger Himmel, ich werde schon so provinziell und klatschsüchtig wie die ärgste alte Plaudertasche hier im Dorf.

»Ausgerechnet Miss Smith«, fuhr Mrs. Elton mit abgrundtiefer Verachtung fort, »von der man nicht einmal weiß, wer ihre Eltern waren...«

In diesem Moment kam Mr. Elton herein, der im Bewußtsein seines jungen Glücks satte Selbstzufriedenheit verbreitete.

»Ich sagte gerade zu Miss Jane«, erklärte ihm seine Angetraute, »daß sie und ich uns zusammentun müssen, um einen Musikzirkel zu gründen. Eine Soiree pünktlich jeden Donnerstag, ist das nicht ein vortrefflicher Plan?«

Jane gab erneut zu bedenken, sie wisse nicht, wie lange sie in Highbury bleiben könne. Sie ahnte, daß Frank Churchill Mrs. Elton abscheulich finden würde.

»Gerade heute bekam ich einen Brief von meinen Freunden aus Irland, Oberst und Mrs. Campbell, die mich einladen, sie zu besuchen, sie wollen jetzt bis zum Mittsommer bleiben und setzen mir sehr zu...«

»Ach, Kind«, jammerte Tante Hetty, »du hast mir doch gesagt, daß du dieses freundliche Angebot ablehnen würdest...«

»Gewiß können Ihre irischen Freunde Sie noch ein Weilchen entbehren, liebe Jane. Nein, nein, ich kann unmöglich die größte musikalische Begabung von Highbury ziehen lassen, ehe mein Musikprogramm fest etabliert ist. Sie dürfen einfach noch nicht weg«, erklärte Mrs. Elton mit neckischem Lächeln.

Jane sah sich sehr gegen ihren Willen zu Versprechungen gedrängt, die sie enger mit den Eltons in Berührung zu bringen drohten, als ihr lieb war. Recht geschieht dir, dachte sie ironisch. Warum mußtest du auch mit deinem Schicksal hadern und dir eine Freundin wünschen. Die hast du nun, und was für eine! Emma Woodhouse wäre ihr tausendmal vorzuziehen. Und da die Eltons sich in ihrer Abneigung Emma gegenüber offenbar einig waren, begann Jane, freundlicher über sie zu denken.

»Mrs. Elton scheint eine recht gescheite, liebenswürdige Dame zu sein«, sagte die gute Tante Hetty auf dem Heimweg zufrieden. »Wie schön für dich, Kind, daß du nun zu musikalischen Abenden und zu Ausflügen ins Pfarrhaus gehen kannst und eine Weile von uns Alten wegkommst. Du darfst nicht ständig mit Großmama und mir zusammenhocken, sonst wirst du uns noch trübsinnig. Und Mrs. Elton hat so gute Beziehungen. Sie hat mir versprochen, sich nach einer Stellung für dich umzuhören. Nicht, daß wir es eilig hätten, dich zu verlieren, bewahre. Aber eine Stellung, die nicht zu weit von Highbury entfernt wäre ... in einem eleganten, reputierlichen Haus ... dagegen könnten wir guten Gewissens nichts einwenden. Und Oberst Campbell wäre gewiß meiner Meinung.«

Ach, Frank, dachte Jane, was soll ich nur tun?

Sie sah sich schon gegen ihren Willen auf irgendein Maple Grove, zu irgendeiner Mrs. Suckling verbannt.

Zwei Tage später aber kam ein frohlockender Brief von Frank. »Ich habe meine Tante und meinen Onkel soweit, daß sie meinen, der Umzug nach London täte ihnen gut. Wir werden bald wieder in der Manchester Street sein, vielleicht schon im April, sicher aber im Mai. Welche Freude, daß ich dann nur sechzehn Meilen von Ihnen entfernt bin, daß mir eine knappe Stunde Fahrt die Möglichkeit gibt, Sie zu sehen, Ihnen nah zu sein. Ich denke ständig an Sie ... träume jede Nacht von Ihnen ... verzehre mich in Sehnsucht nach dieser Zeit.«

Janes Stimmung hob sich. Seine so liebevollen, herzlichen und impulsiven Briefe stimmten sie immer heiter. Sie mußte sich gestehen, daß ihr die täglichen Zettel, Verse und verspielten kleinen Gaben fehlten, die er während seines Aufenthalts bei den Westons in dem hohlen Eichbaum abgelegt hatte. Und doch, dachte sie, was nützt mir im Grunde seine Nähe? Sie nötigt mich nur, mich ständig anders zu geben, als ich bin, alle Menschen zu belügen ... und das ist mir verhaßt. Ich habe kein Talent zum Heucheln, zum Theaterspielen, bringe es nur schwer fertig, mich meinen liebsten Freunden gegenüber zu verstellen. Seltsam, daß sich Frank daran offenbar nicht stört, es ist fast, als mache ihm derlei noch Vergnügen.

Diese Gedanken beschäftigten sie wieder einmal, als sie eine Dreiviertelmeile hinter dem Dorf auf einem Zauntritt saß. Es war ein schöner, warmer Nachmittag Ende März, und sie hatte gerade noch einmal Franks Brief gelesen, als sie plötzlich ganz in der Nähe Stimmen hörte und Emma und Harriet Smith erblickte, die auf einem Fußpfad auf sie zukamen.

»Guten Tag, Miss Fairfax!« rief Emma in herzlichem Ton. »Herrliches Wetter, nicht wahr? Wie Sie sehen, haben wir Kätzchen für unsere Zeichenstunde gesammelt. Haben Sie gute Nachricht von Ihren Freunden in Irland?« setzte sie hinzu, denn Jane hatte errötend Franks Brief in ihrem Muff verschwinden lassen. Sie meinte Emmas Blick auf dem Papier zu spüren und errötete noch tiefer, als sie sich an Franks und Emmas leichtfertig-neckende Bemerkungen über Matt Dixon erinnerte. Wie konnten sie nur... Wie hatte Frank auf diese Weise und in diesem Zusammenhang von Matt Dixon reden können, da zumindest er doch wußte, wieviel ihr dieser Name bedeutete?

Sie antwortete gelassen, ihre Freunde in Irland befänden sich wohl und hätten sie wiederholt eingeladen, zu ihnen zu kommen – was ja durchaus der Wahrheit entsprach –, sie wolle aber ihre Tante und ihre Großmutter noch nicht so schnell wieder verlassen.

»Sehr pflichtbewußt und schicklich«, sagte Emma. »Nicht wahr, Harriet?«

»O ja, Miss Woodhouse!«

Harriet war ein lästiges kleines Geschöpf, fand Jane, das nichts als »O ja, Miss Woodhouse, o nein, Miss Woodhouse...« herausbrachte. Wie konnte Emma das nur tagtäglich aushalten? Aber es bleibt ihr wohl nichts anderes übrig, dachte Jane. Dann überlegte sie kurz, wie wohl Harriet Mr. Eltons Treulosigkeit aufgenommen hatte. War sie in den Pfarrer verliebt gewesen?

Hatte ihr die Geschichte großen Kummer gemacht? Sie wirkte jetzt wieder ganz heiter und unbeschwert.

»Ich gebe nächste Woche eine kleine Abendgesellschaft«, sagte Emma. »Für Mr. und Mrs. Elton. Wir müssen den Neuvermählten schließlich gebührende Aufmerksamkeit erweisen, nicht wahr? Ich habe Papa davon überzeugt, daß es unsere Pflicht ist, und er hat widerstrebend zugestimmt unter der Bedingung, daß nicht mehr als acht Gäste geladen werden. Natürlich werden Mr. und Mrs. Weston kommen und Mr. Knightley ... Harriet hat bedauerlicherweise anderweitige Verpflichtungen ...« Harriet sah etwas verlegen drein. »... Würden Sie uns wohl die Freude machen, Miss Fairfax? Ich weiß, daß Mr. Knightley sich immer gern mit Ihnen unterhält.«

Jane verspürte leise Genugtuung, obschon sie den Verdacht hatte, daß die Bemerkung eher spöttisch gemeint war, und nahm die Einladung dankend an.

Das Wetter am Tag der Gesellschaft war unfreundlich. Immer wieder gingen mit Schnee durchsetzte Aprilschauer nieder. Mr. und Mrs. Elton hatten Jane angeboten, sie mit ihrer Kutsche abzuholen. Sie hätte es vorgezogen, mit Mr. Knightley zu fahren, denn es widerstrebte ihr, gleichsam als Protegé der Eltons auf Hartfield zu erscheinen. Ein Besuch dort war für Jane jetzt immer ein wenig seltsam, ein wenig schmerzlich. Zwar hatte sie nicht mehr das Gefühl, das Haus heiße sie willkommen, aber es barg doch immer noch viele Erinnerungen an die Kindheit. Nie betrat sie den Garten oder einzelne Räume, ohne daß ihr jene langen, friedlich erfüllten Kindertage wieder in den Sinn kamen, jene stillen Stunden am Klavier, während Mrs. Woodhouse im Nebenzimmer saß und ihr zuhörte, und die eigenartige Trauerwoche mit Emma, die gerade ihre Mutter verloren hatte. Ob Emma wohl hin und wieder auch an jene Tage dachte?

Zu ihrer freudigen Überraschung hatte sie am gleichen Tag

erfahren, daß unter den Gästen auch Mr. John Knightley sein würde. Sie hatte ihn im Dorf mit seinen kleinen Söhnen – den beiden ältesten Kindern – getroffen, die er zu einem Besuch bei ihrem Großvater und ihrer Tante nach Highbury gebracht hatte. Immerhin scheint Emma eine zärtliche Tante zu sein, dachte Jane. Wie wird sich aber Mr. Woodhouse zu diesem zusätzlichen Gast stellen, da er doch darauf bestanden hatte, nur acht Personen zu Tisch zu bitten? Und wird Mr. John Knightley viel Freude daran haben, unversehens in eine Abendgesellschaft zu geraten? Jane wußte von früher, daß er recht schweigsam und kein großer Freund von Geselligkeiten war.

Zum Glück für den Seelenfrieden des alten Mr. Woodhouse hatte Mr. Weston unerwartete Geschäfte in London wahrnehmen müssen und konnte nicht rechtzeitig zum Essen zurück sein, so daß die Zahl der Gäste unverändert blieb.

Mr. John Knightley, der in seiner stillen, zurückhaltenden Art Jane seit jeher sehr zugetan war, plauderte vor dem Essen mit ihr, während sein Bruder und Mrs. Weston sich um die Eltons kümmerten.

»Ich hoffe, Sie sind heute vormittag nicht weit gegangen, Miss Fairfax, sonst wären Sie gewiß naß geworden.«

»Ich war nur auf der Post«, sagte Jane, »und kam nach Hause, ehe der Regen allzu heftig wurde. Es ist mein täglicher Gang, ein Spaziergang vor dem Frühstück tut mir gut.«

»Aber doch sicher nicht im Regen«, sagte er trocken. »Wenn Sie erst einmal in mein Alter kommen, werden Sie mir zugeben, daß kein Brief es wert ist, sich dafür naßregnen zu lassen.«

»Ich kann mir nicht vorstellen«, erwiderte Jane, »daß ich in fortgeschrittenerem Alter Briefe für belanglos halten könnte.«

»Briefe sind nicht nur belanglos, sondern meist eine ausgesprochene Plage.«

»Daß Sie wenig Wert auf Briefe legen, ist nur zu verständlich«, widersprach Jane. »Sie haben Ihre Lieben stets in Ihrer Nähe, eine Freude, auf die ich vermutlich auf immer verzichten muß, und solange ich noch ein Fünkchen Liebe und Zuneigung besitze, wird deshalb ein Postamt mich stets ins Freie locken können – sogar in noch schlechterem Wetter als heute.«

In diesem Moment kam Mr. Woodhouse vorbei und bemerkte: »Ich höre mit Bestürzung, Miss Fairfax, daß Sie heute vormittag im Regen unterwegs waren. Junge Damen müssen sich in acht nehmen, sie sind wie zarte Pflänzchen. Haben Sie die Strümpfe gewechselt, liebes Kind?«

»Ja, Sir, und ich weiß Ihre liebevolle Fürsorge sehr zu schätzen.«

Jetzt aber eröffnete Mrs. Elton, die einen Teil des Gesprächs mit angehört hatte, das Feuer auf Jane.

»Meine liebe Jane, was höre ich da? Im Regen zur Post... das darf nicht sein... Sie leichtsinniges Mädchen, wie konnten Sie nur... Hat man so etwas schon mal gehört, Mrs. Weston? Da müssen wir einschreiten, sage ich, das werden wir ihr nicht noch einmal durchgehen lassen... Da muß eine Regelung getroffen werden. Der Mann, der morgens unsere Post holt (einer unserer Leute, ich habe seinen Namen vergessen), soll Ihre Briefe mitbringen.«

»Sehr liebenswürdig«, sagte Jane erschrocken, »aber auf meinen Morgenspaziergang kann ich nicht verzichten.«

»Kein Wort weiter, liebste Jane, die Sache ist ein für allemal erledigt.«

»Entschuldigen Sie«, sagte Jane mit Nachdruck, »mit einer solchen Regelung kann ich mich auf keinen Fall einverstanden erklären –«

Unwillkürlich sah sie zu Emma Woodhouse hinüber, in deren Augen es verständnisinnig aufblitzte. Sie ahnt etwas, dachte Jane. Sie weiß etwas. Aber was?

Überstürzt, fast aufs Geratewohl, fing sie wieder an zu sprechen... wie tüchtig es doch von der Post sei, die Briefe sicher ans

Ziel zu befördern ... bei diesen vielen verschiedenen Handschriften ... die meisten fast unleserlich ... Dann kam das Gespräch auf Ähnlichkeiten von Handschriften innerhalb einer Familie, die Schriften von Emma und ihrer Schwester Isabella wurden als Beispiel angeführt.

Und plötzlich erklärte Emma ziemlich zusammenhanglos: »Mr. Frank Churchill hat die beste Schrift, die ich an einem Mann je gesehen habe.«

Jane war wie gelähmt vor Schreck. Grundgütiger, dachte sie, dann hat sie tatsächlich seinen Brief gesehen, hat auf dem Bogen, den ich letzte Woche auf der Wiese in der Hand hielt, seine Handschrift erkannt.

Die weitere Unterhaltung schlug nur wie unverständliches Gesumm an Janes Ohr, und sie atmete auf, als wenig später zum Essen gebeten wurde und sie Mrs. Elton mit ihrem gekünstelten Lachen sagen hörte: »Muß ich den Anfang machen? Es ist mir richtig peinlich, daß man mir stets den Vortritt läßt.«

Emma sah Jane lächelnd von der Seite an, dann nahm sie ihren Arm und führte sie ins Speisezimmer, eine Geste guten Willens, die den beiden schönen, anmutigen jungen Damen wohl anstand.

Nach dem Essen zog Mrs. Elton, ihre Gastgeberin auf eine Art brüskierend, die Jane ebenso ungezogen wie unschicklich fand, Jane beiseite, kanzelte sie noch einmal tüchtig wegen ihrer törichten Gänge zur Post ab und brachte dann das Gespräch auf ihre künftige Tätigkeit.

»Wir haben jetzt schon April«, sagte sie, »ich mache mir allmählich Sorgen Ihretwegen. Haben Sie denn wirklich noch nichts Passendes gefunden?«

»Ich habe noch gar nicht angefangen zu suchen.«

»Ach, liebes Kind, Ihre Unerfahrenheit ist wirklich rührend. Wir müssen uns sofort umtun.«

»Wenn ich den Zeitpunkt festgesetzt habe – und das ist bis

jetzt noch nicht der Fall –«, erklärte Jane sehr bestimmt, »gibt es gewisse Stellen in London... Agenturen für den Verkauf nicht gerade von Menschenfleisch, aber von Menschengeist –«

»Sie schockieren mich, meine Liebe... Ihren Freunden wird es gar nicht recht sein, wenn Sie irgendeine mindere, gewöhnliche Stellung annehmen...«

»Ich möchte nicht, daß bis zum Sommer etwas unternommen wird«, erklärte Jane fest, »und damit ist es mir sehr ernst.«

»Und mir«, versetzte Mrs. Elton munter, »ist es ebenso ernst mit meiner Absicht, stets die Augen offenzuhalten, damit uns nicht die große Chance entgeht...«

Verstimmt und in die Enge getrieben, gelang es Jane nur mit Mühe, die Höflichkeit zu wahren. Zum Glück war inzwischen Mr. Weston eingetroffen, nach einem erfolgreichen Tag in London war er bester Laune und brachte einen Brief von Frank mit, den er zu Hause vorgefunden hatte und jetzt seiner Frau reichte.

»Lies nur, lies, das nenne ich eine gute Nachricht! Schon nächste Woche in London! Wenn sie erst da sind, bleiben sie gewiß länger, und die halbe Zeit wird Frank bei uns verbringen.«

Er wandte sich an Mrs. Elton, die in der Nähe stand, und sagte: »Ich hoffe, daß ich bald die Freude haben werde, Sie mit meinem Sohn bekannt zu machen.«

15

Bald hatte sich herumgesprochen, daß die Churchills in London eingetroffen waren. Als Jane an einem Vormittag mit Tante Hetty von einem Besuch bei Mrs. Cole zurückkam, blieb sie plötzlich wie angewurzelt stehen: Frank Churchill ritt über die Dorfstraße. Warum erschrickst du so, schalt sie sich, das ist doch ein ganz normaler Anblick! Er sei, wie er ihnen sagte, nur auf ein paar Stunden gekommen und bei seiner Stiefmutter auf Randalls gewesen. Dürfe er sie in etwa zehn Minuten mit einem kurzen Besuch belästigen? Er wolle so gern diese bezaubernden Obertöne von Miss Fairfax' neuem Klavier noch einmal hören. Und hatte sie – dies mit einem lächelnden Verschwörerblick – in dieser Sache schon Bescheid von Oberst Campbell?

Es dauerte sehr viel länger als zehn Minuten, bis er kam, sich das Klavier anhörte, feststellte, daß der Klang noch weicher sei, als er ihn in Erinnerung habe, und ihnen mitteilte, daß der Ball in der *Krone* wieder in den Bereich des Möglichen gerückt war.

Jane freute sich zwar darüber, war aber nicht wenig pikiert, als sie erfuhr, daß er nach ihrer Begegnung auf der Dorfstraße in Hartfield vorgesprochen hatte. Er schien ungewöhnlich erhitzt und fahrig. Womöglich, weil er mit Emma geplaudert hatte? Für ein Gespräch unter vier Augen ergab sich keine Gelegenheit. Alles mußte in aller Öffentlichkeit, vor aller Ohren, abgehandelt werden. Die Situation wurde immer unerträglicher. Jane hätte ihn gern gefragt, was ihn so in Wallung gebracht hatte, kam aber nicht dazu.

Zehn Tage vergingen, ohne daß sie ihn sah. Immer wieder stellte er seinen Besuch in Aussicht, hatte er die besten Absichten zu kommen, doch immer wieder zerschlug sich der Plan. Daß seine Tante ernstlich krank war, stand außer Zweifel. Und bald stellte sich heraus, daß London nicht der geeignete Ort für sie war. Sie konnte den Großstadtlärm nicht vertragen, ihre Nerven waren ständig überreizt, und nach zehn Tagen berichtete Frank seinem Vater, daß man umdisponiert hatte, sie würden sich sogleich nach Richmond begeben. Mrs. Churchill war an einen dort ansässigen angesehenen Arzt empfohlen worden und von Richmond auch sonst recht angetan. Man hatte für den Mai und Juni ein möbliertes Haus gemietet.

Mr. Weston war überglücklich. »Jetzt bekommen wir Frank wirklich in die Nachbarschaft! Was sind neun Meilen für einen tatkräftigen jungen Mann? Ein Ritt von einer Stunde ... Er wird uns fast täglich besuchen können, Richmond liegt so günstig für solche ungezwungenen Besuche. Jetzt können wir für unseren Ball einen Tag fest ins Auge fassen ... ein Maiball, was könnte es Besseres geben ... Nicht einmal Mr. Woodhouse kann jetzt noch Bedenken wegen Zugluft oder Feuchtigkeit haben.«

Das Datum für den Ball wurde festgelegt, aber nach so vielen Terminverschiebungen war Jane kaum noch etwas an Vorfreude geblieben. Der Ball dürfte für mich wenig vergnüglich verlaufen, sagte sie sich. Still und mechanisch traf sie ihre Vorbereitungen. Ihr Haar türmte sie zu jener Pariser Hochfrisur, mit der sie seinerzeit Rachel verschönert hatte, und flocht Flitter und Perlen hinein.

»Dein Haar, Kind«, rief ihre Tante. »Da werden aber die Leute ... Wirklich sehr ... Ach, da kommt ja schon die Kutsche unseres gütigen Mr. Knightley, um Großmama nach Hartfield zu bringen. Nimm nur auch deinen Schal mit ... abends ist es nicht warm ... den schönen großen neuen Schal, den Mrs. Dixon geschickt hat ... wie gütig unsere Freunde sind ... so ein herrliches Blau. Ich erinnere mich, daß Jane sagte, Oberst Campbell wäre eigentlich mehr für Oliv gewesen, aber Blau ist bestimmt kleidsamer ... sie hatten drei zur Auswahl, sagt Jane, aber schließlich haben sie sich für den blauen entschieden. Ich komme dann zwischendurch vorbei, um dich heimzubringen, liebe Mutter, denn ich weiß, daß Mr. Woodhouse nicht gern spät zu Bett geht, ihr könnt mich gegen halb zehn erwarten ... natürlich beste Grüße an den lieben Mr. Woodhouse ... bist du fertig, Jane? Da kommt Mr. Eltons Kutsche ... liebe Güte, so viele Kutschen vor unserer Tür, die Leute müssen ja denken ... dabei ist es praktisch nur über die Straße, ein Katzensprung gewissermaßen, gewiß, freilich regnet es ein bißchen ... was heißt Regen, es drippelt, wie Patty sagen würde ...«

Vor dem Eingang zur *Krone* nahm Frank sie mit einem Lächeln und mit großen Regenschirmen in Empfang. Sein Blick sagte Jane, wie sehr er ihr Aussehen bewunderte. Ihr wurde wohler. Und die großen alten Räume wirkten sehr ansprechend mit den vielen fröhlichen Menschen, die sich alle kannten, im strahlenden Licht der Kerzen, das mit dem nachgedunkelten Anstrich und der fleckigen Tapete versöhnte.

Die Eltons waren schon eingetroffen und mit Frank bekannt gemacht worden. Jane hörte Mrs. Elton sagen: »Wirklich ein stattlicher junger Mann, Mr. Weston, er gefällt mir sehr, das muß ich schon sagen ... ein wahrer Gentleman, völlig frei von Arroganz und stutzerhaftem Gebaren. Ich habe eine große Abneigung gegen Stutzer, sie sind mir geradezu ein Greuel. Im Haus meines Schwagers in Maple Grove duldete man sie nicht. Ach, da sind Sie ja, meine liebe Jane. Hat die Kutsche Sie wohlbehalten hergebracht? Sie sind in Weiß, wie passend. Ich finde ja, daß junge Damen in Weiß ... und Ihr Haar, kunstvoll wie stets. Wie gefällt Ihnen mein Kleid? Sind Sie mit dem Besatz einverstanden? Ich gebe sehr viel auf Ihren Geschmack. Wie hat Wright mich frisiert? Was halten Sie von dieser Mode? Niemand legt ja im allgemeinen so wenig Wert auf Putz und Tand wie ich ... aber da man diesen Ball mir zu Ehren gibt ... Ich sehe kaum Perlen im Saal außer den meinen ... selbst Miss Woodhouse hat nicht ... Was halten Sie von dieser Spitze? Bezaubernd, nicht wahr?

Frank Churchill soll ja ein hervorragender Tänzer sein. Nun, wir werden sehen, wie wir zusammenpassen. Wirklich ein sehr stattlicher junger Mann, ich bin sehr von ihm eingenommen.«

Frank, der in diesem Augenblick zufällig zu Jane hinsah, blinzelte ihr unauffällig zu. Jane schnappte nach Luft, hustete in ihren Fächer und wandte rasch den Blick ab. Aber ihre Stimmung hob sich – nur um auf einen neuen Tiefpunkt zu sinken, als der Ball eröffnet wurde.

Mr. Weston und Mrs. Elton machten den Anfang, Frank führte Emma Woodhouse aufs Parkett, die ihm damals bei der Besichtigung der Räumlichkeiten die ersten beiden Tänze zugesagt hatte, und der desolaten Jane blieb nichts anderes übrig, als mit Mr. Elton zu tanzen. Das war nun wirklich kein Vergnügen, obschon er selbst sich offenbar für unwiderstehlich hielt, denn er gefiel sich in den kunstvollsten Kratzfüßen und Verrenkungen und bedachte sie unentwegt mit einem breiten, selbstzufriedenen Lächeln.

Mr. Knightley tanzte nicht. Er stand bei den älteren Herrschaften und machte ein recht verdrießliches Gesicht. Stattlich und vornehm sieht er aus, dachte Jane, wie er da zwischen den untersetzten, vierschrötigen Landjunkern steht. Warum aber ist er überhaupt zu dem Ball gekommen, wenn er nicht tanzt? Hundertmal lieber hätte sie ihn zum Partner gehabt als Mr. Elton. Es war schon schlimm, wie sie durch die Eltons leiden mußte. Nur zu gern hätte sie sich von ihnen distanziert, wenn das nur möglich gewesen wäre.

Dieser Wunsch verstärkte sich noch, als sie vor dem Souper beobachtete, wie Mr. Elton die arme Harriet nachdrücklich und völlig unverdient brüskierte. Mrs. Weston hatte ihn dazu ermuntert, mit Mrs. Smith zu tanzen, die als einzige der jungen Damen nicht aufgefordert worden war, woraufhin er laut und vernehmlich erwiderte: »Miss Smith... hm, ja... ich hatte nicht gesehen... aber ich bin ein alter Ehemann, Mrs. Weston, die Tage des Tanzens sind für mich vorbei.«

Da er vor noch nicht einmal einer halben Stunde mit Jane getanzt hatte, konnte sie sich vorstellen, wie sehr Miss Smith diese Bemerkung überraschen und kränken mußte, zumal Mr. Elton und seine Frau sich jetzt vielsagend zulächelten.

Gleich darauf trat Mr. Knightley zu Harriet und bat sie zum Tanz.

Jane, die – diesmal an der Seite von Frank – neben ihnen in der Reihe stand, sah, daß Harriet nasse Augen hatte und Mr. Knightley einen fast anbetenden Blick zuwarf. Die arme Kleine, dachte sie, macht ein Gesicht, als habe er sie vor dem Schafott gerettet. Zumindest dürfte sie jetzt gründlich von ihrer Neigung zu Mr. Elton geheilt sein. Ein schändliches Betragen! Voller Genugtuung stellte sie fest, daß der Schuldige recht dumm dreinschaute und sich eiligst ins Spielzimmer verzog.

Man bat zum Souper – ein Lichtblick für Jane, denn Frank geleitete sie und Tante Hetty zu Tisch, die gerade Mrs. Bates heimgebracht hatte. »Ich lief schnell los, um Großmama zu Bett zu helfen, wie ich versprochen hatte, und hier bin ich schon wieder, und niemand hat mich vermißt. Liebe Jane, wie sollen wir uns nur die Hälfte all dieser Gerichte für Großmama merken? Und Suppe auch noch? Grundgütiger! Ich dürfte vielleicht noch gar nicht zugreifen, aber es riecht so köstlich...«

»Tanzen Sie noch einmal mit mir?« fragte Frank nach dem Souper.

»Wird das nicht auffallen?«

»Ach was, bestimmt nicht.«

»Sollten Sie nicht mit Miss Woodhouse tanzen?« fragte sie kühl.

»Nein, warum? Da geht sie schon mit Knightley auf die Tanzfläche, es scheint ihr so ganz recht zu sein.«

»Ja, dann...«

»Kommen Sie, Miss Woodhouse, Miss Otway, Miss Fairfax«, rief Mrs. Weston. »Wo bleiben Sie denn alle? Kommen Sie,

Emma, geben Sie den anderen ein gutes Beispiel. Seid nicht so träge. Schlaft ihr denn?«

Die Reihe formierte sich, und der Ball ging weiter.

Als Jane heimging, war Mr. Knightley in ihrer Wertschätzung weiter gestiegen (falls das überhaupt noch möglich war), die Eltons hingegen hatten in ihren Augen noch mehr an Ansehen verloren (wozu freilich nicht viel gehörte).

Am Tag nach dem Ball trug sich in Highbury eine dramatische Begebenheit zu, in die Mr. Frank Churchill und Miss Harriet Smith verwickelt waren. Jane Fairfax war nicht dabei, wurde aber zu gegebener Zeit durch zahlreiche Personen, die ebenfalls nicht dabeigewesen waren, aber aus der einen oder anderen garantiert zuverlässigen Quelle davon erfahren hatten, mit der Geschichte vertraut gemacht.

Frank, der gegen Mittag in Richmond sein mußte, hatte es geschafft, obgleich er früh aufbrechen mußte, kurz noch einmal bei den Damen Bates vorbeizuschauen unter dem Vorwand, Tante Hettys Schere zurückzugeben, die er sich beim Ball ausgeliehen hatte, um einen Kerzendocht zu beschneiden. Da Miss Bates in der Kirche war, hatte er sich fünf Minuten unter vier Augen mit Jane unterhalten können, und sie waren sich darüber einig, daß Elton die arme Harriet abscheulich behandelt hatte und Eltons Frau hoffnungslos vulgär war.

»Emma war äußerst aufgebracht, sie sagte, Elton habe sich unverzeihlich verhalten.«

»Mr. Knightley dagegen hervorragend«, sagte Jane, um von Emma abzulenken, die neuerdings auffallend häufig in Franks Unterhaltung vorkam.

»Knightley ist ein anständiger Kerl, nur schade, daß er aus unerfindlichen Gründen eine so starke Abneigung gegen mich gefaßt hat«, sagte Frank unbekümmert.

Dann bestand er darauf, mit ihr über die Schweiz zu sprechen.

»Da wir keine kurzfristigen Pläne machen können«, sagte er,

»müssen wir eben welche auf lange Sicht schmieden. Eines schönen Tages werde ich mit Ihnen nach Genf fahren, zum Schloß Chillon ... Die Seen und Berge werden Sie begeistern, und Ihre Schönheit wird vor diesem Hintergrund noch unwiderstehlicher sein.«

»Sie sind ein Träumer«, seufzte Jane. Dennoch war sie ein wenig versöhnt durch seine Versprechungen und durch die Tatsache, daß es ihm gelungen war, ihr noch einen Besuch abzustatten.

Erst später hörten sie von Mrs. Goddard, welches Abenteuer er danach bestanden hatte. Er hatte sich die Kutsche an einen bestimmten Punkt kurz hinter Highbury bestellt und war auf einem Abkürzungsweg zu Fuß dorthin unterwegs, als er weibliche Stimmen um Hilfe rufen hörte. Es stellte sich heraus, daß Harriet Smith und Miss Bickerton, eine Mitschülerin aus Mrs. Goddards Pensionat, auf einem schmalen, tief eingeschnittenen Landweg von einem Zigeunertrupp belästigt worden waren. Miss Bickerton hatte die Böschung erklimmen und querfeldein flüchten können. Miss Smith hatte, schlotternd vor Angst, den Zigeunern einen Schilling gegeben, womit diese sich aber nicht zufriedengeben wollten.

Frank Churchill konnte die hauptsächlich aus Kindern bestehende Bande rasch verjagen und geleitete dann die vor Schreck ganz benommene, an allen Gliedern zitternde Miss Smith zum nächstgelegenen Haus (es war zufällig Hartfield), wo sie sogleich in Ohnmacht sank.

Ein solches Abenteuer – ein stattlicher junger Mann und ein liebliches junges Mädchen, vom Schicksal unter so romantischen Umständen zusammengeführt – legte natürlich den findigen Köpfen und fleißigen Zungen von Highbury gewisse Gedanken nahe. Es dauerte kaum einen halben Tag, bis der Klatsch Mr. Churchill und Miss Smith zu einem ganz besonders beachtenswerten Paar gemacht hatte. Daß Frank auch nur das mindeste nteresse an der törichten kleinen Harriet hatte, traute Jane ihm rotz ihres Unmuts und ihrer Eifersucht nun doch nicht zu, und o konnte sie erst einmal wieder aufatmen.

Mit das Schlimmste an ihrer Lage, fand sie, waren jene aus eringfügigem Anlaß entstandenen Irrtümer und Mißverständisse, über die sie sich nicht offen aussprechen konnte und die ich deshalb vertieften und verschlimmerten wie schwärende Vunden.

Frank hatte ihr beteuert, daß er sich in Wirklichkeit überhaupt icht für Emma Woodhouse interessierte, aber wenn sie sah, wie r sich Emma gegenüber verhielt und – schlimmer noch! – wie sie uf seine Aufmerksamkeiten reagierte, fiel es ihr schwer, ruhig nd gelassen zu bleiben. Emma nimmt ihn sofort, wenn er um sie nhält, dachte sie. Ich fühle mich wie in der Falle, ich wünschte, h könnte weg von hier und meinen Verstand mit Sinnvollerem eschäftigen als mit diesen krankhaften Grillen. Ob Emma auch as Gefühl hat, in einer Falle zu sitzen?

n der Woche nach dem Ball in der *Krone* war in Highbury ahrmarkt, ein jährlich wiederkehrendes Ereignis. Auf dem vor ahrhunderten als Pferde- und Dienstbotenmarkt eingerichteten 'olksfest gab es auch jetzt noch einige Buden, an denen man toffe, Lederartikel, Werkzeuge, Gemüse und Käse kaufen onnte, aber im Mittelpunkt standen inzwischen Wettkämpfe, 'olksbelustigungen, Moriskentänze, Tänze um den Maibaum nd der Verkauf von allem möglichen Schnickschnack. Als Kind atte Jane der Jahrmarkt stets gelockt, doch der war nichts für die esseren Stände. »Da geht es zu grobschlächtig und rüde zu«, atte Tante Hetty gesagt, »Kinder aus gutem Hause haben dort ichts zu suchen. Mrs. Woodhouse geht mit Isabella oder Emma estimmt nicht hin.« So hatte die kleine Jane nur immer sehnichtig seufzend durchs geöffnete Schlafzimmerfenster den öhlichen Klängen von Kesselpauke, Dudelsack und Fiedel auf der großen Wiese hinter dem Gasthaus *Zum Georg und dem Drachen* lauschen können.

Nur halb im Ernst hatte sie zu Frank gesagt, hier könnte man ausnahmsweise einmal auf Förmlichkeiten verzichten, falls er gewillt sei, ihr und Harriet das Geleit zu geben. Miss Smith hatte nämlich erklärt, sie würde sich auch zu gern einmal die Lustbarkeiten ansehen, woraufhin sie von Emma ausdrücklich zur Ordnung gerufen worden war mit der Bemerkung, das sei eine lärmende, billige Angelegenheit, die Personen von Stand nicht zu interessieren habe.

Doch Frank hatte merklich gezögert. Er sei natürlich mit Freuden bereit, seine liebe Jane und die kleine Miss Smith zu diesem dörflichen Fest zu eskortieren, glaube aber kaum, daß seine Tante so kurz nach dem Ball schon wieder einen Besuch in Highbury gestatten würde. Die Angelegenheit blieb in der Schwebe, und bis zum Jahrmarktstag hatte Jane nichts von ihm gehört. Sie faßte deshalb den kühnen Entschluß, sich über die Konventionen hinwegzusetzen und das Fest allein zu besuchen. Sie teilte dies Harriet Smith mit, die sich ihr mit tausend Freuden anschloß. Die beiden jungen Damen zahlten am Eingang ihre Sixpence und begannen, mit der gebotenen Vorsicht die Gänge zwischen den Buden zu erkunden.

»Ist das nicht unterhaltsam, Miss Fairfax? Schauen Sie die Ferkelchen dort in dem Gehege... und hier die Schafschur, lieber Himmel, wie schnell das geht! Barmherziger, diese riesigen Käselaibe! Da, die Musselinstoffe, wie preiswert, ob ich wohl eine Bahn kaufen soll? Oder ein Tuch oder ein Sträußchen? Aber das müßte ich ja dann nur tragen. Und hier gibt es Besen und Eimer, aber was soll ich mit einem Besen... Sehen Sie nur, Miss Fairfax, ein Wahrsager! Nur ein Penny! Sollen wir uns die Zukunft deuten lassen?«

Doch Jane zog ein wenig fröstelnd die allzu begeisterungsfähige Miss Smith von der Wahrsagerbude mit Flittermond und

Glitzersternen weg. Die eigene Zukunft schien ihr viel zu ungewiß, um sie von Fremden ausforschen zu lassen.

»Schauen wir uns den Maitanz an«, schlug sie statt dessen vor.

»O ja, gern«, sagte Harriet nachgiebig wie immer.

Der Tanz war zum Entzücken. Um den weiß bekränzten Maibaum herum bewegten sich leichtfüßig-gewandt Mädchen und Burschen, jeweils ein Ende bunter Bänder in der Hand, die sie zu Mustern und Gespinsten verflochten, einmal den Maibaum dicht umhüllend, dann wieder einen luftigen Vorhang damit spannend. Die Musik machte einem Lust, selbst mitzutun...

Wenn nur Frank hier wäre und sich mit mir daran freuen könnte, dachte Jane, die sich in diesem Moment aufrichtig nach ihm sehnte. Und dann sah sie auf der anderen Seite des Maibaums Frank Churchill, der neben Emma Woodhouse stand. Jetzt hatte auch er Jane entdeckt und machte ein vergnügtes und sehr zufriedenes Gesicht. Eilfertig drängte er sich mit Emma durch die Menge. Daß er so unerwartet und noch dazu mit der falschen Dame auf dem Jahrmarkt erschienen war, erklärte er durchaus einleuchtend.

Seine Tante hatte sich – famos, nicht wahr? – im letzten Augenblick doch noch erweichen lassen, er hatte sich sofort auf sein Pferd geschwungen und war nach Highbury gejagt. Dort hatte er erfahren, daß Miss Fairfax und Miss Smith allein auf das Fest gegangen waren – wie kühn von den jungen Damen! –, und beschlossen, sie zu suchen. An der Post war er Miss Woodhouse begegnet, die in der Ferne die Musik gehört hatte und sich schließlich hatte überreden lassen...

All diese Erläuterungen brachte er überaus geläufig vor und lächelte dabei Jane unbefangen und liebevoll zu. Aber hat er nicht, dachte Jane, gerade eben noch Miss Woodhouse ganz genauso zugelächelt?

»Und jetzt, meine Damen, was soll es sein?« fragte er. »Das

gelehrige Schwein? Die Schmiede? Die Fischbude? Miss Fairfax, würde sich Ihre Tante nicht über einen schönen frischen Fisch zum Abendessen freuen? Ich stehe Ihnen gern zu Diensten...«

»O Himmel, Miss Woodhouse«, rief Harriet, »da ist Mr. Martin mit seinen Schwestern...« Sie deutete auf einen rotgesichtigen jungen Landwirt, der in Begleitung von zwei eher unscheinbaren, offenbar recht verständigen jungen Mädchen vorbeiging. »Soll ich ihnen nicht guten Tag sagen?«

»Aber nein, was fällt dir ein«, versetzte Emma. »Da sie dich nicht gesehen haben, wäre das entschieden zu viel der Ehre. Ich danke Ihnen für Ihre Begleitung, Mr. Churchill, und muß sagen, daß der Jahrmarkt genau so ist, wie ich ihn mir vorgestellt hatte: lärmend und gewöhnlich und gerade nur einen kurzen Besuch wert. Ich wäre Ihnen verbunden, wenn Sie mich jetzt nach Hartfield zurückgeleiten könnten, und du, Harriet, kommst am besten gleich mit, es wirft kein gutes Licht auf dich, wenn du dich längere Zeit hier aufhältst. Hoffentlich hat niemand von Belang dich gesehen.«

»Jawohl, Miss Woodhouse«, murmelte Harriet zerknirscht, und Jane blieb, ihrer Begleiterin beraubt, nichts weiter übrig, als mit den anderen den Jahrmarkt zu verlassen.

Auf dem Rückweg war sie schweigsam, und als Frank fragte, ob er bei ihrer Tante und Großmutter vorsprechen dürfe, nachdem er Miss Woodhouse nach Hause gebracht hatte, antwortete sie kühl, er würde niemanden antreffen, man sei für heute abend ins Pfarrhaus gebeten.

»Ein Vergnügen, um das ich Sie nicht beneide«, sagte Emma. »Dann haben Sie ja gewiß ein Weilchen Zeit, Mr. Churchill, bei uns Station zu machen und meinen Vater ein wenig zu unterhalten, er freut sich immer so über Ihren Besuch.«

Der Mai mit Primeln und blühendem Weißdorn ging schon langsam in den wärmeren Juni über, als die Eltons eine Gesellschaft gaben.

Mrs. Elton war nach ihrer Ankunft in Highbury unangenehm berührt von dem minderen Niveau der dortigen geselligen Abende gewesen, dem Fehlen von Eis, den kleinen Räumen, der kläglichen Quantität und Qualität des Gebäcks und dem unbekümmerten Gebrauch von Spielkarten mit Eselsohren, die ganz offenkundig schon viele Male gemischt und ausgegeben worden waren. Für die zahlreichen Einladungen, die sie erhalten hatte, wollte sie sich jetzt mit einer einzigen sehr vornehmen und glanzvollen Gesellschaft revanchieren.

»Müssen wir die Woodhouses einladen?« fragte sie ihren Mann, und dieser erwiderte nach reiflicher Überlegung:

»Ich fürchte, ja, meine Liebe, immerhin ist der alte Mr. Woodhouse Kirchenvorstand, aber wenn wir ihnen die Einladung eine Woche später als den anderen schicken, sieht die stolze Miss Emma gleich, was wir von ihr halten.«

Dieser kleine Nadelstich hatte eine unvorhergesehene Wirkung: Emma, die durch Mr. Knightley und andere Freunde, bei denen die Einladungen bereits eingegangen waren, über die Festlichkeit im Bilde war, konnte geltend machen, sie sei verhindert, denn leider, leider, sei an diesem Abend ihre Schwester Isabella Knightley im Hause, um ihre Söhne John und Henry abzuholen... So blieb auf beiden Seiten der Schein gewahrt.

Zufällig war an jenem Abend Frank bei seinem Vater und seiner Stiefmutter zu Gast und wurde huldvoll in die Einladung einbezogen. Natürlich nutzte er gern jede Gelegenheit des Zusammenseins mit Jane, zumal in einer größeren Gesellschaft, in der es vielleicht nicht so sehr auffiel, wenn er sich ihr widmete.

Es ergab sich, daß sich die jüngeren und leichtfertigeren Gäste an einem großen Tisch zusammensetzten, um ›Speculation‹ zu spielen, während die älteren, gesetzteren Herrschaften sich in einer anderen Ecke beim Whist vergnügten. Frank Churchill gelang es, einen Platz neben Jane zu erobern, die das Spiel nicht kannte. Er ließ es sich angelegen sein, sie mit dessen Feinheiten vertraut zu machen und ihre Karten zu betreuen. Mr. Knightley, der bei den Whistspielern saß, bemerkte bei den beiden jungen Leuten ein erstaunliches Einvernehmen: unverhohlen, ja, besitzergreifend bewundernde Blicke, die weit mehr als nur Sympathie ausdrückten, auf seiten des Herrn, deutliche Befangenheit und ein gewisses tieferes Einverständnis auf seiten der Dame.

Diese Beobachtung beunruhigte Knightley erheblich. Er schätzte Jane Fairfax seit ihrer Kindheit und fand die Vorstellung unerfreulich, sie könne sich auf eine heimliche Beziehung eingelassen haben, und zwar ausgerechnet mit dem jungen Mr. Churchill, dem er von Anfang an aus nur ihm bekannten Gründen sehr abgeneigt war. Er begann, sie genauer zu beobachten, und als die Gäste nach beendetem Spiel in einer lockeren Gruppe um das Feuer herumstanden und auf ihre Kutschen warteten, hörte er Frank leise sagen: »Wissen Sie, was ich als meinen größten Schatz betrachte?«

Man hatte in der Gruppe darüber gesprochen, was man bei einem Feuer als erstes retten würde, wenn man nur einen kurzen Moment für seine Wahl zur Verfügung hatte.

Jane schüttelte den Kopf, trat einen Schritt zurück und sah sich nach ihrer Tante um.

»Eine Handvoll Briefe«, sagte Frank. »Ein Päckchen, nicht größer als meine Handfläche... das wäre meine erste Wahl...«

Doch da stand Jane schon neben Miss Bates und sagte: »Tante Hetty, sollten wir nicht nach Hause gehen? Es wird spät, Großmama wird sich Sorgen machen...«

»Darf ich Sie nicht nach Hause –« setzte Frank an, aber sie schüttelte nachdrücklich den Kopf und hatte den Raum verlassen, ehe er sich mit seinem Vater und seiner Stiefmutter hatte verständigen können.

Das sieht schlecht aus, sagte sich Knightley, es riecht nach einem regelrechten Komplott. Frank Churchill hatte ich ja von Anfang an so eingeschätzt, er ist ein läppischer, liederlicher Mensch. Wie aber konnte sich Jane Fairfax mit ihrem ausgeprägten Sinn für das Schickliche und ihrem überlegenen Verstand nur in so etwas verwickeln lassen?

Was er eine Woche danach beobachtete, war dazu angetan, sein Mißtrauen noch zu vertiefen.

Die Westons und ihr Sohn hatten Miss Bates und ihre Nichte überredet, sie auf einem Spaziergang zu begleiten. Es war ein schöner Juniabend, und unweit von Hartfield begegneten sie Mr. Knightley, der Harriet und Emma von einem Gang über die Donwell Lane nach Hause brachte. Am Tor von Hartfield bat Emma alle auf eine Tasse Tee herein, da sie wußte, daß dieser Besuch ihrem Vater Freude machen würde.

In diesem Moment ritt Mr. Perry vorbei.

»Demnach hat sich also Perry doch keine Kutsche angeschafft«, sagte Frank beiläufig.

»Kutsche?« fragte Mrs. Weston. »Ich wußte gar nicht, daß er sich eine zulegen wollte.«

»Nein? Aber ich habe es von Ihnen. Sie haben es mir vor einem Vierteljahr geschrieben.«

»Ich? Unmöglich. Es ist das erste, was ich höre...«

»Wirklich? Dann muß ich es geträumt haben. Ich bin ein großer Träumer«, sagte Frank lachend. »Wenn ich nicht hier bin, träume ich von all meinen Freunden in Highbury, und wenn diese Träume ausgeträumt sind, träume ich von Mr. Perry.«

»Ja, also... um ehrlich zu sein«, ließ sich jetzt Miss Bates vernehmen, »im Frühjahr war wirklich mal davon die Rede, Mrs. Perry hat es meiner Mutter erzählt... aber unter dem Siegel der Verschwiegenheit, und sie haben eigentlich nur drei Tage mit dem Gedanken gespielt... Mrs. Perry dachte, sie hätte ihn soweit, daß er sich eine Kutsche anschafft. Weißt du nicht mehr,

Jane, Großmama hat uns davon erzählt ... Wo ist denn Jane? Ah ja, hinter uns. Zu merkwürdig, daß Mr. Churchill ausgerechnet so was geträumt hat ...«

Mr. Knightley meinte in Frank Churchills Miene eine gewisse Verlegenheit zu erkennen, die er zu unterdrücken oder mit einem Lachen zu bemänteln suchte. Unwillkürlich hatte er sich Jane zugewandt, die sich an ihrem Schal zu schaffen machte. Mr. Knightley hatte das Gefühl, daß Frank Churchill versuchte, ihr mit den Augen etwas zu signalisieren, aber Jane betrat die Halle von Hartfield, ohne nach rechts oder links zu blicken.

Als sie nach dem Tee alle um den großen runden Tisch herum saßen, fragte Frank Churchill: »Miss Woodhouse, haben Ihre Neffen eigentlich die Alphabete mitgenommen? Wir hatten neulich so großen Spaß damit, ich würde Ihnen gern wieder Rätsel aufgeben.«

Emma holte bereitwillig die Schachtel, und wenig später war der Tisch übersät mit den Buchstaben, die sie für die beiden kleinen Jungen auf Pappkärtchen geschrieben hatte.

Frank bedachte jetzt, wie Mr. Knightley äußerst mißbilligend feststellte, Emma Woodhouse mit ausgesuchten, ja, man konnte fast sagen eindeutigen Aufmerksamkeiten, ganz so, als wolle er damit über seine wahren Gedanken oder Absichten hinwegtäuschen. Nachdem er und Emma sich geraume Zeit damit belustigt hatten, gemeinsam Worte zu bilden und den anderen zum Raten vorzulegen, schob er Miss Fairfax mit etwas zu gleichgültiger Miene ein Wort zu, das sie zu enträtseln versuchte. Frank saß neben Emma, Jane den beiden gegenüber, und Mr. Knightley saß so, daß er alle drei im Blick hatte. Das Wort war offenbar erraten worden, die Buchstaben wurden mit leichtem Lächeln neu gemischt und weggeschoben. Harriet Smith, immer eifrig um neue Worte bemüht, nahm es auf und sah Mr. Knightley hilfesuchend an. Das Wort lautete ›Schnitzer‹, und als Harriet es triumphierend aussprach, errötete Jane, so daß es eine nicht auf den ersten Blick erkennbare tiefere Bedeutung erhielt. Vermutlich gibt es da einen Zusammenhang mit dem Traum, dachte Mr. Knightley, aber was sonst noch dahinterstecken mochte, war ihm unerfindlich. Wo waren Feingefühl und Diskretion seiner lieben Freundin geblieben? Ja, hier bestand wohl tatsächlich ein geheimes Einverständnis. Unaufrichtigkeit und doppeltes Spiel, wohin man blickte...

Er behielt weiter Frank Churchill im Auge und sah, wie dieser ein kurzes Wort legte und es Emma mit einem durchtrieben-unschuldigen Blick hinschob. Sie fand es sehr erheiternd, obschon sie wohl meinte, es der Form halber mißbilligen zu müssen, denn sie sagte: »Pfui, schämen Sie sich!«

Frank Churchill warf einen raschen Blick zu Jane hinüber. »Ich gebe es ihr, soll ich?« fragte er leise, und obschon Emma lachend widersprach: »Nein, nein, das dürfen Sie nicht!«, schob er es Jane hin.

Mr. Knightley faßte das Wort ins Auge. Es lautete *Dixon*. Jane Fairfax war sichtlich verstimmt. Sie errötete so tief, wie Knightley es noch nie bei ihr gesehen hatte, und sagte nur: »Ich wußte nicht, daß Eigennamen zugelassen sind.« Mit einer unwilligen Geste schob sie die Buchstaben weg und sah ihre Tante an.

»Du hast ja so recht«, rief diese. »Es wird Zeit für uns.«

Frank Churchill schob Jane beunruhigt eine weitere Buchstabenfolge zu, die sie geflissentlich übersah.

Als Jane ihren Schal umgelegt hatte und sich von Mr. Knightley verabschiedete, begegnete er ihr mit so viel Steifheit, Kälte und Mißbilligung, wie sie es nie für möglich gehalten hätte. Auf dem Heimweg ließ sie Tante Hetty plappern, ohne ein Wort zu erwidern. Stumm, niedergeschlagen, hilflos und mit dem bitteren Gefühl, daß ihr Unrecht geschehen war, ging sie neben ihr her.

Indessen kehrte Knightley in übelster Stimmung nach Donwell zurück und dachte bei sich, daß Frank Churchill eben jene beiden Menschen verdorben hatte, die ihm in Highbury die liebsten waren. Sowohl Emma Woodhouse als auch Jane Fairfax hatten sich in Gesellschaft dieses jungen Mannes zum Schlechteren verändert. Die eine war durchtrieben und boshaft, die andere falsch und heimlichtuerisch geworden. Er wünschte von ganzem Herzen, dieser nichtswürdige junge Stutzer hätte Yorkshire nie verlassen.

16

Man war jetzt mitten im Juni, und das Wetter war herrlich. Frank kam des öfteren nach Highbury, und Jane hatte die größte Mühe, ihn davon zu überzeugen, daß es unrecht und eine große Torheit sei und nur zu Schwierigkeiten führen könne, wenn er allein mit ihr durch die Waldstücke und das Buschland, über die gemähten Wiesen oder die schmalen Wege ging, an deren Rändern in üppiger Fülle Geißblatt und Heckenrosen blühten.

»Aber es wäre doch jammerschade, auf all das zu verzichten«, rief er. »Soll ich Sie denn nie allein sehen? Briefchen und Liebesgaben sind ja gut und schön, aber was ich brauche, wonach ich mich verzehre, ist Ihre liebe Gegenwart. Bei diesem herrlichen Wetter, in dieser gesegneten Landschaft... Es ist zu hart, zu ungerecht. Da habe ich nun all diese Anstrengungen unternommen, um nach Highbury zu kommen... habe Tante und Onkel von Yorkshire nach London, von London nach Richmond gelockt... und jetzt darf ich nur bei einer der abscheulichen Kartengesellschaften im Pfarrhaus hin und wieder einen flüchtigen Blick auf Sie werfen.«

Denn Jane war, krank vor Eifersucht und tief verletzt durch den taktlosen Scherz beim Buchstabenspiel, fest entschlossen, Hartfield nie mehr zu betreten. So sehr hatte sich die Kränkung in ihr festgesetzt, daß sie das Gefühl nicht loswerden konnte, die reiche, glückliche, heitere und ungebundene Emma passe im Grunde weit besser zu Frank Churchill als sie. Die beiden konnten über dieselben Scherze lachen, waren nicht in den Fesseln jenes Schicklichkeitsdenkens befangen, das Jane daran hinderte, sich kurze, verbotene Treffen mit ihrem Liebhaber zu stehlen – kurzum sie befürchtete, daß Frank jetzt, da er Zeit gehabt hatte, Emma näher kennenzulernen, die heimliche Verbindung zu bedauern begann und sich gern von ihr befreit hätte. Wen wundert's, dachte Jane mitunter wehmütig, denn wenn es ihm doch einmal gelang, kurz unter vier Augen mit ihr zusammenzusein, empfing sie ihn mit spitzen Bemerkungen, Vorwürfen, Feindseligkeit. Und das war, wie sie sich insgeheim eingestand, um so ungerechter, als in der Enge ihres derzeitigen Lebens Frank fast den einzigen Lichtblick darstellte.

Sie bekam neuerdings weniger Post aus Irland und mußte sich mit der traurigen Erkenntnis vertraut machen, daß Zeit und Entfernung das Ihre dazu beitrugen, diese ihr einst lebenswichtige Beziehung allmählich zu lockern und abzukühlen. Mr. und Mrs. Campbell schrieben, sie hätten die Rückkehr nach London für Ende August ins Auge gefaßt, aber dieses Vorhaben war schon so oft aufgeschoben worden, daß man durchaus mit einer neuerlichen Verzögerung rechnen konnte.

Frank dagegen ließ in seiner Aufmerksamkeit und Fürsorge nie nach. Obgleich er so häufig auf Hartfield war, um sich mit Miss Woodhouse zu unterhalten, mit ihr spazierenzugehen und ihr vorgeblich den Hof zu machen, fand er noch Zeit für unzählige Briefchen und kleine Geschenke, die er in die Höhlung der Eiche legte. Manchmal war es nur eine Zeile oder ein Gedicht:

Ein Augenblick voller Glückseligkeit
macht unzählige schmerzliche Stunden verschwinden.
So ist's, wenn der Ritter voll Zärtlichkeit
und Jane in süßer Umarmung sich finden.
Ich wünschte, dieser Ritter wäre ich gewesen. Aber diese Zeilen sollen Ihnen beweisen, daß ich stets an Sie denke. Immer der Ihre F. C.

Nachdem Jane ihm Vorhaltungen wegen des Klaviers gemacht und ihn angefleht hatte, sie nie wieder so zu kompromittieren (und da man in den beengten Räumlichkeiten ihrer Großmutter ohnehin keine weiteren größeren Gegenstände unauffällig hätte unterbringen können), bewies er einen erstaunlichen Einfallsreichtum, um winzigkleine Geschenke ausfindig zu machen, die man in einem Handschuhfinger oder in einer Taschentuchfalte verbergen konnte: ein Miniaturhündchen aus Elfenbein, »damit jemand da ist, der auf Sie aufpaßt«, wie Frank sagte; eine in allen Regenbogenfarben leuchtende Perle aus Muranoglas, »die darauf wartet, eines Tages mit ihren neunundzwanzig Schwestern wiedervereint zu werden; inzwischen möge sie Ihnen ein aufrichtiges Zeichen für all das sein, was Ihrer harrt«; eine erbsengroße Seidenbörse mit sogenanntem Gründonnerstagsgeld, Silberstükken, unter denen das größte nicht größer war als ihr Fingernagel. Sie mußte zugeben, daß seine Geschenke bezaubernd waren und die erfindungsreichste Zuneigung verrieten, was ihr eigenes Verhalten um so unvernünftiger erscheinen ließ, aber sie konnte einfach nicht aus ihrer Haut.

Das Leben in Highbury empfand sie als immer unerträglicher – eng, erstickend und kleinlich. Wie hatte Emma es hier nur so viele Jahre ausgehalten? Die Gespräche verliefen immer gleich. Täglich mußte Jane sich Spekulationen der Damen Cole, Goddard, Cox und Otway über eine mögliche Verbindung zwischen Mr. Churchill und Miss Woodhouse anhören: »So eine gute Partie! Ein so reizendes junges Paar. Wie gut alles zusammenpaßt, in jeder Beziehung« ... oder über die Frage, ob Mr. Churchill engere Bindungen zu Miss Smith geknüpft hatte: »Wäre das nicht ungeheuer romantisch? Aber nein, das würde seine vornehme Familie nie zugeben, sie ist schließlich ein Niemand.« Auch eine angebliche Freundschaft zwischen Mr. Knightley und Miss Smith lieferte reichlich Gesprächsstoff. Es sei doch auffällig, wie sehr er sich neuerdings um sie kümmere, das habe er bisher nie getan ... Diese Vermutung traf Jane völlig unvorbereitet und versetzte ihr einen unerwartet schmerzlichen Stich. Nein, dachte sie, das kann nicht sein. An diese kleine Gans würde er sich doch nie wegwerfen! Ach ja, ich bin offenbar immer noc nicht so ganz bereit, auf meine Träume von Mr. Knightley z verzichten.

Wollte sie solchen Erörterungen entgehen, blieben ihr nur di gehässigen Bemerkungen über Emma im Pfarrhaus und Mrs Eltons aufdringliche, höchst ärgerliche Versuche, Jane eine un gewünschte Gouvernantenstellung aufzuschwatzen. Daß Jane eigenes Gewissen ihr sagte, sie dürfe Oberst Campbell nich länger auf der Tasche liegen, machten diese Liebesdienste nich erträglicher.

Wenn sie Frank gegenüber diesen Gegenstand erwähnte winkte er nur gleichmütig ab. Seine Einstellung in dieser Sach war ihr ein weiteres fast unerträgliches Ärgernis.

»Gouvernante? Sie? So ein Unfug. Undenkbar...«

»Aber es wurde daran gedacht«, sagte Jane steif und unwillig »Meine ganze Ausbildung ist auf dieses Ziel hin ausgerichtet. E wurde daran gedacht, und es muß weiter daran gedacht werden.

»Ich jedenfalls weigere mich, auch nur einen Gedanken dara zu verschwenden«, sagte Frank und kitzelte sie mit einer Butter blume am Handgelenk. Sie machten mit Miss Bates, den Weston und den Eltons einen Spaziergang über das Gemeindeland vo Highbury.

»Mr. Churchill«, rief die vor ihnen gehende Mrs. Elton un wandte sich um. »Sind Sie am Freitag in Highbury? Ich möcht diesen Tag für unsere Erkundungsfahrt zum Box Hill vorschla gen und zähle fest auf Sie. Es soll eine *fête champêtre* werden, ei ländliches Fest mit Krummstäben und Dudelsäcken und Hek kenrosenkränzen auf den Hüten der Damen. Eigentlich wollte wir den Ausflug schon diese Woche unternehmen, aber ein unserer Kutschpferde lahmte. Zu dumm...«

Frank versprach, mit von der Partie zu sein, mußte aber z seinem Leidwesen gestehen, daß er nicht Dudelsack spielte, un da auch keiner der anderen Gäste über diese Fertigkeit verfügte war man bedauerlicherweise genötigt, auf diesen Programmpunkt zu verzichten.

Jane versprach sich wenig Genuß von dieser Unternehmung, nachdem sie erfahren hatte, daß auch Emma gebeten war. Frank gab sich jetzt in der Öffentlichkeit wie ihr anerkannter Freier, und sie nahm seine Aufmerksamkeiten huldvoll und offenbar bereitwillig entgegen. Jane empfand den Anblick wie Salz in einer Wunde.

Vor der Fahrt zum Box Hill galt es noch eine weitere gesellschaftliche Hürde zu nehmen, um die sich Jane, hätte sie nur gekonnt, auch gern gedrückt hätte. Es handelte sich um eine Einladung, die Mr. Knightley an all seine Freunde im Dorf gerichtet hatte, nach Donwell Abbey zu spazieren, dort einen kleinen Imbiß einzunehmen und so viele Erdbeeren zu pflücken, wie sie wollten.

»Wie liebenswürdig!« freute sich Tante Hetty. »Die Erdbeeren auf Donwell sind bekanntlich die besten in ganz England. Ich selbst kann sie leider nicht essen ... du weißt ja, daß ich sie nicht vertrage ... aber wenn du und ich, Jane, fleißig eine Stunde lang pflücken, haben wir genug, um für Großmama fünf oder sechs Gläser Marmelade zu kochen, du weißt ja, wie gern sie Erdbeermarmelade ißt.«

Um den Besuch in Donwell also kam sie nicht herum. Mr. Knightley behandelte Jane seit dem Buchstabenspiel in Hartfield distanziert, ernst und förmlich, offenbar hatte er ihr seine Gunst, seine frühere herzliche Freundschaft ein für allemal entzogen. Von Ausritten war nie mehr die Rede gewesen. Ein Tag in seinem Haus galt ihr deshalb eher als Buße denn als Belustigung; eine Möglichkeit, seine Wertschätzung zurückzugewinnen, sah sie nicht.

Der Tag gestaltete sich ganz so, wie sie erwartet hatte. Donwell Abbey war ein schöner alter Bau, weitläufig, kühl und in geschützter Lage. Die ausgedehnten Gartenanlagen, die bis zum

Fluß reichten, waren zu Recht berühmt; es gab eine Lindenallee und einen schönen Blick auf den Fluß, wo hinter einer baumbestandenen Böschung die Abbey Mill Farm lag.

Noch immer war es fast unerträglich heiß.

»Dort wohnen die Martins«, sagte Tante Hetty, nachdem sie so viele Erdbeeren gepflückt hatten, wie sie konnten, und nebeneinander im Schatten auf und ab gingen, um sich abzukühlen, und deutete auf das Gehöft. »Es hieß früher einmal, daß Harriet Smith den jungen Mr. Martin heiraten würde... Mrs. Goddard sagte, er habe sogar schon um sie angehalten... Miss Smith war gut mit seinen Schwestern befreundet... aber ich nehme an, Miss Woodhouse hat ihr diese Verbindung ausgeredet. Sicher könnte sie auch noch etwas Besseres bekommen. Mrs. Cole meint ja, Frank Churchill... und ich denke manchmal, vielleicht ist Mr. Knightley... du weißt ja, in der *Krone* hat er mit ihr getanzt, und das schien mir sehr... und da geht er gerade wieder mit ihr...«

Unerträglich, dieses Highbury, dachte Jane, nie ist man unbeobachtet, stets von einer Schar freiwilliger Spione umgeben, die jede Bewegung registrieren, jedes Wort vernehmen.

Sie warf Mr. Knightley, der Harriets Arm genommen hatte und mit ihr durch die Lindenallee promenierte, einen kurzen, traurigen Blick zu. Mit Jane hatte er außer einer kurzen Begrüßung den ganzen Tag kein Wort gewechselt. Mr. Knightley wäre in der Tat ein beachtlicher Fang für Harriet. Aber würde er sich nicht an der Oberflächlichkeit ihrer Unterhaltung stören? Im Augenblick schien es ihnen an Gesprächsthemen nicht zu mangeln, sie plauderten sichtlich angeregt miteinander.

Bedrückt nahm Jane Tante Hettys Arm und führte sie zu einer Bank unter der breiten Krone einer Buche. Dort schoß Mrs. Elton auf sie zu.

»Da sind Sie ja, meine liebe Jane! Jetzt hören Sie einmal zu. Eine Mrs. Smallridge, Cousine von Mrs. Bragge, einer Freundin meiner Schwester Selina und einer auf Maple Grove sehr bekannten Persönlichkeit ... reizende Leute ... wunderschön gelegen ... sucht eine gescheite junge Dame wie Sie ... beste Kreise ... unweit von Bristol ... Sie würden in die erste Wahl kommen (auch wenn Sie nicht Harfe spielen) ... man würde Ihnen die gebührende Achtung erweisen ... Diese Gelegenheit können und dürfen Sie sich nicht entgehen lassen. Ich dulde keine Ablehnung. Ich flehe Sie an, liebste Jane, geben Sie mir Vollmacht, postwendend zurückzuschreiben ... Habe heute früh erst von Selina gehört ... bei so einem Angebot sofort zugreifen ...«

Dankesworte stammelnd, Ablehnung äußernd und nachdrücklich den Kopf schüttelnd, kam Jane sich vor wie bei dem Versuch, eine Wolke von Stechmücken abzuwehren. Sie litt Folterqualen. An Mrs. Elton vorbei ging ihr Blick zu Emma Woodhouse, die gerade mit Mrs. Weston vorbeikam, und sie meinte, auf Emmas Gesicht einen Ausdruck freundschaftlichen Mitgefühls zu erkennen.

Als man ins Haus ging, fiel Jane ein Stein vom Herzen. Sie wurden in das abgedunkelte, kühle Speisezimmer gebeten, wo kaltes Fleisch, Obst und Kuchen bereitstanden, womit sich die Gäste zum Essen an einen beliebigen Platz zurückziehen konnten.

Emmas Vater hatte den ganzen Vormittag im Haus am Kamin verbracht – ins Freie mochte er nicht, weil er Sonne und Hitze für gesundheitsschädlich hielt – und sich mit alten Stichen, Kameen-, Muschel-, Korallen-, Münz- und Ordenssammlungen trefflich unterhalten. Jane setzte sich bereitwillig eine Weile zu ihm – sie hatte Mr. Woodhouse schon immer gern gehabt –, um seine schlichte Freude an diesen schlichten Dingen zu teilen.

Aus einiger Entfernung hörte sie Mr. Weston beschwichtigend zu seiner Frau sagen: »Unsinn, Liebste, die schwarze Stute ist lammfromm, du kannst dich darauf verlassen, daß Franks Verspätung sich durch eine Grille, eine plötzliche Laune von

Mrs. Churchill erklärt, mehr steckt nicht dahinter. Er kommt bestimmt bald.«

Während Jane sich früher gegrämt hätte, daß Frank so spät kam, begrüßte sie es jetzt fast, denn damit war zumindest eine Belastung von ihr genommen. Und Mr. Knightley war anzusehen, daß er nicht ungern auf Frank Churchill ganz verzichtet hätte.

Nach dem Imbiß zog die ganze Gesellschaft wieder ins Freie, wo Mrs. Elton sich erneut ihres Opfers bemächtigte und Jane mit noch größerem Nachdruck ihr unerwünschtes Stellenangebot aufdrängte.

Schließlich hielt Jane es nicht mehr aus. »Entschuldigen Sie mich bitte«, sagte sie. »Ich sehe dort drüben Miss Woodhouse ... ich muß ihr dringend etwas sagen ...« Denn dorthin, das wußte Jane genau, würde Mrs. Elton, die Emma täglich schlechtmachte, wo sie nur konnte, ihr gewiß nicht folgen.

Miss Woodhouse ging auf einen Nebeneingang zu, Jane folgte ihr und holte sie ein, als sie gerade das Haus betreten hatte.

»Miss Woodhouse, würden Sie so freundlich sein, den anderen auszurichten, ich sei nach Hause gegangen, falls man mich vermißt? Meine Tante hat offenbar nicht gemerkt, wie spät es schon ist, meine Großmutter wartet bestimmt auf uns. Ich will gleich gehen. Mr. und Mrs. Elton bringen meine Tante dann mit der Kutsche nach Hause.«

Emmas Mitgefühl, ihre freundliche Anteilnahme waren geweckt.

»Gewiß, wenn Sie es wünschen. Aber Sie wollen doch nicht allein zu Fuß nach Highbury?«

»Doch, warum nicht? Ich gehe schnell, in zwanzig Minuten bin ich zu Hause.«

»Aber es ist zu weit ... lassen Sie mich einen Bedienten mitschicken ... oder die Kutsche bestellen ...«

»Nein, danke ... vielen Dank ... ich gehe lieber zu Fuß ... Ich sollte Angst haben, allein zu gehen? Ich, die ich vielleicht selber schon bald andere hüten muß?«

Und auf Emmas wiederholte Vorhaltungen: »Miss Woodhouse, wir kennen alle hin und wieder Anwandlungen tiefster Mattigkeit. Ich muß gestehen, daß ich mit meiner Kraft am Ende bin. Sie erweisen mir den größten Gefallen, wenn Sie mich gewähren lassen.«

»Ich verstehe vollkommen«, sagte Emma und brachte sie mit der Fürsorglichkeit einer Freundin zur Tür.

»Ach, Miss Woodhouse«, rief Jane aus übervollem Herzen, »welche Wohltat es ist, manchmal allein zu sein.«

Sie sah den Ausdruck betroffenen Begreifens, der jählings über Emmas Züge ging und ihr zeigte, daß diese sich zumindest jetzt (wenn schon nicht immer in der Vergangenheit) einige Gedanken über Janes Lage machte.

Während sie auf der Donwell Lane die köstliche Stille um sich her genoß, überlegte sie traurig, daß sie und Emma Woodhouse unter anderen Umständen vielleicht wirklich so gute Freundinnen hätten werden können, wie sie es in diesem Moment fast zu sein schienen.

Als das Herrenhaus hinter ihr lag, zog Jane einen Brief aus ihrem Retikül und las ihn, langsam weiterschreitend, zum zweiten Mal. Rachel teilte ihr überglücklich mit, daß sie und Matt Dixon die stolzen Eltern eines Sohnes waren. »Einer Tochter, liebste Jenny, hätten wir Deinen Namen gegeben, aber da es ein Sohn ist, haben wir ihn Sam genannt und hoffen nur, daß er später ein so lieber, guter, allseits geschätzter und kluger Mann sein wird, wie sein Onkel es war. Meine Eltern sind selig, daß wir sie zu Großeltern gemacht haben, und wollen nun noch mindestens bis Oktober bleiben. Von Matt kommen viele liebe Grüße und von mir natürlich auch, liebste Jenny. Wann kommst Du, um den jüngsten Dixonsproß kennenzulernen?«

Ja, das war eine frohe Nachricht und rechtfertigte alles, was sie getan hatte, und doch hatte Jane das unbehagliche Gefühl, daß sich eine Tür geschlossen hatte. Ihre Beziehung zu Rachel würde nie mehr ganz so sein wie zuvor. Rachel und Matt waren nun unauflöslich aneinander gebunden, waren ein richtiges Ehepaar geworden. Und ihre Beziehung zu Matt? Die war ausgelöscht, für immer dahin. Für sie war er endgültig verloren.

Als sie so weit in ihren Überlegungen gekommen war, hörte sie Hufe klappern, und an der nächsten Wegbiegung stand Frank Churchill auf seiner schwarzen Stute vor ihr, erhitzt und sichtlich mißgelaunt. Er begrüßte sie ohne jene unverhohlene Freude, die sie von ihm gewöhnt war.

»Was tun Sie denn hier? Ich verstehe nicht... ist das nicht recht sonderbar? Ich hatte damit gerechnet, Sie im Herrenhaus zu sehen, in Donwell... was werden die Leute denken?«

»Die Leute, die Leute«, stieß Jane gereizt hervor. »Was kümmert es mich, was die Leute denken? Nein«, verbesserte sie sich, »es kümmert mich sehr wohl. Aber... Mrs. Elton war so unerträglich... und Mr. Knightley ist so böse auf mich, bestimmt hat er unser Geheimnis entdeckt... und es war so heiß... und diese abscheuliche Person hat schon wieder eine Stellung ausfindig gemacht, die ich unbedingt annehmen soll...«

Er hatte offenbar nur halb hingehört. »Wollen Sie nicht mit mir nach Donwell zurückkommen?«

»Sind Sie toll? Auf gar keinen Fall! Was würden die Leute dann erst denken? Nein, nein, gehen Sie nur nach Donwell... unterhalten Sie sich mit Miss Woodhouse... ich wünsche Ihnen viel Vergnügen...«

»Besten Dank. Nun werde ich Sie wohl nach Highbury begleiten müssen«, sagte er ziemlich ungnädig. »Daß Sie hier allein herumlaufen, ist nicht ganz ungefährlich und auch nicht schicklich. Denken Sie nur daran, was Miss Smith widerfahren ist.«

»Ja glauben Sie denn, es wäre schicklicher, wenn man mich in Ihrer Gesellschaft hier sähe?« fuhr Jane zornig auf. »Nicht genug damit, daß meine Freunde ... Menschen, an deren Urteil mir viel liegt ... mich bereits scheel ansehen, und ... und ...« Ihre Stimme erstickte in Tränen. Nach einer kleinen Pause fuhr sie gefaßter fort: »Bitte, lassen Sie mich allein, Mr. Churchill. Ich wünsche und brauche Ihre Begleitung nicht.«

»Wie Sie wollen«, erwiderte er äußerst verstimmt, schwang sich wieder auf sein Pferd und ritt in Richtung Donwell davon.

Jane schluckte die Tränen herunter und setzte ihren Weg nach Highbury fort.

Unter diesen Voraussetzungen konnte man kaum erwarten, daß die Picknickfahrt zum Box Hill ersprießlich verlaufen würde, was denn auch nicht der Fall war. Schuld daran war unter anderem die ungünstige Zusammensetzung der Gesellschaft. Emma und die Eltons sprachen kaum miteinander; Mrs. Weston, eine liebe, gutherzige, stets auf Ausgleich bedachte Frau, war daheim geblieben, da sie zehn Tage vor ihrer Niederkunft stand; Mr. Knightley gefiel sich in finsterer Mißbilligung gegenüber Frank Churchill, der sich stellte, als merke er nichts davon, und gegenüber Jane, die diese Mißbilligung um so schmerzlicher empfand, während Mr. Weston, gutmütig und ein bißchen naiv, überhaupt nichts von all den versteckten Strömungen merkte. Harriet Smith war nervös, Frank lustlos und niedergeschlagen, Emma recht gelangweilt. Nur Miss Bates war heiter wie eh und je. Und es war unverändert heiß.

Bei dem kalten Imbiß, zu dem sich alle ins Gras setzten, wurde Frank munterer und begann abscheulich mit Emma zu flirten. Sie ging bereitwillig darauf ein. Daß Franks alberne Galanterien nur das eine Ziel haben, mich zu ärgern und zu verletzen, dachte Jane, liegt auf der Hand, aber was mag sich Emma dabei denken? Eigentlich hätte ihre gute Kinderstube ihr so ein Benehmen verbieten müssen. Ein paarmal ertappte Jane sie dabei, daß sie Mr. Knightley einen neckend-durchtriebenen Blick zuwarf. War es ihr womöglich darum zu tun, diesem Gentleman Verdruß zu bereiten? Sollte das ihre Absicht gewesen sein, war ihr Vorhaben zweifellos gelungen, denn seine Miene umwölkte sich im Lauf des Tages immer mehr.

Alles in allem war es eine sehr unerfreuliche Unternehmung, und der Gipfel des Mißbehagens und der Peinlichkeit war erreicht, als Frank verkündete: »Meine Damen und Herren, Miss Woodhouse – die unbestritten überall den Vorsitz führt – hat mich beauftragt, Ihnen zu sagen, daß sie wünscht, jeder von Ihnen möge eine sehr gescheite oder zwei mäßig gescheite oder aber drei ganz dumme Bemerkungen machen, und sie verpflichte sich, über alle herzlich zu lachen.«

»Das trifft sich gut«, rief Miss Bates, die in ihrer Harmlosigkeit kein Ohr für Untertöne hatte. »Drei ganz dumme Bemerkungen? Das ist etwas für mich, ich sage dumme Sachen, sobald ich nur den Mund aufmache, nicht wahr?« Gutmütig auf allgemeine Zustimmung gefaßt, sah sie in die Runde.

»Ja, aber die Sache hat womöglich einen Haken«, wandte Emma ein. »Verzeihen Sie, aber die Zahl ist begrenzt. Bitte nur drei auf einmal...«

Miss Bates erfaßte nicht gleich, was Emma meinte, aber Jane wurde dunkelrot, sprang auf und entfernte sich ein wenig von der Gruppe. Nur mit Mühe faßte sie sich so weit, daß sie wieder zurückkommen und sich erneut hinsetzen konnte.

Frank versuchte, ihren Blick festzuhalten, aber sie sah entschlossen an allen vorbei.

Jetzt ließ sich Mrs. Elton mit hoher, beleidigter Stimme vernehmen: »Mich muß Miss Woodhouse bitte entschuldigen, ich gehöre nicht zu denjenigen, die auf Kommando mit geistreichen Bemerkungen aufwarten können. Ich bin auf meine Art durchaus schlagfertig, aber wann ich etwas sage und wann ich schweigen möchte, das muß man schon mir überlassen. Bitte übergehen Sie uns, Mr. Churchill, übergehen Sie Mr. Elton, Jane und mich.«

»Gehen wir ein Stück spazieren, Augusta?« fragte ihr Mann.

»Nichts lieber als das. Kommen Sie an meine andere Seite, Jane.«

Jane schüttelte den Kopf, und die Eheleute entfernten sich.

»Ein glückliches Paar«, sagte Frank. »Wie gut sie zueinander passen. Und dabei waren sie vor ihrer Heirat immer nur an öffentlichen Plätzen zusammen. Nur wenn man eine Frau in ihrem eigenen Heim erlebt hat, kann man sich ein zutreffendes Urteil bilden. Alles andere ist reines Herumgerate und eine Sache des Glücks – oder des Pechs. So mancher Mann hat sich schon nach kurzer Bekanntschaft gebunden und es sein Leben lang bereut.«

Dabei sah er Jane an, die frostig erwiderte: »Gewiß, es kann hin und wieder zu vorschnellen, unbedachten Verbindungen kommen, aber gewöhnlich hat man hinterher Zeit, sie rückgängig zu machen. Nur schwache, schwankende Charaktere werden zulassen, daß eine gedankenlos eingegangene Bindung auf die Dauer zu einer bedrückenden Belastung wird.« Er antwortete nicht, und Jane wandte sich ihrer Tante zu. »Wollen wir uns Mrs. Elton anschließen?«

Miss Bates stimmte zu, und während sie sich entfernten, hörten sie Frank mit falscher, gezwungener Fröhlichkeit auf die anderen einreden.

Der Anblick der Bedienten, die meldeten, die Kutschen seien bereit, war Jane hochwillkommen, auch wenn die Rückfahrt mit den verstimmten Eltons sich zu einer Prüfung auswuchs, die sie soweit als möglich schweigend zu ertragen suchte.

»Ich habe mich in diesem jungen Mann geirrt ... schwer geirrt. Ein Laffe, ein unerträglicher Stutzer. Was mag er an Emma Woodhouse finden? Aber sie ist ja nicht besser als er. Unverzeihlich, diese Ungezogenheit Ihrer Tante gegenüber, meine liebe Jane, wirklich unverzeihlich, wenn auch nicht überraschend.«

Auch Jane fand Emmas Verhalten unverzeihlich, aber Miss

Bates sagte nachsichtig: »Nun ja, so ganz unrecht hat sie ja nicht einmal... ich rede viel, wenn der Tag lang ist, ich bin eben eine unverbesserliche Plaudertasche...Und Miss Woodhouse... und ihr Vater... so gütig sie auch sind... sosehr sie uns mit Aufmerksamkeiten überhäufen... Miss Woodhouse muß mich oft recht lästig finden. Ich sollte mir wirklich Mühe geben, meine Zunge besser im Zaum zu halten.«

»So, und jetzt«, sagte Mrs. Elton, als man Jane und ihre Tante vor deren Haus abgesetzt hatte, »möchte ich, daß Sie alle heute abend ins Pfarrhaus kommen.« O nein, dachte Jane. »Keine Widerrede, bitte! Es war ein ärgerlicher Tag in trauriger, ärgerlicher Gesellschaft. Aber ein stiller, behaglicher Abend unter wahren Freunden... versprechen Sie mir, Miss Bates, liebste Jane, daß Sie kommen werden, sonst sitzen Mr. Elton und ich allein herum, und wir sind beide nicht in bester Laune, nicht wahr, Mr. Elton? Hilf mir doch, sie zu überreden. Und Sie müssen auch Ihre Mutter mitbringen, die liebe alte Mrs. Bates. Das wird gewiß ganz reizend, nicht wahr, Mr. Elton?«

»Ja«, sagte er verdrießlich und in nicht sehr glaubwürdigem Ton.

Beklommen erkannte Jane, daß es kein Entrinnen gab.

17

An dem Tag nach dem Ausflug zum Box Hill erwachte Jane mit einem Gefühl tiefsten Jammers und Verlorenseins und den ihr leider nur zu gut bekannten Symptomen einer schweren Migräne: der eiserne Reif um die Stirn, Übelkeit, Unfähigkeit, zu essen oder zu schlucken, extreme Lichtempfindlichkeit. Am liebsten wäre sie den ganzen Tag im Bett geblieben, aber es gab viel zu tun.

Zuerst schrieb sie einen Brief an Frank, nur wenige Zeilen, mit denen sie ihre Verlobung löste, aus der ihnen beiden, wie sie schrieb, nur Reue und Kummer erwachsen war. Sie bat ihn um die Rückgabe ihrer Briefe und retournierte seinen Ring. Danach schrieb sie an Mrs. Smallridge, die Busenfreundin der Freundin von Mrs. Eltons Schwester, Mrs. Bagge, und erklärte sich bereit, Gouvernante bei den vier Smallridge-Sprößlingen zu werden. Dann setzte sie Oberst und Mrs. Campbell von dieser Entscheidung in Kenntnis und machte sich daran, Rachel Dixon zum freudigen Ereignis zu gratulieren.

Doch schon nach den ersten Sätzen des letzten Schreibens mußte sie, blind vor Tränen, wieder aufhören. Sie legte den Kopf aufs Kissen, doch das quälende Pochen in den Schläfen ließ sie nicht zur Ruhe kommen. Sie stand wieder auf und lief rastlos in dem abgedunkelten Zimmer hin und her.

Tante Hetty steckte den Kopf zur Tür herein. Den ganzen Vormittag hatten schon Besucherinnen vorgesprochen – Mrs. Elton, Mrs. Cole, Mrs. Goddard und Mrs. Cox –, die sich nach ihrem Befinden erkundigen und sie zu der schönen neuen Stellung beglückwünschen wollten. Diesmal war es Miss Woodhouse.

»Miss Woodhouse?« brachte Jane, die kaum sprechen konnte,

mühsam heraus. »Was um Himmels willen will sie denn hier?« Am liebsten hätte sie hinzugefügt: Hat sie nicht schon genug Unheil angerichtet? Doch laut sagte sie nur: »Ich kann sie nicht empfangen. Ich kann niemanden empfangen.«

Frank war wieder in Richmond, gleich gestern abend nach der Rückkehr von dem Picknick hatte er sich eine Mietchaise genommen, weil sein Pferd erkältet war, das hatte Mr. Elton von dem Hausknecht in der *Krone*.

Tante Hetty blieb unschlüssig unter der Tür stehen. »Ja dann ... dann sage ich Miss Woodhouse, daß du dich hingelegt hast.«

»Sag ihr, was du willst.« Jane nahm ihren ruhelosen Gang durchs Zimmer wieder auf. Hinter der Tür hörte sie Emmas Stimme: »Ich kann Ihnen nachfühlen, wie schwer es Ihnen fällt, sie zu verlieren, und gewiß werden es auch Oberst und Mrs. Campbell bedauern, daß sie sich noch vor ihrer Rückkehr endgültig festgelegt hat.« Das klang erstaunlich teilnahmsvoll. Wollte sie damit womöglich ihr abscheuliches Benehmen wieder gutmachen? Aber dazu war es jetzt zu spät. Viel zu spät.

»Ja, und was, werden Sie denken, machen wir nun mit dem Klavier? Jane meint, das müsse unser lieber Oberst Campbell entscheiden. Wir richten uns da ganz nach ihm.«

Wenig später verabschiedete sich Emma, und Jane, deren Kopfschmerzen immer schlimmer wurden, war genötigt, sich mit einem kalten Umschlag auf der Stirn und Tante Hettys Riechsalz in Reichweite niederzulegen, was ihr allerdings keinerlei Erleichterung verschaffte.

Am nächsten Tag kam verblüffende Kunde aus Richmond. In Randalls traf ein Expreßbrief ein, der Mrs. Churchills Ableben meldete. Da Mr. Westons Redseligkeit fast ebenso hemmungslos war wie die von Miss Bates, verbreitete sich die Nachricht wie ein Lauffeuer im Dorf. Mrs. Cole brachte sie zu den Damen Bates. Ein plötzlicher Anfall ganz anderer Art, als man nach ihrem

Allgemeinzustand hätte erwarten können, hatte die Unglückliche nach kurzem Kampf dahingerafft. Frank Churchills gestrenge Tante war nicht mehr.

Jane kam diese Nachricht grotesk, ja fast unwirklich vor. Auch nach zwei Tagen plagte sie das Kopfweh noch sehr; ein Nervenfieber war dazugekommen. Mr. Perry hielt es für sehr unwahrscheinlich, daß sie zu dem verabredeten Zeitpunkt ihren Dienst bei Mrs. Smallridge würde antreten können, ja er meinte, eine solche Stellung übersteige wohl ohnehin ihre Kräfte. »Aber was soll ich denn machen?« sagte Jane kläglich. »Ich muß arbeiten, muß mir mein Brot verdienen.«

Seltsam, dachte sie, daß die Nachricht von Mrs. Churchills Tod, wäre sie eine Woche früher eingetroffen, mir jetzt eine ganz andere Zukunft eröffnet hätte. Denn es hieß, der Ehemann der Dame sei – ganz anders als seine Frau – gutmütig und nachgiebig, er würde Frank die Zustimmung zu der Verbindung mit einer Braut seiner Wahl gewiß nicht versagen. Das Haupthindernis für eine Ehe war plötzlich aus dem Weg geräumt. Wenn dieses Ereignis nur letzte Woche eingetreten wäre... Sie hatte Frank Churchill verloren, einen angenehmen, lieben, verständigen jungen Mann, der sie anfangs offenbar aufrichtig geliebt hatte.

Im Grunde aber ist es gut so, wie es gekommen ist, überlegte Jane, während sie versuchte, eine kühle Stelle auf ihrem Kissen zu finden. Wir hätten nie zusammengepaßt, das war ganz klar. Mit Emma Woodhouse ist er besser dran – und ich wünsche ihnen von Herzen alles Gute. Mit diesen Worten versuchte sie die quälenden Zweifel, die nagenden Ängste zum Schweigen zu bringen, die ihr zuflüsterten, sie habe etwas sehr, sehr Wertvolles achtlos weggeworfen.

Indessen schien Emma Woodhouse ihren vulgären und unschicklichen Flirt mit Mr. Churchill oder aber ihre herzlose Ungezogenheit Miss Bates gegenüber – oder beides – ehrlich zu bereuen. Tagtäglich flatterten liebenswürdige Anfragen ins Haus: Emma Woodhouse würde sich freuen, Miss Fairfax in ihrer Kutsche spazierenzufahren. Miss Fairfax sei herzlich eingeladen, einen Tag in Hartfield zu verbringen und dort den Garten zu genießen. Sie schicke hiermit für Miss Fairfax etwas Pfeilwurz... Kalbsfußsülze... besten alten Tokajer... Trotz allen Bittens und Bettelns von Miss Bates wurden sämtliche Angebote ausgeschlagen, sämtliche Gaben umgehend retourniert. Jane hätte zu diesem Zeitpunkt nichts von Emma Woodhouse annehmen können, und mochte es noch so gut gemeint sein. Weil es sie dringend nach frischer Luft und nach Abgeschiedenheit verlangte, verließ sie ihr Bett, ging aus dem Haus und machte Spaziergänge in den Wiesen um Highbury, ohne sich darum zu scheren, wer sie dabei beobachten mochte.

Sie hatte – und das war ihr von allen Leiden das allerschmerzlichste – nichts mehr von Frank gehört. Ihr Brief – und auch ein zweiter, in dem sie mehr oder weniger das in dem ersten Gesagte wiederholte – war nicht bestätigt, ihre früheren Briefe waren nicht an sie zurückgesandt worden. Nichts. Sie haßte ihn, sie wollte nie wieder seine Stimme hören – aber diese jähe Trennung war eine Art Folter, nie hätte sie gedacht, daß es so schlimm sein würde. Hatte er durch den Trauerfall in der Familie vergessen, daß es sie noch gab? Waren Onkel und Neffe nach Yorkshire zurückgekehrt? Was war aus ihm geworden?

Zehn Tage mußte Jane sich mit dem wenigen begnügen, was an Klatsch aus Randalls durchsickerte. Mrs. Weston, deren Niederkunft unmittelbar bevorstand, wagte sich nicht mehr aus dem Haus, und der besorgte Gatte blieb in ihrer Nähe. Es hieß, Frank und sein Onkel seien bei Freunden in Windsor zu Gast, dann wieder, sie würden in Kürze nach Enscombe zurückfahren.

Am zehnten Tag wandte sich Jane, die müde und niedergeschlagen einen ihrer einsamen Gänge über die Weiden zwischen Highbury und Donwell gemacht hatte, gerade wieder heimwärts, als sie auf dem Feldweg Hufgeklapper hörte und über dem Heckenrand Frank Churchills Gesicht erblickte. Gleichzeitig hatte auch er sie erkannt und hielt sein Pferd an. »Jane«, rief er dringlich. »Jane!«

Sie hätte die Flucht ergriffen, wenn sie gewußt hätte, wohin. Die Weide war groß, und sie hatte schon die Hälfte des Weges zurückgelegt.

Im nächsten Augenblick warf Frank die Zügel über einen recht gebrechlich wirkenden Holunderbusch und zwängte sich mühsam durch die dichte Hecke. Dann lief er, so schnell er konnte, über die Wiese auf Jane zu, ergriff ihre Hand und zog sie trotz erheblicher Gegenwehr an sich.

»Mein liebstes Mädchen! Jetzt gehörst du wirklich mir, und ganz Highbury darf es wissen.« Lachend sah er sich um. Weit und breit war keine Menschenseele, ja nicht einmal eine menschliche Behausung zu sehen.

»Warte doch, warte...« Sie wehrte ihn ab. »Ich habe an dich geschrieben. Zweimal. Hast du meine Briefe nicht bekommen? Ich habe geschrieben –«

»Ich weiß, was du geschrieben hast. Daß uns aus der Verlobung nur Reue und Kummer erwachsen seien und du dich deshalb entschlossen hättest, sie zu lösen. Glaubst du, diese Worte hätten sich nicht mit feurigen Lettern in mein Herz gebrannt?«

»Aber... aber warum hast du nicht geantwortet?«

»Ich habe geantwortet, aber... Laß dir erzählen. Ich bin so ein dummer, unachtsamer Tölpel. Wenn wir erst verheiratet sind, wirst du dich um unsere Geschäfte kümmern müssen. Dein schlimmer Brief traf am Todestag meiner armen Tante ein. Ich beantwortete ihn sofort, aber in dem herrschenden Durcheinander und über all den Aufgaben, die meiner harrten, schloß ich meine Antwort an dich, statt sie mit der Geschäftspost jenes Tages zu expedieren, in meinen Schreibtisch ein. Ich hatte mich in meinem Brief nachdrücklich dem von dir vollzogenen Bruch widersetzt, hatte dir geschrieben, daß alle Geheimniskrämere jetzt ein Ende habe, daß mein Onkel mit unserer Verlobung einverstanden sei, daß alles gut werden würde. Ich entschuldigte mich beschämt und voller Reue für mein abscheuliche Betragen, hinter dem Enttäuschung und Ungeduld steckten und versicherte dich meiner innigen, unerschütterlichen Liebe Da ist der Brief, ich habe ihn mitgebracht. Möchtest du ihr lesen?«

»Das ist am Ende nicht mehr nötig«, sagte sie leise lächelnd und sah ihn an.

»Ich habe dich nicht verdient, Jane, das weiß ich wohl. Abe – die Nachricht, daß du dich an diese fürchterliche Mrs. Smallridge gebunden hattest... daß du in zwei Wochen Highbury verlassen, dich mir endgültig entziehen würdest... Es war ein wahres Fegefeuer.«

»Dein Onkel weiß also um uns?« fragte sie staunend, fas ungläubig.

»Er weiß alles, er ist voll und ganz einverstanden und begierig, deine Bekanntschaft zu machen. Der Ärmste! Ich glaube, e wird ein anderer Mensch sein, wenn er sich erst an diesen neuen Zustand des Freiseins, des Alleinseins gewöhnt hat, und dann wird er einen Engel wie dich mit offenen Armen empfangen Wenn du dich dazu bereit finden könntest, Enscombe zu deinem neuen Heim zu machen...«

»Halt, halt«, sagte Jane lachend und errötend, »so weit sind wir noch lange nicht.«

Sie sah zu Frank auf.

Er war nicht Matt Dixon. Er war nicht Mr. Knightley (insgeheim lächelnd sagte sie sich, daß sie sich nun diesen kindischen Tagtraum ein für allemal aus dem Kopf schlagen mußte). Abe er war ein lieber, gütiger Mensch, er war er selbst, und er liebte sie. Und sie liebte ihn auch, ja, trotz allem. Sie hatten es miteinander nicht schlecht getroffen.

Langsam, Hand in Hand, gingen sie zum Gatter, und auf dem Feldweg band Frank sein Pferd los.

»Hast du es schon deinem Vater und deiner Stiefmutter gesagt?« fragte sie.

»Nein, zu ihnen will ich jetzt. Mein erster Weg galt dir. Ich hätte notfalls auch vor deiner Tante und deiner Großmutter (und damit zweifellos auch vor Mrs. Cole, Mrs. Goddard, Mrs. Cox und Mrs. Elton) um dich angehalten, aber ich bin doch froh, daß es anders gekommen ist. Ich fände es schön, wenn wir unsere Liebe noch ein Weilchen für uns behalten könnten. Das heißt, wenn du nichts dagegen hast...«

Jane lächelte. »Daß es dich so freut, ein Geheimnis daraus zu machen... Mir scheint, du bist der geborene Verschwörer. Und was ist mit Miss Woodhouse? Wann soll sie es erfahren? Wird es nicht ein schwerer Schlag für sie sein?«

»Nein«, sagte Frank ernst, »ich glaube, da tust du Miss Woodhouse unrecht. Ich müßte mich sehr irren, wenn sie unser Geheimnis nicht längst durchschaut hätte – fast seit meinem ersten Besuch in Highbury. Einmal war ich drauf und dran, ihr alles zu gestehen. Ja, ich weiß, sie hat schändlich mit mir kokettiert, aber ich bin fest davon überzeugt, daß es für sie nur ein Spiel war, sonst hätte ich es nie so weit getrieben. Miss Woodhouse war nie in mich verliebt. Wo ihr Herz ist, wage ich nicht zu entscheiden. Vielleicht heiratet sie überhaupt nicht...«

Jane dachte flüchtig an Knightley, sagte aber nichts, und Frank fuhr fort: »Wenn wir uns wiedersehen, sind wir anerkannte *promessi sposi.* Sehr konventionell und langweilig. Laß uns an dieser Ecke Abschied nehmen wie Romeo und Julia – in der Hoffnung, daß wir unbeobachtet sind. Leb wohl, mein Herz. Ich glaube, ich bin der glücklichste Mann in ganz Highbury.«

»Warum nicht gar in ganz Surry?« rief Jane ihm neckend nach. Er drehte sich um und warf ihr eine Kußhand zu – zur großen Verblüffung von Mr. Elton, der gerade aus dem Kirchhof kam.

18

Ein paar Tage später sprach Emma erneut bei den Damen Bates vor. Miss Bates war nicht zu Hause, dafür war Mrs. Elton da, was Jane aufrichtig bedauerte, da sie ja wußte, wie wenig sie und Emma Woodhouse sich schätzten. Viel lieber hätte sie mit Miss Woodhouse allein gesprochen.

Sie hatte viel Mühe darauf verwandt, Mrs. Elton versöhnlich zu stimmen. Um ihr zu erklären, warum sie die Stellung bei Mrs. Smallridge erst angenommen und dann plötzlich wieder abgesagt hatte, mußte sie Mrs. Elton wohl oder übel mit einigen Einzelheiten vertraut machen, woraufhin letztere keinesfalls gekränkt war, sondern großes Interesse und lebhafteste Anteilnahme erkennen ließ, zumal sie sich einredete, sie sei als einzige aus Highbury in das Geheimnis eingeweiht.

»Finden Sie nicht, Miss Woodhouse«, sagte sie jetzt neckisch, »daß unsere vorwitzige kleine Freundin sich ganz erstaunlich gut erholt hat? Und daß man Perry für diese Heilung nicht genug Lob zollen kann?« Und beiseite zu Jane: »Wir wollen nicht davon reden, daß Perry dabei möglicherweise ein wenig Unterstützung hatte, nicht wahr? Kein Wort von einem gewissen jungen Arzt aus Windsor. Nein, nein, der Ruhm soll Perry ganz allein gehören.«

Mrs. Elton schien ihre Meinung über Frank Churchill, den sie eben noch als Laffen bezeichnet hatte, sehr rasch wieder geändert zu haben.

Jetzt kam Mr. Elton, der seine Frau abholen wollte. Er war erhitzt und mißgelaunt. »Den ganzen Ort habe ich nach Mr. Knightley abgesucht. Nicht einmal eine Nachricht hat er hinterlassen, mir scheint, er hat unsere Verabredung ganz und gar vergessen. William Larkins meint, sein Herr sei neuerdings in einer wunderlichen Stimmung, man bekäme kein vernünftiges Wort aus ihm heraus. Wirklich sehr eigenartig.«

Sie müsse gehen, sagte Emma, die ihrerseits, wie Jane fand, auffallend lebhaft und strahlender Laune war, dabei sah sie Jane an und lächelte so vielsagend, daß jene sie gern nach unten begleitete. Jane wußte, daß die Westons inzwischen ihre große Neuigkeit unter dem Siegel der Verschwiegenheit an Emma weitergegeben hatten, und diese hatte sie offenbar sehr günstig aufgenommen.

Auf der Treppe griff Emma nach Janes Hand und sagte: »Ich freue mich so sehr für Sie. Wären wir allein gewesen, hätte ich nicht übel Lust gehabt, Ihnen allerlei Fragen zu stellen und offenherziger zu sprechen, als sich wohl geschickt hätte. Es ist zu befürchten, daß ich zudringlich geworden wäre.«

Jane errötete. »Nein, das gewiß nicht. In so kurzer Zeit kann ich Ihnen nicht einmal die Hälfte von dem sagen, was ich Ihnen gern gesagt hätte. Die Umstände verlangen eigentlich nach Entschuldigungen, Erklärungen, Rechtfertigungen... Ich war so ungefällig, so ablehnend – und kann nur auf Ihre Nachsicht hoffen...«

»Sie haben zu viele Bedenken«, versicherte Emma herzlich und drückte Jane die Hand. »Alle sind glücklich, mehr als glücklich über diese Wendung...«

»Sie sind sehr gütig, aber ich weiß doch, wie ich mich Ihnen gegenüber verhalten habe. So kalt und gekünstelt. Ständig mußte ich eine Rolle spielen, mein Leben war nur noch eine einzige Täuschung. Ich verabscheute Sie. Frank – Mr. Churchill – erzählte mir einmal, was Sie zu ihm über meine Zurückhaltung sagten... daß es eine sehr abstoßende Eigenschaft sei...«

»Kein Wort weiter, ich bitte Sie. Es wäre wohl eher an mir, mich zu entschuldigen. Wenn ich an dieses Picknick denke... Wir wollen uns gegenseitig unverzüglich verzeihen. Was geschehen muß, sollte schnellstens geschehen, aber da werden unsere

Gefühle uns schon das Richtige eingeben.« Das also ist die wahre Emma, dachte Jane. Weshalb habe ich sie in meiner Blindheit vorher nie so gesehen?

»Ach, warum haben wir nicht von Anfang an Freundschaft geschlossen?« klagte sie.

»Als nächstes werden wir nun wohl erfahren«, sagte Emma mit verständnisinnigem Lächeln, »daß wir Sie verlieren – just in dem Moment, da ich anfange, Sie kennenzulernen.«

Und wie gut kenne ich dich? überlegte Jane und sah Emma nach, die rasch die Straße überquerte und auf den vor der *Krone* wartenden Mr. Knightley zuging. Warum bist du in so ausgelassener Stimmung? Nur wegen meiner Neuigkeit? Oder steckt noch etwas anderes dahinter?

Mrs. Westons Freunde konnten sich bald mit ihr über die Geburt einer gesunden Tochter freuen, und wenig später machte ein verblüffendes, ein fast unglaubliches Gerücht im Dorf die Runde.

Dieses Gerücht besagte nicht mehr und nicht weniger, als daß Emma Woodhouse und Mr. Knightley sich verlobt und dies offenbar vor aller Welt geheimgehalten hatten, bis Mrs. Weston so weit wiederhergestellt war, daß sie als die für diese Aufgabe offenkundig Geeignetste dem alten Mr. Woodhouse die Verbindung schmackhaft machen konnte. Es hieß, daß Mr. Knightley zunächst nach Hartfield ziehen würde, anders hätte sich Mr. Woodhouse, ohnehin kein Freund des Ehestands, nie und nimmer bereit gefunden, dem Paar seinen Segen zu geben.

Mrs. Elton nahm die Kunde zunächst ungläubig und dann voller Entrüstung auf. Armer Knightley, nein, wirklich, der Ärmste, da war ihm übel mitgespielt worden... Wie konnte er sich so täuschen lassen... Der angenehme Umgang mit ihm würde nun selbstverständlich aufhören. Eine sehr mißliche Sache, dieses Zusammenleben von Alt und Jung, so etwas könne nie gutgehen. Ihr sei eine Familie bei Maple Grove bekannt, die es versucht habe und sich noch vor Ablauf eines Vierteljahrs wieder habe trennen müssen.

Mr. Elton sprach die Hoffnung aus, daß dem Stolz der jungen Dame damit Genüge getan sei, gewiß sei sie von Anfang an darauf aus gewesen, sich Knightley zu angeln.

Jane gab es, wie sie überrascht und beschämt merkte, einen leisen Stich, als sie die Neuigkeit erfuhr. Schon wieder, dachte sie wehmütig, hat mein Herz einen Sprung bekommen. Wie oft kann einer Frau im Laufe eines Lebens das Herz brechen? Da hatte ich mir eingebildet, von meiner kindischen Schwärmerei für Mr. Knightley ganz geheilt zu sein, aber darin habe ich mich offenbar getäuscht. Das Erwachsenwerden geht eben doch sehr viel langsamer vor sich, als man gemeinhin glaubt... Knightley ist zweifellos ein besserer Mensch als Frank, und Emma Woodhouse kann sich glücklich schätzen, daß sie ihn bekommt. Er wird ihr guttun und sie rasch zu der Einsicht bringen, daß man, um glücklich zu sein, nicht immer an erster Stelle stehen muß, obschon ich den Eindruck habe, daß sie das seit einiger Zeit schon von sich aus begreift. Sonderbar – seit dem Tag auf Donwell und dem unglückseligen Picknick auf dem Box Hill spüre ich, daß sie sich geändert hat. Vielleicht hat sie aus ihrem eigenen Verhalten gelernt, als sie Zeit hatte, in aller Ruhe darüber nachzudenken. Knightley wird ihr guttun, und ich werde Frank guttun, aber auch er wird mir guttun, er wird lieb und immer guter Laune sein, er wird mir Zärtlichkeit schenken und mich zum Lachen bringen. Und er kannte meine Freunde aus Weymouth, Rachel und Matt und Sam...

Dann kam eine Nachricht aus Randalls: Frank habe sich für morgen angesagt, könne Miss Fairfax sich wohl am Nachmittag für die Familie freimachen?

Jane hatte mit Mrs. Weston, ihrer künftigen Schwiegermutter, bereits eine Spazierfahrt unternommen. In einer langen, wohltuenden Aussprache hatte Jane ein paar Tränen vergossen und ihr Herz erleichtert und ihrerseits die Versicherung erhalten, daß das, was sie und Frank getan hatten, nicht gar so schlimm gewesen und schon verziehen war, daß sie alle Jane liebten wie eine Tochter und sehr glücklich über Franks Wahl waren. Schon spürte sie, daß sie bei der lieben, häuslichen Mrs. Weston, die gern in weiblicher Gesellschaft war – und die ja Jane seit ihrem sechsten Lebensjahr kannte –, mehr Mütterlichkeit finden würde als bei Mrs. Campbell, die sich trotz aller freundschaftlichen Zuwendung nie ganz von ihrem *Analytical Journal* hatte trennen können.

In Randalls wartete Frank – zärtlich und heiter, teils beschämt über die lange Täuschung, teils durchaus bereit, ein wenig damit zu renommieren. Seine Begrüßung war entwaffnend. Auch Emma und ihr Vater waren gerade da, um den Familienzuwachs zu begrüßen, und Emma sagte neckend zu Frank: »Ich habe den Verdacht, daß Sie trotz aller Widrigkeiten großes Vergnügen daran hatten, uns alle hinters Licht zu führen. Es muß Sie über vieles hinweggetröstet haben.«

»Keinesfalls! Wie können Sie mir so etwas unterstellen? Ich war der unglücklichste aller Menschen.«

»Nein, ich bin sicher, daß Sie sich gut dabei unterhalten haben. Vielleicht bin ich um so eher zu dieser Annahme bereit, als ich womöglich auch Vergnügen daran gefunden hätte. Ich glaube, in dieser Hinsicht sind wir uns ein wenig ähnlich, wenn nicht vom Wesen her, so doch in unserem Schicksal, das uns beide mit charakterlich weit höher stehenden Menschen zusammengeführt hat.«

»Ja, das ist wahr«, sagte er eifrig.

»Erinnern Sie sich noch an unser Hochzeitsspiel?« sagte Emma zu Jane, als sie ein wenig abseits von den anderen in Mrs. Westons Kräutergarten auf und ab gingen.

»Ich habe es nie gemocht«, entfuhr es Jane.

»Wie eigenartig. Warum nicht?«

»Ich weiß nicht recht ... Vielleicht, weil ich fürchtete, später einmal sitzenzubleiben. Ich war so unansehnlich. Und es widerstrebte mir, über Kleider zu reden, weil ich nie eigene Sachen hatte.«

»Und jetzt sind Sie so elegant.« Emma lachte. »Ich habe Sie sehr beneidet, ja ich habe Sie fast gehaßt, weil meine Mutter Ihnen beim Klavierspielen zuhörte. Mir hat sie nie zugehört. Und dann hat sie Ihnen die hundert Pfund hinterlassen, jahrelang habe ich Ihnen deswegen gegrollt. Und alle setzten uns ständig zu, wir sollten Freundinnen sein, nur weil wir gleichaltrig waren, dadurch wurden wir gleichsam zu Rivalinnen. Und Sie waren in allem so viel besser als ich ... beim Lernen, in der Musik, beim Wettlauf ...«

»Wie abscheulich!« Jane überlegte. »Ich denke mir, daß man in einem kleinen Ort Menschen wie uns, die gewisse Ähnlichkeiten aufweisen, förmlich in eine Rivalität drängt, weil sie von ihren Freunden und Bekannten ständig miteinander verglichen werden ...«

»Und später, als Sie dann fortgingen und nur noch hin und wieder auf Besuch kamen, beneidete ich Sie noch mehr. Denn Sie hatten im Gegensatz zu mir die Welt gesehen. London ... Westindien ... Weymouth ... Ob Sie es glauben oder nicht, ich bin in meinem ganzen Leben noch nicht aus Highbury hinausgekommen. Deshalb denke ich mir auch so gern Geschichten aus. Das ist etwas, was ich wirklich gut kann, und es ist ein schönes Gefühl, daß es in meiner Macht steht, das Leben der Menschen in meinen Geschichten zu verändern.«

»Ist das nicht auch gefährlich?« fragte Jane zweifelnd.

»Ja, sehr sogar. Sie haben recht, ich habe mich zu allerlei unsinnigem Allotria verleiten lassen – zum Ehestiften und zum Versuch, der armen kleinen Harriet die Heirat mit Robert Martin auszureden.«

»Wollte sie ihn denn heiraten? Und Sie haben es ihr ausgeredet?«

»Ja, das habe ich getan, zu meiner ewigen Schande sei es gesagt! Das... und Schlimmeres. Aber jetzt ist alles wieder in Ordnung, sie heiratet ihn doch.« Über Emmas Gesicht ging ein Schatten, dann eine leichte Röte. Jane überlegte, ob wohl Knightley (den sie seit Bekanntgabe der Verlobung nicht mehr gesehen hatte) hier seine Hand im Spiel gehabt hatte, und diese Vermutung bestätigte sich, als Emma sagte: »Mr. Knightley hat es in Ordnung gebracht. Wenn ich etwas falsch mache, bringt Mr. Knightley es in Ordnung. Ich glaube, wir haben uns immer geliebt, er und ich, auch wenn wir es erst in jüngster Zeit gemerkt haben. Wenn wir verheiratet sind, soll ich Romane schreiben, sagt er, das sei gut für das Schöpferische in meinem leichtfertigen Wesen.«

»Wieviel Zeit haben wir doch vergeudet«, sagte Jane aufrichtig bekümmert. Voller Wehmut dachte sie an die Eichelnäpfchen, die sie lange aufgehoben hatte in der Hoffnung, Emma würde eines Tages kommen und mit ihr ein kleines Fest feiern. Mit leisem Spott, der sich ebenso gegen sie wie gegen Emma richtete, fügte sie hinzu: »Und Mr. Knightley wollte immer, daß wir Freundschaft schließen.«

»Ja, und dann wäre unser beider Leben anders verlaufen.«

»Ganz, ganz anders«, bestätigte Jane und dachte an Rachel Dixon. »Doch diese Chance ist vertan. Es ist zu spät.«

Und Emma sagte ebenso bekümmert: »Das ist wohl wahr. Eines aber ist immerhin erreicht: Wir sind einander nicht mehr feind.«

Joan Aiken im Diogenes Verlag

Die Kristallkrähe

Roman. Aus dem Englischen von Helmut Degner

»Als ihr Krimi *Die Kristallkrähe* erschien, verglichen die Kritiker sie mit Patricia Highsmith, Celia Fremlin und Margaret Millar.« *Titel, München*

Das Mädchen aus Paris

Roman. Deutsch von Nikolaus Stingl

Wohin sie geht, zieht Ellen Paget Liebhaber an: den ambivalenten Professor Bosschère in Brüssel, den unberechenbar-eigenwilligen Comte de la Ferté in Paris, ihren Stiefbruder Bénédict. Ihre gebieterische Patin, Lady Morningquest, bereitet einer zarten Romanze ein rasches Ende und schickt Ellen nach Paris…

»Wieder einer der bestrickenden, aufregenden Romane, die Joan Aiken seit vielen Jahren zu einem Publikumsliebling machen.«
Publishers Weekly, New York

Tote reden nicht vom Wetter

Roman. Deutsch von Nikolaus Stingl

Jane, Graham und die beiden Kinder sind eine ganz normale Familie. Graham ist Architekt, Jane hat ihre Arbeit bei einer Londoner Filmfirma aufgegeben, seit sie in das neue, teure Haus auf dem Land gezogen sind. Geldprobleme zwingen Jane bald dazu, ihren alten Job wieder anzunehmen und dem finsteren Ehepaar McGregor tagsüber Haus und Kinder anzuvertrauen…

»Joan Aiken präsentiert uns rabenschwarze, schaurigschöne Geschichten.« *Die Welt, Bonn*

Der eingerahmte Sonnenuntergang

Roman. Deutsch von Karin Polz

Lucy reist nach England, um herauszufinden, was mit ihrer alten Tante Fennel und deren Freundin geschehen ist. Was wie ein ganz normaler Verwandtenbesuch beginnt, entwickelt sich rasch zu einem gefährlichen Abenteuer für Lucy...

»Das Beiwort ›unterhaltsam‹ ist für diesen Psycho-Thriller von Joan Aiken schlichte Tiefstapelei. Die Lektüre dieses Buches ist ein hochgradiges Vergnügen.« *Frankfurter Rundschau*

Ärger mit Produkt X

Roman. Deutsch von Karin Polz

Als Martha Gilroy den Auftrag bekam, eine Werbekampagne für ein aufregendes neues Parfüm zu starten, hatte sie keine Ahnung, worauf sie sich einließ.

»*Ärger mit Produkt X* ist der Titel eines herrlich spannenden Krimis, dessen Autorin einen Hang zur Satire hat. Dies macht die Lektüre so amüsant.«
Frankfurter Rundschau

Haß beginnt daheim

Roman. Deutsch von Nikolaus Stingl

Nach einem Nervenzusammenbruch ist Caroline zur Erholung bei ihrer Familie: der Mutter Lad, Trevis, der älteren Schwester Hilda und einer alten Tante. Doch statt zu genesen, wird sie immer verwirrter...

Der letzte Satz

Roman. Deutsch von Edith Walter

Willkommen in Helikon, dem eleganten Insel-Sanatorium, das seine Gäste vor allen Bedrohungen schützen kann. Außer vor sich selber...

»Dieses Buch ist eine Wonne!« *The Times, London*

Du bist Ich

Die Geschichte einer Täuschung
Deutsch von Renate Orth-Guttmann

Man schreibt das Jahr 1815. In einem feinen Mädchenpensionat in England stellen Alvey Clement und Louisa Winship fest, daß ein einzigartiges Band sie eint. Zwar stammen sie aus sehr unterschiedlichen Gesellschaftsschichten und sind vom Temperament her ganz verschieden, aber vom Aussehen her *sind sie sich völlig gleich*. Dieser überraschende Zufall paßt der verwöhnten Louisa sehr gut ins Konzept.

Fanny und Scylla oder Die zweite Frau

Roman. Deutsch von Brigitte Mentz

In ein englisches Spukhaus des 18. Jahrhunderts und das bunt-grausame Indien der Maharadschas führt Publikumsliebling Joan Aiken in ihrem aufregenden Roman *Fanny und Scylla…*

»Joan Aiken besitzt ein seltenes Erzähltalent, in dem sich psychologischer Scharfblick mit der Gabe vereinigt, den heutigen Leser in Spannung zu halten, obwohl die Handlung in eine ferne Vergangenheit führt.« *Die Furche, Wien*

Schattengäste

Roman. Deutsch von Irene Holicki

»Eine Meisterin der Schauerromantik? Mehr noch, eine begnadete Erzählerin, die das Un-Begreifliche, das Un-Faßbare aus vergangenen und modernen Zeiten in mitreißende Geschichten packt, die ohne große Sentimentalität und falsches Spektakel auskommen. Joan Aikens *Schattengäste* ist ein wunderbares Buch über die unheimlichen Dinge des Lebens und wie man über einen Verlust zurück ins Leben findet.«
science fiction media, München

Wie es mir einfällt

Geschichten. Deutsch von Irene Holicki

Ein Reihe gruseliger, romantischer und phantastischer Erzählungen sind mit der gewohnt sicheren Hand und dem makabren Sinn für Humor geschrieben, die man an Joan Aiken so schätzt.

»Joan Aiken erweist sich als Meisterin im Darreichen süßer Pralinen, die mit Arsen gefüllt sind.«
Frankfurter Rundschau

Angst und Bangen

Roman. Deutsch von Renate Orth-Guttmann

Bei Außenaufnahmen auf einem Landsitz in Dorset lernt die Schauspielerin Cat den Besitzer kennen. Die beiden verlieben sich, heiraten und machen eine Hochzeitsreise nach Venedig. Die Idylle scheint perfekt. Doch als Cat ihrem Mann sagt, daß sie sich erinnert, ihn vor vielen Jahren als liebevollen Begleiter eines dahinsiechenden Greises gesehen zu haben, ändert er plötzlich sein Verhalten ihr gegenüber.

»Joan Aikens *Angst und Bangen* handelt von geheimen Untaten, von Habsucht, Verrat und Mord. Es kombiniert geschickt das Genre Liebesgeschichte und Thriller.« *London Review of Books*

Die Fünf-Minuten-Ehe

Roman. Deutsch von Helga Herborth

»*Die Fünf-Minuten-Ehe* ist eine Räuberpistole, die mit allen Formen des Kitsch-, Grusel- und Romantic-Romans spielt. Sie hat einen Sog, in dem meine literarischen Bedenken untergehen: Ich muß zu Ende lesen, bis Friede, Freude, Liebe den erwarteten Sieg antreten über Erbschleicher, Komplotte und Duelle.«
Brigitte, Hamburg

Jane Fairfax

Roman. Deutsch von Renate Orth-Guttmann

Jane Fairfax war musikalisch, vielseitig begabt und elegant. Soviel wissen wir aus Jane Austens *Emma.* Aber wie verliefen ihre Jugendjahre als Waise, was war mit ihrer Kinderfreundschaft zu Emma Woodhouse, und – was noch wichtiger ist – was passierte bei ihrem Sommeraufenthalt in Weymouth?

»Ein sehr unterhaltender Roman im Stil Jane Austens, den auch der versteht, der *Emma* nie gelesen hat.« *Kieler Nachrichten*

»Ein Lehrstück, eine Ermunterung für deutschsprachige Schriftsteller!« *Der Standard, Wien*

Anderland

Roman. Deutsch von Ilse Bezzenberger

Ein junges Mädchen, deren Mutter früh an einem Herzanfall stirbt, findet in der Musikerfamilie Morningquest ein neues Zuhause. Sie wächst in diese Wahlfamilie hinein, bekommt durch sie die Kraft, ihr künstlerisches Talent zu entfalten – und verläßt sie schließlich als reife Persönlichkeit.

»Im Zentrum jedes der wundervollen ›Unterhaltungs‹-Romane von Joan Aiken steht eine abenteuerliche Liebesgeschichte, die jene unausweichliche Spannung des Wartens, des Verfolgtwerdens erzeugt, die wir aus den Momenten beginnender Liebestaumel kennen... Und am Ende dann, darauf können Sie sich immer freuen, klappt's.« *vogue, München*

Stimmen in einem leeren Haus

Roman. Deutsch von Hans-Christian Oeser

Der herzkranke Gabriel haut von zu Hause ab. Seine herrschsüchtige Mutter und sein Stiefvater machen sich aus unterschiedlichen Gründen auf die Suche nach ihm.

Immerhin hat der sechzehnjährige Gabriel bei seiner Volljährigkeit eine große Erbschaft zu erwarten. Und wenn er gar nicht freiwillig verschwunden wäre?

»Man legt das Buch nicht mehr aus der Hand.«
Daily Telegraph, London

Mitternacht ist ein Ort

Roman. Deutsch von Ilse Bezzenberger

Als das Schloß Mitternacht abgebrannt ist, müssen sich Lucas Bell und seine junge französische Freundin Anna-Marie in der winterlichen Welt von Blastburn ganz allein durchschlagen. Ein Roman um Kinderarbeit im England des 19. Jahrhunderts, geschildert mit dickens'scher Intensität.

Der Geist von Lamb House

Roman. Deutsch von Renate Orth-Guttmann

Tony Lamb und seine Familie waren im 18. Jahrhundert die ersten Bewohner von Lamb House, dem alten Backsteinhaus, das noch heute im südostenglischen Rye steht, direkt neben der Dorfkirche. Dort hat sich eine unheimliche Geschichte zugetragen, die der verkrüppelte Toby, der einst Schriftsteller werden wollte, aufgeschrieben hat. Jahre später übernimmt der große englische Schriftsteller Henry James das Haus, oder vielmehr – so kommt es dem Poeten von Anfang an vor – das Haus übernimmt ihn. Doch scheint das Gemäuer keinen schlechten Einfluß auf ihn ausgeübt zu haben: Hätte er sonst kurz nach seinem Einzug das berühmte *The Turn of the Screw* (Die Drehung der Schraube) geschrieben? Doch von dem Moment an, als Henry James auf Tobys Manuskript stößt, läßt ihm Tobys Geist keine Ruhe mehr. Auch dem nächsten Bewohner von Lamb House, dem spätviktorianischen Schriftsteller E.F. Benson (1867–1940), ergeht es nicht anders.